SWB-Verlag
SüdWestBuch

Deutsches Reich 2014
eine historische Fiktion

Heiger Ostertag

SWB-Verlag
SüdWestBuch

Umwelthinweis:
Dieses Buch wurde auf chlor- und
säurefreiem Papier gedruckt

1. Auflage 2011

SüdWestBuch, SWB-Verlag, Stuttgart

Lektorat und Korrektorat: Cornelia Jung, Saarbrücken

Titelgestaltung: Heinz Kasper, Frontera

Satz: Heinz Kasper, www.printundweb.com

Druck und Verarbeitung: E. Kurz + Co., Druck und
Medientechnik GmbH, Stuttgart www.e-kurz.de
Printed in Germany
ISBN: 978-3-938719-32-9

www.swb-verlag.de

Für Sophia Magdalena

Danksagung

Mein Dank gilt meinem Doktorvater Professor Hans Fenske für seine wertvollen inhaltlichen Hinweise und seine freundliche Beurteilung. Ich danke der Kollegin Inge Plieninger für ihre Vorablesung und kritische Rückmeldung. Besonders danke ich Hans Vastag für seine freundschaftliche Unterstützung und die besondere Mit- und Zuarbeit im Anhangsbereich. Einen herzlichen Dank auch an Frau Cornelia Jung.

Inhalt

Der Roman Deutsches Reich 2014 zeigt eine fiktive Zukunft, die auf einer ebenso fiktiven Vergangenheit beruht. Er ist daher im besten Sinne eine neohistorische Utopie. Die angeführten geschichtlichen Varianten waren und sind durchaus denkbar. Ob die veränderten Parameter zu dem dargestellten Ergebnis geführt hätten, ist eine packende Fragestellung, deren Beantwortung dem Leser überlassen wird. Sämtliche Persönlichkeiten, die im Roman genannt werden, gab es in der Vergangenheit, könnte es gegeben haben oder in der Gegenwart geben. Oder es wird sie geben oder aber, sie sind nie gewesen und dürften, besonders in den genannten Zusammenhängen, nie existiert haben. Namentliche Ähnlichkeiten sind somit Zufall oder historisch-politisch belegbare Absicht. Letztlich ist aber alles, was dargestellt wird, im Bereich des Möglichen und Denkbaren, mithin utopisch und real zugleich. Ich hoffe jedenfalls, der Inhalt des Romans regt zur historischen Nachdenklichkeit an und wird von den Richtigen richtig verstanden werden.

Heiger Ostertag

Flottentag

Da tauchen sie am Horizont auf, die größten Schiffe der Reichsmarine, die Flugzeugträger Kaiser Wilhelm III. und Kaiserin Marie Auguste. Im raschen Tempo ihrer 70 Knoten nähern sie sich der Hafenbucht. Silberne Gischt spritzt auf, ein Ruck geht durch die Schiffsleiber. Der Oberkommandierende der deutschen Ostseeflotte, Admiral Paul Zenker, Urenkel des legendären Führers des Schlachtkreuzers von der Tann, gibt den Befehl zum Maschinenstopp. Majestätisch und erhaben gleiten nun die beiden riesigen Kolosse lautlos auf den Kieler Hafen zu. Wie gewaltige, dunkle Eisberge rauschen sie durch das aufspritzende Wasser der Ostsee. Hell leuchten Hunderte von glitzernden Spiegelflächen auf den Steuer- und Backbordquerseiten sowie auf den Heckflächen. Eine Vielzahl von kleineren Segel- und Solarbooten begleitet die gigantischen Schiffe bei ihrer Einfahrt und Dutzende von Feuerschiffen spritzen zur Begrüßung Wasserfontänen in die Höhe. Mit ihrem Einlauf, erstmalig seit fünfzig Jahren gemeinsam mit dem schweren Schlachtkreuzer der Royal Navy, Glorious II, beginnt die diesjährige Kieler Woche …

Auf der breiten Bildleinwand war die Einfahrt der zwei Großsolarschiffe und des Kreuzers der Navy in die Kieler Buch zu sehen. Langsam glitten sie näher, lautlos und gewaltig, eindrucksvoll in ihrer riesigen Größe. Da, auf einmal schienen die Konturen der *Kaiser Wilhelm III.* und der *Glorious II* miteinander zu verschmelzen. Beide Schiffe bildeten ein dunkles Knäuel und dann stieg ein greller, gelber Feuerpilz senkrecht in die Luft und ein entsetzliches Krachen und Dröhnen füllte den Raum.

Robert von Warthenberg starrte entsetzt auf die Leinwand. Das Geschehen schien sich zu überschlagen. Rötlicher Qualm breitete sich im Bild aus und hüllte die Stelle ein, wo die Schiffskörper eben noch gewesen waren. Sirenen heulten. Menschen schrien und die Stimme des Sprechers überschlug sich. Schließlich wurde das Bild dunkel und die Schrift „Störung“ erschien.

Von Warthenberg blieb einen Augenblick regungslos sitzen, dann löste er sich aus der Starre, erhob sich und schaltete den Apparat aus. Er und Millionen anderer Zuschauer waren Augenzeugen einer Katastrophe geworden. Ein Zusammenstoß zwei der größten Schlachtschiffe der Welt! Und das vor laufender Kamera. Ein Ereignis, wie der Absturz des Luftschiffes *Hindenburg* im Jahre 1937.

Der legendäre Einlauf der Großkampfschiffe in die Kieler Bucht, die jährliche Auftaktveranstaltung des Flottenvereins, hatte in einem schrecklichen Desaster, in einem grauenhaften Unglück geendet. Wie konnte das geschehen? Was war passiert? Fragen schossen Robert durch den Kopf. Hatte die hochkomplizierte Solarsteuerungstechnik versagt? Oder lag menschliches Versagen vor, waren dem Kapitän und seinen Steueroffizieren auf der Kommandobrücke ein oder mehrere Fehler unterlaufen? Oder – nicht auszudenken, was das bedeuten mochte – handelte es sich um einen Sabotageakt? Warum wurde die Direktsendung derart abrupt abgebrochen? Was war wirklich in Kiel geschehen?

Robert von Warthenbergs Interesse war vielfältiger Natur und mehr als private Neugier und Sensationslust. Als gebürtiger Hamburger interessierte er sich seit frühester Jugend für Seefahrt und Schiffstechnik. Er hatte Maschinenbau in Bremen studiert und über den Einsatz von Solarantrieben bei Überseeschiffen promoviert. Überraschenderweise war Dr. Robert von Warthenberg nach seinem Studium nicht zur Marine, sondern zur Reichsluftwaffe gegangen. Dort, im dritten Luftfliegergeschwader Immelmann, erweiterte er seine maritimen Kenntnisse um die der Aeronautik. Nach der vierjährigen Militärzeit hatte von Warthenberg ein weiteres Studium aufgenommen. Diesmal belegte er die Fächer Neuere Deutsch-Europäische Geschichte sowie Neuere Militärgeschichte. Parallel stand er dem Reichskriegsministerium für Sonderaufgaben zur Verfügung, ganz im Sinne der Familientradition derer von Warthenberg. Derzeit arbeitete er an einer Untersuchung des geheimen Militärreichsnachrichtenwesens. In Wien, wo von Warthenberg sich gerade befand, hatte er wegen seiner Arbeit das dortige Archiv und das Heeresgeschichtsmuseum besucht. In der Öffentlichkeit und in der Regenbogenpresse war der hochgewachsene Enddreißiger als Autor kunstsinniger Artikel, Globetrotter und veritabler Salonlöwe bekannt. Von seinen nachrichtendienstlichen Aktivitäten wusste selbst im Familienkreis niemand etwas.

Die nächste Stunde verbrachte von Warthenberg damit, im Netz nach weiteren Informationen über die tragischen Ereignisse zu suchen. In seine Arbeit hinein schrillte der Fernsprecher. Von Warthenberg nahm den Hörer ab und meldete sich.

„Warthenberg …“

„Reichskriegsministerium, General von Lübben. Haben Sie mitbekommen, was passiert ist?“

„Jawohl, Herr General.“

„Gut, ich brauche Ihnen nicht zu erklären, dass die Schiffskatastrophe eine Angelegenheit ist, die das ganze Reich betrifft. Die Veranstaltung in Kiel steht im Brennpunkt der Öffentlichkeit und der Medien. Schließlich gehören über 80 der 385 Millionen Einwohner des Deutsch-Europäischen Reiches dem europäischen Flottenverein an. Und diese Öffentlichkeit will informiert werden. Was genau in Kiel passiert ist, lässt sich zurzeit nicht sagen. Aber ich glaube nicht an einen Unfall. Ich befürchte, es handelt sich um einen Anschlag!“

„Sie halten die Katastrophe für einen Anschlag? Das wäre ein unglaubliches Geschehen! Sind Sie wirklich sicher, Herr General?“, fragte von Warthenberg entsetzt.

„Ich sagte, ich befürchte, es handele sich um einen Anschlag. Sicher bin ich nicht, und es besteht natürlich die Chance, dass ich mich irre. Doch ganz gleich, was passiert ist, das Kriegsministerium muss sofort auf die Ereignisse reagieren. Ich bin vom Minister beauftragt, ein Untersuchungsteam zu bilden. Und, Warthenberg, ich will Sie in der Gruppe! Kommen Sie umgehend zurück nach Berlin. Der nächste Zeppelin startet morgen früh um 8:30 Uhr."

An seinem letzten Abend in Wien besuchte Robert von Warthenberg mit einem Wiener Kollegen im Burgtheater die Neuinszenierung eines Stückes von Bernd Thomas aus dem Jahre 1975. Das Burgtheater am Dr.-Karl-Lueger-Ring war das alte österreichische Staatstheater. Es galt als eine der bedeutendsten Bühnen Europas. Das ursprüngliche Gebäude brannte 1945 aus und wurde nach einer völligen Restaurierung 1955 wiedereröffnet. Robert war bislang nicht in der „Burg" gewesen. Das Bauwerk und sein ganzes Ambiente faszinierten ihn, insbesondere die Deckengemälde in den beiden Stiegenhäusern, die Gustav Klimt gemeinsam mit seinem Bruder Ernst Klimt und Franz Matsch geschaffen hatte. Auf dem heutigen Programm stand „Die Jäger", ein Schauspiel in der Tradition der modernen Inszenierungen, die mit Gerhard Klingenberg begonnen hatten und vom aktuellen Direktor Matthias Hartmann fortgeführt wurden. Die Hauptfigur der „Jäger" war ein General, der durch einen Staatsstreich die Macht im Land ergreift und in Zukunftsplänen schwelgt. Hart will er durchgreifen und den Staat von Grund auf verändern. Doch er weiß nicht, dass auch sein Sturz schon beschlossen ist. Robert folgte nur kurz den verworrenen Abläufen und akrobatischen Dialogen auf der Bühne. Das Geschehen langweilte ihn. Was vor vierzig Jahren provoziert haben mochte, wirkte auf den heutigen Betrachter mehr oder minder altbacken. Seine Gedanken wanderten wieder zur Kieler Katastrophe, die er mit Millionen anderer Menschen am Bildschirm hautnah miterlebt hatte. Was hatte den Zusammenstoß nur verursacht? Ein schreckliches Geschehen voller Schmerz und Tod – die Wirklichkeit überbot die Fiktion der Kunst allemal. Vorn auf der Bühne berauschte sich der General an der Todesverfallenheit der Welt. Mehr und mehr wurde das Stück zu einer Elegie auf das Sterben. Alles, was in dieser Welt geschehe, gab der Held des Dramas kund, sei Verzögerung auf den Tod hin und unaufhaltsames Dahinsterben. Roberts Bedarf an Morbidität war gedeckt. In der Pause verabschiedete er sich von dem Kollegen, verließ das Theater und lief „heim" ins Hotel Sacher in der Kärtner Straße.

Heute, am 28. Juni 2014, kehrte von Warthenberg an Bord eines Zeppelins der Hindenburgklasse von seinem abgebrochenen Wienbesuch befehlsgemäß in die Unions- und Reichshauptstadt Berlin zurück. Er saß am Fenster der Kabine und genoss den Flug. Als Major der Reserve war von Warthenberg auch korrespondierendes Mitglied in der Richthofen-Zeppelin-Gesellschaft. Während seiner aktiven Militärzeit hatte er neben dem Pilotenschein für Jagdflugzeuge, dem PfJ, zusätzlich einen Ballonflugschein zweiter Klasse erworben.

Unten entschwand Wien seinen Blicken. Eigentlich hatte er noch eine Woche bleiben und vor allem seine junge Base Alwina von Morus treffen wollen. Die Familie von Morus war der österreichische Zweig der von Warthenbergs und dort in nahezu allen wichtigen Regierungsfeldern sowie in Wirtschaft, Wissenschaft und Kunst präsent. Alwina, eine dunkelblonde Schönheit von Mitte zwanzig, war seit ihrer Jugend eine begeisterte Kunstsammlerin. Sie hatte Robert von Warthenberg eingeladen, ihre neuesten Akquisitionen der österreichischen Naiven aus den Zwanziger- und Dreißigerjahren des letzten Jahrhunderts zu bewundern. Robert hatte zugesagt. Ein Abend mit Alwina war stets ein besonderes Erlebnis. Die Base kannte im Wiener Kunstbereich Gott und die Welt. Und sie selbst war in den letzten Jahren zu einer durchaus anziehenden jungen Frau geworden. Leider hatte er sie gestern nicht mehr erreicht. Für die nächsten Tage war Robert noch mit seinem Vetter Friedrich von Morus zu einem Jagdausflug ins Ungarische hinein verabredet gewesen. Friedrich besaß eine ausgedehnte Jagd in der Gegend von Deutsch Jula. Aus diesem Besuch wurde jetzt ebenfalls nichts.

Robert von Warthenberg schaute weiter aus dem Kabinenfenster. Unten zeigten sich die Spielzeugsilhouetten von Kirchen und Häusern. Grüne Wälder, reife Felder, die braunen Hügel der Mittelgebirge und weite, graue Stadtlandschaften. Schließlich das blausilberne Band der Seenkette um Berlin. Die Kabine glitt nach unten. Langsam drehte der Zeppelin zum Landeanflug ein.

General von Lübbens Anruf hatte sehr dringend geklungen. Bei dem Verdacht, den der General formuliert hatte, war das verständlich. Mittlerweile nahmen die Nachricht über das Unglück und Spekulationen zu den Ursachen in der Presse und den übrigen Medien breitesten Raum ein. Die Katastrophe selbst war umfassend gewesen: Der schwere Schlachtkreuzer *Glorious II* war völlig ausgebrannt. Das Solarkampfschiff *Kaiser Wilhelm III.* lag manövrierunfähig quer in der Hafeneinfahrt. Über 450 Menschen waren im Flammeninferno ums Leben gekommen, darunter auch ein Großteil der Seeoffiziere. Unter den Toten war Admiral Paul Zenker. Ein wirklich schwerer Schlag für die Reichsmarine. Sonstige Fakten über das Geschehen schienen nicht vorzuliegen. Die Medien verloren sich in vielfältigen, unbelegten Spekulationen. General von Lübben musste Genaueres über die Kollision wissen, um von Sabotage sprechen zu können …

Robert von Warthenberg wurde in seinen Gedanken unterbrochen. Die Stewardess überreichte ihm ein Kabel. General von Lübben teilte mit, für 15 Uhr sei eine Sitzung in der Wilhelmstraße angesetzt. Eine Sitzung, an der, wie er schrieb, spezielle Gäste teilnehmen würden. Wer diese sein sollten, verriet das Kabel des Generals nicht.

Der Zeppelin landete exakt um zwölf Uhr Ortszeit. Die Ausstiegstreppen rollten an die Kabinentüren. Robert von Warthenberg verließ das Luftschiff. Ein Elektrobus brachte die Luftreisenden über das Flugfeld zur großen Passagierhalle. Während von Warthenberg im Ruhebereich auf das Gepäck wartete, betrachtete er die Landkarte, die eine Wand des Raumes völlig bedeckte. Die wichtigsten Flugfelder des Reiches und der Union waren durch farbige Lichter markiert. Im Zentrum die drei Flughäfen der Reichshauptstadt Berlin: Tempelhof, Schönefeld und Straußberg. Dann die Hauptflugfelder der Reichsländer und Reichsprovinzen. Hamburg, München, Frankfurt, Köln, Stuttgart, Leipzig, Straßburg, Danzig, Luxemburg, Posen und Königsberg im Kernreich. Antwerpen, Amsterdam, Wien, Prag, Brüssel und Zürich in den neuen Reichsländern. Im Konföderationsgebiet Paris, Reval und Mailand sowie Marseille. Dazu unzählige kleinere Lichter, die weitere Flughäfen anzeigten. In kräftigem Magentarot war das Territorium des Kernreichs mit den Außenregionen und Reichsländern, Holland, Belgien, das Großherzogtum, Böhmen-Mähren und Helvetien gezeichnet. Etwas heller der Gau Baltikum, die Lombardei, Großungarn und Altösterreich sowie die Grafschaft Tirol. In Altrot das Protektorat Serbien. Ganz hell der neue Osten, das Reichsland Ukraine. In leuchtendem Rot Großfrankreich mit der Sapaudia sowie dem Königreich Nizza-Savoyen.

Dem Beitritt Frankreichs als gleichberechtigtes Konföderationsmitglied im Jahre 1953 durch den so genannten Élysée-Vertrag war ein langer historischer Prozess vorhergegangen. Jahrhundertelang hatten Deutschland und Frankreich in Krieg und Streit miteinander gelegen. Im Dreißigjährigen Krieg, in den verschiedenen Erbfolgekriegen, im Siebenjährigen Krieg, in den Napoleonischen Kriegen sowie im Reichseinigungskrieg 1870/71. Und zuletzt in dem schrecklichen Ringen um die Vorherrschaft in Europa im Großen Krieg in den Jahren 1914 bis 1918. Millionen von Toten hatte der Krieg gekostet, das Reich war an die Grenzen seiner Kraft geführt worden. Der Stellungskrieg im Westen, die ungeheuren Materialschlachten, die Hungerblockade hatten den Durchhaltewillen des Volkes beinahe gebrochen. Sein Großvater hatte ihm als Kind von den Kämpfen erzählt. Wie das Artilleriedauerfeuer Stunde um Stunde wütete, ganze Bataillone fraß und Mensch und Material gleichsam zermalmte.

Anfang 1917 sah es dann fast so aus, als ob die USA sich in das Ringen einschalten würden und dadurch der Krieg verloren gehen könnte. Schon anlässlich der Lusitania-Affäre war mit dem Kriegseintritt der Amerikaner gerechnet worden. 1915 wurde das britische Passagierschiff *RMS Lusitania* vor der Südküste Irlands von einem deutschen U-Boot versenkt. Dieser Zwischenfall kostete fast 1 200 Menschen das Leben – darunter 128 US-Amerikaner. Zwar war die *Lusitania* weder bewaffnet noch dem direkten Befehl der britischen

Admiralität unterstellt gewesen, doch die Führung der Royal Navy nutzte das Schiff zur Beschaffung von kriegswichtigen Gütern. Die *Lusitania* transportierte auf allen Überfahrten in östlicher Richtung Munition und andere, eindeutig gegen die Blockaderegeln verstoßende Güter. Diese Transporte unterlagen strenger Geheimhaltung, faktisch wurde das Schiff zum „Blockadebrecher" und war seit der deutschen Erklärung der britischen Gewässer zum Kriegsgebiet am 4. Februar 1915 legitimes Ziel für einen Angriff durch deutsche Seestreitkräfte. Bei der letzten Fahrt befanden sich 8 200 Frachtkisten mit Kriegsmunition verschiedener Art an Bord; die Kisten waren aus Geheimhaltungsgründen als Jagdgewehrmunition deklariert. Dann kam es zur Versenkung des Schiffes. Im Hinblick auf die nachgewiesene Munitionsladung äußerte sich der amtierende Außenminister William Jennings Bryan gegenüber Präsident Wilson, dass es das Recht der Deutschen sei, Konterbanden zu bekämpfen und es nicht angehen könne, Passagiere, Frauen und Kinder als Schutzschilde zu missbrauchen. Ähnlich reagierte auch die amerikanische Bevölkerung, die trotz der Tragödie keinen Anlass zu einer Verstrickung in den europäischen Krieg sah. Als sich jedoch die Verluste häuften und weitere Amerikaner umkamen, drohte die Stimmung erneut zu kippen. Ultimativ wurde das Reich aufgefordert, den U-Boot-Krieg zu beenden. Notgedrungen ging die Marineleitung darauf ein, zur Freude der Briten, die ungehindert ihren Nachschub heranschafften. Schließlich wurde die Blockade, trotz amerikanischer Drohungen, wieder aufgenommen und eine Kriegserklärung der Vereinigten Staaten schien unmittelbar bevorzustehen. Da nahmen im Februar 1917 die schon länger schwelenden Spannungen der USA mit Mexiko rapide zu. Der mexikanische Präsident Venustiano Carranza ging aktiv gegen amerikanische Investoren vor, drohte offen mit Enteignungen und mit einer Invasion der ehemaligen mexikanischen Gebiete Kalifornien und New Mexico. Präsident Wilson antwortete mit einem Truppenaufmarsch am Rio Grande, der Südgrenze der Vereinigten Staaten. Ein gleichzeitiges Engagement in Europa lehnte er bis zur Beendigung der Mexikokrise ab. Im März 1917 entdeckte ein findiges Reporterduo der *Washington Post*, dass der Erste Lord der Admiralität im britischen Marineministerium, Winston Churchill, den Zwischenfall mit der *Lusitania* bewusst arrangiert hatte. Die Öffentlichkeit in den Vereinigten Staaten war hell empört, dass amerikanische Bürger sozusagen als Köder gedient hatten und die Stimmung wandelte sich erneut zugunsten Deutschlands.

„Das erste Opfer eines jeden Krieges ist die Wahrheit", äußerte Hiram Johnson, damals Senator für den US-Bundesstaat Kalifornien. Damit war die Lage im Westen deutlich besser geworden. Im Südosten sah es allerdings bedenklich aus. Dem Reich war es nicht gelungen, den Gegner von der Balkanhalbinsel zu vertreiben. Die Schwäche des Osmanischen Reiches band starke Kräfte im Nahen Osten. Andererseits hatten Engländer und Griechen nicht die Kraft, die bulgarische Front zu durchstoßen. Im Osten leitete das Jahr 1917 die Wende des Krieges ein. Die beiden russischen Revolutionen im Februar und Oktober 1917 führten zum Zusammenbruch Russlands und zum Siegfrieden von Brest-Litowsk im März 1918. Die Ukraine und Finnland wurden unabhängig und feste Bündnispartner des Reichs. So gestärkt, begann General von Ludendorff am 21. März an der Westfront mit der *Operation Michael* eine Serie von fünf deutschen Offensiven, die so genannte Kaiserschlacht. Auf eine 70 Kilometer breite Front zwischen Arras und Anizy konzentrierte sich der Angriff. An der bis Juli dauernden Schlacht waren drei Armeen mit insgesamt 76 Divisionen beteiligt. Auch von diesem Geschehen hatte Warthenbergs Großvater Robert erzählt:

„Das Pfeifen der Maschinengewehre zischte um uns", berichtete Karl-Friedrich von Warthenberg, „im kühnen Stoß preschten wir vorwärts. Ganze feindliche Bataillone streckten die Waffen. Wir kämpfen, wir fallen, wir siegen!"

Churchill plante zur Entlastung einen Großbomberangriff mit Gasbomben auf Berlin und befahl den Einsatz neuer Truppen aus den Dominien. Da brach mitten in der Offensive die indische Revolte unter Arabinda Ghosh in Delhi los. Parallel erhob sich in Dublin und Belfast der zweite irische Volksaufstand. Die Briten zogen unverzüglich ihre Truppen aus der Westfront ab, mit katastrophalen Folgen für ihren französischen Alliierten: Vier Jahre lang hatten die Franzosen tapfer die Front gehalten. Mit dem Taxi hatte in der Marneschlacht Marschall Petain die Soldaten in den Kampf geworfen und den deutschen Vormarsch zum Stehen gebracht. Schreckliche Jahre folgten, der Höhepunkt war das blutige Ringen um die Festung Verdun. Auf beiden Seiten wankte die Front, fiel aber nicht. Der jetzt erfolgte Rückzug der Briten während der deutschen Offensive wurde als Dolchstoß empfunden. Ein Stoß mitten ins Herz des einfachen Poilus – ein zweites Alesia. Bis zum Herbst versuchte die französische Armee noch, den Krieg allein weiter zu führen. Der österreichische Durchbruch in Norditalien in der 13. Isonzoschlacht ließ Italien kapitulieren. Die deutsche Landung in Südfrankreich und der Hundert-Zeppelinangriff auf Paris brachen den letzten Widerstand. Mitte Oktober 1918 standen die ersten Einheiten der 7. und 18. Armee der Heeresgruppe Deutscher Kronprinz direkt an der Stadtgrenze von Paris. Die 2. Armee unter dem General der Kavallerie von Marwitz und die 17. Armee unter Otto von Below überrannten Albert und Amiens und stießen bis zur Kanalküste vor. Durch die Sichelschnittoffensive wurde jeglicher Nachschub abgeschnitten und die französische Armee endgültig geschlagen. In Paris brach ein Aufstand aus, Frankreich war am Ende. Georges Benjamin Clemenceau, der das Amt des französischen Ministerpräsidenten im November 1917 während erster Meutereien im Heer und Streiks unter den Rüstungsarbeitern übernommen hatte, bat um einen sofortigen Waffenstillstand. Dieser wurde am 11.

November 1918 im Wald von Compiègne in der Picardie unterzeichnet. Die deutsche Seite war klug genug, trotz des französischen Zusammenbruchs, auf einen Verständigungsfrieden zu setzen. Im Frieden von Luxemburg einigten sich der Reichskanzler Prinz Max von Baden und sein späterer Nachfolger Friedrich Ebert mit dem neuen Staatspräsidenten Aristide Briand sogar auf eine Revision der Westgrenze zugunsten Frankreichs. Lothringen wurde zurückgegeben und Frankreich erhielt außerdem Teile Belgiens und die französischsprachige Westschweiz. Das 1867 selbstständig gewordene Luxemburg kehrte dafür ins Reich zurück. Ebenfalls hinzu kamen das flämische Belgien und, nach einer Volksabstimmung, die Deutsch-Schweiz. Der Friede von Luxemburg wäre in dieser Form kaum möglich gewesen, wenn Kaiser Wilhelm II. nicht überraschend einen Thronverzicht zugunsten seines sechsten, erst 27-jährigen Sohnes Prinz Joachim Franz Humbert von Preußen verkündet hätte. Der Prinz war bis zum Krieg öffentlich kaum in Erscheinung getreten. Er hatte die für Kaisersöhne übliche Militärlaufbahn eingeschlagen und war zu Kriegsbeginn mit seiner Einheit zur Verteidigung Ostpreußens abkommandiert worden. In der Schlacht an den Masurischen Seen wurde er im Spätsommer des ersten Kriegsjahres schwer verwundet. Diese Tatsache und der Einfluss seiner Frau Prinzessin Marie Auguste von Anhalt, die er im März 1916 heiratete, führten zu einer radikalen Wandlung des Hohenzollernprinzen. Mit dem heimlichen Einverständnis seines Vaters, der sich durch die oberste Heeresleitung um Macht und Einfluss gebracht sah, unterstützte Prinz Joachim den Zentrumspolitiker Matthias Erzberger. Dieser gründete einen interfraktionellen Ausschuss, der eine Friedensresolution des Reichstags vorbereitete. Kanzler Bethmann Hollweg bekam vom Kaiser die Erlaubnis, ihr zustimmen zu dürfen. Die Führer der obersten Heeresleitung Hindenburg und Ludendorff sahen jedoch ihre Kriegspolitik durchkreuzt und setzten bei Wilhelm II. ultimativ die Entlassung seines Reichskanzlers durch. Auf Drängen der OHL wurde Georg Michaelis neuer Reichskanzler. Dieser agierte in ihrem Sinne und verweigerte die Umsetzung der Friedensresolution. Der Kaiser war verärgert, und als der Kanzler auch die Reichstagsmehrheit vor den Kopf stieß, löste Georg Graf von Hertling Michaelis im Amt ab. Die Regierung Hertling stellte einen wichtigen Schritt zur Parlamentarisierung des Reiches dar, da der neue Kanzler sein Regierungsprogramm vorab mit den Mehrheitsparteien des Reichstages abstimmen musste. Mit dem Linksliberalen von Payer als Vizekanzler und dem Nationalliberalen Robert Friedberg als stellvertretendem preußischen Ministerpräsidenten wurden zwei erfahrene Parlamentarier als Verbindungsleute zu den Parteien in die Regierungsverantwortung aufgenommen. Im September 1918 allerdings verlor Hertling das Vertrauen der SPD; sie wollte nur unter einem Politikwechsel in die Regierung eintreten. Auch die Regierungen von Bayern und Baden meinten, dass Hertling nicht der geeignete Mann für eine konsequente Friedenspolitik war. Unter dem Eindruck des bevorstehenden Sieges war der Kaiser im Oktober 1918 bereit, einer neuen Politik auf der Basis einer breiten parlamentarischen Mehrheit eine Chance zu geben. Er entließ Hertling und Prinz Max von Baden folgte. Auch die beiden höchsten Militärs, Generalfeldmarschall Paul von Hindenburg und der Erste Generalquartiermeister Erich von Ludendorff wurden entlassen – und der Kaiser trat zurück! Müde und gezeichnet von den Anstrengungen der letzten Jahre, den Kriegsschrecken und den Auseinandersetzungen mit der OHL, zog sich der 59-jährige Kaiser ins holländische Doorn zurück, wo er 1941 verstarb. Was Wilhelm II. letztlich bewog, die Thronfolgefrage auf diese überraschende Weise zu lösen, hatten die Historiker trotz aller Recherchen und Spekulationen – angeblich existierte ein geheimes, nicht veröffentlichtes Testament – bislang nicht völlig klären können. Nach neuesten Quellen hatte der Monarch wohl eine Familienkonferenz der Hohenzollern einberufen, um die Thronfolgefrage zu klären. Insbesondere Kronprinz Wilhelm und der Prinz Eitel Friedrich sprachen sich vehement gegen die Bevorzugung ihres jüngsten Bruders aus. Der Kaiser dagegen setzte ganz auf seinen jüngsten Sohn, da dieser sich am eindeutigsten für die parlamentarische Monarchie aussprach und beste Kontakte, sowohl zur sozialdemokratischen Parteispitze als auch zum Zentrum und den Liberalen besaß. Als Prinz Joachim als Kaiser zwei Jahre später verstarb, versuchte der frühere Kronprinz Wilhelm erneut, die Thronfolge für sich zu reklamieren. Warum sollte eine anhaltinische Prinzessin und nicht ein Hohenzoller an die Spitze des Reiches treten? Doch der Kronprinz unterschätzte die Macht und die Kraft des Parlaments und die persönlichen Fähigkeiten der Kaiserin Marie Auguste. Sein Versuch, die Regentin auszuschalten, scheiterte kläglich, genau wie spätere Putsche der Rechten in den Zwanziger- und Dreißigerjahren.

Jedenfalls wurde im Herbst 1918 endlich der Weg für eine parlamentarische Monarchie frei, eine Chance, auf die die politischen Eliten nach der Osterbotschaft Wilhelms II. von 1917 sehnsüchtig gewartet hatten.

Der neue Kaiser Prinz Joachim, jetzt Wilhelm III., führte, beraten durch seine Frau, eine fundamentale Reform der Reichsverfassung durch. Er beauftragte den Liberalen Hugo Preuss, eine neue, bürgerlich-liberale Verfassung im Geiste der Paulskirche von 1848/1849 zu erarbeiten. Als Erstes schaffte der junge Kaiser das preußische Dreiklassenwahlrecht ab. Mit Hilfe der neuen Verfassung verwandelte er das Reich in eine parlamentarische Monarchie mit einem gleichen Wahlrecht für Männer und Frauen. Die ersten freien, gleichen und geheimen Wahlen im Januar 1919 führten zu einer Zweidrittelmehrheit von SPD, Zentrum und Deutschdemokraten, die so genannte Neue-Kaiser-Koalition. Kanzler dieser Koalition wurde der Sozialdemokrat Friedrich Ebert. Gemeinsam mit Max von Baden beendete er erfolgreich die Luxemburger Verhandlungen …

Robert von Warthenberg schreckte aus seinen Gedanken auf. Die Koffer waren da und er konnte endlich aufbrechen. Außerhalb des Flughafens winkte er einem der lautlos rollenden, gelben Solartaxen.

„Hotel Adlon!"

Der Wagen glitt davon, fuhr durch die Vororte und erreichte in einer guten halben Stunde das neue Zentrum Berlins am Pariser Platz. Dr. Robert von Warthenberg stieg aus und betrat, gefolgt von einem Kofferträger, das Hotel.

Vauxhall Cross, London, 28. Juni 2014

Die Herren, die sich zur allmorgendlichen Besprechung trafen, gehörten, Habitus und Kleidung nach, der oberen Schicht der englischen Gesellschaft an. Und nicht nur das, sie gehörten sichtlich zu den tragenden Pfeilern dieser Gesellschaft, wenn auch in einer Art und Weise, die einer breiteren Öffentlichkeit nicht bekannt war. Es handelte sich im Einzelnen um den Direktor des MI5, des sogenannten britischen Security Service oder auch Inlandsgeheimdienstes, Sir Jonathan Evans sowie seinen Stellvertreter Sir Christopher Curwen. Beide agile Mittfünfziger, die von ihrer ganzen Person und Erscheinung einfach „very british" wirkten. Ebenfalls anwesend waren der Leiter des MI6, Sir Harald Oldfield, und sein Vize Alexander Sinclair. Oldfield unterschied sich von den anderen durch sein vollständig ergrautes Haar. Alexander Sinclair trug einen Kneifer. Ansonsten sah man den Anwesenden den Besuch von Oxford und Eton an. Die vier Herren blätterten schweigend in Papieren, die vor ihnen lagen. Sie schienen auf jemanden zu warten. Schließlich blickte Sir Evans auf seine Uhr und schüttelte unwillig den Kopf. Dass man ihn warten ließ! Da öffnete sich die Tür und Sir George Gideon Oliver Osborne, ein jugendlich wirkender Mann von Mitte vierzig, trat ein. Osborne war der älteste Sohn von Sir Peter Osborne. Er studierte zunächst Neuere Geschichte in Oxford. Während der BSE-Krise Mitte der neunziger Jahre arbeitete Osborne als Berater des britischen Ministeriums für Landwirtschaft, Fischerei und Ernährung. Im Juni 2001 wurde er als jüngster Abgeordneter der Konservativen in das britische Unterhaus gewählt. Bei den Wahlen zum Unterhaus im Jahre 2005 und 2010 wurde Osborne mit jeweils über 50 Prozent der abgegebenen Stimmen wiedergewählt. In der neuen Regierung der Torys und der Liberalen sollte ihm ursprünglich das Ressort Finanzen übertragen werden. Doch nach dem unrühmlichen Facebook-Skandal des früheren MI6 Leiters Sir Robert John Sawers übernahm Osborne dessen Amt und die Leitung des MI5. Binnen zweier Jahre reformierte er beide Dienste und strukturierte sie völlig um. Im Ergebnis blieben MI5 und MI6 in ihren jeweiligen Arbeitsfeldern autonom, wurden aber organisatorisch zusammengefasst und einer strafferen Gesamtführung unterworfen. Leiter und Generaldirektor des neuen Dienstes MI7 wurde Sir Osborne selbst. Der Generaldirektor begrüßte die Anwesenden.

„Meine Herren. Ich brauche nicht extra erwähnen, dass unsere heutige Zusammenkunft höchster Geheimhaltung unterliegt. Die Angelegenheit, um die es geht, ist äußerst brisant und erfordert absolute Loyalität."

„Geht es um die Kieler Geschichte?", fragte Sir Curwen.

„Die Katastrophe der *Glorious II* ist Anlass, aber nicht der primäre Gegenstand unseres Treffens", antwortete Sir Osborne. „Ich darf Sie bitten, sich in dieser Hinsicht etwas zu gedulden. Auf das Kieler Geschehen werde ich später eingehen."

Die Herren nickten und murmelten zustimmend.

„Gut, ich komme zur Sache. Wie Sie alle wissen, hat sich unser Empire in den letzten Jahrzehnten stark gewandelt. Indien, Ostasien und die afrikanischen Kolonien gingen nach den japanischen Kriegen verloren. Kanada und Australien sind nach der Niederlage gegen Argentinien im Falklandkrieg 1982 dem Mutterland England nur noch lose verbunden. Das Einzige, was Großbritannien noch zusammenhält, ist unser Königshaus. Heute kann man mit Fug und Recht sagen, die Idee unserer Nation ist eng mit den Royals verbunden."

Osborne legte eine kurze Pause ein.

„Leider aber wird derzeit die Notwendigkeit unserer Monarchie in der Öffentlichkeit mehr und mehr in Frage gestellt. Ungeniert diskutieren die Medien über den Hof und sein Budget. Selbst die Times kritisierte kürzlich eine Rede unseres jungen Königs William. Dagegen, meine Herren, gilt es etwas zu unternehmen."

„Nun ja, George", meinte Sir Evans, „Einiges scheint wirklich berechtigt zu sein. Seit der Diana-Affäre geht es mit den Royals stetig bergab."

„Was heißt bergab?", meinte Sir Oldfield. „Lady Di ist nicht mehr im Rennen. Ihr Pariser Augustabenteuer ist weder ihr noch Herrn Fayed gut bekommen. Tunnel sind eben gefährlich ..."

„Das hätte man auch besser arrangieren können. Etwas durchdachter und geschickter", entgegnete Sir Evans. „Die Prinzessin auf der Flucht vor Paparazzis. Ein bis oben hin mit Tabletten und Alkohol gefüllter Fahrer, der mit 196 Stundenkilometern gegen einen Betonpfeiler kracht. Sehr unwahrscheinlich, das Ganze!"

„Es musste gehandelt werden", warf Alexander Sinclair ein. „Und zwar rasch! Man stelle sich vor. Eine englische Prinzessin, die einen bekennenden Moslem heiratet, so dass der englische Thronfolger und heutige König einen muslimischen Stiefvater bekommen hätte. Unmöglich!"

„Ihr wart also beteiligt?", fragte Sir Curwen neugierig. „Dearlove hat doch vor fünf Jahren bei der gerichtlichen Untersuchung des Todes der Prinzessin in London ausgesagt, die Behauptung Mohammed al Fayeds, sein Sohn Dodi und Diana seien auf Betreiben des Königshauses von MI6-Agenten durch einen inszenierten Autounfall umgebracht worden, sei absurd."

„Ich habe nicht gesagt, wir hätten gehandelt, sondern dass gehandelt werden musste", berichtigte Sinclair.

„Halt, meine Herren", unterbrach Sir Osborne den Schlagabtausch. „Es geht nicht um diese alte Geschichte, so viel Ungeklärtes sich hinter dem Unfall vom 31. August 1997 auch verbergen mag. Nein, meine Herren. Das, womit wir uns zu beschäftigen haben, ist viel brisanter."

Er verteilte an jeden der Anwesenden einen dünnen Ordner mit Papieren. Sir Oldfield öffnete ihn und blickte Sir Osborne fragend an.

„Ein Stammbaum und Portraits Queen Victorias. Was sollen wir damit anfangen?"

„Schauen Sie genauer hin, dann werden Sie verstehen", antwortete Sir Osborne gelassen.

Berlin, Fürst-von-Hindenburgstraße Nr. 2 am Landwehrkanal.

Die Hindenburgstraße Nr. 2 war Sitz des Generalstabs der deutschen Armee und seiner Stabsabteilungen. General Achim von Lübben, der Chef des geheimen Sicherheitsstabes, blätterte in den Akten, die auf seinem Schreibtisch lagen. Es handelte sich um rund zwei Dutzend Hefter in einheitlichem Behördengrau. Personalakten, wie man anhand der Registraturnummern unschwer erkennen konnte. Der General schloss eine Akte und schob sie achtlos zur Seite. Genauso erging es der nächsten. Die folgenden Papiere betrachtete von Lübben etwas länger und legte diese dann sorgsam auf seine rechte Seite. Nach einer guten Stunde hatte er seine Wahl getroffen, fünf Akten waren übrig geblieben. Auf der ersten stand: RM P 1220180-S-10111 Kapitänleutnant Hagen von Scholz. Der Kaleu war als Hagen Scholz 1998 in die Reichsmarine eingetreten. Nach dem obligaten Dienst auf dem Segelschulschiff Gorch Fock war er an der Marineschule Mürwik weiter ausgebildet worden. Es folgte ein Schiffsingenieurstudium an der Reichsmilitärhochschule Hamburg. Von Scholz hatte ferner eine Kampfschwimmerausbildung absolviert und verschiedene Marineflugscheine erworben. Bei mehreren Marinespezialunternehmen in der deutschen Südsee bei Samoa und Tonga sowie im Indischen Ozean zeichnete er sich in der Folgezeit durch Planungsfähigkeit und Tapferkeit aus. Für seinen erfolgreichen und mutigen Einsatz gegen eine Piratenformation vor Somalia war Scholz geadelt worden. Die zweite Akte stammte aus dem Reichsinnenministerium und trug den Namen Dr. Roswitha von Peters. Frau von Peters war eine Urenkelin des umstrittenen Afrikaforschers Carl Peters, mit dessen Biografie sie sich in einer viel beachteten Arbeit kritisch auseinander gesetzt hatte. Sie galt als hochintelligent und war mehrfach an der Koordination von nachrichtlichdienstlichen Einsätzen erfolgreich beteiligt gewesen. Darüber hinaus hatte sie perfekt Kiswahili gelernt, war eine profunde Kennerin Schwarzafrikas und der bestehenden wie ehemaligen deutschen Kolonien sowie erfolgreiche Sportschützin und Olympiateilnehmerin. Letztere Qualitäten mochten bei der Aufgabe, für die von Lübben sie einplante, kaum eine Rolle spielen – aber man konnte nie wissen. Der nächste Kandidat entstammte der Forschungsabteilung des Reichsmarineministeriums. Professor Dr. Hans-Peter Schwarze war die Koryphäe für Marinetechnik und Informatik. In Hamburg leitete er das Zentrum für Meeres-, Schiffsbau- und Informationstechnik (ZMSI). Mit Arbeiten wie *Die neue Marine und ihre technischen Grundlagen* und *Epochenwechsel in der elektronischen Kommunikation* hatte Schwarze entscheidende Impulse zum gegenwärtigen technologischen Qualitätsstand der Reichsmarine gegeben. Seit einigen Jahren wurde er als Nobelpreiskandidat gehandelt. Trotz seines Alters von Fünfundsechzig war Schwarze in der Forschung nach wie vor präsent und darüber hinaus politisch vielfältig interessiert und engagiert. Ähnlich engagiert war die zweite Frau, die von Lübben ausgewählt hatte. Allerdings hatte er bei Frau Professor Dr. Johanna Türmer von der Berliner Friedrich-Wilhelm-Universität länger überlegen müssen. Frau Türmer war politisch eindeutig positioniert. Schon in ihrer Studentenzeit hatte sie sich für die Neue Linke engagiert. Die Medien hatten ihr, halb spöttisch, halb anerkennend, den Spitznamen „Heilige Johanna von Kreuzberg" verliehen. Die attraktive Vierzigerin lehrte Vergleichende Psychologie und Neo-Psychoanalyse. Ihr Werk *Das ruhelose Ich* galt als das maßgebliche Standardwerk in der Nachfolge C.G. Jungs, Sigmund Freuds und Wilhelm Reichs. Der General fand es anregend und hilfreich, wenn jemand qualifiziert querzudenken vermochte. Außerdem brauchte er im Hinblick auf die zu lösenden Aufgaben in der Gruppe unbedingt einen Psychologen beziehungsweise eine Psychologin. Die Professorin war zudem eine begeisterte Seglerin und das gab schließlich den Ausschlag. Sein letzter Kandidat war der Major der Reserve, Dr. Robert von Warthenberg, 37 Jahre alt. Von Warthenberg war wie Scholz Schiffsbauingenieur. Seinen Militärdienst absolvierte er bei der Luftwaffe. Später hatte der Major Neuere Deutsche Geschichte und Militärgeschichte studiert. Den Akten nach beherrschte von Warthenberg neben Deutsch vier weitere Sprachen fließend: Französisch, Russisch, Spanisch und Englisch. Vor Jahren hatte er zudem als Teilnehmer eines Luftwaffenkommandos in der Ukraine höchsten Einsatz bei der Bekämpfung von Bandenaktivitäten gezeigt. Dass von Warthenberg sich noch für Kunst und Literatur interessierte und sich als Leichtathlet sportlich betätigte, waren weitere Pluspunkte, die für ihn sprachen.

Gut, die Auswahl war abgeschlossen. Mit von Warthenberg hatte er bereits telefoniert, die anderen waren per Mail informiert und geladen worden. Jetzt musste General von Lübben seine Gruppe nur noch dem Reichskanzleramt präsentieren.

Berlin 28. Juni, Hotel Adlon Kempinski, mittags

Robert von Warthenberg lag in der breiten Marmorbadewanne seiner Suite und entspannte sich im warmen Wasser von den Strapazen der Reise. Immer, wenn er nach Berlin kam, gönnte er sich ein oder zwei Tage im *Adlon*, bevor er zu seinem Vetter Ernst in den Grunewald zog. Das *Adlon Kempinski* verkörperte für ihn den Glanz und die Strahlkraft des neuen Berlin. Den Gast empfing eine Welt voll einzigartiger Eleganz und einladender Schönheit. Exquisite Designs, Materialien und Farben erzeugten ein extravagantes, glamouröses Ambiente. Ab und zu musste Warthenberg in Luxus schwelgen. Zudem stand das Hotel für die Geschichte Berlins. Die Historie des *Adlon* selbst begann bereits vor seinem Gründer und Eigentümer Lorenz Adlon. 1738 entstand das Quarré, der spätere *Pariser Platz*. Die erste nachweisbare Bebauung des Hotelgrundstücks ging sogar auf das Jahr 1734 zurück. Eine Frau Hoffmeister von Kamekin stellte damals beim König den Antrag, das Haus des Kammerherrn von Wilchpitz abreißen zu lassen, um sich dort niederzulassen. Ihr Nachfahre, Graf Alexander Friedrich, vermietete das Haus an die Englische Gesandtschaft, die dort ihren Sitz hatte. Die Söhne des Grafen ließen 1828/29 das Palais von Karl Friedrich Schinkel, dem Meister der deutschen Klassik, umbauen. Das Palais Redern wurde bereits damals zu einem Mittelpunkt des geselligen Lebens der Stadt. 1883 starb Graf Redern. Das Gebäude verkam zusehends und wurde 1905 an Lorenz Adlon verkauft. Gegen den Plan des Käufers, dort, anstelle des Palais Redern, ein Luxushotel zu errichten, gab es öffentlichen Protest. Doch Lorenz Adlon gelang es, trotz dieser widrigen Umstände, auf dem Grundstück des Palais´ ein Hotel zu errichten, das es mit den ersten Adressen in Paris und London aufnehmen konnte. Entscheidend war, dass sich der Kaiser persönlich dafür einsetzte. Wilhelm II. mochte das Berliner Schloss der Hohenzollern nicht, da es unbequem und schwer zu heizen war und ihm zu wenig Raum bot. Durch das dortige steife Hofzeremoniell sah Wilhelm sich zusätzlich im Privatleben eingeschränkt. Neuen Freiraum erhoffte sich der Kaiser von dem geplanten Hotel. Von 1905 bis 1907 bauten die Architekten Carl Gause und Robert Leibniz das *Adlon*. Das mondäne Hotel öffnete am 24. Oktober 1907 seine Pforten. Es kostete Lorenz Adlon die damals unvorstellbare Summe von rund 17 Millionen Goldmark – in heutigem Geldwert umgerechnet rund 400 Millionen Euro, mehr als der Neubau des Adlon in den 1980er Jahren verschlang.

Allein schon auf Grund seiner Lage *Unter den Linden* am Pariser Platz mit freier Sicht auf das Brandenburger Tor war das *Adlon* eine der ersten Adressen in Europa. In der frühen Kaiserzeit verkauften vornehme Adlige ihre Winterpalais in Berlin, um während der Ballsaison in den Suiten des *Adlon* zu residieren. Ganze Berliner Ministerien zogen den opulenten Kaisersaal des Hotels ihren eigenen Festsälen vor. Zur auserlesenen internationalen Klientel des Hotel *Adlon* gehörten Staatsmänner, Diplomaten, Wirtschaftsmagnaten und Künstler. Unter den vielen illustren Gästen des Hotel *Adlon* waren Kaiser Wilhelm II., Wilhelm III. und die erste Kaiserin Marie Auguste sowie der heute herrschende Kaiser Franz Wilhelm von Preußen. Die Reichskanzler Fürst Bülow, Franz von Papen, Ludwig von Erhard und Georg von Kiesinger. Natürlich auch John D. Rockefeller, Henry Ford, Präsident Franklin D. Roosevelt, der französische Staatspräsident Aristide Briand und einer seiner Nachfolger, Charles de Gaulle, der englische Premierminister Maurice Harold Macmillan, First Earl of Stockton und der 2009 verstorbene amerikanische Präsident Edward Moore Kennedy. Im *Adlon* fanden glanzvolle Bankette und wichtige Konferenzen statt. Die berühmte Potsdamer Konferenz, die 1945 die englisch-japanischen Kriege beendete, feierte ihren Abschluss im *Adlon*. Der deutsche Herbst 1977 fand hier seinen traurigen Höhepunkt mit der Ermordung von Generalreichsstaatsanwalt Winfried Bulack, dem Dresdner-Bank-Chef Jörg Blonto und dem Reichsarbeitgeberpräsident Hans-Joachim Schladerer durch ein Bombenattentat während des Reichspresseballs. Der dadurch entstandene Brand kostete vierzig Menschen das Leben und zerstörte das Gebäude bis auf die Grundmauern. Das Hotel wurde abgerissen, der Neubau dauerte fast acht Jahre. Erst im August 1985 wurde das Hotel als *Adlon Kempinski Berlin* wiedereröffnet.

Robert von Warthenberg stieg aus der Wanne, trocknete sich ab und zog sich an. Das Telefon läutete, von Warthenberg nahm den Hörer ab und meldete sich.

„General von Lübben. Endlich erreiche ich Sie, Warthenberg. Sie wissen, dass wir gleich eine Sitzung haben."

„Aber doch erst um drei. Jetzt ist es ...", von Warthenberg blickte auf die Uhr. „kurz nach halb zwei."

„Ich rufe nicht an, um Sie nach der Uhrzeit zu fragen", unterbrach ihn General von Lübben. „Ich teile Ihnen nur mit, dass wir uns bereits um 14 Uhr treffen. Und zwar im neuen Reichskanzleramt, nicht in der Wilhelmstraße. Reichskanzlerin von der Heyden und der IRND-Chef Ernst von Uhrlau werden persönlich der Sitzung beiwohnen."

„Die Reichskanzlerin?", fragte von Warthenberg überrascht. „Und der Nachrichtendienstchef. Was haben die mit einer Angelegenheit der Marine zu tun?"

„Das werden Sie vor Ort erfahren", antwortete General von Lübben. „Ich erwarte Sie pünktlich!"

Er legte auf.

Robert von Warthenberg betrachtete verblüfft den Hörer. Ein Treffen im Reichskanzleramt, die Angelegenheit schien höchste Bedeutung zu haben. Offenbar hatte der General Recht mit seiner Vermutung, es läge ein Anschlag vor. Und das Treffen sollte schon um 14 Uhr sein, er würde sich beeilen müssen. Robert wandte sich dem Kleiderschrank zu, in dem das Hauspersonal inzwischen den Inhalt seiner Koffer eingeräumt hatte. Die Anwesenheit der Kanzlerin erforderte die Wahl eines anderen Anzugs als bei Teilnahme an einer Sitzung unter Militärs. Frau von der Heyden, die erste Reichskanzlerin, stammte aus einer alten westpreußischen Adelsfamilie, die ihren Stammbaum bis auf die Ritter des deutschen Ordens zurückführte. Eine Herkunft linker Hand, aber eine über 800 Jahre zurückreichende Ahnenreihe. Die Kanzlerin war in der weiten Welt des deutschen Ostens und seiner großen Güter aufgewachsen. Sie liebte Pferde sowie das Golfspielen und bevorzugte bei ihrer Kleiderwahl kräftige Farbkombinationen. Zumindest in der Farbgebung seiner Krawatte wollte Warthenberg ihren Vorlieben Rechnung tragen. Einige Herren der Reichsregierung waren in dieser Hinsicht durchaus Vorbilder. So der amtierende Reichskriegsminister Theodor Freiherr von und zu Kaltenbach, der in Modefragen als Koryphäe galt. Was allerdings nur ungenügend die Schwächen seiner Planung und Führung im aktuellen ostafrikanischen Konflikt bemäntelte.

Von Warthenberg studierte seine Krawatten. Zum dunkelgrauen Anzug und hellblauen Hemd passten viele Farben, zum Beispiel dunkelblau oder weinrot, auch pink oder orange. Robert von Warthenberg trat vor den Spiegel und hielt die orangefarbene vor das Hemd. Eine gut abgestimmte Farbkombination. Er band die Krawatte um, nahm seine Mappe mit Schreibunterlagen und verließ seine Suite.

Den knappen Kilometer vom *Adlon* zum Reichskanzleramt bewältigte Robert von Warthenberg in wenigen Minuten. Jetzt stand er vor dem imposanten Bau. Das Gebäude hatte eine weitgehend verglaste Außenfläche und zahlreiche Stilelemente der Postmoderne. Großflächig benutzte Farben zeigten eigene, genau festgelegte Symbolwirkungen. Auf dem Ehrenhof, der vom Leitungsbau und den zwei Bürotrakten gebildet wird, standen die rostbraune Skulptur *Berlin* des baskischen Künstlers Eduardo Chillida sowie vier Säulen jeweils mit Baumbepflanzung, Fahnenmasten und vor dem Haupteingang ein überspannendes Zeltdach. Draußen warteten neben den Gardesoldaten des Ersten Kaiserlichen Garderegiments fünf dunkelgrau gekleidete Angehörige der internen Sicherheitswache. An einer gelben Linie blieb von Warthenberg stehen. Einer der Wächter trat mit der Maschinenpistole im Anschlag auf ihn zu. Zwei andere sicherten den Mann direkt, die übrigen beobachteten aufmerksam das Vorfeld.

Robert nannte seinen Namen: „Dr. von Warthenberg. Ich werde erwartet."

Er reichte dem Mann seinen Pass.

Der Sicherheitswächter kontrollierte Warthenbergs Papiere und verglich sorgfältig die Angaben mit den Eintragungen einer Namensliste. Dann nickte er. Von Warthenberg konnte nun die erste und zweite Sicherheitsschleuse passieren. Dann führte ihn ein anderer Mann zum eigentlichen Eingangsbereich. Er trat durch die große Glastür ins Kanzleramt. Der innere Eingangsbereich zeigte die durch den Maler Markus Lüpertz gestalteten sechs Farbräume, deren Farben bestimmte klassische Tugenden symbolisieren sollen: Blau und Umbra für Weisheit, Kraft und Stärke. Rot für Tapferkeit, dazu Ocker-Gold und Grün-Weiß als Symbole von Gerechtigkeit und Klugheit. Der Sicherheitsmann übergab von Warthenberg einem weiteren Mann, an dessen Anzugrevers die drei goldene Buchstaben RKA zu sehen waren: die Abzeichen des Reichskriminalamtes. Der RKA-Beamte fuhr mit von Warthenberg in den vierten Stock zur Geheim-Etage mit dem Planungszentrum, dem Archiv und dem abhörsicheren Raum für den Krisenstab. Er öffnete einen Raum und ließ von Warthenberg eintreten.

Wien, 28. Juni 2014, mittags

Ein heißer, sommerlicher Tag. Alwina von Morus saß in ihrem kühlen Arbeitszimmer und studierte die Unterlagen ihrer jüngst erworbenen Bilder österreichischer Naiver der 20er und 30er Jahre. Im Hintergrund lief im Fernsehen eine Sendung zum aktuellen Gedenktag. Alwina hob den Kopf und schaute zum Plasmabildschirm.

„Heute vor 100 Jahren, am 28. Juni 1914“, leitete eine Ansagerin die Sendung ein, „begab sich der österreichische Thronfolger Erzherzog Franz Ferdinand von einem Treffen mit Kaiser Wilhelm II. auf dem Landsitz Schloss Konopischt in Beneschau nach Sarajevo, um dem Abschluss der Manöver des k. u. k. XV. und XVI. Korps in Bosnien beizuwohnen. Der Besuch geschah auf Bitte des k. u. k. Statthalters von Bosnien-Herzegowina, Feldzeugmeister Oskar Potiorek.“

Bilder der beteiligten Personen und der Region erläuterten das Geschehen.

„Der 28. Juni, der Veitstag, war ein besonderer Tag. Vor 525 Jahren hatte sich die Schlacht auf dem Amselfeld ereignet, der Kampf der Serben gegen die Osmanen – ein symbolträchtiges Datum für den serbischen Staat. Der Besuch des Thronfolgers war keineswegs als Provokation gedacht: der Frühsommer war eine übliche Jahreszeit für Manöver. Der Besuch eines solchen Manövers bot sich an, da der Thronfolger seit 1909 als Generalinspektor anstelle Kaiser Franz Joseph I. derartige Truppenbesuche vornahm. Vor dem Besuch Franz Ferdinands in Bosnien waren verschiedene Warnungen ausgesprochen worden. Doch war keine so konkret, dass der Erzherzog den Besuch hätte absagen wollen. ‚In Lebensgefahr sind wir immer', sagte er. ‚Man muss nur auf Gott vertrauen.'“

Auf dem Bildschirm wurde eine Karte Sarajevos eingeblendet und die folgende Route des Erzherzogs durch Leuchtspuren aufgezeigt.

„Franz Ferdinand und seine Gemahlin", ging der Bericht weiter, „fuhren in einer Kolonne von sechs Automobilen entlang des Miljacka-Flusses zum Rathaus von Sarajevo. Im ersten Fahrzeug saßen der Bürgermeister und der Polizeichef. Im zweiten befanden sich der Thronfolger Franz Ferdinand und seine Gattin, die Herzogin Sophie von Hohenberg, ihnen gegenüber Landeschef Potiorek. Im dritten Fahrzeug folgten Sophies Kammerfrau, Alexander Graf von Boos zu Waldeck und der Flügeladjutant des Landeschefs, Oberstleutnant Merizzi, der den Wagen fuhr. Im vierten und fünften Fahrzeug waren weitere Mitglieder der erzherzoglichen Gefolgschaft. Ein weiterer, leerer Wagen wurde als Reserve mitgeführt. Gegen zehn Uhr fuhr die Kolonne an dem Serben Mehmedbašić vorbei, einem der Mitglieder der Verschwörerbande Schwarze Hand, der eine Bombe werfen sollte. Aber der Serbe handelte nicht. Später erklärte der Mann, er habe die Anweisung bekommen, die Bombe nur zu werfen, wenn er den Wagen des Thronfolgers erkennen würde. Als Mehmedbašić nicht handelte, löste der zweite Attentäter Čabrinović die Sicherung seiner Bombe und warf diese anschließend in Richtung des Wagens. Der Fahrer bemerkte das dunkle Objekt und gab unverzüglich Gas. Instinktiv hob Franz Ferdinand den Arm, um seine Frau zu schützen. Die Bombe prallte von Ferdinands Arm ab, fiel nach hinten und explodierte kurz vor dem dritten Automobil. Oberstleutnant Merizzi und Graf Boos-Waldeck wurden verletzt sowie ein halbes Dutzend Schaulustiger.

Der Oberstleutnant war zum Glück nur leicht verwundet und wurde sofort in das Garnisonsspital gebracht. Erzherzog Franz Ferdinand befahl, die Fahrt fortzusetzen. Auf dem Weg zum Rathaus fuhr die Kolonne, wie später festgestellt wurde, an weiteren Attentätern vorbei, die aber nichts unternahmen. Nach dem Besuch im Rathaus verfügte der Erzherzog eine Änderung der Route. Er wollte nicht, wie geplant, direkt zum Museum fahren, sondern erst den verletzten Merizzi im Lazarett besuchen.

Ungünstigerweise lag das Lazarett am anderen Ende der Stadt. Franz Ferdinand überlegte, in Sorge um seine Gattin, ob es angesichts des Bombenanschlags vernünftig sei, dorthin zu fahren. Er entschloss sich dann doch zur Fahrt. Entgegen den Anweisungen bog die Wagenkolonne auf Höhe der über die Miljacka führenden Lateinerbrücke in die ursprünglich angesetzte Route ein. Als der Fahrer dies bemerkte, wollte er zurücksetzen, um zurück auf den Kai zu gelangen. Der letzte der Verschwörer, der Serbe Princip, sah zu seiner großen Überraschung, wie das Fahrzeug vor ihm anhielt. Er ergriff die mörderische Gelegenheit, zog seine Pistole und schoss aus wenigen Metern Entfernung zwei Mal auf das sich langsam bewegende Ziel."

Die Bilder des Attentäters, seiner Opfer und vom Ort des Geschehens erschienen und ein kurzer, den Ablauf nachstellender Film.

„Franz Ferdinand wurde in die Halsschlagader getroffen, Sophie von Hohenberg in den Unterleib. Während der Mörder sofort von Gendarmen verhaftet, mit Säbeln geschlagen und abgeführt wurde, drehte der Fahrer um und fuhr schnell zu Potioreks Residenz, dem Konak. Sophie verblutete noch während der Fahrt und der Thronfolger erlag kurz darauf im Konak seinen Verletzungen.

Die sich später zeigenden Folgen des Attentats von Sarajevo waren fürs Erste nicht zu erwarten. Ein Krieg schien zunächst eine unwahrscheinliche Option. Anschläge auf Staatsoberhäupter und andere hochstehende Persönlichkeiten waren in der damaligen Zeit leider nichts Außergewöhnliches. 1878 missglückte ein Anschlag auf Kaiser Wilhelm I. 1894 wurde der französische Präsident Carnot ermordet, 1897 der spanische Premierminister, 1898 Elisabeth von Österreich, 1900 Umberto I. von Italien und 1901 der amerikanische Präsident William McKinley. Doch all diese Attentate lösten keine Kriege aus. Der Anschlag von Sarajevo wurde daher nicht unmittelbar zum Auslöser weiterer Schritte Wiens. Österreich-Ungarn war nicht von vornherein zum Krieg gegen Serbien entschlossen. Zwar hatten Persönlichkeiten wie Franz Conrad von Hötzendorf bereits vor Jahren ein militärisches Vorgehen gegen Serbien vorgeschlagen. Dem stand jedoch zunächst die ‚Friedenspartei' entgegen, welche freilich mit dem Tod des Thronfolgers Franz Ferdinands einen ihrer wichtigsten Fürsprecher verloren hatte. Nach einigem Zögern und Konsultationen in Berlin, entschied schließlich die Hofburg, im Rahmen eines regional begrenzten Militärschlages gegen Serbien vorzugehen.

Der serbischen Regierung war diese Haltung des Wiener Hofes zu einem Vorgehen gegen ihr Land bekannt und sie war sich der möglichen Folgen bewusst. Sie bedauerte offiziell den Vorfall, bestritt aber eine Verbindung mit dem Attentat und wies darauf hin, dass alle Täter aus dem annektierten Bosnien stammten und formell Österreicher seien. Außerdem gäbe es keine Beweise, die auf ein offizielles serbisches Engagement hindeuteten. Dagegen wurde vom österreichischen Geheimdienst die serbische Organisation *Narodna Odbrana* als Anstifter des Attentates ermittelt. Deutlich war auch, dass die serbische Presse mit ihren österreichkritischen Artikeln für die aufgeheizte politische Stimmung mit verantwortlich gewesen war und durch diese den Mord an dem Thronfolger stark begünstigt hatte. Dennoch war man in Wien noch unentschlossen und schob die Entscheidung dem Deutschen Reich zu. Die eigentliche Entscheidung für den Schlag gegen Serbien fiel deshalb nicht in Wien, sondern am 5. Juli 1914 in Berlin. Am 6. Juli 1914 sicherte das Reich per Telegramm Österreich-Ungarn seine volle Unterstützung beim Vorgehen gegen Serbien zu. Auch Bulgarien, Rumänien und die Türkei versicherten, sich auf die Seite des Dreibundes zu stellen, wenn sich Österreich-Ungarn entschließen sollte, Serbien eine Lektion zu erteilen ..."

Alwina von Morus hatte genug von dem Bericht und schaltete den Apparat aus. Obwohl sie über acht Ecken mit der Gräfin von Waldburg zu Wolfegg und

Waldsee, der späteren Ehefrau von Maximilian, des erstgeborenen Sohnes des Thronfolgers, verwandt war, interessierte sie das Geschehen vom Juli 1914 wenig. Das waren Ereignisse, die fast hundert Jahre her waren. Serbien hatte den Krieg verloren und wurde 1919 zunächst österreichisches, dann reichsdeutsches Protektorat. Auch das alte Österreich-Ungarn gab es längst nicht mehr. Die k. u. k. Doppelmonarchie oder Donaumonarchie hatte sich infolge innerer Probleme und wegen der Weltwirtschaftskrise der frühen 20er Jahre aufgelöst. Deutsch-Österreich und Böhmen–Mähren waren dem Reich beigetreten. Die übrigen Reichsteile folgten später. Kriegspläne wurden in Wien schon lange nicht mehr geschmiedet. Für diese Dinge interessierten sich nur noch Historiker und Militärs- Männer wie ihr entfernter Vetter Robert von Warthenberg. Allerdings war Robert auch für Anderes offen. Privat beschäftigte er sich intensiv mit der zeitgenössischen Kunst und der postmodernen Literatur. Ab und zu schrieb er betrachtende Essays zum Kunstgeschehen in angesehenen, überregionalen Zeitungen wie der *ZEIT* und dem Wiener Kunstspiegel. Schade, dass er so eilig nach Berlin musste. Ob das im Zusammenhang mit der Kieler Katastrophe stand? Aber dann wäre Robert doch nach Kiel geflogen. Ob Kiel oder Berlin, Robert war nicht hier. Dabei hatte sich Alwina so auf den Abend mit Robert gefreut. Robert wollte mit Alwina im *Steirereck im Stadtpark* speisen. Confierten Hecht mit Walnuss, dazu einen *2006 Morillon Graf*. Später wären sie bestimmt zu ihr gegangen und sie hätte ihm ihre neusten Bilder gezeigt und dann. Roberts Gesicht stieg vor ihr auf. Die dunklen Augen, die hohe Stirn, das hellbraune, immer leicht verwirrte Haar ... Alwina schüttelte den Kopf – Tagträume. Sie stand auf und ging hinauf in die Galerie, wo ihre Neuerwerbungen hingen.

Berlin, Reichskanzleramt, 28. Juni 2014

In dem Raum, in den Robert von Warthenberg eintrat, saßen bereits mehrere Personen. Ein leicht ergrauter, drahtiger Mann um die fünfzig erhob sich und kam auf ihn zu, General Achim von Lübben.

„Da sind Sie ja, mein lieber Warthenberg. Schön, dass Sie es rechtzeitig geschafft haben. Nehmen Sie Platz, ich stelle Sie erst einmal unserem Kreis vor."

Er führte ihn zu einem freien Stuhl und beide setzten sich. General von Lübben wandte sich an die übrigen Teilnehmer.

„Meine Damen und Herren, ich darf Ihnen meinen jungen Kameraden, den Major der Reserve, Dr. Robert von Warthenberg, vorstellen. Meine Abteilung konnte bei verschiedenen Gelegenheiten auf Herrn Dr. von Warthenbergs effektiven Rat und auf sein hilfreiches Tun zurückgreifen. Er wird uns auch bei unserer aktuellen Angelegenheit ein wertvoller Mitarbeiter sein."

Während von Lübben sprach, musterte Robert von Warthenberg die Anwesenden. Außer General von Lübben und ihm waren fünf Personen im Raum.

Schräg gegenüber saß eine dunkelhaarige Dame mit großer Hornbrille, die er auf Mitte dreißig schätzte. Dem Schild nach, das sie auf ihrer Brust trug, handelte es sich um Dr. Roswitha von Peters. *Von Peters*, Robert erinnerte sich, den Namen bereits gelesen zu haben. Frau von Peters war Urenkelin des umstrittenen Afrikaforschers und Kolonialisten Carl Peters. Soviel er wusste, gehörte sie dem Reichsinnenministerium an. Den neben ihr platzierten Herrn kannte von Warthenberg persönlich. Professor Dr. Hans-Peter Schwarze war die Koryphäe für Marinetechnik und Informatik. Warthenberg hatte während seines Studiums mehrere Vorlesungen von Schwarze besucht. Der Professor putzte nervös die Brillengläser und wirkte bedrückt. Sicher eine Folge der Katastrophe. Neben ihm saß die zweite Frau in der Runde, Frau Professor Dr. Johanna Türmer von der Berliner Friedrich-Wilhelm-Universität. Von Warthenberg war die Professorin wegen ihrer politischen Aktivitäten durch Funk und Presse gut bekannt. Frau Türmer galt als engagierte Vertreterin der Neuen Linken. Warum sie zu ihrer Runde gehörte, wurde Robert auf den ersten Blick nicht deutlich. Rechts neben der Professorin erkannte er Kapitänleutnant Hagen von Scholz, einen Marineoffizier, mit dem er schon öfter zusammengearbeitet hatte und mit dem von Warthenberg eine lockere Freundschaft verband. Seine Funktion im Zusammenhang mit den Kieler Ereignissen musste nicht erklärt werden. Jedenfalls eine interessante Gruppe, zu der man ihn hinzugezogen hatte. Der fünfte in der Runde, der Chef des internen Reichsnachrichtendienstes Ernst von Uhrlau ergriff das Wort:

„Meine Damen und Herren. Da wir jetzt vollständig sind, will ich Sie, bevor gleich die Kanzlerin zu uns stoßen wird, mit dem Hintergrund unseres Treffens bekannt machen. Heute ist der 28. Juni 2014. Vor 100 Jahren ereignete sich das Attentat von Sarajevo. Ein Ereignis, das zum Weltkrieg führte, und nach dessen siegreichem Ausgang unser Land die ihm gebührende Weltstellung erringen konnte. Und dies nicht allein aufgrund seiner militärischen Stärke, sondern vor allem wegen der Qualität unserer naturwissenschaftlichen Forschung und Bildung sowie der Fähigkeit, politisch geschickt zu agieren und aus ehemaligen Feinden Bündnispartner und Freunde werden zu lassen. Besonders das Ende der ‚Erbfeindschaft' mit Frankreich seit den ausgehenden 20er Jahren führte zur aktuellen europäischen Mächtekonstellation. In den sechzig segensreichen Jahren der Regentschaft der ersten deutschen Kaiserin Marie Auguste wurde das demokratisch reformierte, wirtschaftlich unabhängige und sozial ausgeglichene Reich zum friedlichen Zentrum Europas. Doch es gibt offenbar Mächte, die uns diesen Erfolg neiden. Sie wissen alle, was sich gestern ereignet hat. Die Medien sind voller Berichte über die Kieler Katastrophe und Spekulationen über ihre Ursachen. An einigen Orten kam es bereits zu spontanen Kundgebungen, obgleich die Öffentlichkeit bislang von einem Unfall spricht. Die Reichsregierung aber hat leider Anlass zu glauben, dass dahinter Schlimmeres steckt, Sabotage oder gar ein gezielter Terroranschlag."

Ein bestürztes Raunen ging durch den Raum. General von Lübben schien seinen Verdacht den anderen Teilnehmern bislang verschwiegen zu haben.

„Ganz sicher sind wir nicht", sprach von Uhrlau weiter. „Sollte sich jedoch die Annahme bestätigen, zeigt dies, dass die Ruhe im Reich trügerisch war und ist. Leider gibt es dafür Indizien. Auch anderswo im Reich, der Öffentlichkeit meist nicht bekannt, haben sich in den letzten Wochen und Monaten Dinge ereignet, die für sich allein betrachtet keine größere Bedeutung zu haben schienen. Unter dem Aspekt des gestrigen Geschehens müssen wir die Ereignisse allerdings umbewerten. Der soziale und politische Friede im Reich ist unter Umständen in Gefahr. Die Reichsregierung hat sich daher entschlossen, eine Sondergruppe unter der Führung des Chefs des geheimen Sicherheitsstabes, General von Lübben, einzurichten. Sie alle sind auf Ihrem jeweiligen Fachgebiet hochgradige Spezialisten. Aber wir brauchen mehr als Ihre Spezialkenntnisse, denn die geplante Gruppe soll eine gänzlich neue Qualität besitzen. Über die konkreten Belange, die Ihnen zukommenden Kompetenzen, die Absichten und die Ziele wird Sie die Reichskanzlerin persönlich in Kenntnis setzen."

Wie auf ein Stichwort hin öffnete sich die Tür und Reichskanzlerin Andrea von der Heyden und Reichskriegsminister Theodor Freiherr von und zu Kaltenbach betraten den Raum. Die Anwesenden erhoben sich. Die Kanzlerin trug einen dunklen Hosenanzug mit Perlmuttknöpfen. In der Hand hielt sie eine dünne Mappe. Von der Heyden legte die Mappe auf den Tisch und begrüßte jeden Einzelnen persönlich, während der Reichskriegsminister lediglich nickte. Dann setzten sich die Reichskanzlerin und ihr Minister.

„Meine Damen und Herren", nahm die Kanzlerin das Wort. „Ich begrüße Sie im Reichskanzleramt. Sie werden sich fragen, warum Sie in dieser Konstellation hierher eingeladen wurden und um was es wirklich geht. Anlass ist das gestrige Geschehen in Kiel. Für die Presse und die Medien handelt es sich bei der Kollision der beiden Schiffe um ein Unglück von schrecklichem Ausmaß. Für die Reichsmarine ist ein solcher Unfall wahrhaftig eine Tragödie, aber keine politische Katastrophe. Natürlich muss ein solches Ereignis umfassend und kompetent aufgeklärt werden. Sollte allerdings ein terroristischer Hintergrund vorliegen, müssten gänzlich andere Maßnahmen ergriffen werden. Ihre Gruppe soll daher unter der Leitung General von Lübbens die erste Aufklärung übernehmen. Entsprechendes Hilfspersonal steht Ihnen dabei zur Seite. Offiziell untersuchen Sie einen Schiffsunfall, Ihr eigentliches Tun erfolgt in verdeckter Form. Sie werden sich fragen: Warum dieser Geheimhaltungsaufwand? Warum gehen wir nicht ganz offen von einem Terroranschlag aus? Nun, das Ganze ist leider komplexer, als Sie es womöglich ahnen."

Die Reichskanzlerin wandte sich Herrn von Uhrlau zu.

„Herr von Uhrlau, wenn Sie so freundlich sind, den Film einzuspielen.“

Der IRND-Mann nahm eine Tastatur in die Hand und betätigte einige Knöpfe. Der Raum verdunkelte sich und an der Wand gegenüber startete eine Filmsequenz. In den nächsten sieben Minuten rollte ein Film von geradezu verstörender Bilderdichte und Intensität ab. Es begann mit Auszügen aus dem Großen Krieg. Das Grauen von Verdun, berstende Kessel in der Seeschlacht im Skagerrak. Es folgten Häuserkämpfe im Ruhrgebiet während der Putschversuche der radikalen Linken und Rechten zur Zeit der Weltwirtschaftskrise in den 20er und 30er Jahren. Bilder der verlustreichen Auseinandersetzungen der Schutztruppe der deutschen Siedler gegen die Engländer in Südwestafrika der 40er Jahre parallel zum Britisch-Japanischen Krieg. Der Durchbruch der Zeppelin- und Solartechnologie und in seiner Folge das zweite Wirtschaftswunder, kontrastiert durch Zeppelinabstürze und Bilder von scheinbar arbeitslosen Massen. Filmfolgen aus dem Russisch-Ukrainisch-Polnischen Krieg von 1969 mit der schrecklichen Winterschlacht von Wolgograd, als die vorstoßenden polnisch-ukrainischen Verbände, geführt von dem deutschstämmigen Feldmarschall Paulus und mit deutschen Leopardpanzern ausgerüstet, drei sowjetische Armeen vernichtend schlugen, und in dessen Folge das östliche Sowjetsystem zusammenbrach. Tote über Tote. Krawallszenen aus den Studentenunruhen in Deutschland, die gegen die indirekte Beteiligung an diesen Kämpfen und dem parallel geführten amerikanisch-chinesischen Krieg um Vietnam protestierten. Der pompöse Thronwechsel des Jahres 1980, als die 82-jährige Kaiserin Marie Auguste nach 60 Jahren Herrschaft zugunsten ihres Enkels Franz Wilhelm von Preußen zurücktrat. Dazwischen die ärmlichen Landschaften der, nach dem endgültigen Zerfall des russischen Rumpfimperiums beigetretenen, neuen Ostgebiete im Baltikum und der Ukraine. Die Bilder jubelnder Einwohner der ehemaligen deutschen Kolonie Südafrika, die unter dem Namen *Vereinigte Staaten von Südafrika* 1995 in die Unabhängigkeit entlassen worden war. Ein Abriss der deutschen Geschichte der letzten hundert Jahre in rund 420 Sekunden. Ein Film voller Blut und Gewalt, voller Angst und Schrecken. Selbst die friedlichen Passagen wirkten in sich dunkel und finster und seltsam verschoben. Am Ende in blutroter Schrift der Satz: *Kiel ist nur der Anfang!*

Als die Vorführung endete und das Licht wieder anging, saßen alle wie erschlagen da.

„Sie sind überrascht und schockiert, meine Damen und Herren“, nahm an dieser Stelle der Reichskriegminister das Wort. „Sie sind Kenner unseres Staates und seiner Geschichte und fragen sich, wie es kommt, dass ein kleiner Film von wenigen Minuten ein derart anderes – und ich muss sagen – extrem negatives Bild unseres Landes und seiner Historie erzeugen kann. Das Reichskriegsministerium bekam den Streifen gestern, unmittelbar nach der

Katastrophe, zugesandt. Die Fachleute glaubten zunächst, es handle sich bei diesem Produkt um einen Film von vielen, mit denen seit einigen Monaten aus dem Untergrund heraus in einschlägigen Netzforen versucht wird, im Reichs- und Konföderationsgebiet gezielt Negativstimmungen entstehen zu lassen. Die rote Schrift zeigte sich erst bei der dritten Betrachtung. Mittlerweile geht der Reichsmilitärnachrichtendienst von einer Art Bekennerfilm aus. Wobei, das will ich Ihnen nicht verhehlen, die vorliegenden Tatsachen meiner Meinung nach nicht genügen, um zwingend von einem Terrorakt auszugehen."

Der Reichskriegsminister endete und die Kanzlerin übernahm das Wort.

„Ich danke dem Reichskriegsminister für seine Ausführungen, die ich allerdings nur bedingt teile. Im Gegensatz zu Herrn von Kaltenbach bin ich überzeugt, dass es sich bei der Schiffskatastrophe in Kiel um einen realen Terroranschlag handelt. Doch ich will offen zu Ihnen sein, meine Damen und Herren. Wir haben uns im Ministerkabinett in den letzten zwölf Stunden ausgiebig mit der Frage ‚Terroranschlag oder Unfall beschäftigt und sind zu keinem gemeinsamen Standpunkt gelangt. Ihr Auftrag lautet daher primär, meiner Regierung in dieser Hinsicht die notwendige Klarheit zu verschaffen."

Frau Professor Türmer meldete sich zu Wort.

„Sie entschuldigen, Frau Reichskanzlerin, ich verstehe den Auftrag nicht ganz. Sie sagten, wir sollen die Kieler Katastrophe untersuchen und herausfinden, ob es sich wirklich um einen Anschlag handelt. Das habe ich verstanden. Doch wer sollte einen solchen Anschlag durchgeführt oder ein Interesse daran haben, dem Reich zu schaden? Der Darstellung des Herrn Ministers entnehme ich, dass es angeblich Untergrundaktivitäten gibt. Soll unsere Gruppe den dargestellten geheimnisvollen Untergrundaktivitäten nachgehen? Zum ersten Mal höre ich, dass es in unserem Land Untergrundgruppen gibt. Ich denke, den Übrigen hier geht es ebenso. Befürchten Sie innere Unruhen oder eine größere Störung des sozialen Friedens? Wir haben seit den 70er Jahren keine nennenswerte Arbeitslosigkeit mehr. Die Zeiten der Studentenunruhen und der RAF-Aktivitäten sind ebenfalls längst vorbei! Die politische Linke, zu der ich mich auch zähle, kritisiert vieles zu Recht. Vor allem die Verteilung der Einkommen und der Vermögen wäre aus meiner Sicht zu prüfen und zu verändern. Aber von einem Aufstand oder einer Neuauflage der russischen Oktoberrevolution sind wir in Deutschland meilenweit entfernt."

Die Kanzlerin, die geduldig zugehört hatte, nickte.

„Im Prinzip, Frau Professor Türmer, haben Sie natürlich Recht. Sie alle wissen, dass unser Reich auf der Basis der Sonnen-, Wind- und Wasserkrafttechnologie zum Glück eine energiewirtschaftliche Autarkie erreicht hat. Wir sind unabhängig von Kohle, Öl, Gas und Uran und daher in Zentraleuropa und im Raum der Deutsch-Europäischen Wirtschaftsunion von der weltweiten Energieverteuerung kaum betroffen. Eine rundum positive Bilanz. Dennoch sind die Folgen der Bankenkrise in den Jahren 2008 bis 2010 und die folgende Börsenhysterie von 2012 auch am Reich und an der Union nicht spurlos vorübergegangen. Das gilt sicher auch im Hinblick auf die von Ihnen angeführte Vermögensverteilung, wiewohl ich die von der Linken geäußerten radikalen Forderungen nicht teile. Dennoch besteht ein gewisser Handlungsbedarf. Sie wissen, die Lage im Protektorat Serbien hat sich, trotz großzügiger Autonomieregelungen, seit 1919 nie völlig stabilisiert. Zudem gibt es, der Öffentlichkeit weitgehend unbekannt, in den südöstlichen Reichsländern eine wachsende separatistische Bewegung. Diese basiert auf einem sich ausbreitenden radikal-religiösen Fundamentalismus in den beigetretenen Ostgebieten. Dort kam es in letzter Zeit mehrfach zu lokalen Ausschreitungen und Sabotageaktionen der Neo-Orthodoxen. Aufgrund gewisser Informationen, die dem Reichsinnenminister vorliegen, ist davon auszugehen, dass es sich dabei nicht um zufällige Ereignisse handelt, sondern dass hinter dem Geschehen eine planende Instanz steckt. Wir können es bislang nicht beweisen, sind aber überzeugt davon, dass bestimmte, revanchistische Kreise aus dem angelsächsischen Dominium die verschiedenen Einzelaktivitäten planen und koordinieren.

Sie alle kennen die Thesen des vor fünfzehn Jahren verstorbenen britischen Historikers Fisher, der in seinem Hauptwerk das frühe Kaiserreich sehr kritisch betrachtete und es als einen autoritären Obrigkeitsstaat darstellte. Vor allem behauptete Fisher, der Große Krieg 1914 bis 1918 sei vom Reich bewusst herbeigeführt worden, um nach der Weltmacht zu greifen. Bekanntlich haben die Historiker Herzfeld, Ritter, Zechlin und Erdmann nachgewiesen, dass unser Land im Sommer 1914 aus einem Gefühl der Defensive handelte und sich verteidigen musste. Dennoch, Fishers Thesen sind virulent und werden von unseren Gegnern nach wie vor als Beleg für die angebliche Aggressivität des Reiches verwendet. Der eben gezeigte Film weist aus Sicht meiner Regierung ebenfalls in diese Richtung. Er offeriert eine Mischung von Lügen und Wahrheit, deren mutmaßliche Wirkung auf die Öffentlichkeit nicht unterschätzt werden darf! In der Kombination mit der Katastrophe von Kiel besitzt diese Art von Propaganda höchste Brisanz. Ihre Gruppe sollte daher dem Hintergrund dieser Aktivitäten nachgehen und herausfinden, welche Gruppierungen durch terroristische und propagandistische Akte unser Staatsganzes schädigen wollen. Das gestrige Geschehen ist nur der traurige Anlass für Ihren Einsatz. Natürlich werden Sie sich mit den technischen Gegebenheiten der Kieler Katastrophe zu beschäftigen haben. Aber es gibt eine Vielzahl anderer Spuren, denen gefolgt werden muss und es geht um die künftige Sicherheit …"

Berlin, Oranienburger Straße, 28. Juni, zur gleichen Zeit

In einer der zahlreichen Kneipen dieser Gegend saßen im Halbdunkel eines Nebenraums zwei Männer, deren Gesichtszüge und Kleidung auf osteuropäische Herkunft schließen ließ. Der ältere von ihnen trug auf dem Kopf eine Art Bauernkappe, seine Baumwolljacke und die grobe Stoffhose waren zerschlissen. Ein dichter Bart bedeckte den unteren Teil seines Gesichts und unter dem Rand der Kappe war struppiges Haar zu sehen. Der zweite Mann, deutlich jünger, war entschieden sauberer gekleidet. Ein dünner Bart wuchs ums Kinn und über die Stirn zog eine breite rote Narbe. Seine Augen ruhten aufmerksam auf dem Älteren.

„Das sind alles Zeichen, Pjotr, Zeichen des Herren, der uns aufruft, endlich zu handeln. Wehe den Ungläubigen, wehe den Heiden und Unkeuschen. Übler Ungeist herrscht im Lande, und wir sind aufgerufen, den Kampf gegen das Böse aufzunehmen."

Er endete seine Rede und griff zu einem Becher, der auf dem Tisch stand. Der Jüngere nickte bestätigend.

„Du hast Recht, Michail, es ist an der Zeit zu handeln. Doch es gibt viele Wege, zu kämpfen und der Feind ist mächtig und stark."

„Und es ward wie ein großer, im Feuer brennender Berg ins Meer geworfen, und das Drittel des Meeres ward Blut, und es starb das Drittel der Geschöpfe im Meere, die da Seelen haben, und das Drittel der Schiffe ward zerstört", zitierte der Ältere die Johannes Apokalypse mit bebender Stimme. „Die Zeichen sind deutlich, der Rauch ist aufgestiegen und Feuer war über dem Wasser und die beiden mächtigsten Schiffe aller Zeiten wurden zerstört."

„Es ist richtig", meinte der Jüngere begütigend, „das Geschehen in Kiel ist ein klares Zeichen zu handeln. Nur, unser Handeln muss überlegt sein, sonst haben wir keine Chance."

Ein weiterer Mann trat an den Tisch, grüßte und setzte sich. Er war modern gekleidet, trug Jeans und halblanges Haar. Und er war rasiert. Auf seinem dunklen T-Shirt stand „Universität von Berlin", offenbar ein Student. Der ältere Mann betrachtete ihn missbilligend.

„Wie du wieder herumläufst, Iwan", tadelte er ihn.

„Hans", sagte der Angesprochene, „ich heiße Hans und nicht Iwan. Und ich kleide mich gern so, Michail, mir gefällt es. Ansonsten würde ich auffallen und das wäre für die Bewegung nicht besonders hilfreich."

Der Alte brummte etwas in seinen Bart. Pjotr nahm dafür das Wort.

„Was bringst du Neues? Wie geht es mit der Gruppe? Gibt es Fortschritte?"

Der Student nickte.

„Unsere Gruppe der wahren Christen wächst von Woche zu Woche. Immer mehr sind bereit, ein Leben in Einfachheit und Demut zu führen. Erst gestern haben sich drei meiner Mitstudentinnen der Orthodoxie zugewandt. Wir sind bereit, mit allen unseren Kräften gegen die Mächte des Bösen anzutreten. Wir haben gleich ein Treffen, um eine Flugblattaktion zu besprechen."

„Gut", lobte der Ältere. „Geh nur zu deinem Treffen."

Der Student ging und Michail blickte ihm kopfschüttelnd nach.

„Flugblätter“, meinte er und spuckte verächtlich auf den Boden. „Mit so etwas kommen wir nicht weiter.“

Er wandte sich an Pjotr.

„Folgendes ist geplant.“

Der Mann beugte sich vor und begann zu flüstern.

Vauxhall Cross, Vauxhall, London, 28. Juni

An der Wand erschien der in den Papieren abgedruckte Stammbaum des Königshauses der Windsors.

„Die spätere Königin Victoria“, begann Sir Osborne seinen Vortrag, „wurde als Alexandrina Victoria am 24. Mai 1819 im Kensington Palace zu London geboren. Sie war das einzige Kind des Herzogs Eduard von Kent und von Mary Louis Victoria von Sachsen-Coburg-Saalfeld. Ihr Vater, der ein Jahr später starb, war Sohn des britischen Königs George III., die Mutter eine Tochter des Herzogs von Sachsen-Coburg. Victoria wuchs unter dem Einfluss ihrer Mutter und einer deutschen Gouvernante auf, so dass sie in ihrer frühesten Kindheit nur Deutsch sprach. Am 20. Juni 1837 folgte sie ihrem Onkel Wilhelm IV. auf den britischen Thron, wo die junge Königin, zunächst mit Unterstützung des Premierministers Lord Melbourne, die Regentschaft führte. Am 28. Juni 1838 wurde die feierliche Krönung vollzogen. Im Februar 1840 vermählte sich die britische Königin mit ihrem Vetter, dem Prinzen Albert von Sachsen-Coburg-Gotha. Der Ehe entstammen neun Kinder. Im Jahr 1858 heiratete die gleichnamige Tochter der Königin Prinz Friedrich von Preußen, der 1888 deutscher Kaiser wurde. Dadurch stieg die Tochter zur deutschen Kaiserin Victoria auf. Ihr Sohn, der nachfolgende Kaiser Wilhelm II., war somit ein Enkel der britischen Königin Victoria. Durch die ehelichen Bindungen ihrer Kinder war Königin Victoria mit den bedeutendsten europäischen Fürstenhäusern verwandt, weshalb sie auch ‚Großmutter Europas’ genannt wurde. Königin Victoria starb am 22. Januar 1901 in den Armen ihres Enkels Wilhelm II. in Osborne auf der Isle of Wight.“

„Schön, das ist bekannt“, meinte Sir Evans etwas ungeduldig. „Die Verwandtschaft hat nicht verhindert, dass Briten und Deutsche im Großen Krieg und später in feindlichen Lagern standen.“

„Ich bin noch nicht fertig“, erwiderte Sir Osborne. „Es gibt weitere Verbindungen, die uns interessieren. Großbritannien und Irland wurden bis zur Thronbesteigung Victorias 123 Jahre lang vom Königshaus Hannover in Personalunion regiert. Es begann 1714 mit George I., ihm folgte 1727 George II., 1760 George III. und 1820 schließlich George IV. Nachdem dieser kinderlos starb, wurde 1830 sein Bruder Wilhelm IV. König von Großbritannien, Irland und Hannover. Als Wilhelm ebenfalls ohne Erben starb, bestieg seine Nichte, eben unsere Victoria, den britischen Thron. Von Victorias Gatten, Prinz Albert von Sachsen-Coburg-Gotha, stammt das heutige britische Königshaus ab. Es wurde im Großen Krieg 1917 in *Haus Windsor* umbenannt. Da die unterschiedlichen Erbfolgegesetze in Hannover eine weibliche Thronerbin nur dann zuließen, wenn es keinen männlichen Erben gab, bestieg nicht Victoria, sondern ihr Onkel, der Herzog von Cumberland, Ernst August I. den Thron von Hannover."

„Das heißt, es gibt mehrfache Verbindungen zu den deutschen Dynastien", warf Alexander Sinclair ein."

„Und zum belgischen, rumänischen, bulgarischen und portugiesischen Königshaus", ergänzte Sir Osborne. „Aber, meine Herren, lassen Sie mich mit meiner Erklärung fortfahren. Wie Sie wissen, dankte Kaiser Wilhelm II. 1918 zugunsten seines jüngsten Sohnes Joachim Franz Humbert ab. Kronprinz Wilhelm und die Prinzen Eitel Friedrich, Adalbert, August Wilhelm und Oskar wurden schnöde übergangen. Nach Joachims Tod 1920 folgte überraschend seine Frau Prinzessin Marie Auguste von Anhalt und wurde die erste regierende deutsche Kaiserin. Eigentlich hätte Wilhelm II. dem Kronprinzen Friedrich Wilhelm folgen beziehungsweise spätestens nach dem Tode des Bruders den Thron besteigen müssen ..."

„Wollen Sie unterstellen, dass der jetzige deutsche Kaiser aufgrund einer Usurpation seiner Vorfahren zum Herrscher geworden ist?", fragte Sir Oldfield entgeistert.

„Sie haben mich richtig verstanden, Harald", antwortete Sir Osborne ruhig. „Genau genommen gehört aufgrund unserer vielfältigen verwandtschaftlichen Ansprüche ein Brite aus dem Hause Windsor auf den Thron des mächtigsten Landes Europas und keiner der Hohenzollern. Doch wir, meine Herren, werden diesen historischen Irrtum korrigieren! Und die Zerstörung unseres größten Schlachtschiffs, der *Glorious II*, wird uns dabei eine entscheidende Hilfe sein!"

Wien, 28. Juni, nachmittags

Alwina von Morus' Kunstbegeisterung begann, als sie von ihrem Großonkel neben einem stattlichen Vermögen eine größere Anzahl Gemälde erbte. Paul Hermann von Meixner, im Großen Krieg k. u. k. U-Boot Kommandant, war in der neuen Reichsmarine bis zum Konteradmiral aufgestiegen. Noch während seiner aktiven Dienstzeit, zuletzt bei der 2. asiatischen Flotte, fing er an, sich für das Sammeln von Marinebildern zu interessieren. Vor allem Bilder des aus Trieste stammenden Malers Alexander Kircher hatten es Onkel Paul angetan. In seinem Besitz befanden sich die Originale wie das *Kriegsschiff Kaiser Karl IV.* und *Dampffregatte Radetzky* sowie etliche Nachbildungen von Gemälden Kirchers aus dem Heeresgeschichtlichen Museum Wien. Sein ganzer Stolz aber war ein, wie Onkel Paul behauptete, echter Anton Romako: *Admiral Tegetthoff in der Seeschlacht bei Lissa* und ein ebenso „echter“ William Turner von 1838: *Das Kriegsschiff Temeraire.* Alwina hatte an den Aussagen Onkel Pauls ihre Zweifel. Und für Kriegs- und Marinebilder konnte sie sich nur bedingt begeistern. Sie hatte sie nur wegen der Erinnerung an Onkel Paul behalten. Eher gefielen ihr die kleinen, naiven Bilder, die der Onkel von Wiener Künstlern erworben hatte. Einfache Zeichnungen oder Gemälde im Stile eines Felix Muche-Ramholz oder einer Emma Stern. Bald begann Alwina selbst, Bilder dieser Art zu sammeln. Mittlerweile umfasste ihre Sammlung über zweihundert Exponate. Vor kurzem war sie in einem Wiener Trödelladen auf zwei Aquarelle eines Adolf Schickelgrubers gestoßen, *Gehöft* und *Hofanlage am Fluss*. Weniger die Bildchen als die Biografie des Malers reizten Alwina zum Kauf. Schickelgruber, damals noch *Hitler*, war im Großen Krieg einfacher Soldat gewesen und aufgrund eines Gasangriffs halbblind und verwirrt von der Front zurückgekehrt. Einige Zeit verbrachte er in einem Nervensanatorium. 1919 wurde Hitler alias Schickelgruber als geheilt entlassen und begann, trotz seines Augenleidens, die vor dem Krieg ausgeübte malerische Tätigkeit wieder aufzunehmen. Seinen eigentlichen Namen *Hitler* legte er ab und nahm als Künstlernamen den ursprünglichen Namen seines Großvaters an. Eine merkwürdige Entscheidung, fand Alwina, *Schickelgruber* klang nun wirklich nicht sehr künstlerisch. Das musste auch die Wiener Kunstszene empfunden haben. Oder die Bilder überzeugten nicht. Jedenfalls scheiterte der Mann im Wien der 20er Jahre. Schickelgruber zog nach München. Die Hauptstadt des Königreichs Bayern bot dem Mittdreißiger offenbar eine künstlerische Nische. Als Theater- und Filmkulissenmaler, unter anderem arbeitete Schickelgruber mit Berthold Brecht und Murnau, schlug er sich ganz passabel durchs Leben. Anfang der 30er Jahre muss sich seine Sehkraft dramatisch verschlechtert haben, denn Schickelgruber stieg aus dem Theatergeschäft aus. Er kehrte zu seinem alten Namen *Hitler* zurück und lebte als Autor von Landser-Romanen in Berlin. Kurzzeitig sogar erfolgreich. Sein Buch *Mein Kampf*, eine biografische Darstellung seiner Kriegserlebnisse an der Westfront, erreichte eine Auflage von 25 000 Exemplaren. Dann verlor sich seine Spur, bis Hitler im November 1938 über Nacht zu einem höchst zweifelhaften Ruhm gelangte. Der Mann, der mittlerweile kokainabhängig geworden war, zündete, zusammen mit einem anderen Verwirrten, dem gebürtigen Holländer van der Lubbe, den Reichstag an. Schickelgruber-Hitler und van der Lubbe wurden noch in der gleichen Nacht gefasst. Als Drahtzieher des Ganzen galt ein gewisser Dr. Joseph Goebbels, ein beim Rundfunk tätiger Journalist und Mitglied der linksozialistischen Partei. Goebbels entzog sich der Verhaftung durch Selbstmord. Der folgende Prozess verurteilte van der Lubbe zum Tode. Er wurde durch die Guillotine hingerichtet. Bei Schickelgruber-Hitler dagegen stellten die Gutachter eine erbliche

Geisteskrankheit fest und das Gericht wies ihn in die Nervenanstalt Berlin-Dalldorf zur Sicherheitsverwahrung ein. Dort verstarb Schickelgruber Mitte der 40er Jahre. Zuletzt hielt er sich für Napoleon und forderte Karten, um einen Feldzug nach Moskau zu planen. Eine verkorkste Existenz. Die Aquarelle jedenfalls waren in ihrer plumpen Schlichtheit herrlich naiv.

Alwina betrat die Halle, die den Eingang zu ihrer Privatgalerie bildete. Auf der Stirnseite, fast die halbe Wand einnehmend, hing die Nachbildung, die Onkel Paul von Kirchers Kolossalgemälde, der *Seeschlacht bei Lissa* , hatte anfertigen lassen: einundzwanzig bewegte Quadratmeter voller Feuer, Kampf und Qualm.

Nein, Marinebilder sagten Alwina von Morus nicht zu.

Donauwellen

Die Ursache der gestrigen Schiffskatastrophe, der Kollision des Solarkampfschiffes Kaiser Wilhelm III. mit dem britischen Schlachtkreuzer Glorious II, bei der nach Aussagen des Marinekommandos Kiel mit mehr als 450 Toten gerechnet wird, sind bislang nicht geklärt. Das Reichsmarineministerium wies Spekulationen zurück, dass es sich bei dem Geschehen um einen Terroranschlag handle. Wie Reichsmarineminister Gustav von Hipper und Reichskriegsminister von und zu Kaltenbach erklärten, sei eine Sonderkommission ins Leben gerufen worden, die, in enger Zusammenarbeit mit dem Reichsnachrichtendienst, die Hintergründe und Ursachen schnellstmöglich aufklären werde …

Berliner Zeitung, 29.Juni 2014

Es war Abend geworden. Ein rotblauer Himmel hing leuchtend über Berlin. Die weiten Flächen der silbernen Solarspiegel reflektierten überall in der Stadt das späte Sonnenlicht. Das Treffen im Reichskanzleramt und die sich anschließende Besprechung in der Wilhelmstraße waren beendet. Robert von Warthenberg hatte sich im Hotel umgezogen und war jetzt auf dem Weg zu einer überraschenden Verabredung.

Am Ende der Sitzung in der Wilhelmstraße hatte ihn Roswitha von Peters angesprochen. Er sei, wie sie erfahren habe, gerade aus Wien gekommen. Eine Freundin von ihr, Alwina von Morus, lebe dort. Robert erklärte lachend, die Dame kenne er gut, immerhin sei Alwina seine Base, wenn auch vierten oder fünften Grades. Ein Wort gab das andere und schließlich verabredeten beide sich zum Essen in einem russischen Lokal in Berlin-Prenzlauerberg. Das *Voland* sei ein Geheimtipp, wie Frau von Peters betonte, und befinde sich in der Wicherstraße 63. In der Gegend von Berlin kannte sich Robert wenig aus und er brauchte einige Zeit, bis er das Lokal fand. Frau von Peters saß bereits an einem der Außentische und lächelte, als er sie begrüßte und sich für seine Verspätung entschuldigte. Beinahe hätte er sie nicht erkannt, so sehr unterschied sich ihr Äußeres von ihrem mittäglichen Auftreten. Die große, dunkle Brille war verschwunden, ebenso ihre strenge Frisur. Statt eines grauen Kostüms trug sie eine auffällige Rock-Blusen-Kombination, die ihre Figur selbst im Sitzen deutlich zur Wirkung brachte. Von Warthenberg, der während des Weges gezweifelt hatte, ob die Verabredung nicht etwas vorschnell gewesen war, entspannte sich. Das konnte ein interessanter Abend werden. Frau von Peters schien seine Gedanken gelesen zu haben.

„Guten Abend, mein lieber von Warthenberg, sind Sie überrascht? Ich hoffe positiv, ich unterscheide streng zwischen meinem amtlichen und privaten

Auftreten. Ansonsten darf ich Sie doch Robert nennen? Alles andere ist mir zu förmlich. Ich heiße Roswitha, aber das dürfte Ihnen bekannt sein."

Sie lachte, als sie seine Verblüffung wahrnahm.

„Haben Sie schon etwas ausgesucht, Roswitha?", fragte von Warthenberg, um seine leichte Verlegenheit zu überspielen.

„Ich habe natürlich auf Sie gewartet", entgegnete sie lächelnd.

Robert hatte das Gefühl, von einem Fettnäpfchen ins nächste zu treten.

Beide studierten die Speisekarte. Sie bestellten, die Getränke kamen. Das Lokal war gut besucht, am Nebentisch saß eine Gruppe von Ukrainern, wenn von Warthenberg den Akzent ihres Russisch richtig zuordnete. Sie schienen über ernsthafte religiöse Fragen zu debattieren. Seine Unterhaltung mit Roswitha von Peters verlief dagegen in lockeren Bahnen. Zunächst sprachen sie von Alwina von Morus und ihrer Kunstsammelleidenschaft. Roswitha kannte Alwina recht gut und erzählte, wie sie erst kürzlich die Freundin bei einer ihr Kunststreifzüge in Paris begleitet hatte. Auf dem Montmartre gäbe es wunderbare Neopräraffaeliten, doch Alwina hätte sich nur für die Naiven begeistert. Schließlich wandte sich das Gespräch dem Geschehen am Nachmittag zu. Nach der Informationsrunde im Reichskanzleramt waren die Mitglieder der Gruppe direkt ins Reichskriegsministerium in der Hindenburgstraße Nr. 2 gebracht worden. Im Ministerium erfolgte eine spezielle Einweisung in die Planung und den Auftrag. Zunächst würde die Gruppe sämtliche Augenzeugen- und Medienberichte über das Schiffsunglück in der Kieler Bucht auswerten. Parallel dazu sollten sie Akten- beziehungsweise Dateneinsicht in alle Vorgänge erhalten, die in den letzten Wochen und Monaten die Reichssicherheit betroffen hatten.

„Bislang entspricht das, was wir unternehmen sollen, einem ganz normalen kriminalistischen Vorgehen. Reine Polizeiarbeit. Warum dazu eine Sondergruppe ins Leben gerufen wird, verstehe ich nicht", meinte Roswitha von Peters.

„Das ist eine Notwendigkeit im Hinblick auf die Größenordnung der Katastrophe und der gefürchteten Anschlagssituation. Ich für meinen Teil allerdings verstehe nicht, warum General von Lübben die ‚heilige Johanna' hinzugezogen hat.

Frau Professor Türmer steht dem geplanten Unternehmen eher distanziert gegenüber", entgegnete von Warthenberg.

„Wahrscheinlich hat Lübben sie gerade wegen ihrer Haltung ausgewählt. Ein kritischer Blick kann hilfreich sein", erwiderte Frau von Peters.

„Ich weiß nicht", Robert von Warthenberg schüttelte skeptisch den Kopf. „Jedenfalls bin ich gespannt, was uns morgen in Kiel erwartet."

„Das bin ich auch", erwiderte Roswitha von Peters. „Und jetzt erzählen Sie mir etwas von sich, Robert", wechselte sie überraschend das Thema. „Ich weiß nur das, was uns der General bei der Vorstellung berichtete. Woher stammen Sie? Ihrer Sprache nach tippe ich auf Norddeutschland, obwohl ..."

„Ich bin in der Tat in Hamburg geboren", antwortete von Warthenberg. „Aufgewachsen bin ich aber auf unserem Weingut in den Reichslanden, der heute preußischen Provinz Elsass. Das Gut in der Nähe von Kaysersberg hatte mein Großvater für seinen Einsatz bei der Kaiserschlacht im Frühjahr 1918 mitsamt der Nobilitierung erhalten. Sie sehen, reiner Militäradel, mit einem großartigen Stammbaum bis Karl dem Großen kann ich nicht dienen."

Roswitha von Peters lachte. „Was soll ich denn sagen. Mein Urahn Carl Peters ist in keiner Weise vorzeigefähig. Ganz gleich, was die offizielle Kolonialgeschichtsschreibung auch behaupten mag, Carl Peters war im Kern seines Wesens ein übler Rassist. Ob er für seine ‚afrikanischen' Aktivitäten wirklich die Erhebung in den Adelsstand verdient hat, das möchte ich heute Abend nicht diskutieren. Aber die Nobilitierung für besondere Leistungen halte ich prinzipiell für eine gute Idee. Von den Angelsachsen kann man durchaus lernen."

„Das denke ich auch, in einem europäischen Reich sollte man für andere Völker offen sein."

„Wie ging es bei Ihnen weiter?"

„Nun, ich studierte zunächst in Bremen Schiffsbauwesen und Luft- und Raumfahrtechnik. Nach der Promotion meldete ich mich zur Fliegerei. Ich wurde in München an der Offizierschule der Luftwaffe und in Fürstenfeldbruck ausgebildet. Dann war ich einige Jahre bei den Immelmännern im Breisgau im Einsatz. Dann studierte ich weiter, diesmal Geschichte."

„Ein überraschender Wechsel. Und wo?"

„In Freiburg und Heidelberg. Nach meinem Zweitstudium kehrte ich als Offizier für besondere Aufgaben ins Geschwader zurück und wurde zur ukrainischen Einheit abgeordnet."

„Ukrainische Einheit? Ich habe von ihr gehört, weiß aber nicht wirklich, um was es sich dabei handelte."

„Sie wissen, mit dem Niedergang des sowjetischen Reiches nach dem Russisch-Ukrainisch-Polnischen Krieg zerfiel der europäische Teil in mehrere Einzelstaaten. Schon früh wurde deutlich, dass die Ukraine, die 1918 unabhängig und Bündnispartner Deutschlands geworden war, aus Wirtschaftsgründen und wegen der Sicherheitslage vollständig in das Reich eintreten wollte. Der pro-deutschen Strömung stellten sich slawisch-nationale Gruppen und die Großpolen entgegen. Die Reichsregierung schickte eine Luftwaffen- und eine Infanterieeinheit, die den Anschlusswilligen helfen sollten. Mit knapper Not wurde ein Bürgerkrieg vermieden. Fünf Jahre später trat die westliche Ukraine als Reichsland Ukraine dem Reich bei. Der südöstliche Teil wurde zur Krimrepublik. Der nördliche Teil fiel an Polen."

„Die Zeit in der Ukraine muss ziemlich abenteuerlich gewesen sein. Wie waren die Menschen?“

„Die ländliche Bevölkerung war bitterarm, doch meist sehr freundlich und hat uns überall gut aufgenommen. Natürlich gab es brenzlige Situationen. Vor allem in den Industriezentren und auf der Krim.“

Sie wurden durch den Kellner unterbrochen, der ihre Bestellung brachte. Zunächst *Borschtsch*, dann *Boeuf Stroganow* und dazu *Sapervi*, einen Wein aus dem Kaukasus. Roswitha von Peters und Robert widmeten sich dem Essen.

Sie waren mit der Suppe fertig und wollten gerade mit dem Hauptgang beginnen, da fiel Roberts Blick auf die gegenüberliegende Straßenseite. Ein schwarzer Mercedes fuhr vor und parkte. Doch niemand stieg aus. Stattdessen glitt ein Seitenfenster nach unten und ein Gewehrlauf wurde sichtbar, der in Richtung des Lokals zielte. Instinktiv ließ von Warthenberg sich fallen und riss dabei Frau von Peters unsanft mit zu Boden. Im gleichen Augenblick krachten mehrere Schüsse. Eine Frau schrie gellend und im Nu war alles in heller Panik. Weitere Schüsse fielen und aus dem Restaurant wurde das Feuer erwidert. Sie schienen in eine Bandenabrechnung geraten zu sein. Robert hielt Roswitha umklammert und wälzte sich mit ihr zur Seite. Sein linker Ärmel war in Fetzen und an der Seite musste ihn eine Kugel gestreift, aber zum Glück nicht weiter getroffen haben. Sonst waren beide unversehrt. Robert erhob sich halb und zerrte Frau von Peters auf die Füße.

„Schnell, wir müssen hier verschwinden. Das war bestimmt nicht alles!“

Wie zur Bestätigung sprangen jetzt mehrere Gestalten aus dem Wagen und stürmten auf das Lokal zu. Er ergriff Roswithas Hand und beide rannten gebückt in die Dunkelheit hinein und davon. Hinter ihnen erklangen Schüsse aus Schnellfeuerwaffen. Menschen brüllten in Angst und Panik. Etwas detonierte krachend, eilig bogen Robert und seine Begleiterin um die nächste Ecke.

Die Straße vor ihnen wirkte völlig normal und die Geräusche des Überfalls verstummten. Sie liefen einige Meter, dann blieb Roswitha von Peters schwer atmend stehen.

„Robert, halt an!“

Sie lehnte sich zitternd an eine Hauswand. „Ich, ich kann nicht mehr.“

Sie fühlte, wie ihr Herz rasend klopfte.

„Gut, bleib hier stehen!“ Von Warthenberg kehrte zur Kreuzung zurück und spähte vorsichtig um die Ecke. Niemand schien ihnen zu folgen.

„Keine Angst, es sieht so aus, als seien wir erstmal in Sicherheit!“

Er zückte sein Handfon und wählte die Polizeinotrufnummer. Robert meldete sich und erklärte, was gerade geschehen war. Dann wandte er sich wieder Roswitha zu.

„Die Polizei ist bereits unterwegs. Der Beamte riet, im nächsten Haus zu klingeln und dort zu warten, bis sich alles beruhigt hat. Es klang fast so, als sei ein solcher Überfall hier Routine."

„Ein Überfall? Nein, Robert, das war ein Attentat!"

Roswitha sah ihn mit vor Schreck und Entsetzen geweiteten Augen an, dann sank sie ohnmächtig zu Boden.

Berlin, Tempelhof, 28. Juni, 21:00 Uhr

Der Linienzeppelin aus London landete pünktlich um 21 Uhr. Die Passagiere drängten sich durch den Pass- und Zollbereich und von dort in die große Empfangshalle. Unter den Reisenden fiel eine groß gewachsene, rothaarige Frau auf, die eine dunkle Sonnenbrille trug. Als Gepäck führte sie lediglich eine braune Lederreisetasche mit. Die Frau trat hinaus in den Außenbereich und bestieg eine der gelben Taxen.

„Bitte zum Reichstag", wies sie den Fahrer an. Aus den Augenwinkeln sah sie, wie ein grau gekleideter Mann das Taxi hinter ihr bestieg. Gut, William war ebenfalls angekommen. Er hatte weisungsgemäß einen früheren Flug gebucht und auf ihre Ankunft gewartet. Jack, der dritte in ihrem Bunde, würde am Reichstag zu ihnen stoßen. Eine unauffällige Gruppe von Reisenden, die einander zufällig über den Weg liefen. Die beste Art und Weise, ihre Aufgabe anzugehen.

Sir Oldfield hatte ihr den Auftrag persönlich erteilt und erläutert. Und Heather McWheels war eine Frau, die gewohnt war, Aufträge exakt und punktgenau zu erfüllen. Die 37-Jährige hatte ihre Erfahrungen in den verschiedensten Krisengebieten der Welt gesammelt. Ihr erster Einsatz als blutjunge Agentin war in den Schlusstagen von Hongkong gewesen, wo sie es buchstäblich in letzter Minute geschafft hatte, wichtige Geheimdokumente außer Landes zu bringen. Der ganze Einsatz und der dabei erlittene Verlust von Agenten wäre nicht nötig gewesen, wenn die Regierung ihrer Majestät nicht bis zu eben dieser Minute an der fantastischen Vorstellung festgehalten hätte, die ferne Kronkolonie auch im nächsten Jahrtausend zu führen und zu verwalten. Westminster hatte darauf gehofft, von Berlin Rückendeckung zu bekommen. Aber die Handelsbeziehungen zu einem Markt mit heute annähernd 1,5 Milliarden Menschen zählten im Reichskanzleramt offenbar mehr als die Eindämmung einer kommenden Weltmacht. Als schließlich die *Zhongguo Guomindang* unter Lee Teng-hui Hongkong von der Außenwelt abschnitt, zog die Regierung in London alle Truppen und die Verwaltungsangehörigen widerspruchslos ab.

Die Nationalchinesen, die in den Wirren nach Maos Tod bis Peking vorgestoßen waren und die kommunistische Regierung gestürzt hatten, feierten die Inbesitznahme der Kolonie als großen Akt der Wiedervereinigung. Heute war die Chinesisch-Japanische Konföderation eine militärische und technische

Supermacht, die mit Indien, den USA und dem Deutsch-Europäischen Reich durchaus mithalten konnten. Nur Briten und Russen waren im historischen Ringen um Macht und Einfluss auf der Strecke geblieben. Aber vielleicht würde sich das bald ändern, dachte Heather McWheels. Inzwischen hatte das Taxi die Innenstadt erreicht und fuhr auf der breiten Prachtstraße *Unter den Linden* direkt auf das Zentrum der Reichshauptstadt zu. Seitlich wölbte sich die gläserne Kuppel des Reichstags, links daneben erhoben sich die Prachtbauten des Regierungsviertels mit den Botschaften und den Vertretungen der Bundesstaaten und Reichsländer. Der Wagen fuhr am Brandenburger Tor vorbei und hielt auf einem Standstreifen am Reichstag. Heather McWheels zahlte und stieg, ihre leichte Tasche in der Hand, aus. Drüben, auf der Seite des Reichstags, stand bereits Jack Brown. Gut, fehlte nur noch William Callegan. 22 Uhr – der Coup konnte starten.

Berlin- Steglitz, 29. Juni, 1:00 Uhr

Hans Iwanowitch Georgi trat aus dem *Topolino* auf die Treitschkestraße und holte tief Luft. Ein Uhr morgens, die Sache mit Michail und Pjotr machte ihn völlig fertig. Das, was geschehen war, hatte er nicht gewollt. Georgi studierte an der Friedrich-Wilhelm-Universität Volkswirtschaft. Seine Eltern waren Russlanddeutsche oder genauer Bessarabien-Deutsche aus der westlichen Ukraine und nach dem Beitritt nach Berlin gezogen. In der Zehnmillionenstadt hofften sie, endlich das Glück zu finden. Aber das Glück hatte sie gemieden. Die Eltern wohnten in einer der hässlichen Trabantenstädte. Sein Vater, ein gelernte Elektriker, hatte zunächst Arbeit in einer der riesigen Fabriken gefunden, in der hochtechnisierte Elemente für Solaranlagen und für Windkraftwerke geplant und in Massenproduktion für den Weltmarkt hergestellt wurden. Die Gebäude, kilometerlange Röhren, glichen herzlosen Riesengebilden, in denen die Arbeiter in den Maschinen aufgingen. Moderne Zeiten. Dann wurde Hans' Vater aus Altersgründen entlassen und schlug sich seitdem wie viele Zuwanderer aus dem Osten mit Gelegenheitsarbeiten oder Hausmeisterei durch.

Lediglich Hans war es besser ergangen. Er hatte ein Begabtenstipendium ergattert und somit einen Zugang zur Universität erhalten. Nach den Krawallen der 70er Jahre waren die Zulassungen zum Studium drastisch reduziert und Studiengebühren nach amerikanischem Muster eingeführt worden. Nur noch Kinder von Leuten aus gut situierten Kreisen konnten sich eine akademische Ausbildung leisten. Der andere Weg war über ein Stipendium oder eine der Stiftungen. Hans wurde von der Gustav-Stresemann-Stiftung unterstützt. Der frühere Außenminister und zeitweilige Reichskanzler sowie Vorsitzende der Deutschen Volkspartei hatte eine Stiftung zur Förderung des deutschen Volkstums ins Leben gerufen. Hans war als Spätaussiedler und wegen seiner

Leistungen auserwählt worden. Die DVP, zu Zeiten Stresemanns wohl demokratisch, aber deutlich rechts der Mitte im politischen Spektrum angesiedelt, war in den letzten Jahrzehnten stark nach links gerückt. Vor allem ihr Jugend- und Studentenverband, die *Jungdeutschen*, plädierten für Gleichheit und Brüderlichkeit. Sie hatten Teile der früheren bündischen Jugend und der Wandervogelbewegung aufgesogen und tendierten zu einem neoromantischen und christlichen Weltbild. Auf einem Gauthing war Hans mit Vertretern der Neu-Orthodoxen ins Gespräch gekommen und als diese erfuhren, dass er aus der Ukraine stammte, war er sofort zu einem Treffen eingeladen worden. Die Gemeinschaftsabende, die Lieder, der Gottesdienst auf freiem Feld und die sozialen Gleichheitsforderungen sprachen Hans an. Radikalere Formen aber lehnte er vehement ab. Was ihm Michail und Pjotr ganz allgemein erzählten, hatte er nicht ernst genommen. Doch jetzt sah es so aus, als ob Michail und Pjotr tatsächlich einen Anschlag verübt hätten. Die Geschichte von dem Überfall auf das russische Restaurant hatte sofort die Runde gemacht. Wenn die Gerüchte stimmten, hatte es sogar Tote gegeben. Aber, vielleicht hatten die beiden nichts mit dem Anschlag auf das *Voland* zu tun. Vielleicht war alles ein Irrtum.

„Hans“ rief ihn eine Stimme zurück in die Gegenwart. „Geht es dir nicht gut?“

Es war Rachel, Hans’ Freundin und Mitstudentin.

„Nein, alles in Ordnung, Liebes. Ich habe nur etwas Luft geschnappt.“

Gleich morgen früh würde er mit beiden sprechen. Hans Georgi kehrte mit Rachel ins *Topolino* zurück.

Berlin-Kiel, 29. Juni, 8:30 Uhr

Ein Sonderflug in einem Zeppelin des Reichsluftfahrtsamtes brachte die Gruppe nach Kiel. Nach den aufregenden Ereignissen des gestrigen Abends, die Befragung durch die Polizei hatte bis kurz nach eins gedauert, hoffte von Warthenberg, sich ein wenig ausruhen zu können. Der Start des Zeppelins erfolgte um Punkt acht Uhr; zu viel Schlaf war er nicht gekommen und er fühlte sich ziemlich müde. Roswitha von Peters ging es noch schlechter. Sie litt zusätzlich unter der Luftkrankheit und lag mit bleichem Gesicht und geschlossenen Augen geradezu apathisch in ihrem Sitz.

Doch kaum befand sich der Zeppelin in der Luft, nahm General von Lübben Robert zur Seite und befragte ihn ausführlich über das Geschehen im *Voland.* Robert wiederholte in Grundzügen, was Frau von Peters und er erlebt hatten.

„Ich glaube nicht“, meinte von Lübben, „dass es sich um ein gezieltes Attentat auf Sie oder Roswitha von Peters handelt. Offiziell wird das Ganze auf das Konto der ukrainischen Mafia gebucht. Im Restaurationsgewerbe herrscht ein rauer Wind.“

„Aber Herr General", wandte Robert ein, „ein Anschlag mit Maschinenpistolen und Sprengstoff ist eindeutig einige Kategorien höher als ein Rollkommando der Konkurrenz. Besonders, da es mehrere Tote und Schwerverletzte gegeben hat."

„Das ist mir bekannt, Herr Major. Ich sprach von der offiziellen Lesart", korrigierte ihn von Lübben. „Ich persönlich nehme das Geschehen durchaus ernst. Aber, wie gesagt, ich gehe nicht davon aus, dass Sie beide gezielt getroffen werden sollten. Es wusste doch niemand, dass Sie ins *Voland* wollten. Nein, mein Lieber, Sie sind rein zufällig in die Geschichte hineingeraten."

„Dennoch, ein derartiges Vorkommnis mitten in der Reichshauptstadt. So etwas schockiert einen schon", erwiderte von Warthenberg. „Das sind Zustände wie in Detroit oder Liverpool."

„Das ist genau die Situation, von der die Kanzlerin gestern sprach. Trotz aller inneren und äußeren Erfolge brodelt es im Reich. Das wirtschaftliche Gefälle zwischen den Kernländern und den neu hinzugekommenen Gebieten im Osten und Südosten ist einfach zu groß. Vor allem im Beitrittsgebiet der ehemaligen Ukraine, dem neuen Reichsland Ukraine, herrscht viel Unzufriedenheit."

„Die Leute am Nebentisch sprachen russisch mit ukrainischem Akzent", merkte von Warthenberg an.

„Richtig, Sie waren ja einige Zeit im Osteinsatz", sagte der General, „da bekommt man sicher ein Gehör für diese Nuancen. Gab es damals schon den orthodoxen Fundamentalismus?"

„Als ich vor acht Jahren in Kiew und auf der Krim war, ging die primäre Gefahr von den extremen Nationalisten aus. Orthodoxe Splittergruppen gab es so gut wie nicht. Und wenn Gruppen dieser Art auftraten, wurden diese nicht ernst genommen", antwortete von Warthenberg.

„Das könnte ein Fehler gewesen sein", meinte General von Lübben nachdenklich. „Aber lassen wir das Thema. Ich möchte Sie und die anderen der Gruppe mit unseren primären Aufgaben und dem heutigen Zeitplan vertraut machen. Dazu werde ich leider auch Ihre reizende Freundin Roswitha von Peters wecken müssen", fügte von Lübben süffisant hinzu.

Berlin, Kreuzberg, 29. Juni, morgens

„Musste der Anschlag auf das *Voland* sein? Die Opfer sind in der Mehrzahl Landsleute gewesen. So etwas bringt uns nicht weiter. Mit diesem schweren Unrecht laden wir nur Schuld auf uns, siehst du das nicht ein?"

Der Student schlug mit der Faust auf den Tisch.

„Reg dich ab", entgegnete ihm sein Gesprächspartner. „Was willst du überhaupt? Das waren Ungläubige und sie haben gesehen, was passiert, wenn man die Heimat und den wahren Glauben leugnet. Außerdem haben sie zurückgeschossen."

Der Mann namens Michail lächelte seltsam.

„Nur, wenn wir Angst im Lager des Feindes erzeugen, ist der Erfolg möglich."

Die Männer saßen in einer verdeckten Ecke eines schäbigen Lokals in Kreuzberg, in dem sie sich bereits früher getroffen hatten. Der Schankraum war zu dieser frühen Morgenstunde nahezu leer. Nur am Tresen hockten zwei zusammengesunkene Gestalten. Dahinter putzte ein dicker Mann mit einem schmierigen Tuch Gläser. In der Luft lag der Geruch von Zigaretten und Schweiß. An den Wänden hingen braunstichige Fotografien von Männern mit langen Bärten vor Holzhäusern und anderen Gebäuden. Daneben waren die Sophienkathedrale im Nowgoroder Kreml und das Danilow-Kloster in Moskau zu sehen. Eigentümliche Bildnisse für eine Kneipe in dieser Gegend.

Ein hagerer Mann betrat das Lokal und sah sich suchend um. Dann entdeckte er die Männer in der Ecke. Der ältere hob kurz die Hand. Der hagere Mann ging langsam zu ihrem Tisch. Der jüngere, der mit dem Rücken zur Tür saß, bemerkte den Neuankömmling nicht. Er stritt sich weiter mit dem anderen.

„Mit solchen Aktionen bringt ihr nur die Öffentlichkeit gegen uns auf. Auch unsere eigenen Leute verstehen nicht, warum so viele Menschen sterben mussten."

„Wenn sie dem wahren Glauben angehörten, sind sie glücklich zu schätzen, denn sie starben als Märtyrer", entgegnete der andere.

„Nein, Michail, das kann ich nicht akzeptieren", rief der Student zornig und sprang auf. „Ich steige aus. Mit diesen verfluchten Morden will ich nichts zu tun haben."

Er drehte sich um und stieß direkt gegen den Hageren, der dem Wortwechsel ruhig zugehört hatte. Mit einer kurzen Entschuldigung wollte der Student an ihm vorbei. Da warf ihm der Hagere mit einer blitzschnellen Bewegung eine Art Draht über den Kopf und um den Hals und zog die Schlinge fest zu. Der Student griff mit beiden Händen zum Hals. Doch es gelang ihm nicht, das tödliche Band zu lösen. Mit einem krampfhaften Zucken glitt er röchelnd zu Boden. Nach einem kurzen Augenblick ging ein letztes Zittern durch den Körper – der Student war tot! Während das geschah, war der Alte sitzen geblieben und hatte dem Geschehen in aller Ruhe zugesehen. Der Hagere drehte sich kurz um. Die Männer am Tresen und der Wirt bewegten sich nicht. Sie schienen von dem Mord nichts mitbekommen zu haben. Der ältere Mann nahm einen Schluck aus einem Becher, dann erhob er sich.

„Sie sind im rechten Augenblick gekommen. Wer an unserer Sache zweifelt ist ein Verräter. Und Verräter müssen so enden. Alle!"

Er trat mit dem Fuß an den Leichnam.

„Wir sollten ihn nach hinten bringen. Dort gibt es einen Ausgang zur Rückseite hin."

Beide bückten sich und schleppten den Toten durch eine Tür hinaus. Der dicke Mann hinterm Tresen stellte das Glas ab, das er eben geputzt hatte. Er wandte sich den Gestalten vor ihm zu.

„Schluss für jetzt, geht!“

Die beiden Männer brummten etwas, wagten aber keinen offenen Widerspruch. Münzen klapperten. Dann standen sie von ihren Sitzen auf und wandten sich leicht taumelnd dem Ausgang zu. Nachdem die Männer das Lokal verlassen hatten, schloss der Wirt hinter ihnen die Tür und ging ebenfalls nach hinten.

Berlin – Kiel, 29.Juni, 9:00 Uhr

Eine halbe Stunde war seit dem Aufstieg des Zeppelins vergangen. Die gesamte Gruppe war nun bei Kaffee, Tee und Gebäck im Salon des Luftschiffes versammelt. Nur Professor Schwarze fehlte. Er vertrug aufgrund seines Blutdrucks Luftreisen nicht und war bereits am gestrigen Abend mit dem Nachtexpress nach Kiel aufgebrochen.

General von Lübben betrachtete die Gruppe. Links saß Frau von Peters, noch immer etwas blass wegen der gestrigen Erlebnisse und ihrer Luftkrankheit. Neben ihr Robert von Warthenberg, heute in der blauen Uniform eines Luftwaffenmajors. An seiner Seite Kapitänleutnant von Scholz, im dunkleren Marineblau. Und schließlich Frau Professor Türmer, der es angesichts des Militärischen, auch der General trug Uniform, sichtlich unwohl war.

„Meine Damen, meine Herrn Kameraden!“, begann der General seine Rede. „Ich freue mich, Sie alle hier an Bord begrüßen zu dürfen. Ich will gleich zur Sache kommen. Zuerst werden Sie in die Abläufe des heutigen Tages eingewiesen. Dann gebe ich Ihnen einen Überblick zum Ablauf unseres Aufenthalts in Kiel. Schließlich – und das ist der wichtigste Teil unserer Besprechung – sind Sie und Ihre Ideen gefragt, im Hinblick auf das, was und wie wir unsere Aufgabe erfüllen können. Haben Sie dazu Fragen?“

Von Lübben blickte sich in der Runde um. Frau Türmer sah man an, dass sie etwas sagen wollte, sich dies aber verkniff. Von Lübben lächelte innerlich, die Professorin würde sich bestimmt bald zu Wort melden.

„Gut, dann darf ich Sie zunächst mit Ihrem beziehungsweise unserem rechtlichen Status bekannt machen. Ab sofort sind alle Angehörigen der Gruppe offizielle Mitglieder im Generalstab. Ich bin befugt, Sie alle entsprechend militärisch zu befördern. Wenn Sie sich bitte erheben …“

In der folgenden kurzen Zeremonie ernannte General von Lübben im Auftrag des Reichskriegsministeriums Hagen von Scholz zum Kapitän zur See, Robert von Warthenberg zum Oberst und die Damen jeweils zum Oberstarzt.

„Warum werden wir in die Kategorie der Sanitätsoffiziere eingeordnet?“, fragte Frau Professor Türmer.

„Aus Gründen der Tarnung, weibliche Offiziere gibt es primär im medizinischen Bereich“, erläuterte der General. „Ihre neuen Uniformen, meine Damen und Herren, finden Sie nachher in Ihren Kabinen. Ich hoffe, die Maße der Damen stimmen, ich musste schätzen.“

„Sollen wir die ganze Zeit in Uniform herumlaufen? Das finde ich ziemlich umständlich“, empörte sich Frau von Peters.

„Wir tragen die Uniform nur heute, um den offiziellen Charakter unserer Mission zu verdeutlichen“, erklärte der General geduldig. „Damit wäre ich beim heutigen Ablauf. Nach der Landung auf dem Seeflugfeld bringt uns eine Barkasse zur Marineschule und später zum Hafen. Das Unfallgebiet ist weiträumig abgesperrt. Journalisten und Schaulustige bleiben vorerst außen vor. Die Bergungsarbeiten sind für so lange Zeit ausgesetzt, wie wir brauchen, um uns einen Eindruck zu verschaffen. Bei unserem Besuch werden wir von Marinetechnikern und einem Spurensuchteam des RND unterstützt. Wie wir weiter vorgehen, sollten wir heute Nachmittag besprechen. Um 18 Uhr ist ein öffentlicher Pressetermin angesetzt. Unser dortiges Auftreten werden wir vorher absprechen.“

„Wie lange bleiben wir in Kiel?“, wollte Hagen von Scholz wissen.

„Geplant sind drei Tage. Wir haben Zeit, aber nicht zu viel. Und wir müssen der deutschen Öffentlichkeit und dem Ausland bald Ergebnisse präsentieren …“

„Sie könnten uns etwas erklären, Herr General“, schaltete sich Frau Professor Türmer ein. „Dass wir als erstes in Kiel am Ort der Katastrophe mit unserer Arbeit beginnen, verstehe ich. Auch, dass die eigentliche Aufklärungsarbeit von polizeilichen und technischen Fachleuten geleistet wird, ist, denke ich, jedem von uns deutlich. Wir dürften sozusagen als Aushängeschild fungieren. Aber was ist mit dem zweiten Teil unseres Auftrages? Ich habe die Reichskanzlerin so verstanden, als sei dies der dringlichere Teil. Wie viel Zeit steht uns dafür zur Verfügung? Und wo setzen wir an? Hier in Kiel?“

Robert von Warthenberg musste der streitbaren Professorin Recht geben. Alles, was ihnen bisher von offizieller oder halboffizieller Seite mitgeteilt worden war, wirkte verschwommen und unklar. Was war wirklich ihre Aufgabe? Die Frage stand im Raum und stellte sich gewiss auch den übrigen Mitgliedern der Gruppe.

General von Lübben stand auf und blickte einen Moment schweigend aus dem Kabinenfenster. Dann wandte er sich wieder an die Gruppe.

„Ich danke Ihnen, Frau Professor Türmer, für Ihre offenen Worte. Ihre Fragen sind genau die Fragen, die ich mir auch stelle. Und ich kann Ihnen, so leid es mir tut, derzeit keine befriedigende Antwort geben. Ich hoffe, dass wir dort unten“, er wies mit der Hand zum Fenster, „etwas finden werden, was uns weiterhilft. Beweise für oder gegen die Terrorthese. Und, wenn es sich um einen Anschlag handelt, Spuren, die uns zu den Tätern und ihrem Hintergrund führen. Das Reich, meine Damen und Herren, steht auf dem Höhepunkt seiner Macht. Außen mag es wirtschaftliche Konkurrenz geben, aber keine konkrete Bedrohung. Der wahre Feind ist im Innern. Und glauben Sie mir, das ist keine militärische Paranoia und ein Versuch, wie bei unserem Altreichskanzler Fürst von Bismarck, unbequeme Opposition als Reichsfeinde abzutun."

Er machte eine kurze Pause und fuhr dann mit einer fast leidenschaftlichen Stimme fort.

„Nein, wir dürfen uns nicht täuschen lassen. Unter der scheinbar so festen Oberfläche, hinter der glänzenden Fassade von Erfolg und Macht schwelt eine Glut, die leicht zu einem Flächenbrand werden könnte. Stellen Sie sich vor, 1918 wäre bei uns und nicht in Frankreich und wie 1917 in Russland eine Revolution ausgebrochen. Die Folgen für die Monarchie und das Reich wären unabsehbar gewesen. Womöglich wäre es zu einer Diktatur und Gewaltherrschaft gekommen. Und die Gegenwart ..."

General von Lübben hielt inne. Von seinen heftigen Worten überrascht, saßen die anderen wie erstarrt am Tisch.

Von Lübben trank einen Schluck Kaffee, dann sprach er weiter und seine Stimme klang wieder fest und emotionslos.

„Am besten gehen Sie jetzt in Ihre Kabinen und ziehen sich um. Dort finden Sie weitere Unterlagen wie Telefonnummern, Notkontakte und Instruktionen zum Verhalten in etwaigen Alarmsituationen. Wir landen in etwa fünfzehn Minuten."

Robert von Warthenberg erhob sich mit den anderen und ging hinaus. Der General hatte am Anfang davon gesprochen, der wichtigste Teil der Besprechung sei der, in dem es um die Beiträge und Ideen des Teams gehen würde. Doch zu diesem Komplex waren sie nicht gekommen. Vor ihm gingen Roswitha und Frau Professor Türmer. Den Worten nach, die er von ihrem Gespräch auffing, waren auch die Damen mit dem Verlauf der Einweisung unzufrieden. Er war sicher, die beiden würden sich zu gegebener Zeit noch mal dazu äußern. Robert betrat seine Kabine. Auf dem Bett lag seine neue Uniform. Er kleidete sich rasch an und betrachtete sich im großen Bodenspiegel. Die Uniform war auf Taille geschnitten und passte wie angemessen. Auf der Schulter prangten das silberne Eichenlaub und drei Sterne, mit dem Rot des Generalstabsoffiziers unterlegt. Äußerlichkeiten! Robert von Warthenberg musste über seine Eitelkeit lächeln. Dann schloss er den letzten Knopf seiner Jacke und verließ die Kabine.

Berlin, 29. Juni, ein Hotel, 9:00 Uhr

Heather McWheels erwachte gegen neun Uhr. Vom Fenster fiel heller Sonnenschein herein. Sie blickte sich um und stellte fest, dass sie sich in einem Hotelzimmer der gehobenen Klasse befand. Der Raum war groß und luxuriös möbliert. Das Bett, in dem sie lag, war ebenfalls groß. Groß und breit. Sie war nicht allein im Bett, neben ihr ruhte eine zweite Person, ein Mann. Sein Gesicht war ihr zugewandt. Sie schätzte ihn auf Anfang vierzig und er sah verflixt gut aus. Vorsichtig hob sie die Decke. Er schien überall gut auszusehen. Langsam, bemüht, den Mann nicht zu wecken, glitt Heather aus dem Bett. Auf dem Boden des Zimmers lagen verschiedene männliche und weibliche Kleidungsstücke sowie ihre Handtasche. Der gestrige Abend schien wild geendet zu haben. Heather raffte zusammen, was ihr gehörte und eilte ins Bad. Auch das Bad war riesig und voller Annehmlichkeiten. Am Rande der breiten Marmorwanne boten Dutzende von Flakons den Gästen ihre duftenden Dienste an. So sehr sie ein Bad gereizt hätte, verkniff sich Heather aus Zeitgründen den Wunsch. Sie duschte kurz und fuhr rasch in die Kleider. Als sie aus dem Bad kam, richtete der Mann sich auf und blinzelte sie verschlafen an.

„Willst du schon gehen?“, fragte er. „Bleib doch noch ein bisschen!“ Er machte Anstalten, aus dem Bett zu steigen. Heather trat lächelnd zu dem Mann, beugte sich vor, als ob sie ihn umarmen wollte, griff in ihre Tasche, zog einen Totschläger hervor und schlug hart und präzise zu. Bedauerlich, doch notwendig. Der Mann sackte stöhnend zusammen. Tot war er nicht, aber erst einmal außer Gefecht. Sie deckte ihn sorgfältig mit der Bettdecke zu und sah sich noch einmal im Zimmer um, ob sie etwas vergessen hatte. Nein, es gab nichts, was auf den ersten Blick von ihrer Anwesenheit zeugen konnte. Gut, Heather setzte ihre Sonnenbrille auf, band sich ein Tuch um den Kopf und verließ ihre nächtliche Bleibe.

Sie fuhr mit dem Fahrstuhl nach unten. Im Foyer herrschte Hochbetrieb, so dass sie, ohne aufzufallen, aus dem Hotel gelangte. Überall Damen in eleganter Kleidung, Herren in gedeckten Anzügen und in den bunten Uniformen der Berliner Garderegimenter. Am Eingang sah Heather, wo sie über Nacht gewesen war: *Hotel Adlon* stand in goldener Prägung auf der Tür. Ein mondänes Quartier.

Sie trat hinaus in den geschäftigen Morgen des Pariser Platzes.

Ein Auftrag, den sie von London mitgebracht hatte, lautete, Unruhe und Unsicherheit zu erzeugen. Wie, das war Heather McWheels und ihrem Team freigestellt. Sie hatten sich für eine Bombe entschieden. Genauer gesagt, für zwei. William hatte sie mitgebracht, kleine, hässliche Präzisionsinstrumente. Sie sollten in der Nähe des Reichstags explodieren, doch ohne Personenschaden anzurichten.

Es war gestern Abend sehr einfach gewesen, die Bomben zu verstecken. Der Reichstag und die Regierungsgebäude, insbesondere das Reichskanzleramt, waren zwar gut bewacht und gesichert. Doch um die touristische Imbisshalle, den Berlin-Pavillon, machte sich niemand Sorgen. Wegen der Abendöffnung des Reichstags war der Pavillon trotz der späten Stunde ebenfalls geöffnet.

In kurzen Abständen betraten sie das Lokal. Jack holte sich ein Bier, William stellte sich in eine Schlange und wartete geduldig, bis er eine echte Berliner Currywurst bekam. Heather McWheels besorgte sich einen Kaffee aus dem Automaten. Sie suchte sich einen freien Platz, stellte ihre Tasche auf den Boden und ging dann zur Toilette. Dort entnahm sie ihrer Handtasche ein Kästchen in den Maßen zehn mal zehn mal acht Zentimeter und befestigte dieses mit einem Haftband unterhalb der WC-Schüssel. Dann betätigte sie die Spülung, wusch sich die Hände und gab der Toilettenfrau ihren Obolus. Sie kehrte zum Tisch zurück, trank in aller Ruhe ihren Kaffee aus und verließ ohne Reisetasche das Lokal. William war inzwischen im Herrenbereich ähnlich aktiv gewesen und folgte ihr. Jack brach als Letzter auf. Er hatte Heather McWheels' Tasche übernommen und schlenderte gemächlich zur nächsten Bushaltestelle. Alles war glatt gegangen, fast zu glatt. Eine Uhr schlug elf. Der Pavillon schloss für heute. Der Tag war lang gewesen und Heather fand es an der Zeit, ihr Quartier aufzusuchen. Dann aber war in ihr der Wunsch aufgestiegen, sich ein wenig in das Berliner Nachtleben zu stürzen. Kurz entschlossen winkte Heather ein Taxi herbei. Aus den Augenwinkeln hatte sie noch gesehen, wie William eine blonde Frau in einem engen kurzen Rock ansprach. Was aus seiner Aktivität geworden war, wusste Heather nicht. Genauso wenig, wie sie wusste, auf welche Weise und warum sie ins *Adlon* geraten war. Sie warf einen Blick auf ihre Armbanduhr, 9:30 Uhr. In fünfzehn Minuten, rechtzeitig vor der Öffnung des Pavillons, würde die erste Bombe explodieren. Besser, sie war dann deutlich vom Ort des Geschehens entfernt. Am Abend wollte sich die Gruppe wieder treffen. Die zweite Aktion sollte noch in dieser Nacht ablaufen.

Berlin- Kiel, 29.Juni, 9:30 Uhr

Robert von Warthenberg trat hinaus auf den Gang und schaute durch die großen Panoramascheiben nach unten. Sie überquerten einen schmalen Landstreifen und nahmen Kurs nach Nordnordost. Der Zeppelin schwankte leicht.

„Ein nettes Lüftchen", sagte eine Stimme hinter ihm. Hagen von Scholz kam zu Robert geschlendert. Auch er trug bereits seine neue Uniform.

„Gratuliere dir zur Beförderung, Herr Kapitän!", begrüßte ihn Robert.

„Danke, Herr Oberst, ich gratuliere ebenfalls", konterte von Scholz.

„Gegen den Rang habe ich nichts. Ich dachte schon, ich würde als Kaleu meine Tage beschließen. Aber das Übrige ... Sag ehrlich, Robert, was hältst du von der ganzen Geschichte?"

„Wir sollen aufklären und wir haben offenbar jede Menge Kompetenzen ...", antwortete von Warthenberg.

„Das meine ich nicht", unterbrach ihn Hagen von Scholz. „Mir geht es um den Hintergrund. Diese Untergrundgeschichte. Ich bekomme die Bilder von gestern nicht aus dem Kopf. Du weißt, die aus dem Bekennerfilm. So habe ich unsere Geschichte nie betrachtet. Vor allem die Filmausschnitte aus den Kriegen. Die Szenen wirkten niederschmetternd und deprimierend und in keiner Weise heldenhaft. Wir haben auf der Marineschule die Seeschlacht vom 31.Mai 1916 im Skagerrak intensiv behandelt. Der Heldenkampf der deutschen Hochseeflotte gegen die zahlenmäßig überlegene Grand Fleet. Die Vizeadmirale Scheer und Hipper mit lediglich 16 Schlachtschiffen und rund 90 Begleitschiffen gegen Admiral Jellicoe und Vizeadmiral Batty mit 28 Schlachtschiffen und weiteren 125 Einheiten. Und trotzdem wurden innerhalb der ersten Stunde die britische *Indefatigable* durch die *von der Tann*, dann die *Queen Mary* von mehreren Salven der *Derfflinger* und der *Seydlitz* getroffen und zur Explosion gebracht …"

„Langsam, langsam, Hagen, du bist hier nicht in einem Flottenvortrag", bremste Robert lachend den Freund. „Du wolltest etwas ganz anderes erzählen."

Der frisch gebackene Kapitän strich sich über die Stirn.

„Entschuldige ich habe mich mitreißen lassen. Aber du verstehst. Mein Bild strahlender Siege sehe ich plötzlich mit einer gänzlich anderen Realität konfrontiert. Statt Hurra und Jubel, nur Stöhnen und Schreie und Untergangsszenarien."

„Augenblick", unterbrach ihn Robert. „Du warst doch im Indischen Ozean und hattest mehrfach Gefechtsberührungen. Dass Krieg und Sieg auch Tod bedeuten, muss ich dir doch nicht erläutern."

„Nein, das weiß ich natürlich. Ich habe genug erlebt. Aber der Kontrast und diese Einseitigkeit der Darstellung."

„Das ist eben Propaganda, mein Lieber, geschickt in Szene gesetzt. Sonst würde das Ganze nicht wirken. An deinen Reaktionen kannst du sehen, welches Gefahrenpotential in dem Film steckt. Riefenstahl oder Coppola hätten ihn kaum besser drehen können."

Bevor sie weiter diskutieren konnten, öffneten sich zwei Kabinentüren. Ihre beiden Mitstreiterinnen zeigten sich mit ihrem neuen Äußeren.

Die Männer starrten sie sprachlos an. Roswitha von Peters trug ihre Sanitätsoffizierskleidung mit leichter Eleganz und selbstverständlichem Chic. Frau Professor Türmer wirkte nicht weniger elegant, doch bei ihr offenbarte die Uniform zusätzlich ausgeprägte weibliche Formen, die Robert vorher nicht aufgefallen waren. „Du meine Güte", entfuhr es Hagen von Scholz. Er schien von ihrem Auftreten sehr beeindruckt.

„Nun, wie gefallen wir den Herrn ‚Kameraden'?", meinte Roswitha von Peters leichthin und drehte sich im Kreise.

„Es sieht sehr ansprechend aus!", lobte Robert vorsichtig.

„Wirklich ansprechend", echote von Scholz.

„Das will ich auch hoffen“, antwortete Frau Professor Türmer und bedachte ihn mit einem skeptisch interessierten Blick.

Der Zeppelin landete um zehn Uhr Ortszeit auf dem Flugfeld in der Kieler Nordstadt. Die Vier verließen die Kabine und wurden von einem Wagen zu der am Ufer wartenden Barkasse gebracht. Nach einer kurzen Fahrt über die Förde legten sie im Hafen der Marineschule an. Vor ihnen erhob sich das „rote Schloss am Meer“.

Wien, 29.Juni, morgens

Alwina von Morus saß beim Frühstück und las Zeitung. Es war gestern Abend spät geworden. Sie hatte beim Bummeln im *Graben* das *Marionnaud* besucht und dort ihre Freundin Hedda Freifrau von Koller getroffen. Das Geschlecht derer von Koller war vor allem durch Franz von Koller, den Generaladjutanten des Fürsten Schwarzenberg bekannt geworden. Aufgrund seiner Leistungen als Offizier wurde er 1809 in den erblichen Freiherrnstand erhoben. Sein Sohn Alexander von Koller war ebenfalls General und 1874 sogar Kriegsminister. Seitdem war in der Familie nicht mehr viel passiert. Hedda war die erste seit Generationen, die eine besondere Biografie aufwies. Sie schrieb unter einem Pseudonym sehr erfolgreich Belletristik und galt als großes Nachwuchstalent des jungen Wien. Ihre Familie wäre maßlos entsetzt gewesen, wenn sie von ihrem Schreiben Kenntnis gehabt hätte. Doch die von Kollers wusste nichts von Heddas Büchern, man las nicht im Hause der Freiherrn. Hedda dagegen verkehrte regelmäßig in der Wiener Bohème und kannte Gott und die Welt. Sie hatte Alwina zu einer Theaterparty mitgenommen. Von dort gelangten sie zu einer Lesung der neuen Avantgarde, bei der etliche Poeten, darunter Friederika Mayrock und Elvira Jelling auf einer kleinen Bühne eine Art Sängerwettstreit veranstalteten. Es wurde viel getrunken, vor allem Champagner floss reichlich, und Alwina fühlte sich verpflichtet, mit Hedda mitzuhalten. Dies führte zu gewissen Lücken über die späten Stunden des Abends. Alwina konnte sich lediglich an ein Gespräch mit einer gewissen Herta Maier, einer Freundin der Jelling, erinnern, die aus Siebenbürgen oder dem Banat, jedenfalls aus dem Südosten stammte und ständig Kalkierungen rumänischer Sprichwörter und Redewendungen zitierte. Frau Maier, eine hagere Dame um die sechzig, behauptete, diese Sprichwörter seien Ausdruck alter Volksweisheit und stellten ein derart verdichtetes Wissen dar, dass man aus ihnen mit Leichtigkeit drei oder vier Romane entwickeln könne. Die Titel habe sie schon, zum Beispiel: *Eine warme Kartoffel heizt das Bett* oder *Der Fuchs entkam dem Jäger* oder *Das Herz schaukelt* und so weiter.

Eindeutig, der Abend schwamm im Sekt!

Alwina erwachte um kurz vor zehn. Sie fühlte sich ziemlich unwohl und vor allem der Kopf schmerzte. Nachdem sie intensiv heiß und kalt geduscht und eine Kanne Kaffee getrunken hatte, ging es Alwina etwas besser. Sie biss in ein Brötchen und blätterte in der Zeitung. *Der Beginn der Julikrise!* Immer das Gleiche, zurzeit berichteten die Zeitungen nur über das historische Geschehen vor hundert Jahren. Kaum etwas fand sich über die Tagespolitik. Verärgert ließ Alwina die Zeitung sinken. Da fiel ihr Auge auf eine kleine Meldung unter Vermischtes.

Robert von Warthenberg, Essayist und Globetrotter, entging am gestrigen Abend in Berlin knapp einem Anschlag. Mit pochendem Herzen überflog sie die Meldung, die in dürren Worten von einem Anschlag auf ein russisches Restaurant in Berlin-Prenzlauer Berg berichtete. Der Artikel endete mit dem Satz: *Herrn von Warthenberg gelang es, mitsamt seiner Begleiterin Roswitha von Peters, der Urenkelin des bekannten Afrikaforschers, unverletzt zu entkommen.*

Alwina von Morus holte tief Luft. Was hatte Roswitha mit Robert zu tun? Verärgert knüllte sie die Zeitung zusammen, warf diese in eine Ecke und verließ rasch den Tisch.

Berlin, Kurfürstendamm, 29. Juni, am späten Vormittag

Heather McWheels saß in der obersten Etage des Kaufhauses Wertheim und blickte hinaus auf die Silhouette der Stadt. Drüben erhob sich der schlanke Turm der Kaiser-Wilhelm-Gedächtniskirche mit den beiden kleineren Türmchen auf der Rückseite. Um das Oval der Kircheninsel rauschte der Verkehr. Heather blickte auf ihre Uhr. Halb elf. Die erste Bombe war um 9:45 Uhr detoniert und die nächste explodierte soeben. Wer sich jetzt vor Ort befand, dürfte die Folgen spüren. Das Publikum war längst evakuiert, so dass nur Polizeikräfte und somit die Staatsmacht direkt betroffen waren. Der Effekt würde umso nachhaltiger sein.

Gut, Heather trank ihren Tee aus. Als nächstes stand ein Treffen mit einem Kontaktmann der ukrainischen Untergrundgruppe *Vjesná,* was Frühling bedeutete, auf dem Programm. Heather hatte nie viel von der Effektivität von Untergrundgruppen gehalten. Bei ihrem letzten Einsatz in Persien hatte sie es mit einer gegen den Schah gerichteten islamischen Widerstandsgruppe zu tun gehabt. Das Ganze war wenig effektiv gewesen. Zum einem musste Heather verschleiert auftreten, was ihre Bewegungsfreiheit sehr einschränkte. Zum anderen waren die Vorstellungen der so genannten Volksmudschahidin derart rückwärts gewandt gewesen, dass eigentlich keine demokratische Regierung sie ruhigen Gewissens unterstützen konnte. Dennoch setzte *Vauxhall Cross* auf diese Fanatiker. Das Ganze endete in einem Fiasko und mit dem Ergebnis, dass der 48-jährige Schah Ali Reza Pahlavi, Nachfolger seines 1980 verstorbenen Vaters Mohammad Reza, mit amerikanischer Hilfe fester auf dem Pfauenthron saß als je zuvor. Diese ganze Nahostpolitik mit dem Hoffieren arabischer Potentaten war ein Produkt der Fehlentscheidung der britischen Regierung der frühen 80er Jahre unter Thatcher, angesichts des Nordseeöls weiter auf Verbrennungsantriebe zu setzen. Heute, rund 35 Jahre später, war das Öl im britischen Teil der Nordsee längst versiegt. Die anderen Nordseeölländer Norwegen und das Reich lieferten nicht an England oder förderten kein Öl mehr. Also blieben nach dem russischen Kollaps Großbritannien nur die Quellen im Nahen Osten. Das Empire stand hier in direkter Konkurrenz zu den Amerikanern, was den politischen Ton zwischen beiden Ländern in den letzten zwanzig Jahren erheblich verschärft hatte. Und neuerdings waren auch die Chinesen und die Inder in den Rohstoffpoker eingetreten. Sie blickte auf die Uhr, kurz vor elf. Um zwölf sollte sie den Kontaktmann am Alexanderplatz treffen. Es wurde Zeit, dass sie aufbrach. Es war immer gut, das Terrain eines Treffens vorher zu erkunden.

Kiel, Marineschule, 29. Juni, am Vormittag

Die Gruppe wurde in einen Besprechungsraum geführt, in dem bereits mehrere Personen versammelt waren, vor allem Uniformierte, aber auch einige Herren in grauen Anzügen. Ausschließlich Männer waren anwesend, was Frau Professor Türmer zu einem Stirnrunzeln veranlasste. Bevor sie eine Bemerkung machen konnte, wurde sie von Hans-Peter Schwarze abgelenkt, der auf sie zukam und sie herzlich begrüßte. Die Mitglieder der Gruppe und die anderen Teilnehmer der Runde setzten sich. Nur General von Lübben stand noch im Gespräch mit einem Marineoffizier, einem Konteradmiral, offenbar der Kommandeur der Marineschule. Zu beiden Offizieren trat ein Hauptbootsmann, salutierte und übergab von Lübben eine Meldung.

Der General las den Zettel, wechselte ein paar Worte mit dem Marinekameraden und setzte sich. Der Konteradmiral trat ans Pult.

„Meine Herren Kameraden, pardon, ich hätte beinah die beiden Damen in unserer Mitte, Frau Professor Oberstarzt Türmer und Frau Oberstarzt von Peters, vergessen, die ich dafür eigens begrüße. Ich heiße Sie alle in Mürvik willkommen. Der Anlass, der Sie hier zusammenführt, die gestrige Katastrophe, ist kein freudiger. Daher gehen wir gleich in medias res, ich übergebe an General Markus von Wolf, der Sie in den aktuellen Stand einweisen wird. Ich darf mich inzwischen verabschieden."

Der Admiral grüßte und verließ den Raum.

„Markus von Wolf?", flüsterte Roswitha von Peters den neben ihr sitzenden Robert zu. „Wer ist der Mann?"

„Das ist der Leiter des Militärischen Reichsnachrichtendienstes. Dass der hier persönlich ist, zeigt, welch absolute Brisanz das Geschehen hat."

Die Jalousien fuhren hinab und der Raum verdunkelte sich. An der Kopfseite leuchtete eine Leinwand auf. Auf ihr erschienen die Einfahrtszene der beiden Flugzeugträger und des britischen Schlachtkreuzers und der Zusammenstoß im Zeitlupentempo. Genau in dem Augenblick, als für Außenbeobachter die Konturen der *Kaiser Wilhelm III.* und der *Glorious II* miteinander verschmolzen, stoppte das Bild.

„Meine Damen und Herren“, begann General von Wolf. „Ich darf Sie in Ihrer Vielfalt begrüßen: Fachleute aus den verschiedenen nautischen und technischen Bereichen, aus Marine, Heer und Luftwaffe, von innen und von außen, von Technik bis zur Psychologie sind heute hier vertreten.“

Von Wolf deutete eine leichte Verbeugung in Richtung Frau Professor Türmer an.

„Meine Aufgabe ist es, Sie mit den vorliegenden Fakten vertraut zu machen. Rückschlüsse und Schlussfolgerungen aus dem Dargestellten und Gezeigten werden Sie allerdings selbst ziehen müssen. Ich werde Ihnen daher die Ereignisse mit sämtlichen Details zunächst visuell präsentieren.“

Das Bild vergrößerte sich, zoomte auf den Ort der ersten direkten Berührung der Großschiffe zu. Dort waren undeutliche Schemen zu sehen, die, als der Film weiterlief, aus dem Bild zu rutschen schienen. Die nächste Sequenz stammte offenbar aus einer anderen Kameraperspektive und zeigte das Geschehen aus der Luft. Hier sah man deutlich, wie die Schiffe aus ihrer engen Parallelfahrt plötzlich ausbrachen und miteinander kollidierten. Die dritte Filmfolge war von See aus aufgezeichnet worden und zwar von einem der Feuerschiffe, wie von Wolf erläuterte. Sie zeigte die rückwärtige Ansicht des Zusammenstoßes. Deutlich war aus dieser Perspektive, dass sich die der Kollision folgende Explosion in rasender Geschwindigkeit ausgebreitet hatte. Die Menschen auf der *Glorious II* und auf Teilen der *Wilhelm III.* hatten keine Chance gehabt, dem Flammeninferno zu entkommen. Den Schreckensbildern folgten eine Vielzahl von technischen Daten und Fotografien der einzelnen Schiffsbereiche vor und nach der Katastrophe. Den Schluss bildeten die Sprachaufzeichnungen des jeweiligen Funkverkehrs. Die Präsentation der Fakten dauerte fast eine Stunde. Die Anwesenden waren froh, dass von Wolf vor dem zweiten Teil der Präsentation eine viertelstündige Kaffeepause verkündete.

Berlin, Alexanderplatz, 29. Juni, 11:30 Uhr

Am Alexanderplatz herrschte das übliche geschäftige Treiben. Ambulante Gewerbetreibende mit Textilwaren, Kneipen, Straßenbahnen, Busse, Touristen auf städtischer Odyssee, Currywurstverkäufer, einfache Soldaten, Hans und Franz, kurz jede Menge Menschen.

Heather McWheels trat aus dem Bahnhofsgebäude und sah sich um. Vor ihr der Fernsehturm, der Alex. Im Rücken Hochhausbauten in neoklassizistischem Baustil und die Friedrich-Ebert-Straße, die in die Hindenburg-Allee überging. Der erste sozialdemokratische Reichskanzler und ein Generalfeldmarschall in rühriger Nachbarschaft, typisch Berlin. Sie lief einmal um den Platz und setzte sich auf einen Steinblock an der Seite. Sie holte eine Halskette aus ihrer Tasche. Eine silberne Kette mit einem eigenartig geformten Kreuzanhänger und hängte diese um. Ihr Erkennungszeichen.

Menschen über Menschen. Die große Weltuhr auf der anderen Seite zeigte halb zwölf.

Heather McWheels hatte genügend Zeit, alles in Ruhe zu beobachten.

Kiel, Marineschule, 29. Juni, 11:35 Uhr

Roswitha von Peters und Robert von Warthenberg saßen an einem Tisch und tranken Kaffee.

„Johanna ist ziemlich umlagert", sagte Frau von Peters und deutete auf einen entfernt stehenden Tisch. Gleich vier Kavaliere versammelten sich dort um Frau Professor Türmer. Hans-Peter Schwarze, Hagen von Scholz, ein Mann in schwarzer Uniform und mit dem Abzeichen eines Polizeiobersten des RKA sowie ein weiterer hoch gewachsener Marineoffizier.

„Ist das eine Sondereinheit?", fragte Roswitha von Peters und deutete auf den Marineoffizier. „Die Uniform kenne ich nicht."

„Das ist, soweit ich sehe, ein Commodore der Royal Navy", gab von Warthenberg Auskunft.

„London will wissen, was sich wirklich ereignete und hat, in Absprache mit der Reichsregierung, ein eigenes kleines Team zur Aufklärung geschickt."

General von Lübben war an den Tisch getreten.

„Der Commodore ist Sir Alex McGuire, vom neuen Flugzeugträger *Queen Elizabeth*. Begleitet wird er von Commander Francis Brown, ursprünglich ein Harrier GR 9 Pilot von der *Fleet Air Arm* und von Captain Rose Cullingham, einem weiblichen Schiffsingenieur."

Er zeigte auf eine Gestalt, die an der Wand lehnte und misstrauisch alles beobachtete. Die Dame trug ihre Haare kurz geschnitten und wirkte sehr maskulin. Kein Wunder, dachte Robert von Warthenberg, dass der Admiral sie vorhin nicht als weiblich erkannt hatte.

„Sie halten Capitän Cullingham für nicht sehr weiblich, wie ich Ihrem Blick entnehme, Robert", sagte von Lübben lächelnd. „Besonders im Vergleich zu den Damen unserer Gruppe."

Er verbeugte sich vor Frau von Peters.

„Wenn Sie gestatten, gnädige Frau, darf ich Ihren Tischpartner kurz entführen."

Roswitha nickte und die beiden Männer gingen zur Seite.

„In Berlin hat es in der Nähe des Reichstages im Berlin-Pavillon zwei Bombenanschläge gegeben. Den ersten um 9:45 Uhr, den zweiten am gleichen Ort um halb elf. Zum Glück gibt es keine Toten, allerdings einen Schwerverletzten. Eindeutig eine Provokation."

„Weiß man Genaueres?“

„Es gab im Pavillon mehrere versteckte Kameras, von denen die Täter offenbar nichts wussten. Die Filme werden gerade ausgewertet.“

„Was bedeutet das für uns?“

„Es kann sein, dass dies erst der Anfang einer von langer Hand geplanten Anschlagserie ist. Wir stehen unter Zeitdruck. Früher oder später wird das Ganze der Presse bekannt und Sie können sich vorstellen, wie die Öffentlichkeit auf Terrorgefahren reagiert.“

„Gibt es bereits konkrete Hinweise auf die Täter?“, fragte Robert

„Vielleicht. Es gibt hier wie dort einige viel versprechende Zeugenaussagen“, antwortete von Lübben.

„Dann sollten wir das allgemeine Procedere abkürzen und uns mit den Leuten und ihren Aussagen vorrangig beschäftigen.“

Der General nickte. „Unser Programm ändert sich ohnehin. Der Vortrag ist beendet. Markus von Wolf ist wegen des Anschlags sofort nach Berlin gereist. Sie und Frau Professor Türmer werden daher nach der Pause die Vernehmungseinheit einer Zeugengruppe durch das RKA als Beobachter begleiten. Frau von Peters und Kapitän von Scholz nehmen sich die zweite Gruppe vor. Professor Schwarze und ich beschäftigen uns mit den Auswertungsergebnissen der Hafenkameras. Generaloberst von Gehlen hat versprochen, mir die Berliner Aufzeichnungen der Kameras aus dem Reichstagsvorfeld und vom Eingang des Pavillons zuzusenden.“

„Sehen Sie einen direkten Zusammenhang, Herr General?“, fragte Robert.

„Sie nicht, Herr Oberst?“, antwortete von Lübben. „Das ist doch eindeutig. Aber, genug geredet, lassen Sie uns an die Arbeit gehen!“

Wien – Berlin, 29. Juni, mittags

Alwina von Morus nahm den Zeppelin Wien-Leipzig-Berlin, der um zwölf Uhr abflog. Um halb drei würde sie in Leipzig sein und um 15:30 Uhr in Berlin landen. Jetzt saß sie in der Panoramakabine und schaute nach draußen. Unten glitten Dörfer und Städte vorüber. Ab und zu zeigte sich ein See.

Alwina dachte über ihren spontanen Aufbruch nach. Eigentlich war es unsinnig, derart überstürzt nach Berlin zu reisen. Robert war bei dem Anschlag nichts geschehen. Sie wusste auch nicht, wo er sich genau befand und was er in Berlin vorhatte. Und ob sich Robert noch in Berlin aufhielt. Wenn er noch in Berlin war, wie sollte sie ihn in dem Zehnmillionenmoloch überhaupt finden können? Ihre ganze Aktion schien ihr auf einmal sehr unüberlegt zu sein. Und das alles, weil Roberts Namen im Zusammenhang mit Roswitha von Peters genannt worden war. Roswitha! Alwina kannte ihre Freundin und wusste von Roswithas Geschick, sämtlichen Männern ihrer Umgebung den Kopf zu verdrehen. Aber das musste nicht heißen, dass auch Robert von Warthenberg auf sie reinfallen würde. Jedenfalls sollte Roswitha die Finger von Robert lassen und ihr nicht in die Quere kommen. Auf Robert hatte allein Alwina einen Anspruch und sonst keine. Auch, wenn bislang nichts weiter Aufregendes zwischen ihnen passiert war. Alwina musste über sich selbst lächeln. Natürlich war das alles Unsinn, was sie sich da zurechtlegte. Dennoch, sie machte sich Sorgen um Robert. Ein Anschlag war wohl Grund genug. Sie wandte sich von der Panoramascheibe ab und schaute sich im Raum um. Auf der Großleinwand an der Heckseite lief eine Nachrichtensendung. Soeben wurde ein Bild des Berliner Reichstages gezeigt. Alwina griff unwillkürlich zu den neben ihr hängenden Kopfhörern.

„... der Berlin-Pavillon liegt knappe hundert Meter vom Parlament entfernt. Die Anschläge erfolgten heute früh um 9:45 Uhr und halb elf. Die Polizei sieht keinen Zusammenhang mit dem gestrigen Überfall auf eine russische Gaststätte im Ostteil Berlins.

Brasilia. Der Präsident der lateinamerikanischen Wirtschaftsunion Luiz Inácio Lula da Silva forderte die USA auf, ihren Schuldendienst gegenüber der Wirtschaftsunion wieder aufzunehmen. Es sei nicht zu akzeptieren ...“

Alwina setzte die Kopfhörer ab. Ein erneuter Anschlag und wieder in Berlin! Vielleicht hätte sie doch im beschaulichen Wien bleiben sollen.

Berlin, Alexanderplatz, 29. Juni, mittags

Heather McWheels sah den Mann erst, als er vor ihr stand. Seine Jacke und seine Hose wirkten unsauber und zerschlissen. Ein dichter Bart bedeckte einen Teil seines Gesichts. Unter dem Rand seiner Bauernkappe zeigte sich struppiges Haar. Auf der Brust trug er das gleiche Kreuzzeichen wie Heather. Mit ihm war ein jüngerer Mann gekommen. Seine Kleidung war städtischer und sauberer. Ihm wuchs ein dünner Bart und über die hohe Stirn zog sich eine breite rote Narbe. Heather ärgerte sich, dass die beiden von ihr nicht vorher bemerkt worden waren. Und sie fand die Kleidung des Älteren für ein erstes Treffen zu auffällig, zumal sie sich an einem sehr belebten Ort aufhielten.

„Ich wusste nicht, dass unsere Kontaktperson eine Frau ist“, brummte der Struppige und starrte auf das Kreuz.

„Von einer Frau war nicht die Rede“, wiederholte er. „Frauen machen nur Ärger.“

Im Nu war Heather an den Mann herangetreten. In ihrer linken Hand hatte sie plötzlich ein Messer, dass sie dem Alten mit der Spitze leicht in die Seite bohrte.

„Du kannst jede Menge Ärger haben, wenn du weiter so mit mir redest, Alter.“

„Lassen Sie ihn“, intervenierte der Jüngere. „Michail meint es nicht so.“

„So? Wie meint er es denn?“, fragte Heather spöttisch und trat zurück. „Ich für meinen Teil meine die Dinge immer so, wie ich sie sage.“

Sie steckte das Messer weg. „Und jetzt?“

„Kommen wir endlich zum Geschäft“, ließ sich der Bärtige wieder hören und warf Heather einen hasserfüllten Blick zu.

„Gut“, antwortete Heather und tat, als habe sie den Blick nicht bemerkt. „Sie sind beauftragt, mir etwas zu geben.“

„Gabe gegen Gabe“, erwiderte der Junge. „Wo haben Sie das, was uns versprochen wurde?“, fragte er misstrauisch. „Sie haben nichts weiter dabei.“

„Das ist doch verständlich“, lächelte Heather. „Auch meine Seite hat gewisse Sicherheitsvorstellungen. Ich gehe davon aus, dass unser Treffen eine erste Kontaktaufnahme darstellt. Mein Auftrag lautete, mit Ihnen diesen Kontakt herzustellen und zu klären, was Sie uns zu bieten haben. Dann, aber erst dann, bin ich befugt, Ihnen das zu geben, was Sie offenbar dringend benötigen.“

Und das befand sich in ihrer Tasche, die Tasche, die Jack übernommen hatte. Um was es sich dabei handelte, wusste Heather nicht.

Die beiden Männer überlegten und tauschten miteinander einige Worte in einer Sprache aus, die Heather nicht verstand. Dem Klang nach handelte es sich um Russisch oder Polnisch.

Wieder wandte sich der Junge Heather zu.

„Sie erhalten von uns eine Adresse. Dort treffen Sie heute Abend um neun jemanden, dem Sie das geben, was für uns bestimmt ist. Bei der Übergabe erhalten Sie gleichzeitig Ihre gewünschte Information. Klar?“

Heather nickte ruhig. Das ganze Verfahren entsprach weder ihren Vorstellungen noch den Instruktionen, die sie mitbekommen hatte. Aber auf diese Weise kam sie näher an die Leute heran, um die es ging und das genügte für den Anfang.

Der Bärtige gab dem Jüngeren einen schmutzigen Umschlag, den dieser an Heather weiterreichte. Dann verschwanden die Männer in der Menge.

Kiel, Kommissariat des Reichskriminalamtes, 29. Juni, 14 Uhr

Frau Professor Türmer und Robert von Warthenberg verfolgten durch eine Glasscheibe die aktuelle Zeugenanhörung. Die direkten Augenzeugen waren längst vernommen worden. Es handelte sich in dieser Phase der Untersuchung um die Angehörigen der technischen Wartungsgruppe, die die *SMS Wilhelm III.* in der Woche vor ihrem Auslaufen überprüft hatten. Im Vernehmungsraum wurde gerade der Marineingenieur Karl Wilhelm Gustlow befragt. Gustlow, ein ruhig wirkender Mittdreißiger, seiner Sprache nach aus der Gegend, erläuterte geduldig, was seine Wartungsgruppe wann und wie geprüft hatte. Nein, der Solarantrieb sei beim letzten Mal nicht getestet worden. Eine Grundüberholung stehe jedes halbe Jahr an und die letzte habe erst im Mai stattgefunden. Nur, wenn Gerätverweise oder entsprechende Anfragen der Schiffsoffiziere vorlägen, würde der Antrieb außerhalb der Fristen geprüft werden. Geräteverweise bedeute, dass eine Funktionsstörung vorläge, erklärte Gustlow. Dafür habe es allerdings keine Anzeichen gegeben. Aus seiner Sicht müsse die Feinnavigation versagt haben. Wie er darauf komme, wurde Gustlow gefragt. Der Ingenieur erklärte, an Steuer- und Backbord sowie an Heck und Bug der *SMS Wilhelm III.* seien sogenannte Abstandshalter auf sonarer Basis montiert gewesen. Diese hätten bei jeder Annäherung von unter zwanzig Metern die Maschinen automatisch abgebremst. Den Filmausschnitten nach sei die *SMS Wilhelm III.* aber mit voller Geschwindigkeit auf die *Glorious II* gestoßen.

„Das heißt, Sie gehen von einem technischen Versagen aus?“, fragte der Vernehmer des Reichskriminalamtes.

Gustlow zuckte die Schultern.

„Das scheint mir wenig wahrscheinlich zu sein. Meine Gruppe hat gemäß der Wartungsanweisung der Technischen Dienstvorschrift das gesamte Abstandssonar überprüft. Alle zum System gehörenden Teileinheiten waren intakt. Auch wenn eines der Geräte ausgefallen wäre, hätte das Gesamtsystem funktionieren müssen. Es handelt sich immerhin um zwölf Einheiten auf jeder Seite.“

„Das klingt nach Sabotage!“, erwiderte der Vernehmende.

„Das kann ich mir nicht vorstellen“, antwortete Gustlow.

„Warum?“

„Um zu wissen, wie das Sonarsystem zu stören ist, braucht man detaillierte Fachkenntnisse. Die Anlage ist so konstruiert, dass sie nicht einfach ausgeschaltet oder durch die Zerstörung eines Einzelelementes außer Betrieb gesetzt werden kann.“

„Können Sie uns erläutern, auf welche Weise denn ein Sabotageversuch erfolgreich wäre?“

Karl Wilhelm Gustlow überlegte und schüttelte dann den Kopf.

„Selbst wenn die gesamte Bordelektronik ausfiele, gibt es für die wichtigsten Steuerelemente – und dazu gehört das System – eigene, batteriebetriebene Notaggregate. Ich wüsste nicht wie …“

Er verstummte und Robert schien es, als sei Gustlow plötzlich ein Gedanke gekommen, den er sofort verdrängte. Der vernehmende RKA-Mann schien nichts bemerkt zu haben. Es kamen noch einige Fragen zum Personalplan und zu den Mitgliedern der Wartungsgruppe. Dann wurde der Ingenieur entlassen. Die weiteren Vernehmungen brachten nichts Neues beziehungsweise ähnliche Resultate. Gegen fünf endete die Zeugenbefragung.

Hotel Adlon Kempinski Berlin, 29. Juni

Ein Taxi brachte Alwina von Morus zum *Hotel Adlon Kempinski.* Bei ihren seltenen Berlinbesuchen stieg ihre Familie stets dort ab, und Robert, so erinnerte sich Alwina, schätzte ebenfalls den Luxus des Hotels. Vielleicht würde sie ihn hier treffen? Als sie bei ihrer Ankunft gleich nach Robert fragte, erfuhr sie zu ihrem Leidwesen, dass dieser am Morgen bereits wieder abgereist sei. Wohin die Reise gehe, habe Herr von Warthenberg leider nicht gesagt. Ein Trinkgeld besserte das Gedächtnis eines der Pagen derart auf, dass dieser sich an den Namen *Kiel* erinnerte.

Kiel! Nein, das war ihr im Augenblick zu viel. Hoch in den kühlen Norden wollte Alwina Robert doch nicht folgen. Allerdings schloss sie von der Ortsangabe darauf, dass Roberts Kiel-Aufenthalt mit einer Marineangelegenheit zu tun hatte. Immerhin hatte ihr Vetter Marineschiffsbau studiert. In Alwina keimte ein ganz bestimmter Verdacht auf. Hatte seine Mission mit der Katastrophe vom 27. Juni zu tun? Dass Robert auch immer dort sein musste, wo es gefährlich war!

Alwina schüttelte die blonden Locken. Seit sie mit achtzehn Jahren das Privatpensionat der Generalswitwe Baronin von Spitzwege verlassen und erfolgreich ihre externe Matura abgelegt hatte, bemühte sie sich um Vetter Robert. Damals war Robert von Warthenberg in der Ukraine stationiert. Warum er sich dort aufhielt, hatte Alwina nicht verstanden. Seine Militärzeit war längst vorüber gewesen. Irgendwie hatte es mit den Unruhen in Zusammenhang mit dem Anschluss der Westukraine an das Deutsch-Europäische Reich zu tun gehabt. Ein Teil der Ukraine war mit Belorussland der 1918 entstandenen Republik Polen beigetreten, der größere Teil dem Reich. Die Krim wurde zu einer eigenen Republik. Polnische Nationalisten wollten unbedingt einen Zugang zum Schwarzen Meer und unterstützten eine eigene Separatistenbewegung. Das Reich hatte das dritte Luftfliegergeschwader Immelmann, ausgerüstet mit den damals modernsten Jagdflugzeugen der Klasse 2002, nach Kiew verlegt – Roberts Einheit. Robert war mitgezogen.

Und dann, Alwina erinnerte sich genau, war Robert auf Urlaub nach Wien gekommen. Gemeinsam mit Alwina hatte er den Opernball besucht. In seiner dunkelblauen Luftwaffenuniform und mit dem Ritterkreuz auf der breiten Brust war er für Alwina der Inbegriff eines Helden gewesen. Sie wich keinen Augenblick von seiner Seite und ließ ihren Gefühlen ungezügelt freien Raum. Robert hatte ihre Schwärmerei belustigt zur Kenntnis genommen. Ein- oder zweimal tanzte er mit ihr, ansonsten verbrachte er den Abend mit langweiligen Gesprächen. Am nächsten Tag reiste er zurück nach Kiew. Alwina war enttäuscht. Sie schrieb ihm glühende Briefe, die Robert selten beantwortete. Wenn er zurückschrieb, wirkten seine Worte spöttelnd und ironisch – er nahm Alwina sichtlich nicht ernst!

Irgendwann gab sie ihre Bemühungen auf. Wenn er nicht wollte, dann eben nicht! Im Kunststudium lernte sie genug andere Männer kennen. Doch es blieben kurze, inhaltslose Affären. Ab und zu sah sie Robert wieder. Man tauschte belanglose Sätze aus, sprach über Verwandte und das Wetter, das war alles.

Zwei Jahre vergingen, bis Robert und sie sich vor zwei Monaten zufällig auf einer Vernissage begegneten. Der Vetter hatte sie überrascht betrachtet und ihr dann ein Kompliment gemacht. Seine Haltung ihr gegenüber änderte sich deutlich. Er flirtete mit ihr und lud Alwina sogar zum Essen ein. Seitdem hatten sie sich öfter zu Kunstveranstaltungen und Theaterbesuchen getroffen, bislang ohne dass etwas Bewegendes passierte. Allmählich jedoch entstand eine fast knisternde Spannung zwischen ihnen, und Alwina hatte gehofft, dass diese sich bei Roberts letztem Wienbesuch endlich entlüde. Doch der Blitz war wieder vorbeigezogen. Jetzt war sie in Berlin und Robert fort. Und zwischenzeitlich hatte sich ihre Freundin Roswitha an ihn herangemacht. Dabei war Roswitha schon zweiunddreißig, uralt sozusagen, ein Blaustrumpf!

Aber über Roswitha zu schimpfen, half ihr nicht weiter. Alwina von Morus beschloss, ein wenig in die glitzernde Welt der Großstadt einzutauchen und einkaufen zu gehen. Kleider zu probieren entspannte, und Berlin hatte in Sachen Mode und Kunst Paris und Rom längst den Rang abgelaufen.

Ostseewasser

Die wirtschaftliche Lage der Eurozone hat sich im zweiten Quartal 2014 unterschiedlich entwickelt. Während im Kernreich und im französischen Konföderationsgebiet das Wirtschaftswachstum bei stabilen 3,8 beziehungsweise 3,5 Prozent lag, in Helvetia und im Großherzogtum sogar bei 4,2 Prozent, sank die Wachstumsquote im östlichen Beitrittsgebiet der Ukraine und im Königreich Ungarn auf 0,8 Prozent. Ob die kommunalen Wahlen in Ungarn, die einen deutlichen Rechtsruck zeigten, ein Ergebnis der aktuellen Wirtschaftsverhältnisse sind, ist unter Experten umstritten …

Deutschlandfunk, 16 Uhr-Nachrichten

Marienburg/Nordstemmen, 29.Juni

„Ich danke, Eure Hoheit, dass Sie die Zeit gefunden haben, mich zu einem Gespräch zu empfangen. Ich denke, Sie werden bald erkennen, wie wichtig die Informationen sind, die ich Ihnen überbringe."

Ernst August, der jüngere Prinz von Hannover und Herzog zu Braunschweig-Lüneburg, betrachtete den Mann, den er auf Drängen seines Bruders Christian auf seinem Stammschloss Marienburg bei Nordstemmen empfing. Der Mann war hochgewachsen und von unverkennbarem britischen Duktus. Sein Deutsch war allerdings akzentfrei. Die durchdringenden Augen und die scharfen Gesichtszüge mit der hohen Stirn ließen einen messerscharfen Verstand erahnen.

„Sie sind Repräsentant des ältesten Adelsgeschlechts Europas. Die burgundischen Welfen stammen aus der fränkischen Herrschaftsschicht. Ihr Stammvater Ruthard erwirbt 746 Besitz an Maas und Mosel. Seit der Mitte des 8. Jahrhunderts sind die Welfen in Oberschwaben begütert. Ihr Stammbaum geht unter Umständen sogar bis auf Edekon zurück, einen skythischen Fürsten zur Zeit Attilas um 450 und Vater des Ostgotenkönigs Odoaker. Der nächste große, erste Machtträger war Graf Welf I., der seine beiden Töchter Judith und Hemma mit Kaiser Ludwig dem Frommen und Kaiser Ludwig dem Deutschen verheiratete."

Ernst August gähnte. „Guter Mann. Das habe ich schon tausend Mal gehört. Kommen Sie bitte zur Sache. Was wollen Sie von mir? Sie nennen sich Lord von Essex. Ich glaube, einer Ihrer Vorfahren wurde 1601 nach einem missglückten Staatsstreich im Tower hingerichtet. Ich hoffe, Sie kommen nicht in einer ähnlich unglücklichen Angelegenheit zu mir."

„Nein, Eure Hoheit, ganz im Gegenteil. Die Angelegenheit, wegen der ich zu Ihnen komme, wird Erfolg haben. Ihr direkter Vorfahre, Georg V., der Sieger von Langensalza, war Herrscher des Königreichs Hannover, bis ihn die

Preußen 1866 vom Thron jagten. Seine Cousine war unsere Königin Victoria, die Großmutter des späteren Hohenzollernkaisers Wilhelm II. Wilhelms Nachfolger sitzt heute auf dem deutschen Kaiserthron. Ein Preuße und Abkömmling von Nürnberger Burggrafen und Hechinger Zöllnern. Und Sie, königliche Hoheit? Sie, ein Angehöriger des ältesten Adelsgeschlechts Europas, begnügen sich mit einem Titel und einer mageren Apanage. Das widerspricht allen nur denkbaren historischen Gegebenheiten!"

Essex schwieg.

„Das mag sein", stimmte ihm Ernst August vorsichtig zu. „Aber erstens kann ich nichts daran ändern. Und zweitens hat mein Vater das größere Anrecht auf einen Thron, wenn es je dazu käme, dass ein Welfe diesen bestiege."

„Wir reden nicht von Ihrem Vater, königliche Hoheit. Durch sein Verhalten hat er jeden nur denkbaren Thronanspruch verwirkt. Ich denke dabei nicht an seine Notdurftaktivitäten im Jahre 2000, seine Autobahnrasereien oder seine exzessiven Gewalttätigkeiten. Nein, Ihr Herr Vater ist wegen seiner Heirat mit einer Prinzessin katholischer Religionszugehörigkeit von der britischen und deutschen Thronfolge ausgeschlossen. Dies gilt allerdings nicht für seine Nachkommen, mithin nicht für Ihre königliche Hoheit!"

„Lord Essex, was wollen Sie mir verkaufen?"

„Die Thronfolge, königliche Hoheit. Und das ist ein Angebot, nicht, wie Sie es zu bezeichnen belieben, ein Verkauf. Sie werden mich nach dem Procedere fragen. Der britische Premierminister Lord Halifax II. hat mich persönlich beauftragt, Ihnen, eine Heirat Ihrerseits mit der Tochter von Prince Andrew, Sarah-Anne, vorausgesetzt, jede nur denkbare Hilfe zur Erringung des deutschen Kaiserthrons anzubieten."

„Sarah-Anne? Aber Prince Andrews Tochter ist erst siebzehn."

„Und Sie, königliche Hoheit sind gerade dreißig. Wo ist da das Problem?"

Ernst August trat zum Fenster und überlegte. Nach einigen Minuten drehte er sich zu Lord Essex um.

„Und, gesetzt den Fall, ich lasse mich auf das Spiel ein. Wie gedenkt Ihre Regierung mich zu unterstützen?"

Kiel, Marineschule, 29. Juni

Der Presseraum war überfüllt. Sämtliche großen, überregionalen Zeitungen hatten Vertreter zur Pressekonferenz entsandt.

Vom *Daily Telegraph* angefangen über *The Sun*, *Daily Mirror*, *Dagens Nyheter*, *Morgenavisen*, *Prawda*, *La Repubblica*, *Nouvel Observateur*, *LeMonde*, *LeFigaro*, *Times*, *Corriere della Serra*, *De Telegraaf*, *El Pais*, *El Mundo*, *Prager Zeitung*, *Kronenzeitung*, *Washington Post*, *Al Ahram*, *Milliyet* bis hin zur *ZEIT*, dem *Spiegel* und *Focus* war alles, was Rang und Namen hatte, vertreten.

Eine dreiviertel Stunde vorher hatte General von Lübben und der eigens angereiste Pressereferent des Reichskanzleramtes Christoph Steegmans die Gruppe zur Kurzeinweisung versammelt.

„Meine Damen und Herren, ich gebe Ihnen einen Überblick. Dr. Steegmans vom Reichskanzleramt wird mit einer kurzen Erklärung zur aktuellen Lage beginnen. Dann berichtet Professor Schwarze vom Stand der technischen Ermittlungen. Ich stelle anschließend die Mitglieder der Kommission vor. Dazu bitte ich die Damen sozusagen in Zivil zu erscheinen. Bevor Sie nachfragen, glauben Sie mir, das hat seinen Grund, den ich Ihnen gerne später erläutere, sofern das nach der Pressekonferenz noch nötig ist. Und anschließend stellen wir uns der Pressemeute. Was immer kommt, was immer gefragt wird, wir antworten mit Fakten. Das heißt, wir stellen dar, was bislang von uns getan wurde, natürlich ohne Hinweis auf den vermuteten terroristischen Hintergrund."

„Nein", schaltete sich an dieser Stelle Johanna Türmer ein. „Das geht mir zu schnell und zu weit. Ich will nicht von den Verkleidungsspielen reden. Erst in die Uniform, dann wieder raus. Was mich mehr stört, ist diese Lügerei. Wir sind dabei, weil eine terroristische Bedrohungslage angenommen wird. Wenn ich dazu öffentlich gefragt werde, kann ich diese Tatsache nicht negieren. Das ist unredlich und unwahr. Zu einem solchen Handeln bin ich nicht bereit."

„Gut, akzeptiert", meinte von Lübben gelassen. „Wenn Sie, Frau Professor Türmer, gefragt werden, ob Sie einen Terrorhintergrund vermuten, dann äußern Sie Ihre Meinung. Das gilt natürlich auch für Sie, Frau von Peters. Die Herren Offizierskameraden allerdings bitte ich, sich bedeckt zu halten."

Ganz schön gerissen, unser General, dachte Robert. Der hat genau gewusst, dass die „heilige Johanna" so reagieren würde. Roswitha hat er ebenfalls den Wind aus den Segeln genommen. Und Hagen und mir kommt er mit einem Appell an unser Standesbewusstsein. Ein als Bitte getarnter Befehl. Ein geschicktes Vorgehen. Er schaute zu seinem Marinekameraden. Der Kapitän nickte ihm zu und grinste.

„Wenn es wirklich Probleme gibt", fuhr der General mit seinen Erklärungen fort, „zum Beispiel Fragen an Sie gerichtet werden, die Sie nicht beantworten können oder nicht beantworten wollen, formulieren Sie diese entsprechend um und fragen zurück, ob diese so zu verstehen wären. Der Pressevertreter wird einen neuen Ansatz versuchen und Sie können abwarten. Machen Sie keine Aussagen über Privates und keine Aussagen, die in der Form von ‚ich glaube, ich vermute, ich meine' gehalten sind. Das gibt Raum für Spekulationen und freie Interpretationen. Ehe Sie sich versehen, werden Sie in einer Art und Weise und mit Worten zitiert, die Sie nie gesagt haben. Abschließend: Sehen Sie das Ganze spielerisch, der Rest ergibt sich von selbst."

Der General endete und nahm einen Schluck Mineralwasser.

„Ach ja, ehe ich es vergesse. Die Briten sind gleich mit vier Zeitungen vor

Ort, darunter der *Daily Telegraph*. Sie wissen, was diese Zeitung seit Kaiser Wilhelms II. Zeiten aus Interviews zu machen pflegt. Wenn Reichskanzler von Bülow damals nicht die Verantwortung übernommen hätte … Doch jetzt entschuldigen Sie mich. Und wenn Sie sich bitte noch umziehen wollen, meine Damen. Ich habe Ihnen entsprechende Garderobe im Nebenraum bereitlegen lassen."

Er blickte auf die Uhr.

„Jetzt ist es zwanzig vor sechs. Wir sehen uns um 18 Uhr."

Der General verließ den Raum. Frau von Peters und Johanna Türmer sahen sich an – und folgten von Lübben.

Zwei Minuten vor sechs kehrten beide zurück. Frau von Peters in einem marineblauen Hosenanzug und Frau Professor Türmer in einem gut geschnittenen dunkelroten Kostüm. Trotz der äußeren Strenge wirkten beide Damen weiblich und anziehend. Und sie wussten von ihrer Wirkung. Von Lübbens Garderobenwahl schien mit Bedacht getroffen worden zu sein.

Berlin-Kreuzberg, 29. Juni

Rachel Rosenthal versuchte schon den ganzen Tag, Hans Georgi zu erreichen. Vergeblich, ihr Freund ging nicht an sein Telefon. Sie waren zum Mittag in der Mensa verabredet gewesen. Eine Stunde hatte Rachel gewartet, doch Hans war nicht gekommen. Das entsprach ihm nicht, eine Verabredung mit ihr nicht einzuhalten. Sie fuhr sich nervös durch die Haare. Langsam machte sie sich Sorgen um Hans.

Hans. Sie hatten sich bei den *Jungdeutschen* kennen gelernt. Bei einer gemeinsamen Fahrt und Wanderung zum *Kyffhäuser* saßen sie abends draußen auf den Mauern zu Füßen des riesigen Denkmals und blickten in die stillen Lande, wo soeben der volle Mond aufstieg.

„*Es war als hätt der Himmel, die Erde still geküsst*", zitierte Hans Eichendorffs *Mondnacht*. Und dann küsste er Rachel.

Die folgenden Wochen waren voller Leidenschaft und Liebe. Die Welt und ihrer beider Zukunft schien absolut klar zu sein. Eine Trübung empfing ihr Glück, als Hans mit den Neu-Orthodoxen in Berührung kam. Er wandte sich mehr und mehr einem radikalen, fundamentalistischen Christentum zu. Einem Glauben mit klaren Zuordnungen: Wer ihm angehörte und die Rituale und Gebote aktiv befolgte, gehört zu der kleinen Gruppe der himmlisch Erlösten. Der Rest, die übergroße Mehrheit, brannte im ewigen Höllenfeuer. Irgendwann sprach er sie auf die Religion an. Rachel war von Geburt Jüdin, was bislang nie ein Problem gewesen war. Die Stammpartei der *Jungdeutschen*, die DVP, die in den 20er und 30er Jahren zum Teil antisemitisch gewesen war, hatte sich längst aus dieser Schmuddelecke entfernt. Unter den Eindrücken der russischen Pogrome der vierziger Jahre und des Nahostkriegs von 1948, als die *Arabische*

Liga den von Theodor Herzl geplanten und von David Ben Gurion begründeten Staat Israel zerschlug und die gesamte dortige Bevölkerung vertrieb, hatte die öffentliche und private Meinung in Deutschland den Antisemitismus nachdrücklich geächtet. Die Hilfe des Reiches bei den Kriegen von 1956 und 1967, die den Israelis eine Rückkehr ins Gelobte Land ermöglichten, löschten auch die letzten, vor allem in Österreich bestehenden Reste dieser anachronistischen Geisteshaltung aus. Doch jetzt, unter dem Deckmantel einer so genannten religiösen Erneuerung, schien das Böse zurückzukehren. Rachel jedenfalls stellte Hans vor die Alternative: Ich oder die!

Jetzt hatte sie Angst, dass er sich falsch entschieden haben könnte. Obwohl sie das nicht glaubte. Aber warum meldete Hans sich nicht? Sie blickte auf die Uhr: Gleich fünf, sie musste zur Arbeit.

Kiel, Marineschule, 29. Juni

18 Uhr. Die Pressekonferenz begann mit der Einführung zum Stand der technischen Ermittlungen durch Professor Schwarze:

„... dann wurde der Bereich der sonaren Abstandshalter überprüft. Für die Nichtfachleute unter Ihnen: Darunter versteht man in der Marinetechnik so etwas wie eine Antikollisionsschaltung. Nach bisherigem Kenntnisstand scheint es hier zu einer breitflächigen Störung gekommen zu sein."

Professor Schwarze wurde durch eine Meldung unterbrochen, es war ein Reporter der *Times*.

Er stellte seine Frage in einem nahezu akzentfreien Deutsch:

„Verstehe ich Sie richtig, Herr Professor Schwarze, dann betrifft diese von Ihnen angedeutete ‚breitflächige Störung' einzig die *Kaiser Wilhelm III.* oder?"

„Das ist, was die Sonartechnik angeht, korrekt", antwortete Schwarze. „Die *Glorious II* hat keine vergleichbare Technik aufzuweisen", fügte er lächelnd hinzu.

„Nun", erwiderte der Fragesteller mit etwas schärferer Stimme. „Ihre Technik scheint jedenfalls nicht funktioniert zu haben."

„Das wurde von mir in dieser Form nicht gesagt", korrigierte Schwarze ruhig. „Ich sprach von einer breitflächigen Störung, nicht von einem technischen Versagen."

„Was meinen Sie damit, Herr Professor?", fragte der Mann von der *Times* irritiert nach.

„Vielleicht", schlug Schwarze vor, „lassen Sie mich erst meine Ausführungen beenden. Sicher werden sich dann viele Fragen von selbst beantworten."

Ohne weiter auf den Reporter zu achten, setzte Hans-Peter Schwarze seinen Vortrag in aller Seelenruhe fort. In den nächsten zehn Minuten überschüttete er die Zuhörer geradezu mit einem Meer von Zahlen und Daten, fein säuberlich unterlegt mit einer geleiteten Lichtpunktvorführung im neuesten Rechenformat

Siemens 2015. Am Ende seiner Vorführung schienen die Zuhörer derart erschlagen, dass auf General von Lübbens Aufforderung, ergänzende Fragen zu stellen, keine Reaktion kam. Auch der Times-Reporter schwieg.

„Dann darf ich Ihnen, meine Damen und Herren, die Mitglieder der vom Reichskriegsministerium unter meiner Leitung eingesetzten Untersuchungskommission vorstellen."

Von Lübben präsentierte zunächst Frau von Peters „vom Reichsinnenministerium", dann „Frau Professor Johanna Türmer von der Friedrich-Wilhelm-Universität Berlin". Und schließlich „die Vertreter der Marine, Kapitän zur See Diplom-Ingenieur Hagen von Scholz, sowie der Luftwaffe, Oberst Dr. Diplom-Ingenieur Robert von Warthenberg. Ich selbst vertrete natürlich das Heer."

Jetzt gingen einige Hände in die Höhe und es begann eine längere Fragerunde. Die meisten Reporter fragten nach der aktuellen Arbeit der Kommission. Hagen von Scholz beschrieb im Allgemeinen das Verfahren der Zeugenvernehmung. Robert sprach von den technischen Untersuchungen, an denen er teilnehmen würde. Frau von Peters berichtete über den Abgleich der zeitlichen Abläufe im Rahmen des Unglücks. Alles schien soweit glatt zu verlaufen. Da meldete sich der Reporter des *Daily Telegraph* zu Wort.

„Why, Professor Türmer, are you in this play? You are a psychologist. Isn't this an indication for the fact that the government proceeds from a terror-attack? And you are in this team in order to explain the psychological structure of the terrorists and their specific profiles?"

Durch die Reihen der Zuhörer ging ein Raunen. Deutsch war seit über siebzig Jahren die europäische Leitsprache und hatte weltweit, hinter Spanisch, das Englische auf Platz drei verdrängt. Dass der Reporter sich der englischen Sprache bediente, war eine eindeutige Provokation.

Johanna Türmer schien die Herausforderung nicht zu bemerken. Im ruhigen, sachlichen Ton wies sie darauf hin, dass bei einem Unglück von diesem Ausmaß vor allem auch die menschlichen Faktoren zu berücksichtigen seien und dafür sei sie als Psychologin sicher gut geeignet.

Daraufhin meldete sich die Nachbarin des Reporters.

„Patricia Arnett, *Daily Mirror*", stellte sie sich vor. Robert merkte, dass General von Lübben tief Luft holte. Arnett? Das war doch die Bagdadkorrespondentin des NBC, die von ihrem Sender wegen ihrer kritischen Berichterstattung im letzten amerikanisch-irakischen Ölkrieg gefeuert worden war und nun für den *Mirror* arbeitete.

„Sie gelten als engagierte Linke, Frau Professor Türmer. Daher gehe ich davon aus, dass Sie sich kritisch mit Regierungsangaben auseinandersetzen. Meine Fragen: Wieso sitzen Sie in dieser regierungsamtlichen Kommission? Und: Glauben Sie an einen Terrorakt?"

„Ich bin in der Gruppe", antwortete Frau Türmer, „weil bei einem Unglück dieser Größenordnung eine terroristische Bedrohungslage nicht ausgeschlossen werden kann. Das ist eine Tatsache. Ob diese Lage besteht, werden wir klären. Bevor mir nicht alle Fakten vorliegen, kann ich nur Fremdmeinungen wiedergeben, was nicht meinem Verständnis von Objektivität entspricht. Ich denke, Frau Arnett, ich habe Ihre Frage, soweit es mir möglich ist, beantwortet. Lassen Sie mich noch hinzufügen, dass ich Ihre kritische Berichterstattung im letzten amerikanischen Ölkrieg bewundere und schätze. Vor allem Ihre Dokumentationen der massiven Menschenrechtsverletzungen und der an der einheimischen Bevölkerung verübten Gewalttaten durch die amerikanischen Invasoren waren mutige und notwendige journalistische Arbeiten. Sollten Sie bei Ihrer aktuellen Zeitung wegen Ihrer Offenheit ebenfalls Probleme bekommen, bin ich jederzeit zur Hilfe bereit."

Patricia Arnett lächelte und schwieg. Es folgten noch einige harmlose Zusatzfragen von Reportern der Zeitungen *El Mundo, Prager Zeitung, Kronenzeitung* und *Washington Post*, dann beendete General von Lübben die Konferenz.

Die Gruppe verließ erleichtert den Raum. Auf dem Gang stieß Hagen von Scholz Robert in die Seite.

„Einmalig, diese Frau, wie sie der Arnett den Wind aus den Segeln genommen und sie dann auf Gegenkurs gebracht hat."

Er blickte nach vorn, wo die Professorin und Frau von Peters liefen.

„Und dann der Korpus, mittschiffs und achtern eine Wucht!"

Robert grinste. Der Freund schien einen Volltreffer abbekommen zu haben. Er warf einen Blick auf General von Lübben, der halbrechts von ihm lief. Von Lübben starrte ebenfalls gebannt den beiden Kostümen nach. Treffer und versenkt, dachte Robert. Hoffentlich führte die Bewunderung der beiden Herren für die eventuell gleiche Dame nicht zu Komplikationen.

Berlin, 29. Juni, Kaufhaus des Westens

Alwina von Morus ließ sich von dem Taxi in der Nähe der Kaiser-Wilhelm-Gedächtniskirche absetzen. Dann lief sie die paar Schritte zur Tauentzienstraße. Nr. 21 – 24, vor ihr erhob sich das *Kaufhaus des Westens*, kurz *KaDeWe* genannt. Der Kaufmann Kommerzienrat Adolf Jandorf hatte 1905 eine damals fast abenteuerlich anmutende Idee, den Bau eines riesigen Kaufhauses der höchsten Ansprüche. Schon bei der Eröffnung im März 1907 übertraf das Ergebnis alle Erwartungen: Als führendes Kaufhaus des Landes präsentierte das *KaDeWe* seinen Kunden Begehrtes aus aller Welt – von den neuesten Kreationen der Modehäuser und Laufstege bis zu den exotischsten Früchten aus den Kolonien und der Südsee. Das *KaDeWe* setzte neben seiner gigantischen Vielfalt zudem neue Maßstäbe in Sachen Kundendienst. Von luxuriösen Schönheitsräumen und Schönheitsoasen, über Hochzeits- und

Geschenkdienste, Hotel- und Hausbringdienste, vom Maßschneider bis zum Friseur war das *KaDeWe* umfassend um den Kunden bemüht.

Alwina betrat den gläsernen Eingangsbereich und fuhr gleich mit der Rolltreppe in den zweiten Stock direkt in die Abteilung der Damenmode. Traumhafte Kleider der führenden Marken wie *Diane von Fuerstenberg*, *Hugo Schumacher*, *Uli Schneider*, *Birgit Verheyden*, *Esprit*, *Joop*, *Thomas Schneider* oder *Gerald Weber* schienen nur auf sie gewartet zu haben. Die neueste Mode lockte in allen Farben und mit erlesenen Stoffen. Nach anderthalb Stunden hatte sich ihre Garderobe deutlich vergrößert. Dann stattete Alwina noch dem Schönheitsbereich und der Duftoase einen Besuch ab. Als sie das *KaDeWe* schließlich verließ, trug sie links und rechts je zwei größere Taschen. Gleich acht – am besten sie kehrte erst einmal ins Hotel zurück. Zum Glück hielt gerade ein gelbes Sonnentaxi und Alwina stieg ein. Am Steuer saß eine junge Frau.

„Wohin soll es gehen?“, fragte sie.

„Eigentlich wollte ich ins Hotel. Ins *Adlon.* Aber vielleicht können wir erst eine kleine Stadttour machen. Ich kenne Berlin noch nicht.“

Die Fahrerin startete und lachte. „Vom Taxi aus werden Sie Berlin kaum kennenlernen.“

„Wie sonst?“, fragte Alwina neugierig.

„Sie müssen die Stadt bei Nacht besichtigen. Das *KaDeWe* zum Beispiel strahlt dann in allen Farben. Jetzt ist es leider noch zu hell, vor halb elf wird es nicht dunkel.“

„Welche Viertel würden Sie mir empfehlen?“

„Die wichtigsten Ausgehmeilen sind neben der Kreuzberger Oranienstraße, die Simon-Dach-Straße und der Boxhagener Platz in Friedrichshain, der Kollwitzplatz und die Kastanienallee in Prenzlauer Berg und der Nollendorfplatz in Schöneberg. Vor allem im Bereich der Hackeschen Höfe reihen sich die Clubs und Bars wie auf einer Perlenschnur.“

„Wo würden Sie selbst hingehen?“

„Ich bin Studentin, da kann ich mir nicht viel leisten“, sagte die Frau am Steuer mit einem Blick auf Alwinas Taschenfülle.

„Wenn wir ausgehen, das heißt mein Freund und ich, dann Prenzlauer Berg. Prenzlauer Berg“, erklärte sie, „ist mit der am dichtesten besiedelte Ortsteil Berlins. In dem elf Quadratkilometer umfassenden Häusergeschachtel aus Altbauten leben fast 150 000 Menschen. Doch die Dichte stört keinen. Zum Wohlfühlen trägt der hohe Studenten- und Künstleranteil bei. Keine lärmenden Hüpf-Hopf-Höhlen für Jugendliche wie im Wedding oder in Neukölln, keine Telecafés oder Parabolantennen, die das Auge beleidigen. Aber“, ein Schatten fuhr über das Gesicht der jungen Frau. „das mit dem Ausgehen ist zurzeit nicht möglich.“

„Warum?“, fragte Alwina.

Die Fahrerin schwieg.

Alwina fürchtete, ihre Frage sei zu privat gewesen und schwieg ebenfalls. Einige Zeit verging. Sie schlichen im Schritttempo durch den sich stauenden Abendverkehr.

Dann antwortete die Studentin. „Mein Freund hat mich, fürchte ich, verlassen.“

Sie schluchzte auf, Tränen liefen ihr über das Gesicht und sie fuhr plötzlich an die Seite.

„Entschuldigen Sie, ich muss einen Augenblick anhalten. Wenn Sie es eilig haben, nehmen Sie ein anderes Taxi. Sie müssen natürlich nichts zahlen.“

„Das kommt überhaupt nicht in Frage“, meinte Alwina und holte ein frisches Taschentuch hervor, das sie der Blonden reichte. Erst jetzt fiel ihr auf, wie jung und blass ihre Fahrerin war.

„Natürlich zahle ich die Fahrt. Aber jetzt machen wir eine Pause ...“

Alwina schaute hinaus. Sie waren auf der gewünschten Tour wegen des dichten Verkehrs noch nicht sehr weit gekommen.

„Wir sind auf dem Kurfürstendamm und da drüben ist das *Café Kranzler*. Dort gehen wir beide jetzt einen Kaffee trinken und Sie erzählen mir alles.“

Ihre Fahrerin blickte Alwina von Morus erstaunt an.

„Sie wollen wirklich ...?“

„Ja, ich lade Sie ein. Das kann ich mir gerade noch leisten. Können Sie das Taxi hier stehen lassen?“

„Eine Berliner Droschke kann überall parken“, antwortete die Studentin.

Dann saßen sie oben im Café. Alwina bestellte einen Kranzlerbecher mit Pistazie und Passionsfrucht, ihr Gast trank Kaffee.

„Ich heiße Alwina“, stellte sich Alwina von Morus lächelnd vor. „25 Jahre jung und aus Wien.“

Die junge Frau zögerte kurz, dann nannte auch sie ihren Namen: „Rachel Rosenthal. Aus Berlin. Etwas jünger als Sie“, fügte sie hinzu.

„Gut, Rachel, dann erzählen Sie mir, was passiert ist.“

Kiel, Kaiser Friedrich am Wilhelmplatz, 29. Juni abends

General von Lübben hatte das Team zum Essen eingeladen. Sie saßen im *Kaiser Friedrich* am Wilhelmplatz im Kieler Stadtteil Schreventeich. Nur Professor Schwarze hatte sich wegen eines Termins entschuldigt.

„Was können Sie uns empfehlen, Hagen?“, fragte Frau Türmer den Kapitän. „Als Norddeutscher kennen Sie sich mit der hiesigen Küche sicher am besten aus.“

Hagen von Scholz schaute in die Speisekarte. „Als Auftakt schlage ich eine *Hamburger Aalsuppe* vor. Und dann“, er blätterte weiter. „*Kutterscholle Finkenwerder Art.*“

„Und als Nachspeise Plettenpudding", warf Robert ein.

„Was ist *Plettenpuddig?*", fragte Roswitha von Peters.

„Das ist eine Nachspeise, die seit dem 19. Jahrhundert in Lübeck verbreitet ist. Überregional bekannt wurde der *Plettenpudding* durch Thomas Manns Buddenbrooks; dort wird diese Speise als ein schichtweises Gemisch aus Makronen, Himbeeren, Biskuit und Eiercreme geschildert. Es gibt auch eine Variante mit Himbeermarmelade, einer Eiersahnecreme und Sherry."

„Das klingt ganz ansprechend", meinte von Lübben. „Wenn die Damen einverstanden sind, nehmen wir die Vorschläge unserer beiden Nordlichter an."

„Einverstanden, nur auf die Aalsuppe verzichte ich", wandte Johanna Türmer ein. „Da muss ich immer an die Szene aus Gratz' *Stahltrommler* denken, Sie wissen schon, welche ich meine. Die an der Ostsee mit dem Pferdekopf ..."

Roswitha von Peters nickte. „Die kenne ich auch. Ich glaube, ich verzichte ebenfalls auf die Aalsuppe."

Den Herrn allerdings schien die Erinnerung an Pferdeköpfe nichts auszumachen und sie blieben beim Aal. Später, beim Hauptgang, sprach man über den Tag und die bisherigen Ergebnisse ihrer Untersuchung.

„Ich habe bislang kein klares Bild gewonnen. Das Einzige, was aus meiner Sicht deutlich ist, dass der Zusammenstoß völlig überraschend und nicht vorhersehbar war", sagte Frau von Peters.

„Die technische Seite ist ebenfalls offen. Wenn ein technischer Defekt vorliegt, dann im Navigationsbereich", erklärte Kapitän von Scholz.

„Stimmt", meinte Robert, „die sonaren Abstandshalter könnten versagt haben, auch wenn das unser Zeuge nachdrücklich ausschloss."

„Was halten Sie von Herrn Gustlow?", fragte von Lübben die Professorin.

„Der Mann scheint mir von seiner Person und vom Auftreten völlig glaubwürdig. Ich hatte nicht den Eindruck, dass er etwas zu vertuschen versuchte", antwortete sie.

„Ich habe mir die Filmauswertung des Unglücks noch einmal genau angeschaut. Vorwärts, rückwärts, langsam und schnell, bislang ohne sichtbaren Erfolg. Ich fand keinen Hinweis und den technischen Offizieren ging es genauso", fügte General von Lübben hinzu. „Dafür hatte ich mit den Sequenzen der Sicherheitskamera aus dem Berlin-Pavillon mehr Glück. Sehen Sie selbst!"

Lübben zog einen Stapel Bilder hervor, die er in der Gruppe herumgehen ließ. Sie zeigten den Eingangsbereich des Pavillons, dem eingeblendeten Datum nach waren die Fotos am 28. Juni um 22:35 Uhr aufgenommen worden. Menschen betraten den Imbiss, Männer und Frauen, unterschiedlicher Größe und unterschiedlichen Alters. Robert betrachtete sie ausgiebig, konnte aber auf den ersten Blick keine Besonderheiten erkennen. Er war daher überrascht, als Roswitha von Peters einen Laut des Erstaunens ausstieß.

„Die Frau kenne ich, das ist, warten Sie..." Roswitha überlegte.

„Heather McWheels", ergänzte General von Lübben. „Ich dachte mir schon, dass Sie die Dame erkennen würden. Und diese Herren", er deutete auf zwei andere Fotos. „Das sind Jack Brown und William Callegan. Alles Personen, die der Abwehr bekannt sind."

„Profis?", fragte Robert von Warthenberg.

Der General nickte. „Britische Agenten."

„Aber wenn die drei uns bekannt sind, warum schickt uns MI6 diese Leute? Und warum haben diese ‚Profis' nicht bemerkt, dass im Berlin-Pavillon Kameras installiert waren?"

„Ich denke", antwortete der General langsam, „die MI6 Leute wussten genau Bescheid. Dass dort Kameras waren und dass sie identifiziert werden würden. Das Ganze ist entweder eine bewusste Provokation oder eine Initiierung, um uns von anderen, weitaus brisanteren Aktivitäten abzulenken. Wir werden morgen früh nach Berlin zurückkehren. Mit der Kieler Situation werden die Techniker allein fertig. Das eigentliche Zentrum des Geschehens ist Berlin. Dort müssen wir ansetzen."

„Wo genau?", fragte Frau von Peters.

„In den Kreisen, mit denen Heather McWheels Kontakt aufgenommen hat. Sie wurde von einem unserer Informanten vor einer Stunde in einem einschlägigen Lokal in Kreuzberg erkannt."

Eine überraschende Wendung der Dinge, dachte Robert. Woher der General so schnell seine Informationen bezogen hatte? Und wieso kannte Roswitha eine britische Agentin?

Berlin, Kreuzberg, 29. Juni, später Abend

Vor einer Stunde hatte Heather McWheels das dämmrige Lokal betreten, sich an der Theke ein Bier geholt und sich dann in eine Ecke gesetzt. Seitdem saß sie da, beobachtete das Umfeld und wartete geduldig. Langsam hatte sich die Kneipe gefüllt, meist ältere Leute, die ein Bier oder Schnaps tranken und sich leise unterhielten. Den sonst üblichen Lärm schien es hier nicht zu geben. Heather schaute auf die Uhr. In zehn Minuten sollte ihr Kontakt erscheinen. Aber irgendwie ließ sie das Gefühl nicht los, dass etwas nicht stimmte. Das gleiche Gefühl hatte sie gestern gehabt, als sie den Pavillon verlassen hatten. Alles war zu glatt gegangen. In Gedanken ging sie das ganze Geschehen noch einmal durch: Ihre Ankunft am Flugfeld. Ihr Treffen am Reichstag. Ihr getrennter Eintritt in das Lokal, die einzelnen Aktionen. Wer war alles im Raum gewesen? Sie versuchte, sich an die Besucher zu erinnern. Ein paar knipsende Japaner und Chinesen, einige Provinzler aus dem deutschen Osten. Darunter niemand, der ihr besonders aufgefallen war. Überwachungskameras hatte Heather ebenfalls nicht gesehen. Halt, das war es. Natürlich hatte ein Lokal dieser Größe irgendwo Kameras installiert. Und wenn nicht offen, dann verdeckt! Heather fluchte. Ihre Informationen mussten falsch gewesen sein. Ihre ganze Aktion war geradezu darauf angelegt gewesen, aufzufliegen. Dennoch war nichts passiert – oder? Die Tür ging auf und drei Männer traten ein. Sie waren, soweit Heather es in dem Dämmerlicht erkennen konnte, wie Arbeiter gekleidet. Dennoch, in ihrem Auftreten lag etwas, das Heather an anderes erinnerte. Der forschende Blick des einen Mannes, die aufrechte, gerade Haltung des zweiten. Und die Art, wie der Dritte sich bewegte. So bewegten sich Polizisten oder Soldaten. Langsam erhob sich Heather und glitt, sich sacht durch den Schatten bewegend, zu einer Tür an der Seite. Dort waren die Toiletten. Wenn sie überhaupt eine Chance hatte, hier heil heraus zu kommen, dann über diesen Bereich. Sie erreichte die Tür, da deutete einer der Männer in ihre Richtung und schon bewegten sich die drei auf sie zu. Mist, sie hatten Heather entdeckt. Hastig öffnete sie die Tür und eilte hinaus. Vor ihr zeigte sich ein schmaler Gang, links stand *Herren*, rechts *Damen*. Weiter hinten las sie die Aufschrift *Privat*. Heather wandte sich in die Richtung, zog am Türknauf. Verschlossen! Sie drehte sich um und sprang in den Toilettenbereich. An einem der Becken stand eine schwankende Gestalt. Sie drängte vorbei und riss an einem schmalen, höher gelegenen Fenster. Dieses öffnete sich mit einem schrillen Quietschen. Heather schwang sich nach oben, griff durch die Öffnung und zog sich hoch. Sie war schon halb draußen, unten zeigte sich das schmutzige Pflaster eines Hofes, da packte sie jemand an ihren Beinen. Mit jäher Kraft trat sie nach hinten und in etwas Weiches, Nachgiebiges. Der Getroffene schrie vor Schmerz auf und ließ für einen Moment los. Heather nutzte den Augenblick, zog sich völlig hinaus und ließ sich fallen. Der Aufprall auf dem harten Stein war schmerzhaft, dennoch raffte sich die Agentin sofort auf und rannte auf eine Torausfahrt zu. Sie erreichte das Tor, durchquerte es und gelangte auf eine kleine Gasse. Genau vor ihr stand eine Gestalt und zielte mit einer Waffe auf sie. Heather warf sich zur Seite. Im gleichen Augenblick krachte es und ein scharfer Schmerz durchdrang ihre Schulter. Bullshit, dachte sie noch, dann traf sie ein Schlag auf dem Kopf und Heather McWheels stürzte ohnmächtig zu Boden.

Kiel, 29. Juni, Restaurant Kaiser Friedrich

Die Tür zum *Kaiser Friedrich* öffnete sich und ein Mann in der dunkelblauen Uniform des MRD trat ein. Er blickte sich suchend um und näherte sich dann rasch dem Tisch, an dem von Lübben und seine Leute saßen. Der Mann salutierte und überreichte dem General einen Brief. Dann zog er sich ein Stück zurück. Von Lübben öffnete den Umschlag und überflog den Inhalt. Er nickte und winkte den MRD-Mann wieder an den Tisch.

„Notieren Sie!“

Der Bote zog einen Block und einen Stift aus seiner Tasche.

„An General von Gehlen“, diktierte von Lübben. „*Bestätige den Erhalt der*

Nachricht. Treffe morgen Vormittag in Berlin ein. Bis auf Weiteres mit allem warten. Gez. von Lübben, Leiter der Sondergruppe Kiel. Leiten Sie die Botschaft umgehend weiter!", befahl er dem Mann. Dieser salutierte erneut und verließ das Lokal. Die anderen hatten den Auftritt neugierig beobachtet. Von Lübben wandte sich wieder zur Gruppe um.

„Heather McWheels wurde gefasst. Sie wurde bei einem Fluchtversuch angeschossen, lebt aber. Wir werden die Frau morgen direkt befragen."

Ein Kellner brachte den Nachtisch. Frau Türmer schob ihren von sich.

„Nein, danke, ich kann hier nicht sitzen und den Plettenpudding genießen, wenn ich gerade erfahren habe, dass ein Mensch angeschossen wurde."

„Nun", sagte von Lübben, „es handelte sich um keinen Willkürakt, sondern darum, dass sich Frau McWheels der Festnahme widersetzt hat und fliehen wollte. Einem unserer Leute, der sie verhaften wollte, wurde von ihr das Nasenbein gebrochen. Das war übrigens, bevor auf Frau McWheels geschossen wurde."

„Ich verstehe", sagte die Professorin, „aber dennoch …"

„Ich kenne die McWheels", schaltete sich Roswitha von Peters ein. „Sie ist eine der besten Agentinnen Großbritanniens. Auf ihr Konto gehen Dutzende von Tötungsdelikten, davon mindestens drei unserer eigenen Leute. Ich würde der Frau nicht zu viel Mitgefühl entgegen bringen, liebe Johanna."

Abschließend trank man Pharisäer- Kaffee.

Nachtzug Hildesheim-Berlin, 29. Juni 22:45

Ein Wagen brachte Lord Essex von Schloss Marienburg nach Hildesheim, wo er um 22:30 Uhr den Spätzug nach Berlin nahm. Er setzte sich in ein Abteil der Sonderklasse und schaute hinaus in die Nacht. Lichter huschten vorbei, gelbe, rote, weiße.

Der Besuch bei Prinz Ernst August war erfolgreicher verlaufen, als Lord Essex gehofft hatte. Sie hatten sich wirklich einigen können, womit er, zugegebenermaßen, so rasch nicht gerechnet hatte. Zunächst allerdings musste er dem Prinzen den mitgebrachten Plan bis in die kleinste Kleinigkeit erläutern. Essex zeigte Ernst August jedes Detail der britisch-welfischen Stammtafel und erklärte geduldig, wie sich Lord Halifax II. das weitere Vorgehen dachte und welche Aufgabe der Prinz dabei hatte. Dass die Pläne auf dem Wirken Sir Osbornes vom MI7 beruhten, ließ Lord Essex außen vor. Das tat nichts zur Sache, was zählte, war der Erfolg. Nach längerem Sträuben, welches hauptsächlich auf der Tatsache der geplanten Heirat mit Sarah-Anne beruhte, die Ernst August aus irgendeinem Grund nicht gefiel, ließ sich der Prinz schließlich überzeugen. Nach einem letzten Hin und Her, bei dem es um den finanziellen Hintergrund ging, stimmte Ernst August endlich zu. Lord Essex legte ihm darauf die eigens für diesen Fall angefertigte mehrseitige Urkunde zur Unterschrift vor. Ernst August las jede Seite gewissenhaft durch, dennoch hatte Essex berechtigte Zweifel, ob den Prinzen die Finessen des auf deutsch und englisch angefertigten Dokuments deutlich wurden. Aber er schwieg. Dann aßen sie gemeinsam zu Abend und der Prinz schwärmte von seiner neuen Zukunft. Lord Essex wies ihn vorsorglich auf die Geheimhaltung hin, was Ernst August als Selbstverständlichkeit abtat. Essex hoffte, dass der Prinz in dieser Hinsicht verlässlich war. Der Premierminister schien davon jedenfalls überzeugt. Nun, wie auch immer, der Teil seiner Aufgabe war gelungen. Jetzt konnte der nächste Akt beginnen. Lord Essex lehnte sich zufrieden zurück.

22:45 Uhr – um 1:17 Uhr sollte der Zug im Lehrter Bahnhof ankommen. Bis dahin konnte er ein wenig ruhen. Monoton rollten die Räder durch die Nacht, Essex schloss die Augen und nickte ein. Der Kopf sank ihm auf die Brust, da ließ ihn ein quietschendes Geräusch aufschrecken. Der Lord sah, wie die Abteiltür langsam geöffnet wurde. Ein Mann im dunklen Mantel trat ein und setzte sich ihm gegenüber. Essex schaute genauer hin, er kannte den Mann!

„Jack! Was machen Sie hier?“, fragte er verwundert. „Fahren Sie auch nach Berlin?“

Sein Gegenüber lächelte und zog eine Pistole. Bevor Lord Essex eine weitere Bemerkung machen konnte, drückte der Andere zweimal ab. Ein scharfer Schmerz durchbohrte seine Brust – und dann fühlte Lord Essex nichts mehr.

Berlin, 30. Juni, Hotel Adlon, nachts

Alwina von Morus trat ans Fenster ihres Appartements und blickte hinaus auf die unruhige Stadt. Ein langer Tag lag hinter ihr. Der spontane Flug von Wien nach Berlin. Ihr Einkaufsbummel, dann die überraschende Begegnung mit der Studentin Rachel Rosenthal. Fast drei Stunden hatten sich die beiden jungen Frauen im *Café Kranzler* unterhalten. Rachel erzählte von ihrem Freund Hans Georgi, von den Schwierigkeiten des Studentenlebens, von ihren Plänen und Wünschen. Nebenbei erfuhr Alwina einiges über die Bewegung der *Jungdeutschen*, die vor allem im Altreich, weniger in Deutsch-Österreich, aktiv war. Nachdem die Studentenunruhen der späten 60er und beginnenden 70er Jahre verebbt waren und ihr radikaler Flügel, die Reichsarmeefraktion, kurz RAF genannt, verhaftet beziehungsweise ihre Mitglieder ausgestiegen waren, hatten sich Teile der Jugend auf die alten Ideale der Wandervogelbewegung besonnen. Dichter wie Hermann Hesse, Stephan George und Rilke wurden mit ihren romantisierenden, idealistischen Texten zu Kultfiguren. Dazu traten Heimatdichter wie Hermann Löns, der Ostpreuße Siegfried Linze, die Berliner Lyrikerin Mascha Kaléko, der Danziger Gunthram Gratz und Literaten des Großen Krieges wie der erst vor einigen Jahren verstorbene Ernst Jünger und sein Bruder Georg Jünger. Alwina kannte ihre Werke, wenn sie auch mehr für die Lyrik Mörikes und Eichendorffs schwärmte. Und sie war für Neues offen.

Vor allem nach der Jahrtausendwende war in Wien, München und Zürich eine neue Autorenbewegung entstanden, die mit der Sprache als Klangkörper experimentierte und Traditionen der 20er Jahre des vergangenen Jahrhunderts neu zu beleben versuchte. Neodadaismus und Neoexpressionismus feierten gleichsam fröhliche Auferstehung. Neben kulturellen Neuerungen brachte das sich seit den 90er Jahren immer schneller vollziehende Wachstum des Europäischen Reiches auch neue politische Gruppierungen hervor. Zu diesen gehörten offenbar die Neu-Orthodoxen, denen, wie Rachel Rosenthal erzählte, ihr Freund Hans beigetreten war. Anscheinend hatte die Mitgliedschaft in dieser sehr fundamental religiös orientierten Vereinigung Rachels Freund beeinflusst und verändert. Was die Studentin erzählte, klang ziemlich problematisch. Strenge Fastenzeiten, eine Wallfahrt nach Jerusalem. Eine „Rückkehr" der Frauen zu Heim und Herd, eine durch religiöse Rituale bestimmte, asketische Lebensführung. Alwina tröstete und meinte, Hans würde sich ganz sicher morgen bei Rachel melden. Schließlich drehte sie noch eine kleine Runde durchs nächtliche Berlin und dann ließ sich Alwina zurück ins Hotel Adlon bringen. Sie gab Rachel Rosenthal ihre Telefonnummer.

„Wenn etwas ist, ruf mich an!"

Dann verabschiedeten sich beide voneinander. Im Hotelzimmer schaltete Alwina den Rechner an und öffnete das Netz. Sie ging auf die Suchmaschine *Guckmal* und gab den Begriff *Neu-Orthodoxe* ein.

Neu-Orthodoxe
Eine fundamentale religiöse Erneuerungsgruppe. Ist vor allem in den östlichen Beitrittsländern des Deutsch-Europäischen Reiches vertreten. Zum Teil mit nationalen Ideologien verbunden. An der Spitze der Hierarchie steht der Metropolit von Kiew.

Mehr fand sie über die Gruppe nicht heraus. Vielleicht sollte sie Robert fragen, der kannte sich bestimmt mit solchen Vereinigungen besser aus. Alwina schaltete den Apparat aus und trat ans Fenster. Bunte Lichter und die ewige Unruhe Berlins. Und sie mitten drin, was für ein Tag! Und Robert? Sie zuckte die Achseln. Autos fuhren vorüber, am Himmel ein fernes Wetterleuchten. Nachdem sie einige Zeit hinaus in die Nacht gestarrt hatte, ging Alwina von Morus schließlich zu Bett.

Vauxhall Cross, London, 30. Juni 2014, vormittags

„Die Lage, meine Herren, ist seit unserem Treffen vor zwei Tagen schwieriger geworden", eröffnete Sir Osborne die Sitzung mit den Direktoren und Stellvertretern von MI6 und MI5, Sir Evans, Sir Curwen sowie Sir Oldfield und Alexander Sinclair. „Viel schwieriger!"

Er wandte sich an seinen Nebensitzer.

„Bitte, Sir Curwen!"

Der Angesprochene begann einen kurzen Lagevortrag:

„In Birmingham, Liverpool und Manchester kam es in den letzten Tagen und Wochen vermehrt zu gewaltsamen Auseinandersetzungen zwischen weißen und farbigen Bevölkerungsteilen. Vor allem Angehörige der pakistanischen Volksgruppe versuchten, Häuser im von der englischen Bevölkerungsminderheit bewohnten Viertel in Brand zu stecken. Barrikaden wurden errichtet und die Feuerwehr massiv am Löschen gehindert. Unseren Sicherheitskräften gelang es nur mit Mühe, noch größere Eskalationen zu unterbinden. Insbesondere, da einzelne Polizeieinheiten sich weigerten, gegen, wie sie sagten, die eigenen Leute vorzugehen. Wir mussten schließlich auf die Armee zurückgreifen."

Sir Osborne nickte.

„Was Sie berichten, Sir Curwen, passt ins Bild der allgemeinen Lage. Mittlerweile sind an die sechzig Prozent unserer Bevölkerung nichteuropäischer Herkunft. Die Konkurrenz der einzelnen Ethnien steigt, in London wird mehr Hindi und Urdu gesprochen als Englisch. Dazu kommt, dass die wirtschaftliche Situation alles andere als positiv ist. Das britische Außenhandelsdefizit ist im letzten Quartal erneut um 23 Prozent gestiegen. Das Pfund steht mittlerweile bei 0,67 Euro, die Ölreserven sind aufgebraucht und die Ernte ist rückgängig. Dazu vor kurzem die Annexion Maltas durch die Libyer, ohne dass wir wegen unserer Ölabhängigkeit zu Gegenmaßnahmen in der Lage waren. Unsere Lage ist heikel, mehr noch, sie ist geradezu verzweifelt. Sie wissen, meine Herren, dass die Regierung ernsthaft an einen Beitritt zum Europäischen Reich denkt. Was das bedeuteten würde, muss ich Ihnen nicht erläutern. Einführung des Euros, Verlust unserer Souveränität, Abschaffung des Oberhauses, Teilverstaatlichung. Wir müssen die Umsetzung unseres Übernahmeplanes forcieren. Ich fürchte, sonst läuft uns die Zeit davon. Wie ist die aktuelle Lage, Sir Oldfield?"

„Ich fürchte, George, sie ist schlechter als wir es bislang befürchtet haben. Gestern Abend wurde unsere Agentin Heather McWheels angeschossen und festgenommen. Wahrscheinlich steckt der MRD des Generals von Wolf dahinter. McWheels war dabei, mit der Untergrundgruppe der ukrainischen Neu-Orthodoxen Kontakt aufzunehmen, als sie aufgespürt wurde."

„War Ihre Agentin allein im Einsatz?"

„Nein, sie hatte Unterstützung durch die Agenten Jack Brown und William Callegan. Aber die beiden melden sich nicht."

„Heißt das, unsere Plänen lagen auf den Schultern von drei Agenten?", ereiferte sich Sir Evans.

„Es gibt noch andere Optionen", schaltete sich Alexander Sinclair ein.

„Und die wären?", fauchte Sir Oldfield. „Ich weiß davon nichts!"

„Das hat seinen guten Grund“, erwiderte Sinclair. „Es gibt unter uns jemanden, der nicht mit offenen Karten spielt.“

Die Gentlemen schauten sich erstaunt an.

„Was wollen Sie damit sagen?“, wandte sich Sir Osborne an Alexander Sinclair.

„Ganz einfach Sir, unter uns sitzt ein Maulwurf, ein Verräter!“

Kiel-Berlin 30. Juni 9:00 Uhr

General von Lübben und seine Gruppe saßen im Speiseraum des Zeppelins L Z 1076 und frühstückten. Draußen nieselte es.

Der gestrige Tag hatte spät geendet und der heutige begann sehr früh. Um sechs Uhr fuhren sie zum Hafen, um dort den Unglücksort und die beiden Schiffswracks zu inspizieren. Robert versprach sich nicht viel von einem Kurzbesuch. Um Genaueres herauszufinden oder etwas entdecken zu können, würde man sich mehrere Tage, wenn nicht gar Wochen mit den Schiffen beschäftigen müssen. Das hatte er von Lübben auch gesagt. Der General gab Robert Recht, meinte aber, wenn sie schon extra nach Kiel geflogen seien, dann sollte die Gruppe wenigstens einen Blick auf das Ganze werfen.

Sie standen am Pier sieben des Marinehafens. Der Anblick, der sich am Kai bot, war faszinierend und grauenhaft zugleich. Vor ihnen lagen die riesigen ausgebrannten schwarzen Schiffsleiber. Verbogene Stahlteile ragten in den Himmel, düstere Löcher öffneten sich den verstörten Blicken. Sie stiegen über ein langes, schmales Fallreep hoch auf die *Kaiser Wilhelm III*. Vor ihnen erstreckte sich das breite Flugdeck. Über und über bedeckt mit Resten von Katapultfliegern, die es nicht mehr geschafft hatten, dem Flammeninferno zu entkommen. Immerhin hatten zwanzig der fünfzig Maschinen starten können. Die restlichen allerdings waren mitsamt ihren Besatzungen verglüht.

„Die Männer wussten, was sie taten und was sie erwartete“, erklärte von Lübben.

„Sie gaben ihr Bestes, sie gaben ihr Leben.“

Die Offiziere verharrten. Robert, Hagen von Scholz und der General neigten ihr Haupt und grüßten. Dann gingen sie rasch weiter. Im hinteren Teil des Schiffes war es den Löschbooten gelungen, die Flammen einzudämmen. Hier war der Zerstörungsgrad geringer, einige der Aufbauten schienen sogar gänzlich unversehrt zu sein. Die beiden Großkampfschiffe waren jeweils mit der Backbord- und der Steuerbordseite zusammengestoßen. Hier befanden sie sich an der hinteren Steuerbordseite des Trägers.

Die beiden Damen, die den Lastfahrstuhl eines Bergekrans benutzt hatten, um an Bord zu kommen, traten zu ihnen.

„Seht Ihr dort, die schmalen Seitenkästen?“, fragte Roswitha von Peters. „Welche Funktion haben die?“

„In ihnen befinden sich die Sonarabstandshalter“, erklärte Kapitän von Scholz. Er winkte einem Arbeitsmatrosen und ließ einen der Kästen öffnen.

Interessiert beugten sich die Damen über den Kasten.

„Schaltkreise und jede Menge Platinen, soweit ich das erkenne“, meinte Johanna Türmer. „Das sagt mir wenig.“

Inzwischen hatte auch der Kapitän einen Blick hineingeworfen. Er beugte sich vor und berührte vorsichtig mit dem Finger etwas im Inneren.

Von Scholz richtete sich auf. „Robert, komm mal. Das musst du dir anschauen!“

Robert von Warthenberg trat zum Schaltkasten. Er spähte hinein und konnte auf den ersten Blick nichts Besonderes erkennen.

„Du musst dich schräg stellen, aber so, dass du nicht das Licht verdeckst“, forderte ihn Hagen auf. Robert bewegte sich etwas nach links. Richtig, jetzt sah er es auch.

Ein kleiner, kaum erkennbarer schwarzer Fleck am Rande einer Platine.

„Weißt du, was das ist?“

„Nein, aber es gehört sicher nicht dorthin.“

Der General, der das Ganze schweigend beobachtete, wandte sich an Hagen von Scholz.

„Sie haben eine Kamera dabei?“

Der Kapitän nickte. „Jawohl, Herr General!“

„Dann machen Sie entsprechende Aufnahmen.“ Von Lübben drehte sich zu dem mit Abstand wartenden Matrosen um.

„Matrose, holen Sie den wachhabenden Offizier!“

Sie ließen den Kasten abmontieren, versiegeln und zur technischen Untersuchungsabteilung abtransportieren. Der folgende Besuch auf der *Glorious II* verlief weniger spektakulär. Ein Wagen brachte sie schließlich zur Barkasse, die die Gruppe zum Flugfeld übersetzte.

Jetzt war es kurz nach neun. Sie saßen am Tisch, tranken Kaffee oder Tee und aßen Kieler Schrippen.

„Ich frage mich, was das ist, was du im Schaltbereich des Sonars entdeckt hast, Hagen“, überlegte Roswitha von Peters laut.

„Es ist müßig, zu spekulieren“, antwortete der Kapitän, die TU wird entsprechend prüfen. Was machen wir in Berlin, Herr General?“, wandte er sich an von Lübben.

„Spuren nachgehen“, antwortete ihr Chef zerstreut. Ihm war gerade eine verschlüsselte Meldung übergeben worden, die ihn zu überraschen schien.

„Sie entschuldigen mich kurz, meine Damen, ich habe etwas zu klären.“

Der General verneigte sich knapp vor Roswitha und Johanna und verließ die Kabine. Nun, in seiner eigenen, dechiffrierte er mithilfe eines Codebuches rasch den Text:

Dossier
Die britische Regierung unter Lord Halifax II. sieht sich aufgrund der gegenwärtigen Verhältnisse nicht mehr in der Lage, längerfristig die innere soziale und wirtschaftliche Ordnung im Vereinigten Königreich aufrecht zu erhalten. Es besteht die berechtigte Annahme, dass derzeit zwei Optionen zur Krisenbewältigung geprüft werden. Die erste ist der mögliche Beitritt zum Europäischen Reich und der Eurozone. Die zweite besteht in der Form einer kalten Übernahme ...

Von Lübben las den Text zweimal durch, dann steckte er die Meldung ein. Es war an der Zeit, zu handeln.

Terroristin gefasst
Berlin. Bei einer Razzia gelang es gestern Abend den Sicherheitskräften, in einem Kreuzberger Lokal eine britische Terroristin trotz heftiger Gegenwehr zu überwältigen und festzunehmen. Die Frau, eine den deutschen Geheimdiensten gut bekannte Agentin, wurde bei ihrer Verhaftung angeschossen. Das Außenamt bereitet eine Protestnote an die Downingstreet vor ...
Tagesanzeiger vom 30. Juni 2014

30. Juni, 9:30 Uhr Berlin, Charité
Heather McWheels wachte wieder in einem fremden Bett auf. Mühsam hob sie den Kopf. Neben ihrem Bett stand eine Gestalt in Weiß, eine Krankenschwester, wie Heather erkannte. Ihr Blick glitt an der Schwester vorbei. Der Raum selbst war in einer grauweißen Farbe gestrichen, in der Ecke stand ein Metallschrank, sonst gab es keine weiteren Möbel zu entdecken. Links sah Heather ein Fenster. Ohne Gitter. Sie befand sich offenbar in einer Klinik.
„Ah, Sie sind aufgewacht“, sagte die Schwester. „Wie fühlen Sie sich?“
Erst jetzt bemerkte Heather ein stechendes Ziehen im Schulterbereich. Auch der Kopf fühlte sich nicht gut an und das Gesicht der Schwester sah sie nur verschwommen.
„Nicht so gut“, antwortete Heather mit krächzender Stimme. „Wo bin ich? Und wer sind Sie?“
„Mein Name ist Schwester Ursula. Sie sind in der Charité. Sie hatten einen Unfall. Schön, dass Sie aufgewacht sind. Aber Sie sollten noch etwas schlafen. Ich gebe Ihnen eine Spritze und wenn Sie dann wach werden, fühlen Sie sich bestimmt besser.“
Die Schwester nahm etwas aus ihrer Tasche und beugte sich vor.
„In der Charité“, wiederholte Heather matt. Dann spürte sie einen kurzen Stich im rechten Arm. Sie schloss die Augen und schlief wieder ein.
Die Schwester betrachtete einen Augenblick die Liegende. Dann ging sie zur

Tür und öffnete. Draußen stand ein Mann in der schwarzen Uniform des RND.

„Ihr Gast ist kurz aufgewacht. Sie schien ziemliche Schmerzen zu haben. Ich habe ihr eine Spritze gegeben. Ich denke, sie wird am Nachmittag wieder aufwachen."

Der Mann nickte und zog ein Handfon hervor.

„Einen Augenblick."

Er tippte eine Kurzmitteilung ein und schickte sie ab.

„Haben Sie auch heute Abend Dienst, Schwester?", wandte er sich wieder an die Frau.

„Unsere Schicht dauert von acht bis 20 Uhr", antwortete sie. „Warum fragen Sie?"

„Die Frau ist gefährlich. Lassen Sie die Tür stets einen Spalt offen, wenn Sie hineingehen. Solange sich die Gefangene hier befindet, wird von uns immer jemand Wache schieben."

„Rund um die Uhr?", fragte die Krankenschwester. „Ist die Frau so wichtig?"

Der RND-Mann nickte. „Sie ist wichtig und sie stellt eine Bedrohung dar. Vergessen Sie das nicht und informieren Sie Ihre Kolleginnen!"

„Das werde ich."

Schwester Ursula ging. Der Wachmann setzte sich auf einen Stuhl.

Die Schwester lief durch den Gang und bog um die Ecke. Kurze Zeit später trat sie in einen Raum, der hauptsächlich mit Karteischränken angefüllt war und in dem ein Schreibtisch mit einem Rechner stand. Sie setzte sich an den Tisch und fuhr den Rechner hoch. Mit ein paar Klicks ging sie ins Netz und öffnete dort ein Konto. Rasch tippte die Schwester einige Wortfolgen, gab die Briefadresse ein und schickte ihr Schreiben ab. Schwester Ursula schloss ihr Konto, verließ das Netz und fuhr den Rechner runter. Dann stand sie auf und ging aus dem Zimmer.

Vauxhall Cross, London, 30. Juni vormittags

„Ein Verräter? In unseren Reihen?"

„Unmöglich!"

„Das kann ich nicht glauben!"

„Pure Fantasie!"

Die Stimmen überschlugen sich. Alexander Sinclair wartete ab und beobachtete die Runde.

„Können Sie Ihre Behauptung belegen? Und vor allem, wer soll dieser Verräter sein?", fragte schließlich Sir Osborne.

„Ich denke, ich kann meine Aussagen belegen. Wer von den verehrten Gentlemen allerdings der Verräter ist, kann ich nicht sagen. Noch nicht", antworte Sinclair ruhig. „Einiges weiß ich allerdings schon. Wir haben soeben verschiedene Berichte zur Lage gehört. Sir Curwen gab einen Überblick zur inneren Sicherheit. Sir Oldfield berichtete von der Festnahme der Agentin Heather McWheels. Sir Evans kritisierte den Einsatz. Und ich bin sicher, dass uns Sir Osborne über die Thronfolgesituation unterrichten wollte."

„Und?", fragte Sir Osborne. „Was sollen diese Tatsachen erklären?"

„Nun, Sir. Wie würde ein Verräter vorgehen? Sicher so, dass er seine normalen Aufgaben korrekt erledigt. Aber zu bestimmten Details wird er sein Wissen weitergeben. Und um zu kaschieren, dass ein Leck vorliegt und Interna nach außen gelangen, muss er dieses Wissen leicht verändern. Dazu wird er sich bemühen, uns durch Fehlinformationen auf falsche Fährten zu locken. Eine solche Aktion müssen wir aufdecken und wir haben den Mann!"

„Behaupten Sie etwa, ich hätte einen falschen Bericht abgegeben?", brauste Sir Curwen auf.

„Nein, Sir, das sage ich nicht. Ich habe Sie und Sir Oldfield lediglich als Beispiel angeführt. Aber es gab offenbar ein Leck, denn mir liegen Informationen vor, dass die Gegenseite Maßnahmen getroffen hat, die nur dann zu erklären sind, wenn MRD, RND oder MAD interne Kenntnisse haben, die einzig aus dem innersten Zirkel stammen können."

„Ein neuer Fall Blunt oder Philby?", fragte Sir Osborne.

„Könnte sein, Sir!"

„Mein Lieber, Sie stellen Behauptungen von einer ziemlichen Tragweite auf. Wer sagt uns denn, dass diese stimmen? Vielleicht sind Sie gezielten Falschinformationen der Gegenseite aufgesessen, General von Wolf ist bekannt für seine entsprechenden Talente."

„Vielleicht sind Sie selbst der faule Apfel?", knurrte Sir Evans.

„Klingt realistisch", stimmte Sir Oldfield ihm zu.

„Meine Herren, unsere Spekulationen bringen uns im Augenblick nicht weiter", schaltete sich Sir Osborne ein. „Ich schlage daher vor, dass wir uns wie bisher um unsere jeweilige Abteilung kümmern. Gleichzeitig sollte jeder Einzelne sich ein Verfahren überlegen, wie wir Alexander Sinclairs Behauptung überprüfen und hoffentlich widerlegen können. Das schließt auch ein, Alexander Sinclair selbst zu überprüfen. Ich denke, Sinclair, Sie verstehen die Maßnahme."

„Gewiss, Sir. Am besten wäre es, wenn wir uns alle einer Überprüfung unterzögen."

Berlin, 30. Juni, Hotel Adlon, mittags

Direkt nach der Landung fuhr General von Lübben in das Reichskriegsministerium. Kapitän Hagen von Scholz bezog in einer der vielen Kasernen Quartier. Die Damen ließen sich nach Hause bringen und Robert von Warthenberg kehrte ins *Adlon* zurück. Von Lübben setzte die nächste Besprechung für 18 Uhr fest. Dann würde auch Professor Schwarze per Bahn aus Kiel eingetroffen sein. Der Nachmittag stand somit zur freien Verfügung, was Robert nutzen wollte, um in der Bibliothek der Friedrich-Wilhelm-Universität eigenen Recherchen nachzugehen.

Das Solartaxi setzte ihn vor dem Hotel ab. Ein herbeieilender Page übernahm das Gepäck und Robert von Warthenberg betrat die Hotelhalle. Nachdem er seine Suite bezogen hatte, entschloss sich Robert, eine Kleinigkeit zu essen. Nach kurzem Zögern entschied er sich für das hoteleigene *Quarré* mit Blick aufs Brandenburger Tor. Im Restaurant erwartete ihn eine Überraschung. An einem Fensterplatz saß eine junge Frau in einem höchst eleganten Sommerkleid und winkte ihm zu. Seine Base Alwina von Morus aus Wien! Als er auf sie zutrat, begrüßte Alwina ihn fröhlich: „Robert, schön, dass du endlich kommst. Ich dachte schon, du wärest endgültig in Kiel gestrandet. Schau nicht so verblüfft, nimm Platz und hilf mir bei der Menuwahl."

„Alwina, mit dir hätte ich wirklich nicht gerechnet. Was machst du denn hier?"

„Das erzähle ich dir gleich, jetzt setz dich endlich."

Robert kam ihrer Aufforderung nach und setzte sich Alwina gegenüber.

„Was sollen wir als Vorspeise nehmen?", fragte sie im leichten Plauderton. „Was hältst du vom *Adlon Vorspeisentrio*? Räucherlachs mit Zitrone und Blini. Dann Parmaschinken mit Oliven und Crustini und schließlich Vitello Tonnato mit Ciabatta. Klingt appetitlich, findest du nicht?"

Während Alwina derart plauderte, blickte Robert sie noch immer leicht sprachlos an. Vor drei Tagen war er mit ihr in Wien verabredet gewesen und jetzt traf er sie im *Adlon* …

„Und als Hauptspeise das kross gebratene Zanderfilet auf Champagner-Rahmkraut mit Linsen-Specksauce oder Lammkoteletts mit Rosmarin? Robert, nun sag schon was oder hat dich mein Anblick völlig überwältigt?"

Von Warthenberg riss sich zusammen. Was immer Alwina nach Berlin geführt hatte, er würde es schon noch erfahren. Kein Grund, wie ein Stockfisch am Tisch zu sitzen und sich von ihr in Grund und Boden reden zu lassen.

„Ich denke, das Zanderfilet ist eine gute Wahl und zum Nachtisch … Wenn du mir bitte kurz die Karte reichst. Danke. Zum Nachtisch …"

Robert blätterte ein wenig.

„Ich denke, Zitronen-Himbeertarte mit Tonkabohneneis würde passen."

„Einverstanden."

Von Warthenberg winkte dem Kellner und gab die Bestellung auf.

„Und dazu bringen Sie uns eine halbe Flasche badischen Riesling."

Der Ober verneigte sich und ging.

„Schön, das hätten wir geregelt", meinte Alwina. „Und jetzt, Robert, erzähle ich dir, was ich gestern alles erlebt habe. Dann aber bist du mit dem Berichten dran!"

Alwina erzählte von ihren Einkäufen und ihrer Begegnung mit Rachel Rosenthal. Den Grund ihrer Berlinreise ließ sie allerdings aus. Die Geschichte der Studentin ließ Robert aufhorchen.

„Ihr Freund, sagst du, ist in Kontakt mit den Neu-Orthodoxen? Das ist zum zweiten Mal, dass ich von dieser Gruppe höre. Das könnte von Lübben interessieren", meinte er nachdenklich.

„Von Lübben. General von Lübben?", fragte Alwina. „Ich kenne einen Peter von Lübben, der ist Schauspieler an der Burg. Glaubst du, die beiden sind verwandt?"

Robert lächelte. Der General und ein Schauspieler in der Verwandtschaft. Eine schwierige Vorstellung. Vom Theater hielt Lübben, so viel er wusste, wenig. Obwohl, angeblich hatte von Lübben einmal eine Affäre mit einer Ballettdiva ... Alwinas nächste Frage holte Robert zurück in die Gegenwart.

„Hast du was mit Roswitha?"

„Mit Roswitha?"

„Roswitha von Peters, wenn dir das lieber ist."

„Wie kommst du darauf?", fragte Robert verwundert. „Ihr seid befreundet, das weiß ich, aber sonst verstehe ich deine Frage nicht."

„Genauso wie ich sie gestellt habe, also ja oder nein?", hakte Alwina nach.

Das klang gerade so, als sei Alwina eifersüchtig. Als Backfisch hatte die Base für ihn geschwärmt und ihn mit einer Flut von Briefen zugeschüttet. Robert fand das Bäschen niedlich, mehr nicht und reagierte kaum auf ihre gefühlvollen Schreiben. Als Alwina ihr Kunststudium begann, hörte das Ganze schlagartig auf. Ab und zu traf er sie auf Familienfesten. Zuletzt auf einer Vernissage vor zwei Jahren. Da entdeckte Robert, dass sich aus dem Entlein ein ansehnlicher Schwan entwickelt hatte und reagierte auf die Verwandlung. Er lud sie, wenn er nach Wien kam, zum Essen ein, besuchte mit Alwina Kunstveranstaltungen und den letztjährigen Wiener Opernball. Sie tanzten, flirteten und unterhielten sich prächtig. Doch passiert war nichts weiter. Es gab also keinen Grund für Alwina, eifersüchtig zu sein oder irgendwelche Ansprüche anzumelden. Oder von ihm Antworten einzufordern.

„Bei aller Freundschaft, meine Liebe, ich wüsste nicht, was dich das anginge, Alwina!"

„Du herzloser Schuft", rief Alwina laut aus. „Warum, glaubst du wohl, bin ich nach Berlin flogen?"

Einige Gäste schauten indigniert zu ihrem Tisch.

„Weil ich", fuhr sie leiser fort, „Angst um dich gehabt habe!" Alwina erzählte von der Zeitungsnotiz über den Anschlag.

Robert von Warthenberg starrte seine Base sprachlos an. Sie schien sich wirklich Sorgen um ihn gemacht zu haben. Was Roswitha von Peters betraf, waren die Sorgen grundlos. Er fand sie attraktiv und anziehend, aber irgendetwas an

Roswitha irritierte Robert. Auch hatte er den Eindruck, Roswitha interessiere sich mehr für reifere Herren im Alter des Generals. Er schüttelte den Kopf.

„In Hinblick auf Roswitha brauchst du dir keine Gedanken zu machen. Aber lass uns das Thema wechseln. Da kommt die Vorspeise.“

Berlin, Grunewald, Deutschordensvilla, 30. Juni, nachmittags

Die Villa, in der die Herren sich trafen, lag mitten im Grunewald und stammte aus der späten Bismarckzeit. 1889 wurde die Villenkolonie Grunewald gegründet. Veranlasst wurde die Planung durch Reichskanzler Otto von Bismarck. Der preußische Staat verkaufte 234 Hektar des Forstes Grunewald an ein Bankenkonsortium, das sich zum Ziel gesetzt hatte, nach dem Muster der überaus erfolgreichen Villenkolonien Alsen und Lichterfelde ein noch aufwändiger angelegtes Wohnviertel zu errichten. Das Konsortium ließ am westlichen Ende des Kurfürstendamms ein exklusives Wohngebiet entwerfen. Dafür wurde ein Stück des Forstes geopfert – wobei viele der neuen Eigentümer der großzügigen Grundstücke den Wald gleich in ihre prachtvollen Parks einbezogen. Industrielle, Bankiers, Generaldirektoren, Künstler und Politiker gehörten zu den ersten Bauherren. Schnell siedelte sich hier die politische, wirtschaftliche und kulturelle Elite der Stadt an: Außenminister Walther Rathenau, der Forscher Max Planck, Autoren wie Gerhart Hauptmann, Alfred Kerr, Walter Benjamin, Lion Feuchtwanger sowie Else Lasker-Schüler und der Mediziner Professor Ferdinand Sauerbruch. In den 50er Jahren UFA-Stars wie Hildegard Knef, die Darstellerin Kaiserin Augustes Romy Schneider und die Schriftstellerin Ingeborg Bachmann sowie viele andere. Die meisten dieser Villen blieben in ihrer Ursprungsform erhalten und gaben dieser Gegend ihren unverwechselbaren Charakter. Ein Spaziergang durch die Straßen war wie eine Zeitreise durch die Stile der Jahrzehnte: Landhausstil, Jugendstil, klassische Moderne – jede Epoche hat hier ihre Villen hinterlassen. In der Gegenwart hatten sich zahlreiche Botschaften dort angesiedelt. Unter anderem die der Länder Katar, Kuwait-Irak, Saudi-Arabien und die Residenzen der Botschafter von Großbritannien, Island, Neuseeland, Ozeanien und der nationalen Republik China.

Die Herren, die sich in der Wernerstraße in der alten Deutschordensvilla trafen, hatten weder mit den Botschaften noch mit den erwähnten Personen zu tun. Es handelte sich um den inneren Führungszirkel der Deutschnationalen Partei unter ihrem aktuellen Parteivorsitzenden General a. D. Thoralf von Thadden sowie Oberst i. G. Ludwig Vad, Kapitän zur See Fritz Dönitz, Klaus-Albert Speer, der Großneffe des berühmten Architekten, und Joseph von Seeckt, Urenkel des bekannten Generalstabchefs und Ausbilder der nationalchinesischen Armee in den 20er und 30er Jahren. Aus Deutsch-Österreich nahm der örtliche DNP-Führer Jörg Halder und aus Helvetia Christian Plocher teil.

„Meine Herren, ich habe Sie als Vertreter der stärksten Landesverbände eingeladen, mit mir die aktuelle Lage zu besprechen. Wie Sie alle wissen, ist die derzeitige Zentrumsregierung dabei, unsere deutsche Vorherrschaft in den Bereichen Militär, Wirtschaft, Wissenschaft und Kultur leichtfertig aufs Spiel zu setzen. 1953 wurde Frankreich in unser Reich durch eine Konföderation eingebunden, eine Maßnahme, die unsere Partei zu Recht mit großer Skepsis betrachtete. Denken Sie an den undeutschen Existentialismus der Herren Sartre und Camus und an den Sittenverfall der Jugend in den 60er und 70ern, die mit egalistischen Ideen der französischen 68er Bewegung vergiftet wurden. Nur mit großer Mühe konnte dieser Epidemie Einhalt geboten werden. Sie erinnern sich an die Studentenunruhen der 70er Jahre und an den RAF-Terror. Dahinter steckte das Versagen der liberalsozialen Regierung unter dem DDP Kanzler Walther Scheel und seinen sozialdemokratischen Nachfolgern Wilhelm Brandt und Hans Schmied. Zum Glück schlossen sich elf Jahre der nationalzentralen Koalition mit Helmut Kehl und unserem leider zu früh verstorbenen Parteiführer Joseph Straudt an. Nach seinem Tod 1993 löste die ökosoziale Regierung Johannes Fischer Kanzler Kehl ab. Resultat war der Verlust unserer großen südafrikanischen Kolonie im Jahre 1995. Sie wissen, die Ökos waren nach sieben Jahren Regierungsarbeit am Ende. Doch was folgte? Nach Schrödel und Fontana regiert uns heute, meine Herren, eine Kanzlerin! Zwar gelang unter ihrer Regierung die Osterweiterung des Reiches. Eigentlich war dies aber eine längst fällige Selbstverständlichkeit. Schon 1918 hätte die Ukraine ans Reich angeschlossen gehört. Und ein eigenständiges Polen hätte es nie geben dürfen. Viele Probleme, die durch die neue Großmacht im Osten entstanden sind, wären verhindert worden. Oberst Vad, Sie waren selbst im Osteinsatz und wissen, was ich meine."

Der Angesprochene nickte.

„Sewastopol, die Sewernaja-Bucht und der Brückenkopf Chersones. Das waren Zeiten ..."

„Ich komme zum Kern", unterbrach ihn von Thadden, bevor der Oberst weitererzählen konnte. Die Geschichte, wie er und seine Leute mit Sturmbooten das befestigte Südufer der Sewernaja-Bucht einnahmen, war allen Anwesenden gut bekannt.

„Die internationale Lage ist komplex. Die amerikanische Wirtschaft taumelt dem Abgrund entgegen, das US-Handelsbilanzdefizit ist ins Gigantische gewachsen. Dazu tritt der Dauerkonflikt mit der mittel- und südamerikanischen Wirtschaftsunion. Die Spannungen zwischen Indien und China sind ebenfalls in eine kritische Phase getreten, es droht eine Neuauflage des Krieges von 2002. Und die Lage in Afrika ist, abgesehen von Südafrika, verheerend. In diesem Kontext sollte das Reich alles unterlassen, was die europäische Stabilität gefährden könnte. Aber ganz im Gegensatz dazu liegen mir Informationen vor, dass die Reichsregierung, mit Einverständnis Kaiser Franz Wilhelms, die Aufnahme des britischen Restreiches in unser europäisches Imperium zugesagt habe!"

„Unglaublich!"

„Woher wissen Sie das?"

„Wer ist dafür verantwortlich?", meldeten sich von Thaddens Gesinnungsgenossen lautstark zu Wort. „England als Mitglied des Deutsch-Europäischen Reiches, das ist undenkbar. Heute England und morgen die Polen und dann die Osmanen. Das führt zu einem Chaos und zur Überfremdung. Wir müssen unverzüglich handeln!"

„Ruhe, Ruhe, meine Herren! Ich werde Ihnen die Hintergründe erläutern, damit wir gemeinsam klären, wie wir gegen diese unverantwortliche politische Fehlentscheidung vorgehen und sie verhindern können."

Die Ende der vierziger Jahre einsetzende wirtschaftliche Wachstumsphase dauerte bis Mitte der sechziger Jahre. Sie beruhte primär auf der Großnutzung erneuerbarer Energien, der Solar-, Wind-, Wasser- und Wärmekraftenergien. Dadurch wurde die Volkswirtschaft des Deutsch-Europäischen Reiches unabhängig von Öl, Gas und Kohle. Schon seit den 20er Jahren wurde der Luftraum durch den Zeppelin dominiert. Jetzt ersetzten Elektro- und Solarautos die alten Verbrennungsmotoren und trugen entscheidend zum Wirtschaftswunder, dem zweiten nach 1924, bei. Im Exportbereich gelang es, in der seit der Konföderation mit Frankreich etablierten Eurozone den Asiatischen Wirtschaftsblock (China, Japan, Korea, Vietnam und Thailand) auf den zweiten Platz und die USA auf Platz drei zu verdrängen. Zu dem Erfolg trugen besonders das Konzept der sozialen Marktwirtschaft von Professor Dr. Ludwig von Erhard und der Bauboom im Wohnungssektor sowie im Infrastrukturbereich bei …

Das zweite Wirtschaftswunder. In: Wirtschaftslexikon 24

Berlin, Klosterstraße, 30. Juni, nachmittags

„Woher haben Sie diese Information, Herr General?“

Die Stimme des Sprechers klang kalt und hart.

„Beitritt der Briten zum Europäischen Reich und der Eurozone, alternativ eine dynastische Übernahme des deutschen Thrones…“, zitierte er das Dossier General von Lübbens.

„Herr Generaloberst, wir beide wissen doch, aus welcher Quelle die Nachricht stammt“, antwortete von Lübben ruhig. „Wir sollten lieber fragen, inwieweit der Inhalt der Realität entspricht und wer die führenden Kräfte sind, die eine der genannten ‚Lösungen', sei es Nummer eins oder die zwei, favorisieren. Ich gehe übrigens davon aus, dass weder die Reichskanzlerin noch der Kaiser über den Hintergrund informiert sind oder in irgendeiner Weise die beschriebenen Überlegungen verantworten.“

Der Angesprochene schien zu überlegen. Er war von mittlerer Gestalt, schlank und drahtig. Seine Gesichtszüge waren scharf konturiert und er strahlte ein starkes Selbstbewusstsein aus. Das Äußere des Mannes entsprach seinem Wesen. Generaloberst Otto von Gehlen, Chef des Reichsnachrichtendienstes RND war ein Machtmensch reinsten Wassers. Über seinen Schreibtisch gingen nahezu alle wichtigen Informationen und sein Einfluss war nach Aussage gut unterrichteter Kreise angeblich größer als der der Reichskanzlerin. Sein direkter Konkurrent, und im Einfluss von Gehlen ebenbürtig, war General Markus von Wolf, der Leiter des Militärischen Reichsnachrichten Dienstes MRD.

„Es ist anzunehmen, dass die Reichskanzlerin nicht informiert ist", meinte von Gehlen. „Und der Kaiser...", er machte eine vage Handbewegung „der Kaiser schwebt ohnehin über den Dingen. Allenfalls, dass der Leiter des kaiserlichen Büros, Graf zu Eulenburg, Näheres weiß. August-Heinrich war schon immer ein intriganter Fuchs."

Von Lübbens Schweigen ließ nicht erkennen, was er von der Aussage von Gehlens hielt.

„Dann wäre noch die Kaiserin. Immerhin ist Maria Wladimirowna durch ihre Herkunft mit dem ehemaligen russischen Zarenhaus und damit auch mit den Windsors verwandt", setzte von Gehlen seine Überlegungen fort.

„Der gesamte europäische Hochadel ist miteinander verwandt oder verschwägert", warf von Lübben ein. „Gut, dass wenigstens die Skandinavier bürgerliche Heiraten zulassen. Ohne eine Silvia Sommerlath und Daniel Westling hätten die Degenerationserscheinungen längst überhand genommen."

„Eine sehr despektierliche Betrachtung", rügte von Gehlen.

Von Lübben zuckte mit den Schultern.

„Aber dennoch ist sie wahr, Herr Generaloberst."

Von Gehlen bleckte die Zähne zu einem knappen, wölfischen Grinsen.

„Cum grano salis, mein lieber Lübben, da und dort mögen Sie Recht haben. Aber Ihr Exkurs hat mit unserer Fragestellung nichts zu tun. Ob verwandt oder nicht, da stimme ich Ihnen zu, die Kaiserin ist sicher nicht an einer Veränderung des Status quo interessiert. Wir müssen unseren Blick in andere Richtungen lenken."

„Was ist mit den Parteien?", warf von Lübben ein.

„Die Parteien, das könnte eine Spur sein. An welche Gruppierung dachten Sie primär?"

Typisch von Gehlen, jetzt sollte von Lübben Eisbrecher spielen und dem RND-Chef Vorschläge servieren, die dieser nach Belieben akzeptieren oder verwerfen konnte. Gut, spielte er das Spiel mit – und er würde versuchen, seine Regeln durchzusetzen.

„Was halten Sie von Ernst Naumann und seinen *Deutschdemokraten*? Die Liberalen predigen seit Jahren ihr Credo vom europäischen Freihandel. Denen käme der Eintritt des Vereinigten Königreichs in die Eurozone sehr gelegen", schlug er vorsichtig vor.

„Die *Deutschdemokraten*", wiederholte von Gehlen nachdenklich. „Die sind seit den letzten Landtagswahlen wegen der Steuerfrage wieder einmal völlig zerstritten. Und ihr Einfluss, nun ja, er tendiert gegen Null. Warum nicht die *Sozialdemokraten* mit ihrem neuen Heilsbringer Gunter Michael oder das *Ökobündnis* und Petra Grünink?"

„Es geht um Machtfragen, Herr Generaloberst und um Wirtschaftsinteressen. Von Wirtschaft verstehen weder die *Sozialdemokraten* noch das *Ökobündnis* etwas“, wandte Lübben ein. „Und Seebrunners *Bayernpartei* mag separatistische Züge besitzen, aber letztlich ist das pure Folklore.“

„Die Sozialdemokraten bleiben meiner Meinung nach eine Option“, erwiderte der RND-Chef. „Die linken Flügel der Sozialdemokraten, vor allem die Fundamentalisten unter Gregor Kissler, sind nicht zu unterschätzen.“

Das sah von Gehlen ähnlich, dachte von Lübben. Die alte Sozifurcht aus wilhelminischen Zeiten ist auch nach hundert Jahren aus bestimmten Köpfen nicht wegzubekommen.

„Was ist mit der Rechten?“, fragte von Lübben laut. „Thoralf von Thaddens DNP hat uns schon manche Krise beschert.“

„Unsinn“, winkte von Gehlen ab. „General von Thadden ist ein integrer Kamerad, der sich nie gegen die Interessen des Reiches stellen würde.“

Von Gehlen erhob sich.

„Sie arbeiten weiter an der Aufklärung der Kieler Katastrophe. Halten Sie mich über alles auf dem Laufenden.“

Die Unterredung zwischen dem Chef des geheimen Sicherheitsstabes und dem Leiter des Reichsnachrichtendienstes war beendet.

30. Juni, Berlin, Charité, nachmittags

Ein Mann durchquerte den Eingang des Geländes der Charité beim Friedrich-Althoff-Haus. Er winkte dem Pförtner kurz zu und betrat das braune Backsteingebäude. Dort fuhr er mit dem Fahrstuhl hoch in den zweiten Stock. Über die Schulter hatte der Mann eine blaue Sporttasche der Marke Viktoria hängen. Er war groß und breit gewachsen und wirkte von der muskulösen Figur her wie ein Ringer oder Boxer. Der Mann schaute sich um. Der Gang vor ihm war leer, die Auskunft stimmte. Er warf einen kurzen Blick auf die Stationsuhr: 15:18 Uhr. Hoffentlich war Heather McWheels inzwischen wieder ansprechbar. Sie durften keine Zeit mehr verlieren. Jederzeit konnte ein Vernehmer vom RND erscheinen und sich ihrer „annehmen“. Der Gang bog um die Ecke und wurde durch eine Tür geteilt. Vorsichtig spähte er durch ihr Glas. Drei Türen weiter war nach seinen Informationen McWheels Zimmer. Auch das schien korrekt: Direkt vor dem Eingang des Zimmers saß ein Wächter. Geräuschlos öffnete der Mann mit der Tasche die Tür und bewegte sich leise auf den Wachmann zu. Dieser blickte zufällig auf und sah in die Mündung des Schalldämpfers einer PPK. Die Waffe entlud sich mit einem knappen Plopp, und der Wachmann fiel krachend zu Boden. Der Eindringling eilte zu ihm, öffnete die Zimmertür, vor der der Wächter gesessen hatte und zog den Körper ins Innere. Er schloss die Tür. Dann trat er an das Bett am Fenster und beugte sich über die in diesem liegende Gestalt.

„McWheels, hören Sie mich? Wachen Sie auf, ich bin es, William Callegan.“

Er begann, die Frau vorsichtig zu schütteln.

Heather schlug die Augen auf und blickte sich verwirrt um.

„William, Sie? Wo bin ich?"

„Im Krankenhaus, Sie wurden angeschossen und festgenommen."

„Ich erinnere mich nicht, ich bin so müde ..."

Heather McWheels Stimme klang sehr matt und schwach. Sie schloss wieder die Augen. Callegan begann sie erneut zu schütteln.

„Reißen Sie sich zusammen, McWheels! Sie müssen aufstehen. Ich bringe Sie hier raus!"

Er zerrte die Frau in die Höhe, holte aus seiner Umhängetasche die Teile eines Trainingsanzugs und zog diese der apathisch Dasitzenden über. Schließlich streifte er ihr Sandalen über die Füße, nahm Heather am Arm und führte sie aus dem Zimmer. Mehr schleppend als gehend legten sie die Strecke durch den Gang bis zum Fahrstuhl zurück. Dieser entschwand gerade nach unten und Callegan schob Heather McWheels rasch zum seitlichen Treppenabgang. Dort warf er sich die Frau kurzerhand über die Schulter und eilte, so schnell es ging, die Stufen hinab.

Berlin, Hotel Adlon, 30. Juni, nachmittags

Das Essen war vorüber. Alwina von Morus und Robert von Warthenberg saßen schon eine längere Zeit in der Lobby-Lounge des Hotels. Sie tranken türkischen Mokka, das neue Modegetränk der Reichshauptstadt, und Alwina probierte einige der Köstlichkeiten aus der Patisserie. Leise plätscherte der Elefantenbrunnen und verband sich mit den dezenten Klängen eines Klavierstücks.

Alwina erzählte Robert weiter von ihrer Begegnung mit Rachel Rosenthal. „Ein Mitglied der Neu-Orthodoxen", meinte er, „wirklich interessant!" Dann berichtete Robert Alwina in Grundzügen von seinem Auftrag, wobei er sorgsam darauf bedacht war, interne Informationen außen vor zu lassen. Den Besuch im Reichskanzleramt ließ er ebenso aus wie das Gespräch im *Kaiser Friedrich* in Kiel.

„Du hast mir natürlich nicht alles erzählt", meinte Alwina. „Das ist verständlich. Aber so viel habe ich verstanden, dass es um die Schiffskatastrophe in Kiel geht. Deine Qualität als Marineingenieur erklärt deine Beteiligung, doch ich glaube, Robert, dass noch etwas Anderes dahinter steckt."

„Dazu darf ich dir wirklich keine Auskunft geben, Alwina."

„Schon gut, ich verstehe. Wie geht es bei dir weiter?", fragte Alwina. „Hast du am Abend Zeit?"

„Jetzt ist es kurz nach vier", sagte Robert mit einem Blick auf seine Taschenuhr. „General von Lübben hat die nächste Besprechung der Gruppe für 18 Uhr angesetzt. Wie lange das Treffen dauert, weiß ich nicht, aber bestimmt nicht länger als bis neun."

„Das heißt, wir könnten heute Abend noch etwas unternehmen. Sicher gibt es irgendwo eine Ausstellung oder eine Lesung der neuen Literatur. Oder auch ein gutes Kabarett."

„Eine moderne Ausstellung oder eine entsprechende Lesung, ganz wie du willst. Nur auf einen schummrigen Nachtclub habe ich keine Lust", antwortete Robert. „Ich weiß allerdings nicht, was der General für heute Abend alles plant. Und dann ...."

Robert sah Alwina fragend an.

„Wolltest du nicht mit dieser Rachel Rosenthal Kontakt aufnehmen? Die Studentin, von der du erzählt hast. Der Geschichte mit ihrem verschwundenen Freund und seinen Verbindungen zu den Neu-Orthodoxen sollten wir vielleicht nachgehen."

„Wir", hatte Robert gesagt. Alwinas Herz machte einen kleinen Sprung.

„Ich kann Rachel anrufen und sie fragen, ob sie Zeit hat. Sie könnte uns zu der Gruppe führen. Vielleicht kann sie uns auch die aktuellen Lokale und studentischen Clubs zeigen", schlug Alwina zögerlich vor.

„Eine gute Idee, dann können wir das Angenehme mit dem Nützlichen verbinden. Du rufst sie an. Wenn es klappt, gut, ansonsten suchen wir uns andere Ziele. Wir sollten unbedingt unseren Wiener Abend nachholen. Schick mir einfach eine KM aufs Handfon."

Dann verließen sie die Lounge. Robert fuhr in sein Appartement, um zum Treffen im Kriegsministerium seine Uniform anzuziehen.

Alwina wollte die Zeit nutzen, um erst Rachel anzurufen und dann eine Runde im Tierpark zu laufen. Danach würde sie ein ausgiebiges Bad nehmen und sich für den Abend vorbereiten. „Den Wiener Abend nachholen", hatte Robert gesagt. Was er wohl damit meinte? Jedenfalls eine gute Gelegenheit, die neue Garderobe zu präsentieren. Vielleicht das blaue, asymmetrisch geschnittene Trägerkleid? Zunächst aber schlüpfte Alwina in ihr Sportzeug.

Berlin, Spree, 30.Juni 17:00 Uhr

Noch immer hatte sich Hans nicht gemeldet. Kurz entschlossen fuhr Rachel mit der U-Bahnlinie U7 zum Bahnhof Gneisenaustraße. Sie stieg aus und bog in die Zossener Straße ein. Dort drüben lag das blaue Haus, das Gebäude, in dem sich Hans mit anderen Mitgliedern der Neu-Orthodoxen getroffen hatte. Sie trat zur Ladentür und öffnete sie. Links neben der Tür war ein kleines Gemälde zu sehen: ein weißes Lamm auf grüner Wiese, das irreführende Symbol der Neu-Orthodoxen. Drinnen empfing sie ein Halbdunkel, es roch nach Metall und Öl: eine Fahrradwerkstatt. Hinter der Werkbank stand ein Mann um die Fünfzig, mit rundem Gesicht und grauen, kurzen Haaren.

„Kann ich etwas für Sie tun?", fragte er Rachel.

„Ich suche meinen Freund Hans ..."

Bevor sie weiter erklären konnte, klingelte ein Telefon.

„Augenblick bitte, bin gleich zurück“, entschuldigte sich der Mann. Er ging nach hinten. Rachel sah sich weiter um. Ein paar Räder, Ersatzteile, Schläuche, eine große Hydraulikpumpe. Ihr Blick fiel aus dem Fenster. Sie stutzte. Aus der Toreinfahrt traten zwei Männer, die sie kannte. Das waren die Typen, mit denen sie Hans ein paar Mal gesehen hatte. Beide trugen Bärte und waren bäuerlich gekleidet. Der jüngere hatte einen Rucksack umgeschnallt. Er schien schwer zu sein. Aus einem nicht erklärbaren Instinkt heraus entschloss sich Rachel, den Männern zu folgen. Rasch verließ sie den Laden.

Die Touristengruppe aus den neuen östlichen Provinzen des Europäischen Reiches stieg am Anleger Plänterwald in den Spreedampfer *Alexander*. Andere folgten, unter ihnen zwei Männer, die sich etwas abseits hielten. Vom Äußeren hätten sie zur ersten Gruppe gehören können. Bäuerlich gekleidet und bärtig. Die beiden gingen zum Bug des Schiffes. Als Letztes kam eine junge Frau an Bord, es war Rachel Rosenthal. Sie schaute den bärtigen Männern nach und begab sich in den hinteren Schiffsbereich.

Rachel Rosenthal blickte aufs Wasser und überlegte. Sie war den beiden Männern seit der Zossener Straße gefolgt, jetzt wusste sie nicht mehr weiter. Rachel hatte gehofft, dass die Männer sie irgendwie zu Hans führen würden. Und nun waren sie hier gelandet. Eine Schiffstour, das Normalste der Welt, wenn man Besucher war. Aber die beiden Männer hatten etwa anderes vor, dessen war sie sich sicher. Noch zehn Minuten bis zur Abfahrt. Was konnte sie tun? Da fiel ihr die Nummer Alwina von Morus’ ein. Rachel könne, wenn sie ein Problem habe, jederzeit anrufen, hatte sie gesagt. Rachel zog ihr Handfon hervor und wählte.

Alwina hatte ihre Laufrunde beendet und war gerade dabei in die Wanne zu steigen, als Rachels Anruf sie ereilte. Typisch, immer wenn ich baden will, dachte Alwina, nahm aber doch das Telefon zur Hand. Vielleicht war es Robert. Es war Rachel Rosenthal.

„Hallo, Rachel, das ist eine Überraschung. Ich wollte gerade ein Bad nehmen …“

Rachel entschuldigte sich und erklärte rasch, warum sie anrief und was sie beobachtet hatte.

„Neu-Orthodoxe“, wiederholte Alwina nachdenklich. „Du hast Recht, irgendetwas stimmt da nicht. Wie sehen die beiden aus? Bärte, der Jüngere hat eine rote Narbe auf der Stirn? Augenblick.“

Alwina warf sich ihren Morgenmantel über. Ohne lange zu zögern, verließ sie ihre Suite und fuhr mit dem Fahrstuhl eine Etage höher zum Appartement Roberts. Vielleicht war er noch da. Robert, bereits in Uniform und die Mütze in der Hand, öffnete gerade die Tür.

„Alwina!“

Überrascht betrachte er Alwinas wehende Haare und ihre unübliche Kleidung.

„Komm erst einmal herein!“

„Robert, entschuldige meinen legeren Auftritt, aber ich denke, es ist wichtig …“

Alwina drückte ihm ihr Handfon in die Hand und setzte sich. „Es ist Rachel, sprich du mit ihr!“

Gemächlich schipperte das Spreeboot am Treptower Park entlang und passierte die Treptowtürme. Am gegenüberliegenden Ufer folgten der Osthafen, das Sendegebäude des Klassik Musiksenders KMS und die Universalhalle. Unter der Oberbaumbrücke durch steuerte das Schiff den Anleger Märkisches Ufer an, wo ein kurzer Halt gemacht wurde. Ein junges Pärchen stieg zu. Die beiden Männer, denen Rachel gefolgt war, schauten ans Ufer.

„Wo geht die Tour genau lang, Pjotr?“, fragte der ältere der Männer den anderen.

„Das Schiff fährt von hier durch die Schleuse Mühlendamm vorbei am Nikolaiviertel, dem Berliner Dom und der Museumsinsel. Danach folgt es der Spree durch die Weidendammbrücke und fährt am Reichstagsufer entlang bis in das Regierungsviertel. Von dort geht es am neuen Berliner Hauptbahnhof vorbei in Richtung Reichskanzleramt und Haus der Kulturen Europas. Endpunkt ist Schloss Bellevue, der Sommersitz des Kaisers. Dann kehrt der Dampfer am Spreebogen um und fährt zurück.“

„Hast du alles dabei?“

„Alles Notwendige ist im Rucksack. Ich habe die Bilder der letzten Touren ausgewertet. Bei der Rückfahrt ist das Schiff dem Reichskanzleramt am nächsten.“

„Gut, Pjotr. Sobald wir am Bahnhof vorbei sind, baust du unten alles auf. Wenn wir vor Ort sind, gebe ich dir das Signal. Du gehst ins Ziel und drückst ab! In der Panik, die ausbricht, können wir leicht ans Ufer schwimmen und verschwinden. Die Räder stehen bereit?“

„Am ausgemachten Ort.“

„Gut, dann gehe ich nach oben und du hältst dich unten bereit.“

Die beiden Männer blickten sich um. Niemand schien sie zu beachten. Der Jüngere verschwand mit seinem Rucksack unter Deck, der Alte ging nach vorn und lehnte sich an die Reling.

Berliner Dom, Museumsinsel, die Touristen auf den Bänken hoben ihre Kameras. Ein junges Pärchen fotografierte sich gegenseitig. Dann betrachteten sie, eng aneinander geschmiegt, die vorüber ziehende Aussicht. Völlig versunken flüsterten sie miteinander. Doch es waren keine Zärtlichkeiten, die sie austauschten.

„Das sind die beiden, ganz sicher. Wie sie unsere Zeugin beschrieben hat. Die gleichen Gesichter. Der Jüngere hat eine rote Narbe auf der Stirn."

„Was will der Kerl unter Deck?"

„Keine Ahnung, wir sollten die Zentrale informieren. Mir gefällt der Rucksack nicht, den der Kerl dabei hat."

Die Frau griff zum Handfon und tippte eine KM ein. Eine halbe Minute später kam die Rückmeldung. Sie war kurz und bündig: „Zugriff!"

„Gehen wir nach unten", sagte die Frau. „Den anderen holen wir uns später."

Berlin, Kreuzberg , 30. Juni, gegen 18:00 Uhr

William Callegan schleppte Heather McWheels durch ein Labyrinth verschiedener Keller. Immer neue Gänge mündeten von links oder rechts. Schließlich machte der Weg eine leichte Wendung nach links. Callegan öffnete eine Tür. Direkt vor ihm lag eine Art Treppenhaus und Stufen führten steil nach oben. Callegan rechnete kurz. Sie waren die ganze Zeit in östliche Richtung geflüchtet, mit allem Hin und Her hatte er mit seiner Last knapp 200 Meter zurückgelegt. Er musste etwa beim Deutschen Theater herauskommen. Callegan holte tief Luft, schulterte den Körper Heather McWheels neu, nahm seine Tasche und stieg die Treppe empor. Oben öffnete er eine weitere Tür – und schaute sich verblüfft um. Vor ihm lag ein grasüberwachsener Hof, links und rechts gesäumt von leeren Fassaden und Backsteinruinen. Der Sonne nach waren sie zu weit nach Norden abgekommen. Er schwitzte, spürte mehr und mehr die Last Heathers. Callegan stellte die Frau vorsichtig auf die Beine. Sie schwankte, blieb aber stehen. „Heather, können Sie allein gehen? Wir müssen weiter!"

Callegan griff ihre Hand und zog sie vorwärts. Sie liefen an weiteren Charitégebäuden vorbei, bogen nach rechts und bewegten sich auf ein großes, dunkles Gebäude zu.

„Was ist das?", fragte Heather McWheels.

„Ich glaube, eine Art Museum", antwortete Callegan. „Dort finden wir sicher ein Taxi."

Seine Vermutung stimmte und sie fuhren von der Albrechtstraße zum Bahnhof Friedrichstraße. Von dort nahmen sie die U 6 bis Mehringdamm und fuhren weiter mit der U 7 zur Gneisenaustraße. Bei jeder Station wechselte Callegan den Wagen und beobachtete genau, wer ein- und ausstieg. Schließlich war er sicher, dass ihnen niemand gefolgt war. In der Zossener Straße, direkt neben einem Haus mit auffällig blauer Fassade, lag ihr Ziel, ein Laden mit der Aufschrift *Sen Viet*. Callegan öffnete die Eingangstür und zog die völlig erschöpfte Heather McWheels ins Innere. Seit dem Beginn ihrer Flucht waren fast zwei Stunden vergangen.

„Sind wir in Sicherheit?", fragte die Agentin.

„Ich denke schon", antwortete Callegan vorsichtig.

Ein Mann in einem dunklen Anzug trat mit einem knappen Gruß auf sie zu.
„Sie sind meine Gäste. Ich frage nichts, Sie fragen nichts. So weiß keiner zu viel. Einverstanden?"
Callegan nickte.
„Gut, dann kommen Sie mit."
Sie durchquerten den Ladenraum. Der Mann im Anzug schob einen Vorhang zur Seite und bat sie mit einer Handbewegung, ihm zu folgen. Er führte sie in ein Treppenhaus und von dort hoch in den dritten Stock. Dort schloss er eine Tür auf und blieb stehen.
„Das ist die Unterkunft. Der Schlüssel bleibt bei Ihnen. Ich denke aber, Sie sollten vorerst die Wohnung nicht verlassen."
Er hob die Hand zum Gruß und ging.
Callegan schob Heather in die Wohnung und versperrte sorgfältig die Tür. Heather lehnte sich an die Wand. Sie merkte, wie ihre Beine vor Schwäche zitterten. Und der Schmerz in der Schulter lief in Wellen durch ihren Körper. Callegan, der inzwischen die Wohnung erkundet hatte, packte sie am Arm.
„Da rein, da ist das Schlafzimmer."
Sie schaffte es bis zum Bett. Dort sank Heather McWheels nieder. William Callegan beugte sich über sie und schüttelte Heather.
„Nicht einschlafen. Erst will ich wissen, was passiert ist."
„Ich weiß es nicht", presste Heather hervor. „Ich war am Treffpunkt. Auf einmal bemerkte ich drei verdächtige Männer. Ich floh und ein vierter Mann schoss auf mich."
„Das heißt, uns hat jemand verraten", meinte Callegan grimmig und ließ die Frau los. Stöhnend sank diese zurück aufs Lager. Callegan begann, die Tasche auszupacken.

Berlin, Reichskriegsministerium, 30. Juni, 18:00 Uhr
Die Sitzung im Reichskriegsministerium begann pünktlich um sechs. Neben General von Lübben, Roswitha von Peters, Frau Professor Türmer – beide Damen im normalen Kostüm -, Kapitän von Scholz und Robert war, überraschenderweise, eine weitere Person anwesend.
Der General eröffnete die Sitzung. Meine Damen, meine Herrn Kameraden, ich begrüße zunächst die Vertreterin der Royal Navy, Captain Rose Cullingham. Sie haben Captain Cullingham bereits in Kiel kennen gelernt."
Von Lübben stellte die Anwesenden kurz vor.
„Zur Gruppe gehört noch Professor Schwarze, dem Sie kürzlich in Kiel begegnet sind. Er wird allerdings erst in den nächsten Tagen zu uns stoßen können.
Ich komme zu unserer Tagesordnung. Sie beinhaltet kurz und knapp zwei Punkte. Zum einen ‚Aktuelles' und zum zweiten ‚Pläne'. Zum Aktuellen.

Erstens: Negatives. Die gestern gefasste Agentin ist heute Nachmittag aus der Klinik befreit worden und flüchtete. Dabei wurde ein Wächter getötet."

Ein Raunen ging durch die Anwesenden, wobei der eine oder andere einen seitlichen Blick auf Captain Cullingham warf. Immerhin war Heather McWheels eine Agentin ihrer Regierung. Cullingham reagierte nicht. Entweder war sie mit großer Selbstbeherrschung ausgestattet oder sie wusste nichts von Heather McWheels, was durchaus denkbar war.

„Zweitens", sprach von Lübben weiter, „gelang ein überraschender Schlag gegen eine terroristische neuorthodoxe Splittergruppe. Zwei Männer planten von einem Spreedampfer aus, einen Anschlag auf das Reichskanzleramt auszuführen. Entsprechende Ausrüstung führten sie mit sich. Oberst von Warthenberg bekam einen Hinweis auf die Männer und verständigte mich. Eine Einsatzgruppe nahm die beiden Attentäter kurz vor der Ausführung fest. Herr Oberst, wenn Sie uns kurz berichten."

Robert von Warthenberg erhob sich und gab einen knappen Überblick zum Ablauf.

„Typisch Alwina", entfuhr es Roswitha von Peters. „Immer gerät sie an die merkwürdigsten Menschen."

„Wenn Sie Ihrer Base meinen verbindlichsten Dank ausrichten würden", bemerkte der General. „Das Hauptquartier der Neu-Orthodoxen in Kreuzberg in der Zossener Straße wird gerade durchsucht", erklärte er weiter. „Ich glaube nicht, dass ein Zusammenhang mit Kiel besteht, aber es handelt sich um eine gefährliche Gruppe, die auf diese Weise ausgeschaltet werden kann. Jetzt aber wird Captain Cullingham uns einen Abriss zum Ermittlungsstand der britischen Kommission geben. Captain!"

Die Frau erhob sich. An ihrer Ausstrahlung hatte sich nichts verändert, stellte Robert fest. Doch sie wirkte sehr kompetent. In klarem, nahezu akzentfreiem Deutsch stellte sie dar, was Commodore Sir Alex McGuire, Commander Francis Brown und sie bislang unternommen hatten. Zunächst war von ihnen die technische Seite geprüft worden. Unregelmäßigkeiten wurden dabei nicht entdeckt. Die Funkaufzeichnungen des Sprechverkehrs der Kommandobrücke ergaben ebenfalls nichts. Allerdings hatte der britische Fernkreuzer *Elisabeth II.*, der die *Glorious II* in der Ostsee begleitete, ein Bündel nicht identifizierbarer Funksignale aufgefangen.

„Die Signale kamen aus Nordosten, aus der Richtung der dänischen Insel Langeland. Möglichweise sind sie codiert. Vielleicht handelt es sich aber auch um reine Frequenzübungssignale."

Captain Cullingham beendete ihren Bericht.

„Verstehe ich Sie richtig, Captain", fragte Hagen von Scholz nach, „Sie schließen den Einsatz von Störsignalen nicht aus?"

„Ich sprach von codierten Signalen, von mehr nicht."

„Mit solchen Signalen lassen sich unter Umständen elektronische Anlagen erheblich stören“, meinte Robert nachdenklich.

„Dazu muss man wissen, was man genau stören will“, korrigierte Cullingham ruhig. „Wenn es sich zum Beispiel um die Elektronik der sonaren Abstandshalter handelt, müssen die Grundfrequenzen bekannt sein.“

„Oder jemand muss eine Art Empfänger installiert haben“, meinte Robert. Ihm fiel der dunkle Punkt ein, den sie im Steuerungskasten am Bord der *SMS Wilhelm III.* entdeckt hatten.

„Das ist korrekt, Sir“, bestätigte Cullingham.

Berlin, Zossener Straße, 18:30 Uhr

Die dunkel gekleideten Sondereinheiten des MRD brachen in das blaue Gebäude in der Zossener Straße ein. Widerstand gab es keinen. Drei verdächtige Personen wurden festgenommen und im Keller ein Waffenlager mit einigen Gewehren, Pistolen und Gewehrgranaten ausgehoben. Nach zehn Minuten meldete der Leiter der mobilen Einheit, Oberleutnant Kessler, seinem sich vor dem Haus im Kommandofahrzeug aufhaltenden Chef Hauptmann Braun: „Das Gebäude ist komplett gereinigt und gesichert. Das Nebenhaus wird soeben durchsucht.“

William Callegan war dabei, einen Tee aufzubrühen, als er laute Kommandos hörte. Er spähte aus dem Fenster. Ein Trupp schwarz gekleideter Männer drang soeben ins Nachbarhaus ein. Verdammt, das war ein Einsatzkommando. Doch offensichtlich galt ihr Einsatz dem Nebenhaus. Am besten, sie verhielten sich still. Aber sicherheitshalber bereitete er die Sprengfallen am Eingang vor. Zum Glück hatte er das TNT mitgeschleppt. Er öffnete die Tür einen Spalt, um jede Annäherung besser wahrnehmen zu können. Dann richte er die Fallen ein. Im schlimmsten Fall mussten sie sich über die Feuerleiter am Balkon zurückziehen. Vorsichtig weckte er Heather. „Es könnte sein, dass wir gleich verschwinden müssen. Machen Sie sich fertig.“

Heather nickte apathisch. Er fühlte ihre Stirn. Sie war heiß – Fieber. Auch das noch! Aber wenn sie Glück hatten, blieben sie unbehelligt. Hastig suchte er in seinen Taschen. Da waren sie, die Tabletten. Paracetamol, er löste zwei Stück in Wasser auf und flößte das Ganze Heather ein. Zehn Minuten vergingen und Callegan atmete schon auf. Da hörte er, wie unten die Haustür geöffnet wurde und schwere Schritte die Treppen hochpolterten. Fäuste schlugen an Türen und raue Stimmen ertönten. Vorsichtig schob er die Tür zu und trat ans Fenster. Drüben stand ein grauer Wagen mit getönten Scheiben. Wahrscheinlich das Kommandofahrzeug. Eben trat ein Mann in dunkler Uniform und drei silbernen Sternen zum Wagen. Ein Offizier! Das Gelärme draußen kam näher. Gut, stiftete er ein wenig Verwirrung. Callegan hob die Waffe, zielte und drückte ab.

Hauptmann Braun dankte seinem Untergebenen und verließ den Wagen. Ein kurzer Rundgang durchs Objekt, dann würde er den Befehl zum Abzug geben. Da krachte es und im gleichen Augenblick schlug ein Projektil direkt neben dem Hauptmann in das Fahrzeug ein.

„Deckung“, brüllte er und warf sich zu Boden. Er rollte sich hinter den schützenden Wagen. Eine kurze Bewegung, auch Kessler lag neben ihm im Dreck.

„Von wegen gesichert, was haben Sie mir für einen Scheiß gemeldet, Kessler?“, knurrte Braun.

Der Oberleutnant spähte vorsichtig aus der Deckung. Wieder krachte es und ein weiterer Schuss jaulte haarscharf über ihn hinweg.

„Das kommt aus dem Nebenhaus, Herr Hauptmann!“

„Dann stürmen Sie den Laden! Los, worauf warten Sie noch?“

„Unsere Leute sind bereits drinnen …“

Eine gewaltige Detonation legte sich über die Männer. Aus einem Fenster in der obersten Etage brach eine grauschwarze Staubwolke hervor. Scheiben zersplitterten und ein Glasregen ergoss sich über die Straße.

Oberleutnant Kessler rannte auf die Haustür zu.

Callegan ließ sich mitsamt Heather fallen und rollte ab. Dann sprang er wieder auf die Füße – und knickte um. Verdammt, es hatte seinen Knöchel erwischt.

„Verschwinden Sie, Heather“, zischte er. Er zog eine Waffe aus der Tasche und drückte ihr diese in die Hand. „*Hotel Moritzplatz*, ich halte sie auf, so lange es geht. Fragen Sie nach Jack Brown. Sie müssen ihn informieren. Er wird wissen, was zu tun ist. Los, hauen Sie ab!“

Heather McWheels zögerte.

„Hau endlich ab!“, brüllte Callegan. „Da drüben ist ein Tor!“

Taumelnd und benommen folgte Heather McWheels dem Befehl und verließ den Hinterhof durch einen seitlichen Ausgang. Callegan schleppte sich zu zwei seitlich stehenden Mülltonnen und ging dort in Deckung. Jeden Augenblick mussten sie kommen. Zwei Minuten vergingen. Nichts geschah. Callegan spähte vorsichtig hinter der Tonne hervor. Eine Kugel traf ihn mitten in die Stirn.

Berlin, Reichskriegsministerium, 30. Juni, 18:35 Uhr

„Ich danke Ihnen für Ihre Einschätzung, Captain. Wir werden Ihren Hinweisen nachgehen.“

„Sie erlauben mir noch eine Anmerkung, Herr General“, erwiderte Captain Cullingham. „Sie sprachen von einem Agenteneinsatz. Ich möchte betonen, das unserer Gruppe nichts von aktuellen Agentenaktionen bekannt ist.“

„Davon gehe ich aus", antwortete von Lübben. „Ich danke Ihnen aber für Ihre klaren Worte!"

Er verabschiedete Rose Cullingham mit einem Handschlag, dann wandte er sich wieder an die Gruppe.

„Meine Damen, Kameraden! Sie merken, die Materie, mit der wir uns beschäftigen, ist sehr komplex. Es geht nicht allein um die Aufklärung eines schrecklichen Unglücks. Nein, ich fürchte, wir werden uns vielmehr mit Verrat in den eigenen Reihen beschäftigen müssen. So deute ich die Hinweise der Briten – und auch andere Informationen zeigen in diese Richtung. Parallel stehen Veränderungen bevor, wie der Beitritt der Briten zum Europäischen Reich und der Eurozone, die innenpolitisch auf Widerstand stoßen und eventuell auch im Zusammenhang mit dem Kieler Geschehen stehen. Andererseits hat Westminster offenbar Agentengruppen in unserem Land im Einsatz. Agenten, die vor Gewalt nicht zurückschrecken. Und Westminster oder der Buckingham Palace planen noch mehr. Eine meiner Quellen spricht von einer dynastischen Übernahme des deutschen Thrones. Das Wo und Wie müssten wir klären. In Frage kommt aus meiner Sicht nur das Haus der Welfen. Ich fürchte ferner, dass unsere nationalistische Rechte mit einem Staatsstreich liebäugelt. Thoralf von Thaddens DNP hat mit verschiedenen Größen aus Wirtschaft und aus der Finanzwelt Gespräche geführt. Jüngst gab es ein Treffen des internen Machtzirkels. Ich bin sicher, aus dieser Ecke kommt etwas auf uns zu. Generaloberst Otto von Gehlen vom Reichsnachrichtendienst teilt diese Ansicht allerdings nicht."

Von Lübben machte eine Pause.

Bevor er weitersprechen konnte, meldete sich Johanna Türmer zu Wort.

„Herr General, Ihre Darstellungen berühren genau das, was ich die ganze Zeit spüre und vermute. Unser Auftrag entwickelt sich in eine Richtung, die in dieser Form nicht abgesprochen war. Wir waren in Kiel, gut. Für eine ernsthafte Untersuchung aber reichte diese Kurzvisite nicht aus. Nebenbei werden wir in Agentenspiele hineingezogen, erfahren von Terroraktionen radikaler Nationalisten und – wieder ganz nebenbei – von dem Verdacht, dass Verrat im Spiel ist und die Rechte eventuelle Putschabsichten hat. Ich bin verblüfft.

Sie wissen, ich gelte als kritische Beobachterin der Tagespolitik. Ich habe mich in Sachen Adelsdominanz und im Hinblick auf den Anspruch der Militärs, die Innenpolitik zu beeinflussen, mehrfach und vehement zu Wort gemeldet. Kein zweites Zabern! Das gilt auch nach über hundert Jahren. Ich habe die Entwicklung der letzten Jahre kritisch und offen begleitet. Die Wandlung des Reiches zu einer europäischen Wirtschaftsunion. Die Öffnung nach Osten und Südosten. Die Neubelebung der Völkerbundidee Stresemanns. Ich meine auch, dass eine Annäherung an die Briten, so wie dies seit den 20er Jahren mit Frankreich geschehen ist, eine historische Notwendigkeit ist. Ihren

Aussagen nach steht diese Annäherung auf der Agenda. Gleiches gilt übrigens auch im Hinblick auf die Republik Großpolen, wiewohl die geschichtlichen Animositäten zwischen Deutschen und Polen, trotz der Unabhängigkeit von 1919, weitaus problematischer sind als die zwischen den Engländern und uns. Denken Sie an Tannenberg, an die Ukraine und die neuen Großmachtansprüche Polens. Aber was aktuell wirklich passiert, ist mir nicht deutlich. Daran hat auch die Lagebesprechung bei der Kanzlerin nichts geändert. Ich frage Sie, General, wer zieht wo die Fäden? Was ist wirklich unser Auftrag? Und für wen oder wo stehen eigentlich Sie, Herr General von Lübben? Sind Sie auf der richtigen Seite oder planen Sie vielleicht selbst den von Ihnen als Gefahr angesprochenen Staatsstreich?“

Robert zuckte innerlich zusammen. Johanna Türmer zeigte Zähne, in der Tat. Aber die Frau hatte Recht. Das, was bisher geschehen war, glich eher dem Stochern im Nebel, als einer geplanten und zielorientierten Aktion.

„Gut“, sagte von Lübben, „Sie wollen eine Antwort. Sie bekommen die Antwort. Ja, ich glaube, dass wir uns in einer gefährlichen Umbruchphase befinden. Der US-Historiker Paul Kennedy schrieb einmal von der gefährlichen Überdehnung der großen Imperien. Wir haben uns überdehnt. Weniger militärisch, das Gleichgewicht der Kräfte funktioniert ganz gut. Auch nicht verwaltungsmäßig, wie Kennedy dies am Beispiel des spanischen Weltreiches feststellte. Nein, in unserem Fall ist es die Wirtschaft, die überdehnt ist. Ein gleichmäßiges Niveau vom Baltikum bis zum Atlantik, vom Nordkap bis ans Schwarze Meer ist reine Utopie. Trotz Wirtschaftswachstum, trotz Prosperität, trotz Solar- und Erdenergie ist unser Euro derzeit massiv unter Druck geraten. Gegenüber dem chinesischen Renmenbi, dem Yuan verlor er im letzten halben Jahr fast zehn Prozent. Wir müssen ständig schwächere Reichsteile beziehungsweise Unionsgebiete wie Ungarn und neuerdings den Balkan unterstützen. Die Stabilität der Eurozone ist massiv in Gefahr. Dazu kommen lokale Unruhen im Osten, die die Reichsregierung der Öffentlichkeit weitgehend verheimlicht.“

„Aber die Kanzlerin sprach sehr offen von Problemen“, warf Roswitha von Peters ein.

„Das ist richtig. Doch es ist leider davon auszugehen, dass die Reichskanzlerin nur bedingt informiert worden ist“, entgegnete der General. „Und, bevor Sie fragen, der Kaiser weiß nur das, was Graf zu Eulenburg an Informationen zu ihm durchlässt. Das ist der Hintergrund, auf dem sich verschiedene Umsturzbewegungen ungehemmt entwickeln konnten. Dazu zähle ich die neue Rechte. Des Weiteren liegen mir Informationen über Separatisten in Galizien und in der Lombardei vor. Ferner sollten wir, Frau Professor Türmer erlauben Sie mir den Ausdruck, die zahlreichen linken Schwärmer nicht vergessen, die eine Neuauflage der untergegangenen Sowjetunion mit deutschem Vorzeichen wünschen. Eine deutsche demokratisch-sozialistische Republik. Dazu treten religiöse Fanatiker jeglicher Art und Richtung."

„Sind Sie sicher, dass das Reichskanzleramt von alledem nichts weiß?", meinte Robert von Warthenberg skeptisch.

„Dort herrscht eine geradezu trügerische Sicherheit, die Reichsregierung glaubt, sie habe letztlich alles im Griff", erklärte von Lübben.

„Und gegen all diese Gruppen wollen Sie allein vorgehen, Herr General?", fragte Hagen von Scholz, der bisher geschwiegen hatte. „Viel Feind viel Ehr', aber zu viel Ehre ..."

„Ich will Ihnen sagen, was mir vorschwebt. Und dann sind Sie dabei oder steigen aus. Wenn Sie aussteigen, dann gehe ich davon aus, dass Sie schweigen."

Von Lübben schaute die Gruppe an. Einzelne nickten oder signalisierten andere Formen der Zustimmung.

„Gut, ich gebe Ihnen zunächst eine Lageanalyse."

London, Downing Street 30. Juni, abends

Das Haus 10 Downing Street, die offizielle Residenz des First Lord of the Treasury, liegt in der Mitte der Londoner Innenstadt in einer Seitenstraße der Whitehall. Der Straßenzug wurde bereits im 17. Jahrhundert errichtet. Das Haus ist seit 1902 der ständige Wohnsitz des jeweiligen Premierministers und war schon oft der Schauplatz wichtiger Entscheidungen. Heute traf der aktuelle Premier Lord Halifax II. mit dem Leiter von MI7, Sir Osborne, und dem Vizechef von MI6, Alexander Sinclair, zusammen. Die Sitzung dauerte bereits eine halbe Stunde. Sir Osborne und vor allem Alexander Sinclair hatten den Premier über ihre Befürchtungen und die derzeitigen Aktivitäten ihrer Dienste informiert. Lord Halifax II starrte nachdenklich auf seine Notizen.

„Was Sie mitgeteilt haben, meine Herren, ist derart brisant, dass ich Sie ersuche, die Angelegenheiten absolut vertraulich zu behandeln. Vor allem auch, weil einige Aktionen Ihrer Abteilungen mit den Zielen und Notwendigkeiten der Politik meiner Regierung nicht im Einklang stehen. Ich sage Ihnen das rundheraus. Es ist völlig kontraproduktiv, im jetzigen Stadium unserer Gespräche über einen Beitritt zum Deutsch-Europäischen Reich Agentenaktionen der von Ihnen geschilderten Art ablaufen zu lassen. Ganz zu schweigen von Ihren Thronübernahmefantasien. Unser Defizit ist riesig, der Staatshaushalt taumelt dem Abgrund entgegen. Wir brauchen die Deutschen und ihre Wirtschaftskraft. Provokationen jeglicher Art sind zu vermeiden. Ich gehe davon aus", wandte er sich an Sir Osborne, „dass der MI7 mit dem Geschehen in Kiel nichts zu tun hat."

„Natürlich nicht, Herr Premierminister", versichert Sir Osborne. „Was allerdings die Thronfrage betrifft ..."

„Von dieser Angelegenheit weiß ich nichts und will ich nichts wissen“, unterbrach ihn Lord Halifax II. „Sämtliche Aktivitäten dieser Art sind derzeit einzustellen. Sie haben mich verstanden?“

„Derzeit, gewiss, Herr Premierminister“, bestätigte Sir Osborne mit einem leisen Lächeln.

„Gleiches gilt auch für Ihren Agenteneinsatz in Berlin. Dafür ist wohl primär Ihre Abteilung zuständig“, wandte sich der Lord an Sinclair. „Warum ist eigentlich Harald nicht hier?“, fragte er. „So viel ich weiß, ist er der Leiter des MI6?“

„Sinclair hat da einen Verdacht“, begann Sir Osborne behutsam. Lord Halifax II. und Sir Harald Oldfield waren zusammen in Eton gewesen und gut befreundet, da war eine gewisse Vorsicht angebracht.

„Ich verstehe, Harald hat sich selbst in die Ermittlungen eingeschaltet und seinen Stellvertreter geschickt. Das ist eine gute Entscheidung, dieser Angelegenheit ist absolute Priorität einzuräumen. Wir mögen zu den Deutschen stehen wie wir wollen, ein deutscher Informant ist in keiner Weise akzeptabel. Verrat bleibt Verrat. Was haben Sie bisher unternommen?“

Berlin, Reichskriegsministerium, 30. Juni, abends

„Das Reich ist von vielen Seiten bedroht. Die Mittellage im europäischen Schnittpunkt von Ost und West, Nord und Süd ist problematisch. Der Historiker Michael Stürmer stellte diese Tatsache bereits vor über dreißig Jahren dar. Die Lage an sich wurde durch die Verschiebung der Grenzen und die Konföderation mit dem ehemaligen Gegner Frankreich im Prinzip nicht verändert. Zum Glück ist das Reich seit dem Großen Krieg nur noch am Rande in militärische Auseinandersetzungen geraten. Abgesehen vom Kolonialkrieg der Schutztruppe in den 40er Jahren und den logistischen Hilfen für die Israelis 1956 und 1967 sowie der Mobilmachung im Russisch-Ukrainisch-Polnischen Krieg war das Reich in keinen größeren Konflikt involviert.“

„Die ‚logistische Hilfe‘ in Palästina beinhaltete den Einsatz von Jagdbombern und einem Teil der Mittelmeerflotte“, merkte Hagen von Scholz skeptisch an.

„Das ist kaum vergleichbar mit dem sechs Jahre dauernden Krieg der Briten und Japaner im Pazifik und im Indischen Ozean“, erwiderte von Lübben. „Oder mit dem 2.Ölkrieg der Amerikaner gegen den Irak und Iran.“

„Das mag alles richtig sein“, schaltete sich Johanna Türmer ein, „doch unser aktuelles Engagement in Somalia ist ebenfalls ein Krieg. Meinetwegen postkolonial, aber eben ein Krieg. Immerhin stehen im Land zwei komplette Divisionen, ein Luftwaffengeschwader und vor der Küste kreuzt eine Flotte von zwanzig Schiffen. Und unser Militäretat verschlingt jährlich nahezu 250 Milliarden Euro.“

„Ich denke, es geht jetzt nicht darum, sich über die militärischen Aktivitäten des Deutsch-Europäischen Reiches auszutauschen“, meinte Roswitha von Peters. „Wir sollten General von Lübben ausreden lassen, dann dürfte sich einiges klären.“

General von Lübben nickte Frau von Peters lächelnd zu.

„Ich danke Ihnen für Ihren Hinweis. Aber natürlich ist es legitim, Fragen zu stellen. Doch vielleicht warten Sie wirklich damit, bis ich Ihnen die Lage in Grundzügen skizziert habe.“

Von Lübben bediente eine kleine Fernbedienung. Der Raum verdunkelte sich und ein Lichtwerfer leuchtete auf. Der General startete eine Lichtpunktvorführung, eine *LipuVau*.

„Sie erinnern sich an den verheerenden Eindruck, den der Propagandafilm, der im Reichskanzleramt gezeigt wurde, bei allen hervorrief. Die Reichskanzlerin bezeichnete den Film als Produkt einer Untergrundbewegung und vermutete revanchistische Zirkel aus dem Vereinigten Königreich als Urheber der Aktivität. Dagegen steht, dass seit einem halben Jahr inoffizielle Beitrittsverhandlungen mit den Briten laufen. Warum also sollte die englische Regierung gleichzeitig eine Untergrundgruppe fördern?“

Auf der Leinwand erschien eine Aufnahme, die den deutschen Außenminister Friedrich von Henschel im Gespräch mit Lord Halifax II. zeigte. Der Film wirkte leicht unscharf und war aus einer ungewöhnlichen Perspektive aufgenommen. Es handelte sich um eine nicht autorisierte Innenaufnahme. Die Kamera schwenkte auf das Fenster zu und zeigte die Silhouette der Reichstagsgebäudes. Von Lübben sprach weiter.

„Andererseits haben wir vor Kurzem erst den Auftritt einer englischen Agentengruppe erlebt. Parallel unterstützt uns die Royal Navy bei der Aufklärung des Kieler Unglücks. Ein neuer Widerspruch!“

Bilder des zerstörten Berlin-Pavillons, Aufnahmen des Agententrios und der drei Navy-Offiziere folgten.

„Da scheint einiges quer zu laufen. Das schien auch unserem Captain aufzufallen, ich hoffe, Frau Cullingham gibt ihren Eindruck an die richtigen Stellen weiter. Jetzt, meine Damen und Herren, komme ich zum eigentlichen Kernbereich. Ich habe das Filmmaterial der angeblichen Untergrundgruppe überprüfen lassen. In der Produktion erscheinen mehrere Bildsequenzen, die im Potsdamer Reichsmilitärarchiv unter Verschluss und nirgends woanders zu finden sind. Das Material befindet sich nach wie vor an seinem Platz. Die Fragen, die sich stellen, sind klar. Wie kommen die Filmausschnitte in die Hand von Terroristen? Wer steht hinter diesen Gruppen? Gibt es sie wirklich oder sind sie eine vorgeschobene Fiktion, eine Tarnlegende, hinter der sich ganz andere Kräfte verbergen? Wenn dies eine Legende ist, was bezweckt die dahinter stehende Gruppierung mit ihren Aktivitäten?“

Rom, Vatikanstadt, 30. Juni

Papst Paul VII. äußerte sich angesichts der Weltlage besorgt. Er forderte die europäischen Regierungen, allen voran das Deutsch-Europäische Reich, auf, sich energischer mit den Folgen des Klimawandels für die Länder Mittelafrikas auseinander zu setzen und als christliche Nationen brüderliche Hilfe zu leisten. Den Krieg in Somalia verurteilte der Papst ausdrücklich als Akt der Gewalt und der Destabilisierung. Der Heilige Vater äußerte sich ebenfalls zum Konflikt der Südamerikanischen Union mit den Vereinigten Staaten und mahnte beide Parteien zum Frieden und zur Verständigung. Der amerikanische Botschafter wies die Worte des Papstes als Einmischung in die inneren Angelegenheiten der USA zurück. Paul VII. sei als gebürtiger Brasilianer zu sehr einer Seite zugewandt und somit nicht genügend politisch neutral, um den aktuellen Konflikt objektiv beurteilen zu können.

Corriere della Serra, 30. Juni 2014

Kreuzberg, am Abend des 30. Juni

Heather McWheels schleppte sich durch die Straßen Kreuzbergs. Die Häuser wirkten ältlich und verwahrlost, graffitiverschmierte Fassaden wurden häufiger. Bärtige Männer saßen vor einfachen Cafés auf Rohrstühlen und tranken schwarzen Kaffee, Wodka oder Slibowitz aus schmalen Gläsern. Eine Vielzahl von Läden säumte die Straße. Obst und Gemüse standen draußen in Kisten, bunte Bilder und Teppiche hingen in den Schaufenstern. Das harte Deutsch der östlichen Beitrittsländer mischte sich mit slawischen Brocken. Überall rannten Kinder umher, junge Frauen und Mädchen in der Tracht Osteuropas und mit Kopftüchern standen zusammen und lachten. Eindeutig, sie war im Berliner Balkan gelandet, eine eigene Welt, die zu der Weltstadt und ihrem mondänen Treiben im harten Kontrast stand. Da und dort verwischten sich die Konturen, die Wirkung der Tabletten ließ nach. Heather merkte, wie ihr Fieber stieg. Sie schwitzte immer mehr und konnte sich kaum auf den Beinen halten.

„*Hotel Moritzplatz*, fragen Sie nach Jack Brown“, hatte William gesagt. Ein paar Mal fragte sie nach dem Weg und bekam die Richtung gezeigt. Aber irgendwie musste sie falsch gelaufen sein. Jetzt stand Heather an einer größeren Kreuzung. Auf einem Schild stand *Kottbusser Tor* und ein U-Bahn Zeichen. Obststände auf der einen Seite, dahinter verwitterte Hochhausfassaden. Heather wurde auf einmal übel und sie suchte an einem Ampelpfahl Halt. Plötzlich hielt ein Auto neben ihr. Die vordere Wagentür öffnete sich.

„Geht es Ihnen nicht gut? Kommen Sie, steigen Sie ein. Ich helfe Ihnen.“

Heather zögerte, da griff eine Hand nach ihrem Arm und zog sie ins Innere. Sie sank auf den Beifahrersitz und das Fahrzeug fuhr los.

„Anschnallen!“, befahl eine Stimme und Heather gehorchte automatisch. Es klickte, die Türen verriegelten sich.

Heather blickte nach links zum Fahrer des Wagens. Sie kannte ihn! Er schien sie ebenfalls wieder zu erkennen und bleckte die Zähne zu einer Art Lächeln.

„So sieht man sich wieder, meine Liebe!"

Wie Eis rann es Heather McWheels den Rücken hinunter. Mit dem Mann neben ihr hatte sie vor kurzem die Nacht im *Adlon* verbracht – und ihn am Morgen niedergeschlagen.

„Ich habe dir noch nicht für die Nacht gedankt", sagte der Mann. „Deinen Abschied gestern früh fand ich allerdings weniger erfreulich", fügte er grinsend hinzu. „Ich denke, wir werden uns darüber näher unterhalten."

Berlin, Reichskriegsministerium, 30. Juni, 19:00 Uhr

„Glauben Sie an eine Verschwörung, Herr General?", wandte sich Kapitän von Scholz an von Lübben.

„Ich bin davon überzeugt, dass gewisse Kreise systematisch daran arbeiten, die Ordnung unseres Reiches zu untergraben und zu zerstören", erklärte von Lübben.

Ein neues Bild leuchtete auf. Es zeigte eine Gruppe von Menschen. Mehrheitlich Uniformierte, viele hohe Offiziere, meist Generale, die vor einem pompösen Bauwerk versammelt waren. Es handelte sich um das riesige Tannenberg-Denkmal im fernen Ostpreußen. Das gewaltige Denkmal erinnerte an die den Großen Krieg vorentscheidende Schlacht vom Sommer 1914 bei Tannenberg. Die Erinnerungsstätte selbst war ein ringförmiger Bau mit acht 20 Meter hohen, wuchtigen Türmen. Der Sieger der Schlacht, der ehemalige Generalfeldmarschall Paul von Hindenburg, weihte sie 1927 ein. Kaiserin Marie Auguste stand dem Projekt allerdings sehr distanziert gegenüber und weigerte sich, den Bau durch Reichsfinanzmittel zu unterstützen. Ihre Majestät hielt ein solches Monument im Hinblick auf die von der Reichsregierung angelegte europäische Versöhnungspolitik für kontraproduktiv. Diese Haltung führte zum Austritt der damaligen DNVP aus der Regierung und zu einer schweren innenpolitischen Krise. Der Versuch der Rechten, unter Führung des früheren Kronprinzen Wilhelm und seines Bruders Prinz Eitel Friedrich, mit dem Jungplan per Volksabstimmung den kaiserlichen Erlass aufzuheben, scheiterte knapp. Eine millionenschwere Stiftung des rechtsnationalen Zeitungsverlegers Alfred Hugenberg ermöglicht dennoch den Bau. In den Folgejahren wurde das Denkmal zu einer wahren Wallfahrtsstätte nationalistischer Gruppierungen. Eine Funktion, auf die es die Erbauer auch abgesehen hatten. In 36 Ehrennischen der Ringmauer waren Ehrentafeln, Bildwerke und Denkmäler für die Toten der bei Tannenberg kämpfenden Truppen angebracht worden. Von den Türmen des Reichsehrenmals enthielt einer die Fahnennachbildungen aller an der Schlacht beteiligten Regimenter. Ein anderer Turm war allen deutschen Soldaten gewidmet, ein weiterer barg die Büsten der Generäle aus der Tannenbergschlacht.

Ein Turm enthielt die „Weihehalle“, ein anderer Erinnerungsstücke aus der ostpreußischen Wehrgeschichte. Schwerpunkt des mächtigen Baues war der Hindenburgturm, in dem der tote Feldmarschall 1935 zur letzten Ruhe gebettet wurde. Steinerne Wächterfiguren von vier Meter Höhe flankierten den Grufteingang, Stufen führten in den tonnengewölbten Gruftvorraum mit zwei seitlichen Soldatengrabgewölben mit je zehn unbekannten Soldaten. Zwischen den toten Grenadieren ruhte in einem Halbkugelgewölbe aus Diabas der tote Feldmarschall von Hindenburg. Über der Gruft ragte der Hindenburgturm auf, innen eine einzige hohe Halle, von deren Wänden aus Muschelkalk sich das riesige Granitstandbild des Feldmarschalls von Hindenburg wirksam abhob. Eine wahre Kultstätte des Todes.

Das nächste Bild zeigte eine vergrößerte Darstellung der Besucher. Mit einem Lichtstrahl zeigte von Lübben auf einzelne Gesichter.

„Sie sehen hier die Gruppe meiner Hauptverdächtigen. Es handelte sich um einen Auftritt anlässlich einer nicht öffentlichen Gedenkveranstaltung mit eigens geladenen Gästen. Vorne sehen Sie General a. D. Thoralf von Thadden, neben ihm Admiral Kai Uwe von Fallersleben und Luftmarschall a. D. Hermann Göring Junior. Dazu weitere Armeegenerale wie Heeresgeneral von Hoffmann, Generaloberst Karl-Heinz Graf Lather, Feldmarschall Volker von Wieker sowie der Generaloberst der Luftwaffe Herbert von Kujat. Und hier“, von Lübben vergrößerte nochmals das Bild, „ist eine Persönlichkeit, die ich noch nicht eindeutig identifiziert habe. Vielleicht sind Ihre Augen schärfer.“

Die betreffende Person drehte sich gerade um und war lediglich durch ihren Hinterkopf und den Nacken präsent. Auf der Schulter waren goldene Generalstressen erkennbar.

„Das ist Markus von Wolf“, meinte Johanna Türmer spontan. „Obwohl, nein, das kann nicht sein.“

„Genau das habe ich auch gedacht“, bemerkte von Lübben mit einem grimmigen Lächeln. „Es könnte General von Wolf sein und dann wäre der Chef des Militärischen Reichsnachrichten-Dienstes mit in das Geschehen involviert. Ich bin mir aber nicht ganz sicher.“

„Das ist General von Wolf, den Nacken erkenne ich wieder“, erklärte Roswitha bestimmt. „Ich habe Wolf schon vor Kiel getroffen, bei einer Lesung. Eine Verwandte von ihm, Christa-Anette von Wolf, las aus ihrem Roman *Helena*.“

„Christa-Anette von Wolf?“, fragte Johanna Türmer. „Die gilt als linke Autorin. Ich habe von ihr *Nirgends ist ein Ort* und *Der zerbrochene Himmel* gelesen. Dass sie mit Markus von Wolf verwandt ist …“

„Sie ist seine Nichte oder Base“, erläuterte Roswitha. „Wolf“, fuhr sie nachdenklich fort, „der Mann, der auch in Kiel die Untersuchung leitete. Markus von Wolf und Thoralf von Thadden – was bedeutet das, Herr von Lübben?“

„Markus von Wolf ist ein Machtmensch", meinte von Lübben ruhig. „Und hier geht es um Macht! Sehen Sie selbst, wer außerdem anwesend war …"

Die Teilnehmer schienen einer Liste des ‚Wer-ist-Wer?' entsprungen. Wirtschaft, Finanzwelt und Sport waren gleichermaßen vertreten: Marion von Blessing von der *Deutschen Kommerz*, Baron Peter von Zeche für *Mercedes-Volvo*. Franz-Josef von Ackerle, Vorsitzender der *Deutschen-Helvetia Bank*. Der Reichsarbeitgeberpräsident Dieter zu Katz, der Führer des Reichsbauernbundes Theo Graf Sonnenleitner, Leo Schlageter vom Reichssportbund und andere mehr.

„Eine nette Gruppe", meinte Frau Professor Türmer, „fehlt nur noch der Vorsitzende der katholischen Bischofskonferenz und der evangelische Reichsbischof Meyer."

„Keine Sorge", lächelte der General süffisant. „Erzbischof Zielitsch hat zusammen mit seinem protestantischen Amtsbruder den ökumenischen Trauergottesdienst zelebriert. Sie sehen, meine Damen und Herren, ein ungeheures Verschwörungspotential."

„Warum das Ganze?", fragte die Professorin. „Das Reich ist eine weitgehend gut funktionierende parlamentarisch-demokratische Monarchie. Die Regierung handelt nach rechtsstaatlichen Prinzipien, die Mehrheit des Volkes ist zufrieden, obwohl natürlich in Sachen Besitzverteilung einiges zu verbessern wäre. Warum also sollte von Wolf eine Verschwörung dieses Umfangs anzetteln?"

„Das verstehe ich auch nicht", wandte Robert von Warthenberg ein. „Gibt es denn für Ihre Verschwörungsthese reale Beweise? Die Bilder eines rechtskonservativen Treffens sind eindrücklich, aber sie belegen im Kern nichts."

„Es gibt in der Tat Beweise", sagte von Lübben ruhig und ließ das nächste Bild aufleuchten.

Berlin, Hotel Adlon, abends

Nach den Ereignissen auf dem Spreeboot wusste Rachel Rosenthal nicht weiter. Sie hatte die Festnahme der beiden Ukrainer mitbekommen. Die Maschinen des Schiffes stoppten und es wartete, bis ein Polizeiboot kam und die Verhafteten sowie das Agentenpaar aufnahm. Natürlich war alles in heller Aufregung gewesen. Da aber nichts weiter passierte, setzte der Ausflugsdampfer seine Tour fort und kehrte zum Ausgangspunkt zurück. Rachel blieb von allem, was geschah, unbehelligt. Alwina von Morus hatte Wort gehalten und den Behörden nichts von ihrer Beteiligung berichtet. Jetzt saß Rachel in einem Café am Spreeufer und überlegte, was sie tun könne. Hans hatte sie bislang nicht gefunden. Er hatte sich auch noch immer nicht gemeldet. Langsam wuchs die Gewissheit in ihr, dass ihm etwas passiert sein musste. Ein Unfall oder Schlimmeres. In dieser gedrückten Stimmung erreichte Rachel ein Anruf Alwinas.

„Wir müssen uns treffen, unbedingt. Wie wäre es, wenn ich dich zum Essen in mein Hotel einlade? Aufgrund deiner Aufmerksamkeit wurde ein Attentat verhindert. Eine Einladung ist das Mindeste. Was hältst du von neun Uhr im *Adlon?* Dann können wir uns auch überlegen, wir wie deinem Hans auf die Spur kommen."

„Aber ich habe nichts Passendes zum Anziehen. Mit meinen Studentenklamotten kann ich doch nicht ..."

„Da finden wir eine Lösung", unterbrach sie Alwina. „Komm am besten gleich zu mir. Wir haben etwa die gleiche Größe. Ich kann dir ein Kleid leihen."

Nach einigem Hin und Her sagte Rachel zu. Besser ein gemeinsames Essen als allein mit ihren Gedanken im leeren Zimmer zu hocken. Und im *Adlon* war sie noch nie gewesen. Für eine Studentin war ein Luxushotel unerschwinglich. Eine Stunde später waren die beiden Frauen bereits am Anprobieren.

Berlin, Reichskriegsministerium

General von Lübben beendete seinen Vortrag. Die Mitglieder der Gruppe saßen wie erschlagen vor ihm. Wenn die Fakten stimmten, die er ihnen präsentiert hatte, dann verbarg die glänzende Fassade des Reichs ein ziemlich ramponiertes Inneres. Was war aus Kaiserin Marie-Augustes Reformreich geworden? Ein Militär- und Polizeistaat? Überall soziale Konflikte, religiöser Fundamentalismus, ein extremer Nationalismus – und die Reichsregierung, allen voran Reichskanzlerin von der Heyden, schien nicht zu ahnen, was sich hinter den Kulissen abspielte. Aber konnte das wirklich wahr sein? Eine derartige Bedrohung, eine rechtsnationale Verschwörung dieses Ausmaßes? Folgte der Harzburger Front der 20er Jahre jetzt die Tannenberger Front von 2014?

Sie brachen auf.

Robert von Warthenberg und Hagen von Scholz liefen ein Stück gemeinsam durch den Abend. Auch Hagen schien von dem, was ihnen der General eröffnet hatte, tief betroffen.

„Mir ist vor allem nicht deutlich, wie sich Lübben die Gegenmaßnahmen vorstellt. Wir sind eine Gruppe von fünf Leuten. Dr. Schwarze nicht eingerechnet, der bislang kaum in Erscheinung getreten ist. Wo sollen wir ansetzen? Und vor allem wie?"

„Du hast gehört, was der General vorschlägt. Roswitha von Peters soll ihre Kontakte im Innenministerium und vor allem zum mittleren Polizeibereich aktivieren. Frau Türmer wird sich um den universitären Bereich kümmern. Und wir sollen die Kameraden und die Menschen in unseren Gesellschaftskreisen informieren."

„Das habe ich verstanden", unterbrach Hagen Robert. „Aber bis das Ganze wirkt, dauert es Wochen und Monateg. Wenn wir überhaupt Erfolg haben.

Bis dahin hat die Rechte längst zugeschlagen. Die Kieler Angelegenheit wird dadurch auch nicht aufgeklärt."

Die beiden Männer schwiegen und hingen ihren Gedanken nach.

„Pressekontakte müssten wir haben. Da war doch die Frau in Kiel, die Britin, die Johanna kannte ..."

Robert brummte etwas Unverbindliches. Es war ein langer Tag gewesen und die Politik reichte ihm für heute. Er blickte auf seine Uhr. Gleich acht, Alwina würde schon auf ihn warten.

„Lass uns morgen darüber reden. Das nächste Treffen ist für morgen zehn Uhr angesetzt. Von Lübben wollte mit uns dann weitere Details des geplanten Vorgehens besprechen."

Sie verabschiedeten sich. Robert winkte einem Taxi und fuhr ins *Adlon*.

Berlin, Kreuzberg – Hotel Adlon, abends

„Wir fahren ins *Adlon*, meine Liebe", sagte die kalte Stimme. „Mein Appartement, in dem du mich gestern allein zurückgelassen hast, und viele nette Spiele warten auf uns. Und, ich sage es dir gleich, probier diesmal keine Tricks. Ich habe den Eindruck, dass du gesucht wirst. Es ist sicher besser für dich, mit mir zu kommen, als einem von denen da draußen in die Hände zu fallen."

Der Mann wies mit dem Kopf auf die Straße, in der etliche der dunklen Fahrzeuge der Reichssicherheit vorbeirasten. Heather schwieg und sank im Sitz zurück. Sie glaubte nicht, dass die „Spiele" des Mannes besser waren, doch sie hatte keine Wahl. Einige Straßen weiter hielt der Wagen an. Der Fahrer holte Klebestreifen hervor und zwängte ihre Hände auf den Rücken, wo er sie verschnürte. Dann hängte er ihr eine Lederjacke über. Sie war zu apathisch, um überhaupt an Widerstand zu denken und ließ alles mit sich geschehen. Fünfundzwanzig Minuten später erreichten sie das *Adlon*. Der Mann stieg aus und öffnete ihre Tür. Er steckte eine Hand in die Tasche.

„Du steigst jetzt langsam aus. Bei dem geringsten Versuch, irgendetwas zu tricksen, schieße ich dir ins Knie und lass dich liegen. Und jetzt vorwärts."

Der Mann legte den Arm um Heather, als ob er sie stützen würde und schob sie vorwärts. In der Hotelhalle waren gerade neue Gäste angekommen und dem Mann gelang es, mit Heather ohne Probleme in den Fahrstuhl zu kommen und hinauf in seine Etage zu fahren.

Berlin, Hotel Adlon, abends

Robert hatte mehrfach versucht, Alwina zu erreichen. Bislang vergeblich. Das Taxi brachte ihn zum Hotel. Er zahlte und stieg aus. Gerade war in der Halle ein größerer Auflauf. Heide Makusch, gleichermaßen Ufa-Star wie Diva, die wegen der Berlinale die Stadt aufsuchte, wurde von zahlreichen Fotografen und Autogrammjägern umsprungen. Die Fahrstühle waren unterwegs und Robert nahm die Treppe. Er war gespannt, ob Alwina für den Abend etwas gefunden hatte. Wenn er an Wien dachte, hatte er in dieser Hinsicht großes Vertrauen in die Qualitäten seiner Base. Da fiel ihm ein, dass Alwina von der Studentin gesprochen hatte. Eigentlich war ihm mehr nach Zweisamkeit. Seit er Alwina heute gesehen hatte ... Andererseits hatte die Studentin zur Festnahme der beiden Attentäter beigetragen. Er seufzte. Gut, da hatte sie schon einen Anspruch darauf, dass er sich mit ihrer Geschichte näher beschäftigte. Eine KM hatte ihn nicht erreicht, vielleicht blieb es beim Menu zu zweit.

Er war im zweiten Stock angelangt. Eigentlich konnte er gleich zu Alwinas Suite gehen und sich erst anschließend umziehen. Robert verließ das Treppenhaus und trat in den Gang. Vor ihm war ein Pärchen. Der Mann im Anzug, die Frau trug eine Lederjacke und darunter eine schmutzige Jeans mit Turnschuhen. Ein ungewöhnliches Outfit für das *Adlon*, dachte Robert. Die beiden standen vor einer Tür. Der Mann öffnete mit einer Speicherkarte und stieß dann die Frau derart brutal vorwärts, dass sie stürzte. Dabei verschob sich ihre Jacke und Robert erkannte, dass ihre Hände auf den Rücken gefesselt waren. Ohne lang nachzudenken, sprang er vorwärts und auf den überraschten Mann. Er landete einen linken Haken und schob, noch bevor der Kerl reagieren konnte, einen rechten Schwinger nach. Der Mann schlug zu Boden und blieb bewusstlos liegen. Robert hob die Frau auf und zerrte sie aus dem Raum. Er schloss die Tür und zog die halb Besinnungslose mit sich. Drei Türen weiter klopfte er.

Alwina und Rachel fanden großen Gefallen an ihrer privaten Modeschau. Alwina hatte einige Kleider aus Wien mitgebracht. Dazu kam der Bestand ihrer gestrigen Einkaufstour im KaDeWe. Und natürlich eine Vielzahl von Schmuck und Accessoires. Die beiden jungen Frauen amüsierten sich köstlich bei ihren Anproben. Alwina orderte über den Zimmerservice ihr Abendmenu, um ihre Aktivitäten nicht unnötig unterbrechen zu müssen. Zum gegrillten Hummer mit getoastetem Ciabatta bestellte Alwina eine *2007er Ihringer Grauburgunder Spätlese*. Sie aßen und tranken und probierten weiter.

„Was hältst du von einem Nachtisch?“, fragte Alwina ihren Gast. Sie einigten sich auf Schokoladen-Karamell-Mousse mit Williams Christ Birne, und Alwina gab die neue Bestellung auf. Fünf Minuten später klopfte es an die Tür.

„Das ging flott“, rief Alwina aus dem Nebenzimmer. „Kannst du aufmachen? Ich kämpfe gerade mit meinem Reißverschluss.“

Rachel ging zur Tür und öffnete. Im Eingang stand ein ihr unbekannter Mann in blauer Uniform, der auf den Armen eine blasse und, wie es schien, ohnmächtige und gefesselte Frau trug.

Der Mann starrte sie überrascht an, drängte sich dann an Rachel vorbei und rief nach Alwina. Automatisch schloss Rachel die Tür.

Berlin Amt für Reichssicherheit, Tempelhofer Damm

Der Leiter des Amtes für Reichssicherheit, kurz Reichssicherheit genannt, Baron Jürgen von Ziercke legte nachdenklich den Telefonhörer auf und verzog sein kantiges Gesicht. Er hatte im Laufe seiner Polizeikarriere schon viel erlebt, aber das, was ihm soeben berichtet worden war, stellte Baron von Ziercke vor eine äußerst schwierige Entscheidung.

Der Leiter der Reichssicherheit war 63 Jahre alt. Seine Sporen hatte er sich im operativen Bereich bei der Schutz- sowie Kriminalpolizei als auch beim Landeskriminalamt in der preußischen Provinz Schleswig-Holstein verdient. Nach einem Studium der Kriminalgeografie und Kriminalsoziologie an der Reichshochschule der Polizei in Münster wurde er 1979 Leiter der Kriminalpolizei Neumünster. In den folgenden Jahren nahm er die Aufgaben des Leiters der Kriminalpolizeidirektion Kiel wahr und wurde 1981 an die Kriminalpolizeidirektion Itzehoe abgeordnet. Nach einer Tätigkeit als Personal-, Aus- und Fortbildungsreferent im preußischen Innenministerium wurde er schließlich 2004 zum Leiter der Reichssicherheit berufen. Anfang 2007 geriet der Baron wegen seines Eintretens für umstrittene geheime Rechner-Durchsuchungen in die Kritik. Von Ziercke war seitdem mit seinen Anordnungen und Aktionen vorsichtig geworden. Und jetzt dieser Anruf auf der Sonderleitung. General von Wolf, der Chef des MRD, war persönlich am Apparat gewesen. Was der General ihm mitteilte, war absolut brisant, mehr als brisant, denn es ging um Hochverrat.

„Ich fasse mich kurz, Baron. Es betrifft den Kieler Anschlag. Wir wissen, wer für diese feige Mordtat verantwortlich ist. Hinter dem Terrorgeschehen steckt der Chef des geheimen Sicherheitsstabes, General von Lübben! Zusammen mit einer verantwortungslosen Gruppe von verräterischen Offizieren und so bezeichneten Intellektuellen hat Lübben den Anschlag vorbereitet und ausführen lassen. Er stellt den Auftakt zu einem Umsturz dar, mit dem Ziel, die Monarchie abzuschaffen und eine Räterepublik nach dem Vorbild der untergegangenen Sowjetunion gewaltsam einzuführen. Ein Abgrund von Landesverrat!"

„Aber das ist, das ist unglaublich", stotterte von Ziercke. „Von Lübben ist einer unserer honorigsten Leute..."

„Das ist bekannt", unterbrach ihn Markus von Wolf. „Ich selbst würde kein Wort glauben. Aber es gibt eindeutige Dokumente. Darunter zahlreiche Zeugenaussagen, einige dutzend Briefe und Rechnerpost sowie eine Vielzahl von Telefonmitschnitten im Rahmen von Routineüberprüfungen. Die Tatsachen, die diese Quellen belegen, sind eindeutig: Von Lübben und seine üble Clique sind Landesverräter."

„Was sollen wir tun?", fragte der Baron fast hilflos. „Wenn das die Öffentlichkeit erfährt ..."

„Genau darum geht es", erwiderte der MRD-Mann. „Wir müssen das

Ganze so diskret wie möglich behandeln. Keine Verhaftung mit Anklage und Prozess, wo der Mann als Agitator auftreten kann. Denken Sie an den Ulmer Reichswehrprozess vom Herbst 1930, wo dieser Kommunistenführer Ulbricht sein Legalitätsbekenntnis ablegte. Oder der Dutschkeprozess im Jahre 1980 – so etwas darf sich nicht mehr wiederholen."

„Aber, Herr General, was kann außer einer Festnahme der Schuldigen und der Verhinderung des Putsches sonst noch geschehen?"

„Das brauche ich Ihnen wohl nicht zu erklären. Ich erwarte Ihr Handeln. Noch heute Nacht! Es herrscht Staatsnotstand!"

Jetzt saß von Ziercke da und überlegte. Vielleicht sollte er den Reichsinnenminister Hubert de la Fontane anrufen? Oder zumindest Generaloberst Otto von Gehlen vom Reichsnachrichtendienst?

Es klopfte an die Tür. Auf Zierckes „Herein" öffnete sein Bürovorsteher Walters. „Herr Baron, Polizeigeneral Baldur von Schacht möchte Sie dringend sprechen!"

Direkt hinter ihm trat Baldur von Schacht in Zierckes Büro. Von Schacht entstammte einer Familie, die seit Generationen zur Führungselite des Reiches gehörte. Sein Großvater Hjalmar Schacht war 1923 bis 1930 und 1933 bis 1939 Reichsbankpräsident und von 1934 bis 1937 Reichswirtschaftsminister gewesen und wurde wegen seiner Leistungen in den erblichen Adelsstand erhoben. Der Sohn des Ministers, Gerhard von Schacht, diente als Militärattaché und als Oberst in Afrika und erhielt für seine Leistungen in der Schutztruppe das Ritterkreuz. Baldur von Schacht war der letzte Spross der Familie. Er war groß und kräftig, sportlich und trainiert und mit seinen fünfzig Jahren ein eingefleischter Junggeselle, für den das Leben nur Pflicht und Arbeit darstellte. Mit schnellen Schritten betrat von Schacht das Zimmer.

„Herr Baron, sind Sie schon über die schrecklichen Ereignisse informiert worden?"

„General von Wolf rief mich eben an und berichtete mir von seinem Verdacht, General von Lübben plane einen Umsturz. Ich kann das kaum glauben..."

„Das ist leider eine Tatsache", unterbrach ihn von Schacht. „Sie kennen Feldmarschall Volker von Wieker und Generaloberst Karl-Heinz Graf Lather. Beide Kameraden sind für ihre patriotische Gesinnung bekannt. Sie haben mir gegenüber ehrenwörtlich versichert, dass von Lübben in den letzten Tagen versucht hat, sie für den geplanten Staatsstreich zu gewinnen."

„Dann natürlich ..."

„Richtig, wir müssen handeln", ergriff von Schacht wieder das Wort.

„Ich habe hier eine Liste mit den Hauptverschwörern, die wir umgehend festsetzen sollten. Ich denke an eine gemeinsame Aktion von Reichssicherheit und der Reichskriminalpolizei. Wenn Sie mit von Wolf gesprochen haben, wissen Sie auch, was erwartet wird."

Der Polizeigeneral zog eine Liste aus der Tasche und reichte diese dem Baron. Dieser nahm sie und las laut die Namen:

„General Achim von Lübben, Chef des geheimen Sicherheitsstabes, Ernst von Uhrlau, Chef des internen Reichsnachrichtendienstes, Gerhard von Witzleben, Kommandeur des Wehrkreises III, August Graf von Brockdorff-Ahlefeldt, Kommandant der Potsdamer Garnison, Generaloberst Erich Hoepner, Kommandeur der 3l. Panzerdivision, Generalmajor Friedrich Halder, Generalmajor Heinrich von Tresckow, Oberst Robert von Warthenberg, Kapitän Hagen von Scholz, Oberst Hans Oster, Professor Dr. Johanna Türmer, Dr. Roswitha von Peters ...

Auch Ernst von Uhrlau ... das sind alles sehr hochrangige Persönlichkeiten", sagte der Baron zögernd. „Sollten wir nicht erst mit dem Reichsinnenminister oder, noch besser, mit der Reichskanzlerin Rücksprache nehmen?"

„Mein lieber Baron, dafür ist keine Zeit. Es herrscht Staatsnotstand!"

„Gut", von Ziercke entschied sich. „Wie wollen wir vorgehen?"

Berlin, Hotel Adlon, abends

„Robert, schön, dass du schon da bist." Alwina kam aus dem Ankleidezimmer. „Das hier ist Rachel Rosenthal ..." Alwina stockte.

„Was ist passiert? Wer ist die Frau?"

Robert trug die Fremde zu der am Fenster befindlichen Sitzgruppe und legte die Frau vorsichtig ab. Dann trennte er ihr die Fesseln auf und zog behutsam das Klebeband vom Mund. Dabei sah er ihr Gesicht und blieb wie vom Donner gerührt stehen. „Das ist Heather McWheels", stieß er hervor.

„Heather McWheels? Wer ist die Frau und was hat das Ganze zu bedeuten?"

Robert wollte antworten, da klingelte sein Handfon. Er schaute auf die Anzeige, eine unbekannte Nummer. „Ja?", meldete er sich.

„Robert, bist du es?", klang die vertraute Stimme Roswitha von Peters'.

„Roswitha, was gibt es?"

„Wo bist du?"

„Im *Hotel Adlon*, in Alwinas Appartement."

„Gut, da bist du für den Augenblick sicher. Schalte sofort den Fernseher an!"

„Den Fernseher?"

„Frag nicht, tu es – und, Robert, geh unter keinen Umständen aus dem Zimmer!"

Roswithas Stimme klang derart drängend, dass Robert, obwohl er nicht verstand, was das Ganze sollte, den Apparat in der Ecke des Wohnraumes einschaltete.

Das Bild leuchtete auf:

„... direkt beim Verlassen seines Büros im Reichskriegsministerium durch zwei Schüsse in den Kopf getötet. Es besteht der dringende Verdacht, dass

der Marinekapitän Hagen von Scholz und der Luftwaffenoberst Robert von Warthenberg den Mord an von Lübben gemeinschaftlich begangen haben. Kameraaufzeichnungen zeigen die mutmaßlichen Täter, wie sie direkt nach dem Geschehen das Ministerium verlassen. Einer der beiden Tatverdächtigen, Hagen von Scholz, konnte bereits festgenommen werden. Nach Robert von Warthenberg wird gefahndet. Der Gesuchte ist 37 Jahre alt, 187 Zentimeter groß, Bartträger und von schlanker Gestalt. Zuletzt trug Warthenberg eine blaue Luftwaffenuniform. Als mutmaßliche Zeuginnen der Tat werden Frau Dr. von Peters und Frau Professor Türmer gesucht. Professor Türmer und Dr. Peters werden dringend gebeten, sich umgehend mit der Reichssicherheitspolizei in Verbindung zu setzen …"

Alwina und Rachel Rosenthal starrten auf den Bildschirm. Dann wanderten ihre Blicke zu Robert.

„Hallo, Robert, bist du noch da?", klang Roswithas Stimme aus dem Hörer.

Robert schaltete den Apparat aus und wandte sich wieder seinem Telefonat zu.

„Was ist da passiert, Roswitha? Ist von Lübben wirklich tot? Dass Hagen oder ich etwas damit zu tun haben ist völliger Blödsinn …"

„Das weiß ich auch. Lübben ist tot und ihr geltet als seine Mörder. Du musst sofort aus Berlin verschwinden. Hagen wurde verhaftet, als er die Kaserne betrat."

„Wer hat das veranlasst? Das ist ein riesiger Irrtum. Das wird doch jeder sofort einsehen. Ich muss mich sofort mit der Reichssicherheit in Verbindung setzen."

„Nein, das wirst du nicht", Roswithas Stimme bekam einen harten Klang. „Du läufst direkt in die Höhle des Löwen. Ob Reichssicherheit oder Reichspolizei, die halten euch für die Täter. Johanna glaubt, hinter dem ganzen Geschehen stecken Markus von Wolf und seine Leute. Lübben war zu nah an Wolf dran und wurde daher regelrecht liquidiert. Wir waren mit dem Taxi auf dem Heimweg, da erhielt sie einen Anruf eines guten Freundes, der im RKA arbeitet. Er warnte sie, die Reichssicherheit wartete vor ihrem Haus auf sie und wolle sie festnehmen."

„Ich denke, ihr geltet für die als Zeuginnen?"

„Nein, die suchen uns nicht als Zeuginnen, die wollen uns ebenfalls ausschalten!"

„Du bist sicher, Markus von Wolf hat den General töten lassen?"

„Absolut. Wir fuhren an Johannas Haus vorbei. Direkt davor standen zwei Einsatzwagen des RKS und der Reichssicherheit. Wenn der Anruf nicht gewesen wäre … Also, zögere nicht lang, setz dich ab, egal wohin. Ich muss Schluss machen. Nicht, dass sie uns noch orten. Viel Glück, Robert!"

Das Gespräch endete. Robert fühlte sich von dem, was er erfahren hatte, wie erschlagen. Alwina trat zu ihm.

„Robert“, sagte sie mit ernster Stimme. „Was hat das alles zu bedeuten?“
Robert schüttelte den Kopf. „Ich weiß es nicht, Alwina.“
Da klopfte es an der Tür.
„Still!“ Robert wandte sich zum Sofa, nahm die immer noch ohnmächtige Heather McWheels, trug sie in das Ankleidezimmer und schloss die Tür.
„Wer ist da?“, fragte Alwina mit zittriger Stimme.
„Der Zimmerservice, Sie hatten noch etwas bestellt.“
Alwina öffnete und der Etagenkellner brachte den Nachtisch.

Am Grunde der Moldau

Prag. Die Sitzung des Europarats, des höchsten Wirtschaftsgremiums der Eurozone, wurde durch Reichskanzlerin von der Heyden eröffnet. Die Reichskanzlerin sowie Wirtschaftsminister Kaines und Finanzminister von Schub besprachen mit den Vertretern der Mitgliedsstaaten und der autonomen Regionen des Reiches aktuelle Wirtschafts- und Finanzfragen. Meldungen der Medien, dass es bei den Gesprächen primär um den möglichen Beitritt des Kemal-Osmanischen Reiches zur Deutsch-Europäischen Wirtschaftsunion gehe, wurden von der Kanzlerin als Spekulationen bezeichnet, die sie nur dementieren könne. Aufgrund ihrer direkten Verwicklung in den Kaukasuskonflikt stehe eine Aufnahme der Kemal-Osmanen derzeit nicht auf der Tagesordnung der Union.

DNA, 1. Juli 2014

Berlin, Hotel Adlon, spätabends

Der Kellner war gegangen. Robert hatte Alwina und Rachel erzählt, was er von den Ereignissen wusste und was zu erzählen war. Jetzt schwieg er.

Sie saßen im Speisesalon der Suite. Alwina neben Robert, gegenüber Rachel Rosenthal, die mit großen Augen Roberts Bericht verfolgt hatte.

„Das heißt, Ihnen steht das Wasser sozusagen bis zum Hals", nahm sie überraschend das Wort. „Einer der ranghöchsten Geheimdienstler, General Markus von Wolf, ist mit seiner gesamten Truppe hinter Ihnen her. Ihr Fahndungsbild geht durch alle Medien – und in der Uniform fallen Sie sofort auf. Ein Umziehen ist nicht möglich; die Polizei wartet bestimmt schon vor Ihrem Zimmer. Und über kurz oder lang erinnert sich jemand, Alwina mit Ihnen zusammen gesehen zu haben. Die tauchen hier auf und dann war es das."

„Dann, meine Liebe", warf Alwina ein, „sind wir alle gefährdet. Besonders, da Robert uns eine britische Agentin als Gast mitgebracht hat."

„Die Frau wurde entführt und misshandelt, da musste ich eingreifen", erwiderte Robert.

„Ein wahrer Offizier und Gentleman, aber das hilft uns nicht weiter", sagte Alwina. Ein Geräusch schreckte sie auf. In der Tür zum Schlafzimmer stand Heather McWheels.

„Frau McWheels", Robert sprang auf. „Überstürzen Sie nichts."

„Danke, es geht schon!" Frau McWheels kam in den Salon. Die Britin schien sich erholt zu haben, wenn auch ihre Bewegungen wackelig wirkten.

„Sie entschuldigen, ich habe einen Teil Ihres Gespräches mitbekommen. Ich, ich will Ihnen helfen..."

„Sie?", fragte Alwina. „Sie wollen uns helfen. Aber Sie sind doch ..."

„Eine Agentin des MI6, das stimmt und verantwortlich für den Anschlag auf den Berlin-Pavillon und für anderes mehr. Ich handelte, wie andere auch, im Auftrag meiner Regierung ..."

„Wir werfen Ihnen nichts vor, Frau McWheels, doch Sie verstehen, dass wir misstrauisch sind", antwortete Robert, „besonders, da Sie als extrem gefährlich gelten."

Heather McWheels lächelte mit schmerzverzerrtem Gesicht. „In meinem Zustand bin ich alles andere als gefährlich. Im Übrigen haben Sie mir geholfen und ich stehe Ihnen gegenüber in einer Schuld."

„Gut, aber hilft uns das weiter?", fragte Robert skeptisch. „Sie sagen selbst ..."

„Ich bin darauf trainiert, mit solchen Situationen fertig zu werden", unterbrach ihn die Agentin. „Und ich habe eine Idee."

„Dann sagen Sie uns, was wir tun können", forderte Alwina die Frau auf. „Ich fürchte, uns bleibt nicht mehr viel Zeit."

„Wo haben Sie mich gefunden?", wandte sich die Engländerin an Robert. „Ich weiß noch, dass mich jener Mann zu einem Zimmer mitschleppte und mich hineinstieß ..."

„Der Raum liegt drei Türen weiter den Gang runter", unterbrach sie Robert. „Ich denke, ich weiß, was Ihnen vorschwebt."

Er blickte auf seine Uhr. „Gleich elf. Wir sollten sofort handeln. Wie wollen Sie vorgehen?"

„Könnt ihr mir erklären, was das für eine Idee ist?", fragte Alwina. „Ich verstehe im Moment überhaupt nicht, was ihr vorhabt, Robert."

„Frau McWheels wird es erläutern."

„Ich werde versuchen, meinen ‚Kavalier' zum Öffnen seiner Tür zu bewegen. Und dann ..."

„Dann haben wir ein Ausweichquartier, ich verstehe", ergänzte Alwina.

„Und andere Kleidung für Herrn von Warthenberg", fügte Rachel Rosenthal hinzu und lächelte.

Berlin, Normannenstraße, Militärischer Reichsnachrichten Dienst, nachts

Der Leiter des Militärischen Reichsnachrichten-Dienstes MRD, General Markus von Wolf, eröffnete die nächtliche Konferenz. Seine Biografie war, wie General von Lübben richtig bemerkt hatte, die eines Aufsteigers und Machtmenschen. Von Wolf wurde am 19. Januar 1965 in Hechingen, im Hohenzollernschen Lande geboren. Sein Vater, ein bekannter Herzchirurg, erhielt Ende der fünfziger Jahre für seine Verdienste das Adelsprädikat. 1982 meldete sich von Wolf, gerade siebzehn Jahre alt, zur Luftwaffe. Seine Offiziersprüfung absolvierte er als Jahrgangsbester. Anschließend studierte von Wolf an der Universität der Reichswehr in München Flugzeugbau und Luft- und Raumfahrtechnik. Parallel studierte er an der Ludwig-Maximilians-Universität Kommunikationswissenschaften. In der Zeit zeigte sich auch von Wolfs Talent für Aufklärung und Propaganda. 1990 wurde Markus von Wolf Redakteur und Sprecher beim Truppensender „Deutsches Volk". Drei Jahre später wechselte er zum Reichsnachrichtendienst und wurde Leiter der Hauptabteilung XV (Auslandsaufklärung). Nach Besuch der Alma Mater der Reichswehr, der Führungsakademie Hamburg zur Generalstabsausbildung, wurde von Wolf 1998, wieder als Jahrgangsbester, mit gerade dreiunddreißig Jahren zum Brigadegeneral befördert. Er wechselte zwei Jahre später von der „Hauptverwaltung Aufklärung" zum Militärischen Reichsnachrichten-Dienst, zu dessen Amtschef er 2006 ernannt wurde.

Markus von Wolf war ein groß wirkender, schlanker Mann mit einem hohen Haaransatz. Im Dienst kannte er keine Skrupel, galt als hart und unnahbar – und als absolut effizient.

Skeptisch betrachtete von Wolf die einzelnen Persönlichkeiten der um ihn versammelten Runde: Rechts der Leiter der Reichssicherheit, Baron von Ziercke, daneben Polizeigeneral Baldur von Schacht vom Reichskriminalamt, links Vizeadmiral von Manteuffel, der Chef des Marineauslandsdienstes und ihm gegenüber der Leiter des kaiserlichen Büros Botho August-Heinrich Graf zu Eulenburg. Vizeadmiral von Manteuffel sprach gerade.

„Ich kann mir nicht vorstellen, dass derart integere Offiziere zu Hochverrätern werden konnten. Es muss sich um einen Irrtum handeln. Oder sie sind, ohne es zu wollen, in die Geschichte hineingezogen worden."

„Darum geht es nicht", unterbrach ihn Polizeigeneral von Schacht. „Über Schuld oder Nichtschuld wird ein ordentliches Militärgericht entscheiden. Wir haben es mit einer Verschwörung größten Ausmaßes zu tun und wir müssen rasch und hart durchgreifen, sonst werden der Hydra ständig neue Köpfe wachsen."

„Dennoch: der Leiter des geheimen Sicherheitsstabes General von Lübben, selbst unter Verdacht, wird von seinen eigenen Leuten ermordet. Und Ernst von Uhrlau, der Chef des internen Reichsnachrichtendienstes leistet bei seiner Verhaftung als Mitverschwörer Widerstand und wird in Notwehr erschossen. Unglaublich das Ganze, meine Herren, unglaublich!"

„Jetzt beruhigen Sie sich, mein lieber Manteuffel", meinte Graf zu Eulenburg, „das wird sich alles klären."

„Aktuell geht es darum, die Lage zu betrachten", ergriff Baron von Ziercke das Wort. „Wie viele der Verräter sind gefasst, wer ist noch auf freiem Fuß? Wer ist möglicherweise noch nicht enttarnt?" Er verlas eine Liste:

Ernst von Uhrlau, Chef des internen Reichsnachrichtendienstes, bei der Verhaftung erschossen. Gerhard von Witzleben, Kommandeur des Wehrkreises III, verhaftet. August Graf von Brockdorff-Ahlefeldt, Kommandant der Potsdamer Garnison, flüchtig. Generaloberst Erich Hoepner, Kommandeur der 31. Panzerdivision, verhaftet. Generalmajor Friedrich Halder auf der

Flucht erschossen. Generalmajor Heinrich von Tresckow, flüchtig. Oberst Robert von Warthenberg, flüchtig. Kapitän Hagen von Scholz, verhaftet. Oberst Hans Oster, zurzeit im Ausland. Professor Dr. Johanna Türmer, flüchtig. Dr. Roswitha von Peters, flüchtig.

Auf unserer Seite drei Verletzte, dazu der von Scholz und Warthenberg ermordete General von Lübben."

„Was ist mit den unteren Chargen? Die genannten Herren und Damen werden nicht allein gehandelt haben?", fragte Markus von Wolf.

„Wir durchleuchten sämtliche Personengruppen im Umfeld der verhafteten Generale. Also die Stäbe und die jeweiligen Offiziersjahrgänge an den Führungs- und Heeresakademien. Derzeit finden in Berlin, Hamburg und München sowie in allen reichsdeutschen Universitätsstädten Razzien vor allem im studentischen Linksmilieu statt. Wäre doch gelacht, wenn unsere Leute nichts fänden", meinte von Schacht.

„Gut, dann wären noch einige Stellenfragen zu klären. Durch die Festnahmen sind personelle Lücken entstanden, die umgehend zu füllen beziehungsweise zu besetzen sind. Ich denke, Graf zu Eulenburg, das ist Ihr Metier. Ich habe eine Liste von Namen vorbereitet, die Sie dem Kaiser sicher plausibel machen werden. Ich weiß, dass wir uns in dieser schweren Stunde auf Sie, verehrter Graf, verlassen können."

Eulenburg lächelte geschmeichelt und nahm die ihm gereichte Liste, ohne diese weiter zu betrachten, an sich.

„Bevor wir aufbrechen. Ich gehe davon aus, dass der zweite Mörder unseres Kameraden von Lübben binnen 24 Stunden gefasst wird. Der Mann kann nicht weit sein."

„Zuletzt wurde er im *Hotel Adlon* gesehen", erklärte Baron von Ziercke.

„Gut, dann wissen Sie, wo er ist. Also, schnappen Sie diesen Warthenberg. Und wenn Sie das ganze Hotel auf den Kopf stellen!"

Berlin, Hotel Adlon, nachts

Es war einfacher gegangen, als es Robert erwartet hatte. Frau McWheels und er waren zur Tür des bewussten Zimmers gegangen. Er im Hemd, ohne Jacke und ohne Schulterstücke, um nicht sofort als Offizier erkannt zu werden. Rachel und Alwina wachten an den jeweiligen Enden des Korridors. Die Agentin wollte gerade klopfen, da wurde die Tür geöffnet und ein Etagenkellner trat hinaus. Als er die beiden vor der Tür stehen sah, trat er mit einer gemurmelten Entschuldigung rasch zur Seite. Geistesgegenwärtig zog Robert ein Geldstück hervor, das er dem Mann in die Hand drückte. Der Kellner entfernte sich, Robert und Frau McWheels schlossen die Tür und glitten in das Innere des Appartements. Es glich der Suite von Alwina. Vorn ein Flur, dann rechts ein Ankleideraum und das Schlafzimmer. Dahinter ein Bad. Im Zentrum ein großer Wohn-Speiseraum mit einem Balkon und dem Blick zur Quadriga. Im Wohnraum brannte Licht. Auf einem Sofa saß der Mann, der McWheels ins *Adlon* verschleppt hatte. Er hatte ein Glas in der Hand, aus dem er trank. Neben ihm stand eine Flasche Bourbon, die ihm der Kellner gerade gebracht hatte. Der Mann blickte auf, als Heather McWheels durch die Tür kam. „Sie!“, rief er aus. „Das ist eine Überraschung. Und nicht allein, wie ich sehe“, seine Hand fuhr zu seinem Jackett, das neben ihm lag. Doch, behindert durch sein Glas, war der Mann nicht schnell genug. Jedenfalls nicht für Heather McWheels. Die Frau sprang vor, drehte sich im Sprung und traf mit ihrem Absatz hart seine Schläfe. Zum zweiten Mal an diesem Tag sackte der Mann zusammen. Bald lag er mit einer Lampenschnur und Handtüchern gefesselt und geknebelt im Ankleideraum. Statur und Größe des Mannes entsprachen etwa denen Roberts. Er holte sich das Passende aus dem Kleiderschrank und zog sich rasch um. Alwina hatte inzwischen in ihrer Suite einige Kleidungsstücke und anderes rasch in einen Koffer gepackt und war mit Rachel Rosenthal ebenfalls zu ihnen gestoßen. Keinen Moment zu früh, wie lautes Klopfen auf dem Gang aus Richtung ihrer Räume zeigte.

„Früher oder später werden sie das ganze Hotel auf den Kopf stellen“, flüsterte Rachel verängstigt.

„Das stimmt. Wenn nicht heute Nacht, dann morgen früh. Das sieht nach einem weiteren Ortswechsel aus“, bemerkte die Britin trocken und schenkte sich einen Whiskey ein. Sie hatte sich von den Ereignissen der letzten Stunden offensichtlich gut erholt. Robert prüfte inzwischen die Papiere ihres „Gastgebers“. Er pfiff durch die Zähne.

„Wisst ihr, wen wir da erlegt haben? Das ist Franz-Josef Seebrunner, der Vorsitzende der Bayernpartei. Das Gesicht ist mir gleich so bekannt vorgekommen.“

„Wir können uns später mit Seebrunner beschäftigen“, entgegnete Alwina. „Jetzt geht es um Wichtigeres.“

„Der Mann kann uns aber helfen“, warf McWheels ein. „Oberflächlich betrachtet sieht dieser Seebrunner Ihrem Bekannten ähnlich. Ohne Schnurbart, den Scheitel links und mit entsprechender Kleidung sowie in Begleitung dreier Damen könnte Herr von Warthenberg glatt als Bayernparteichef auf amourösen Touren durchgehen.“

„Eine gute Idee“, stimmte Robert zu. „Der Mann wird bestimmt eine bayerische Kluft im Schrank haben. Nicht unbedingt Lederhosen, aber vielleicht ein Janker mit Weste.“

„Wir sollten uns ebenfalls verändern“, meinte Alwina. „Ich habe zum Glück einige Abendkleider eingepackt. Wenn wir entsprechend gekleidet auftreten, passt das zu Seebrunners Ruf und lenkt männliche Beobachter von einer genaueren Betrachtung Roberts ab.“

„Das ist alles gut und schön", meinte Robert, während er begann, Seebrunners Kleiderschrank erneut zu durchsuchen. „Aber selbst wenn wir hier heil rauskommen, wohin sollen wir dann flüchten?"

„Ich habe eine Idee", meinte Rachel und führte den Zeigefinger zum Mund. Der Bayernparteichef öffnete gerade die Augen. Robert hatte inzwischen das Passende gefunden und sie schlossen rasch die Tür.

Fünfzehn Minuten später verließ ein frisch rasierter, bayrisch wirkender Herr in Begleitung dreier Damen in Abend- und Cocktailkleidern die Räumlichkeiten des Politikers. Die Damen fielen auf: Alwinas schwarzes Spitzenkleid reichte bis zu den Knöcheln, war allerdings weitgehend schulter- und rückenfrei und figurbetont geschnitten. Heather McWheels dagegen gab sich völlig hochgeschlossen, zeigte aber, passend zu ihrem rötlichen Haar, viel Bein, ausgesprochen viel Bein. Rachel Rosenthal hatte ihre bisherige, leicht burschikose Strenge völlig abgelegt. Sie trug ihr langes Blondhaar offen, und ihr tief dekolletiertes Paillettenkleid war ein klarer Blickfang für männliche Betrachter. Sie fuhren mit dem Fahrstuhl ins Erdgeschoss und durchquerten die Hotelhalle. Trotz der späten Stunde befand sich hier eine größere Anzahl von Menschen. Die einen kamen, andere warteten, die Mehrzahl befand sich im Aufbruch, um sich in das Nachtleben der Weltmetropole zu stürzen. Zwischen Herren in Abendanzügen und Smoking sowie in den Uniformen aller Waffengattungen gab es eine Vielzahl von Damen in Ball- oder Abendkleidern. Einige hübsch und jung, die meisten allerdings suchten durch Schmuck und entsprechende Accessoires Alter und Falten zu kaschieren. An den Seiten zeigte sich weiteres Militär, wobei das Schwarz der Reichssicherheit dominierte. Aufmerksame Blicke musterten die Anwesenden. Auch Robert alias Seebrunner wurde betrachtet, doch Alwinas Vorhersage bestätigte sich. Die Blicke glitten uninteressiert weiter und verharrten dafür umso länger auf Heathers Beinen, Rachels Dekolleté oder Alwinas apartem Rücken. Ohne angehalten zu werden passierten sie die Halle. Irgendwo blitzte es, vielleicht ein Pressefotograf, Robert achtete nicht darauf. Der Portier öffnete die Außentür und sie traten hinaus in die bewegte Berliner Nacht. Ein Taxi nahm die vier auf und fuhr mit ihnen nach Norden in Richtung Pankow davon.

London, Carlton Club, 1. Juli, am Mittag

Draußen regnete es in Strömen. Eine Gruppe von Gentlemen saß im Rauchersalon des altehrwürdigen *Carlton Club* und genoss nach einem Hammelkotelett den obligaten Brandy und die dazu passende kubanische Zigarre. Das Clubhaus befand sich in einem Prachtbau an der Pall Mall in der City of Westminster. Pall Mall war bekannt als Heimat zahlreicher Clubs. Hier waren der *Athenaeum Club*, der *Travellers Club*, der *Army and Navy Club*, der *Reform Club*, der *Oxford and Cambridge Club* sowie der *Royal Automobile*

Club angesiedelt. Der 1832 gegründete *Carlton Club* galt als der exklusivste dieser Clubs und war stets ein Refugium der Tories gewesen. Zu seinen Mitgliedern gehörten Benjamin Disraeli, Robert Peel, Winston Churchill und Harold Macmillan. So war es nicht verwunderlich, dass Premierminister Lord Halifax II. heute hier dinierte. Neben ihm saßen weitere Spitzen der britischen Staatsführung. Neben dem Wirtschaftsminister Sir Michael Moore und dem Finanzminister Christopher Huhne waren der Leiter von MI7 Sir Osborne sowie der Kriegsminister David Cameron anwesend.

„Es soll in Berlin drunter und drüber gehen?", fragte der Premierminister ungläubig. „Das kann ich mir kaum vorstellen. Sonst klappt doch bei den Deutschen immer alles wie am Schnürchen."

„Nicht direkt drunter und drüber", korrigierte Sir Osborne. „Nur in den Führungsetagen der Nachrichtendienste und bei einigen Militäreinheiten scheint es zu einer Nacht der langen Messer gekommen zu sein. Der Leiter des geheimen Sicherheitsstabes General von Lübben wurde gestern Abend von zwei ranghohen Offizieren erschossen. Der Chef des internen Reichsnachrichtendienstes, Ernst von Uhrlau, soll ebenfalls umgekommen sein. Des Weiteren wurden nach den mir vorliegenden Berichten mehrere wichtige Militär-Kommandeure verhaftet. Angeblich besteht ein Zusammenhang mit dem Anschlag von Kiel."

„Ein Zusammenhang mit dem Kieler Anschlag", wiederholte Lord Halifax II. nachdenklich. „Hat sich Commodore McGuire schon gemeldet?", wandte er sich an David Cameron.

„Nein, Premierminister, ich habe seit zwei Tagen keine Nachricht erhalten."

„Was ist mit Ihrer Agentengruppe in Berlin?", fragte Halifax II. Sir Osborne.

„Einer unserer Männer wurde von Leuten der Reichssicherheit gestellt und getötet. Von dem zweiten fehlt jegliche Spur. Die Agentin McWheels wurde festgenommen, konnte aber offenbar wieder entkommen und ist abgetaucht."

„Das gefällt mir ganz und gar nicht", polterte Sir Moore. „Wir stehen kurz vor dem Abschluss unseres Beitrittsabkommens und Ihre Leute liefern sich mitten in Berlin wilde Schießduelle mit den Deutschen. Würde mich nicht wundern, wenn das Attentat auf von Lübben ebenfalls auf das Konto Ihres Dienstes ginge."

Sir Osborne wurde einer Antwort enthoben, da sein Handfon läutete. Ohne auf die strafenden Blicke der anderen Herren zu achten, nahm er das Gespräch an. „Osborne? ... Ah, Sie sind es." Er machte eine entschuldigende Geste und zog sich in eine Ecke des Salons zurück. Nach ein paar Minuten kehrte er in die Runde der Gentlemen zurück. Sein Gesicht wirkte seltsam hart und verschlossen. Er wandte sich an Lord Halifax II.

„Herr Premierminister. Wenn ich Sie einen Augenblick unter vier Augen sprechen könnte, Sir?"

Lord Halifax nickte verwundert, stand auf und folgte Osborne in einen Nebenraum.

Berlin Amt für Reichssicherheit, Tempelhofer Damm, 1. Juli

Baron von Ziercke beendete das gerade geführte Gespräch. Nirgends eine Spur von Professor Türmer, Dr. Peters und Oberst von Warthenberg. Es war ihm unverständlich, wie und wo sich das Trio abgesetzt hatte. Ein Großteil der Reichssicherheit sowie Einheiten des RKA waren hinter den drei Verschwörern her. Die Flughäfen wurden bewacht, die Reichsautobahnen und sonstige Ausfallstraßen der Stadt intensiv kontrolliert. Berlin war nahezu abgeriegelt. Wahrscheinlich hatten sie sich längst getrennt, um sich allein ins Ausland durchzuschlagen. Ein schwieriges Unterfangen, dachte von Ziercke. Über 420 Kilometer bis zur Nordgrenze, 355 Kilometer bis zur Ostgrenze bei Bromberg, 1070 Kilometer bis Reval, 1200 Kilometer bis Hermannstadt. 1750 Kilometer bis zur Krim und 831 Kilometer bis zum Stützpunkt der Mittelmeerflotte auf Pula. Im Westen 630 Kilometer bis Luxemburg, 680 Kilometer bis Brüssel. Nicht zu vergessen, die *Grand Nation* gehörte ebenfalls zum Deutsch-Europäischen Reich, auch wenn die Franzosen lieber von der französisch-deutschen Konföderation sprachen. Die Sûreté Nationale arbeitete jedenfalls eng mit der Reichssicherheit und dem RKA zusammen. So schnell konnte keiner das Reichsgebiet verlassen. Nein, die drei Flüchtigen mussten noch in der Stadt sein, etwas anderes schien dem Leiter der Reichssicherheit nicht möglich.

Es klopfte und ein Polizeiwachtmeister der Reichssicherheit meldete Polizeigeneral Baldur von Schacht.

„Tag, mein lieber Baron. Haben Sie das schon gesehen? Eine bodenlose Frechheit von diesem Warthenberg!"

Von Schacht warf eine *Berliner Illustrierte Nachtausgabe* auf den Tisch, ein Blatt aus dem Medienverbund der Hugenberg-Springer AG, dem bedeutendsten Zeitungs- und Fernsehmonopolisten im europäischen Großraum. Direkt auf dem Titelblatt prangte das Bild eines Mannes in einer Art bayrischen Abendanzugs inmitten dreier Nachtschönheiten, die viel Bein und großzügige Dekolletes zeigten. Darunter stand in fettem Blocksatz:

Chef der Bayernpartei auf nächtlichem Kurs?

Wieder einmal wandelt der Chef der Bayernpartei bei einem Hauptstadtbesuch auf Amors Spuren, glaubt man bei der Betrachtung des nebenstehenden Bildes. In der Tat, der ganze Auftritt, mit viel weiblicher Begleitung in wenig Bekleidung, entspricht ganz dem Stil des bayerisch-katholischen Provinzpolitikers ...

„Typisch Franz-Josef Seebrunner", meinte der Baron trocken. „Ganz wie sein großes Vorbild Josef Straudt."

„Schauen Sie gefälligst genau hin“, herrschte ihn von Schacht an.

Baron von Ziercke hob ob des Tons des Generals indigniert eine Augenbraue.

„Das ist nicht Seebrunner“, erläuterte von Schacht etwas ruhiger.

Von Ziercke betrachtete das Bild genauer. Unter dem Blocksatz war ein weiterer, schmaler Hinweis gedruckt: *„Wie sich unsere Polizei blamiert. Lesen Sie weiter, Seite 2!“*

Er blätterte um und erstarrte. Die obere Hälfte der Seite wurde von zwei Portraitfotos eingenommen. Das eine zeigte einen Offizier in der Uniform der Luftwaffe, der dem Bild Seebrunners, bis auf einen Oberlippenbart, durchaus ähnlich sah. Das zweite Bild zeigte eine der Damen aus dem Bild. Es war die Dame mit den langen Beinen, hier allerdings sah der Leser nur ihr Gesicht und den Halsansatz. Unter beiden Fotos befand sich eine kurze Legende: *Der flüchtige Attentäter R. von Warthenberg und seine Komplizin, die britische Agentin H. McWheels.*

Der folgende Text besagte, Oberst Robert von Warthenberg sei, nachdem er zusammen mit Kapitän Hagen von Scholz den Leiter des geheimen Sicherheitsstabes General Arnim von Lübben erschossen habe, ins *Hotel Adlon* gefahren. Dort habe er zusammen mit seiner englischen Agentenführerin Heather McWheels den Parteichef der Bayernpartei Franz-Josef Seebrunner in dessen Appartement überfallen. Rasiert und in Seebrunners Kleidung sowie in Begleitung von McWheels und zweier Halbweltdamen habe er dann seelenruhig die von Sicherheitskräften wimmelnde Hotelhalle durchquert und sei per Taxi geflüchtet. Der weitere Text berichtete vom Anschlag auf den Berlin-Pavillon und über die vermuteten Querverbindungen zum Kieler Terrorakt.

„Verdammt, wie konnte das passieren? Wieso hat niemand gemerkt, dass es sich um Warthenberg handelte und nicht um Seebrunner?“, fluchte von Ziercke.

„Das ist das eine. Das andere Problem ist der Hinweis auf Kiel. So etwas schafft in der Bevölkerung nur Unruhe. Ab sofort wird die Presse an die Kandare genommen. Unruhe können wir in dieser Phase der Machtergreifung nicht gebrauchen“, erwiderte von Schacht.

„Der Machtergreifung?“, fragte von Ziercke. „Wieso Machtergreifung?“

„Träumen Sie mit offenen Augen, mein Bester? General Markus von Wolf und General von Thadden korrigieren die Fehler der Geschichte. 1916 und 1917 standen an der Spitze der stärksten Militärmacht der Welt zwei Generale, Generalquartiermeister Erich von Ludendorf und Generalfeldmarschall Paul von Hindenburg. Sie, die Sieger des Großen Krieges, sind 1918 um ihren Erfolg betrogen worden. Sie wurden verabschiedet, ein Pazifist wurde Kaiser, ein invalider Major, ein schwächlicher Prinz außerhalb der eigentlichen Thronfolge. Und dann folgten Jahrzehnte der Weiberherrschaft mit teils sozialistisch-klerikalen und liberalistischen Regierungen. Fraternisierung mit dem Erbfeind,

Degeneration bei der Jugend. Ein Grauen für jeden aufrechten deutschen Mann. Daher schreiten wir zur Tat. Heute ist der erste Juli 2014, der erste Tag der nationalen Revolution. In einem Monat feiern wir den hundertsten Jahrestag des Beginns des Großen Krieges. Und den werden wir in anderer Form begehen, als es sich unsere Gegner je hätten träumen lassen."

„Ich stimme Ihnen voll und ganz zu", antworte von Ziercke. „Aber die gesamte deutsche Presse im Zaum zu halten, das wird schwierig werden."

„Dann lassen Sie sich gefälligst etwas einfallen", antwortete von Schacht kalt.

Berlin, Prenzlauer Berg, am Mittag des 1. Juli

Diese Nacht würde Robert von Warthenberg so schnell nicht mehr vergessen. Nach dem Verlassen des *Adlon* fuhren sie mit dem ersten Taxi in Richtung Pankow davon. An der *Schönhauser Allee* ließ Robert das Taxi halten. Er zahlte und wartete, bis der Wagen weitergefahren war. Dann gingen sie zur S-Bahn und stiegen in die S 8 in Richtung *Prenzlauer Allee.* Von dort wollte Rachel mit ihnen zu einer Freundin gehen, damit die Frauen sich umziehen konnten.

„Mit diesen Abendfummeln fallen wir überall auf", meinte sie. Eine zutreffende Bemerkung, wie sich bald zeigte. *Prenzlauer Allee*, sie traten aus einem der fünf Ausgangsbögen des S-Bahnhofs. Am Rande des Vorplatzes zur Straße hin stand eine Gruppe von vielleicht acht Jugendlichen. Ihre schwarzen Lederjacken mit der Odalrune auf dem Rücken und die stoppelkurzen Haare zeigten ihre Zugehörigkeit zur *Wikingjugend.*

„Auch das noch", entfuhr es Rachel. „Nationaldeutsche!"

Drei der Wikings kamen auf sie zu und stellten sich breitbeinig vor den Vieren auf. Der Größte von ihnen ergriff das Wort:

„Na, habt ihr euch verlaufen? Ihr wolltet sicher woanders hin. Hier seid ihr jedenfalls falsch. Anständige deutsche Frauen laufen nachts nicht so halbnackt herum. Und Slawennutten haben in unserem Viertel nichts zu suchen. Am besten, ihr dreht um und steigt in die nächste S-Bahn zurück nach Kreuzberg! Euern Jodler nehmt ebenfalls mit!"

„Aber vorher können wir doch noch ein bisschen Spaß mit ihnen haben, Dankwart", warf der zweite der Typen ein.

„Schnauze, Ortlieb. Ein deutscher Junge lässt seine Hände von solchen Weibern", fuhr ihn der erste an. „Aber", er gab vor, zu überlegen, „eigentlich hast du Recht. Da den Weibern zu heiß ist, wie man sieht, können sie gleich alles ablegen. Wir helfen ihnen gerne, nicht wahr Siegmund?", wandte er sich an den dritten. Dann drehte er sich um und wollte seinen übrigen Kumpanen ein Zeichen geben. Heather McWheels nutzte die Gelegenheit und schlug mit der Handkante hart und präzise zu. Der Anführer ging ohne einen Laut zu Boden. Robert zog fast im gleichen Augenblick nach und verpasste „Ortlieb" einen Magenhaken. Dann zog er Seebrunners Pistole. Keinen Augenblick zu früh, denn der Rest der Gruppe rannte auf sie zu.

„Stehen bleiben, ich schieße!", drohte Robert.

„Das wagt der Kerl nicht", rief einer aus der Gruppe. „Los, Männer, weiter!"

Robert schoss dem ersten Angreifer ans Bein. Der junge Mann schrie auf und fasste sich an den Oberschenkel. Die Anderen stoppten abrupt. „Das Schwein schießt wirklich, abhauen", brüllte einer von ihnen und die „nordischen Helden" zogen sich im Eiltempo zurück.

„Los, lass uns ebenfalls verschwinden!"

Robert packte Alwina am Arm und sie rannten zurück in das Bahnhofsgebäude. Die Gruppe hatte Glück, gerade rauschte eine S-Bahn ein und sie fuhren bis zur nächsten Station *Greifswalder Straße*.

Dort stiegen sie aus, überquerten die breite Straße und sahen sich suchend um. „Wohin nun?", fragte Alwina.

„Drüben an dem Gebäude steht *Schaubude*. Das ist sicher ein Theater. Lasst uns hineingehen. In einem Theater fallen wir mit unserer Kleidung sicher weniger auf", schlug Robert vor.

„Das ist ein Puppentheater", meinte Rachel zweifelnd.

„Völlig egal", erwiderte Heather. „Besser wir sind dort, als noch länger auf der offenen Straße."

Wiederum hatten sie Glück. Es war die „II. Lange Nacht der Opern und Theater" und die *Schaubude* hatte noch geöffnet. Robert zahlte den ermäßigten Eintrittspreis. Bald saßen sie im halbleeren Zuschauerraum. Alwina lehnte den Kopf an Roberts Schulter und schloss erschöpft die Augen. Rachel bemühte sich mit dem Handfon, ihrer Freundin eine KM zu senden. Heather McWheels beobachtete inzwischen misstrauisch den Zuschauerraum und die Ein- und Ausgänge. Nur Robert nahm sich die Zeit, einen Blick auf das Schauspiel zu werfen. Auf der schmalen Bühne stand eine maskierte, hohe Figur, eine Puppe oder ein Mensch, und deklamierte: *„Nichts ist, sagt der Weise, du lässt es entsteh'n, es wird mit dem Wind deines Atems verweh'n."*

Ein Text der ersten deutschen Literaturnobelpreisträgerin Mascha Kaléko, wie Robert verwundert erkannte. Er hatte keine Zeit, länger darüber nachzudenken. Rachel berührte ihn leicht an der Schulter.

„Ich habe Melanie erreicht. Sie holt uns in zehn Minuten mit dem Auto ab. Wir sollen im Theater bleiben, bis sie kommt", flüsterte sie.

„Gut", flüsterte Robert zurück.

Die zehn Minuten würden sie auch noch überstehen. Die Zeit verging schleppend. Oben auf der Bühne lief das gestelzt seltsame Spiel der Puppen und Menschen. Robert nickte schon ein, da stieß Heather ihn an.

„Vorsichtig, blick nicht in die Richtung. Drüben links steht in der Tür eine

Gestalt, die dauernd zu uns herschaut. Als ob sie uns kennen würde. Ich kann nicht genau sehen, ob es eine Frau oder ein Mann ist. Was meinst du?"

Robert bemühte sich, einen unauffälligen Blick zu riskieren. Doch an der Tür stand niemand.

„Ich sehe nichts", flüsterte er.

Heather wandte den Kopf abrupt nach links. „Du hast Recht", sagte sie überrascht, „die Gestalt ist verschwunden. Seltsam ..."

Da erhob sich Rachel. „Kommt", sagte sie, „Melanie ist da, wir können aufbrechen."

Sanft weckte Robert Alwina, dann gingen sie. Beim Verlassen des Theaters blickte sich Heather noch einmal um. Aber die Gestalt, die sie zu sehen geglaubt hatte, zeigte sich nicht mehr.

Es war kurz nach eins, als sie endlich in Melanies kleiner Zweizimmerwohnung ankamen. Melanie führte die Gruppe in ein schmales Wohnzimmer.

„Setzt euch", forderte sie die vier auf. Dann wandte sie sich an Rachel. „Ich bin, wie besprochen, bei deiner Wohnung vorbeigefahren. Deine Mitbewohner sind noch nicht aufgebrochen."

„Das ist ärgerlich, ich dachte, wir könnten gleich weiter", antworte Rachel. „Was sollen wir tun?", wandte sie sich an die anderen. „Eine andere Unterkunft suchen?"

„Ich halte es für Blödsinn, heute Nacht nochmals loszuziehen", meinte Heather McWheels. „Das ist viel zu gefährlich, wir sollten erst morgen weitergehen."

Robert nickte. Um diese Stunde auf die Straße zu gehen, war hundertprozentig riskant. Aber es stellte sich die Frage, wo sie sonst unterkommen könnten.

„Ihr könnt heute Nacht hier bleiben, wenn ihr mit ein paar Decken und dem Boden vorlieb nehmt", sagte Melanie nach kurzem Überlegen.

„Wir dürfen in deiner Wohnung übernachten? Das ist absolut toll von dir", antwortete Rachel. „Wir überfallen dich mitten der Nacht, du holst uns ab und jetzt können wir auch noch bis morgen bleiben – wirklich eine Riesenhilfe. Wir werden dich auch nicht lange behelligen", fügte Rachel rasch hinzu. „Morgen früh sind wir wieder weg."

„Ihr bleibt auf jeden Fall hier", sagte Melanie. „Ich muss nur um halb sieben aufstehen, da ich morgen Frühdienst habe. Ihr könnt ruhig länger liegen bleiben. Aber bevor ihr morgen geht, solltet ihr euch umziehen. Mit den Abendkleidern, die ihr anhabt, fallt ihr sofort auf. In denen riecht ihr drei Meilen gegen den Wind nach Bonzentum."

Sie überlegte kurz, stand dann auf und öffnete einen Schrank, in dem Kleidungsstücke untergebracht waren.

„Mal sehen, was ich für euch habe. Das Angebot ist nicht riesig. Einige abgeschabte Baumwollhosen, ein paar Pullis, ein altes Strickkleid und hier ist noch ein Blaumann im Angebot. Viel Geld für Kleidung ist in meinem Etat nicht drin, es reicht gerade für die Miete, das Auto und so", sagte sie. „So ein Kleid, wie du es trägst, könnte ich mir nie leisten", fügte sie mit einer Spur von Sehnsucht in der Stimme hinzu und wies auf Rachels Paillettenkleid.

„Wir tauschen mit dir. Wir nehmen deine Sachen und du bekommst dafür unsere", schlug Alwina vor.

„Ich soll die Kleider bekommen? Ist das wirklich dein Ernst?", fragte Melanie verwundert. Alwina nickte.

„Das wäre echt toll!", freute sich ihre Gastgeberin. „Die sind bestimmt ein Vermögen wert! Tragen kann ich die Fummel auf der Straße natürlich nicht, das wäre zu auffällig. Höchstens mal für mich zu Hause. Aber, wenn ich Sachen in einem Zweite-Hand-Laden verkaufe, bekomme ich bestimmt gut und gerne 250 Euro dafür."

„250 Euro?", rief Alwina entgeistert. Robert stieß sie unauffällig an und schüttelte den Kopf. „Ja", sagte sie zögernd, „das, das kann hinkommen."

Alle drei Modelle waren maßgeschneidert. Allein der Stoff für das Kleid, das sie selbst trug, hatte Alwina über 1000 Euro gekostet. Sie ließ ihren Blick über das Zimmer schweifen. Ein schwedischer Elchschrank, ein altes Sofa, ein Tisch aus billigem Kolonialholz. Ein alter Läufer. An der Wand gedruckte Bilder und Plakate aktueller Musikkapellen wie *Eisenstolz*, *Mondlicht, Kraftwerk* und *Träumende Winde*. Neben Alwinas Platz standen ein Musikdreispieler und ein Regal mit einigen Schalldateiträgern. Darunter sah sie eine uralte Dateiplatte von *Rosa Fluss. Ich wünscht', du wärst hier*. Alwina liebte die alte Platte. Daneben standen weitere Platten der Kapelle. *Solarherzmutter* und *Rückseite des Mondes*. Dazu Stücke von Gruppen des französischen Troubarocks. In ihrem Musikgeschmack waren Melanie und sie sich ähnlich. Aber nie hatte Alwina in solchen kargen Umständen gelebt, wie diese für Melanie offenbar alltäglich waren. Fast schämte sich Alwina für ihre Privilegien und ihren Reichtum.

Melanie schlief in ihrem Schlafzimmer, die anderen teilten sich den kleinen Wohnraum. Trotz des harten Bodens ließ sie die Erschöpfung des Tages bald einschlafen. Nur Robert fand lange keine Ruhe. Das Geschehen der letzten Stunden kreiste in ihm. Man hielt ihn für einen Mörder und suchte nach ihm; nein, jagte ihn in der ganzen Stadt. Robert seufzte. Wie sollte das Ganze nur weitergehen?

Er lauschte auf die ruhigen Atemzüge Alwinas neben sich. Andere Gedanken kamen – und endlich, gegen drei, fielen ihm die Augen zu und er fand in einen unruhigen Schlaf.

Eine einsame Gestalt verharrte unten im Schatten der Bäume. Sie beobachtete, wie im dritten Stock die Lichter erloschen. Sie wartete eine weitere Stunde. Notierte etwas in ein Notizheft und verschwand schließlich, als es im Osten bereits dämmerte.

Am späten Vormittag liefen sie jeweils zu zweit zu Rachels Wohnung. Erst Heather, der es soweit besser ging, und Rachel, dann folgten Robert und Alwina. Die Straßen waren belebt, niemand schien auf sie zu achten. Rachels Wohngemeinschaft bestand aus fünf Personen. Die übrigen Mitglieder waren Studenten und Studentinnen wie sie, die am Morgen zu einer Exkursion nach Kurland aufgebrochen waren.

„Sie sind eine Woche unterwegs, solange hättet Ihr hier Unterschlupf", erklärte Rachel.

Die Gruppe saß am Esstisch in der großen Wohnküche und trank den angebotenen Kräutertee. Sie hatten sich erneut umgekleidet und dabei auf die Bestände der übrigen Bewohner zurückgegriffen, natürlich nicht, ohne Geld für die Leihgaben zu hinterlassen.

„Eine Woche können wir nicht warten. Wir müssen jetzt handeln, wenn wir eine weitere Ausbreitung der Verschwörung verhindern wollen."

„So ganz habe ich nicht verstanden, was eigentlich passiert ist", meinte Heather McWheels. „Robert, Sie werden verdächtigt, zusammen mit einem anderen Offizier General von Lübben ermordet zu haben. Ihr seid aber nicht die Täter. Die übrigen Mitglieder eurer Gruppe werden als Zeugen gesucht, doch sie sind untergetaucht, weil sie fürchten, ebenfalls beschuldigt zu werden. Das ist mir klar. Was ich nicht verstehe, wer steckt dahinter? Ihr habt erzählt, General von Wolf vom MRD sei für alles verantwortlich. Aber warum? Was hätte der MRD-Chef vom Tod von Lübbens?"

Robert überlegte, inwieweit er Heather, Alwina wie auch Rachel einweihen konnte. Immerhin war Heather als feindliche Agentin ins Land gekommen und hatte in dieser Funktion getötet. Alwina und Rachel hatten mit dem Geschehen nichts zu tun gehabt. Andererseits war Heather als Feindin des Feindes eine potentielle Verbündete – und er hatte zurzeit nicht viele Verbündete. Die Frauen waren in jedem Fall gefährdet. Robert entschloss sich, seinen Mitstreiterinnen die Geschichte in Grundzügen zu erzählen. „Es geht um Folgendes ..."

Es war Mittag, als Robert soweit alles berichtet hatte.

„Das ist das Abenteuer pur", meinte Alwina. „Ich hätte nie gedacht, dass ich jemals so etwas erleben würde."

„Es geht nicht um Abenteuer, sondern darum, aus der Geschichte mit heiler Haut herauszukommen und – wenn irgend möglich – General von Wolf und seine rechten Mitstreiter zu stoppen", erwiderte Robert.

„Aus meiner Sicht sollten wir uns zunächst mit folgenden Dingen beschäftigen", schaltete sich Heather McWheels ein. „Erstens: Was ist mit Dr. von Peters und Frau Professor Türmer geschehen? Konnten sie flüchten? Wo sind sie? Gibt es Möglichkeiten der Kontaktaufnahme? Und zweitens: Wie kommen wir, ohne entdeckt zu werden, aus Berlin heraus?"

„Und drittens", meldete sich Alwina, „wie können Robert und Hagen ihre

Unschuld und damit die Schuld der Gegenseite beweisen? Und wen können wir informieren, der Markus von Wolf und seine Komplizen aufhalten kann?"

Rachel hatte die ganze Zeit zugehört und geschwiegen. Sie stand vom Tisch auf. „Ich setze nochmal Wasser auf."

Rachel ging zur Spüle, dabei fiel ihr Blick aus dem Fenster. Sie erstarrte.

„Ich fürchte", sagte sie mit gepresster Stimme, „dass wir bald Ärger bekommen."

Heather und Robert sprangen auf und schauten, hinter den Gardinen verborgen, ebenfalls hinaus. Unten auf der Straße war ein Polizeiwagen vorgefahren. Zwei Uniformierte stiegen aus und bewegten sich auf das Haus zu. Kurze Zeit darauf klingelte es lang und anhaltend an der Tür. Rachel erblasste.

Putsch in Berlin?

Was ist los in der Reichshauptstadt, proben Offiziere den Aufstand? Die Kanzlerin in Prag schweigt, der Kaiser weilt in Marienbad. Berlin vor dem Chaos?

TAZ vom 1.Juli 2014

London, Carlton Club, 1. Juli, am Mittag

„Das ist völlig unmöglich. Das kann ich nicht glauben. Diese Papiere sind Fälschungen. Sie müssen Fälschungen sein. Ich kenne Sir Harald Oldfield seit unserer Zeit in Eton." Lord Halifax II. war völlig außer sich.

„Wir haben bezeugte Begegnungen Sir Oldfields mit hochrangigen deutschen Nachrichtendienstlern", erwiderte Sir Osborne ruhig.

„Ganz normale Arbeitsessen am Rande von Tagungen, das entspricht den Gepflogenheiten unter Gentlemen und ist völlig normal", entgegnete der Premierminister. Lord Halifax II. schien von der Unschuld seines alten Freundes absolut überzeugt zu sein, dachte Sir Osborne. Gut, es war an der Zeit, stärkere Geschütze aufzufahren.

„Herr Premierminister, ich erinnere Sie an das geheime Welfen-Projekt. Verabredungsgemäß habe ich den internen Kreis informiert, dass entsprechende Verhandlungen anlaufen, Sir."

„Und?", fragte der Premier ungeduldig. „Was hat das mit Ihrem Verdacht zu tun?"

„Unser Unterhändler, Lord Essex, ist tot. Die Nachricht landete heute früh auf meinem Schreibtisch. Der Lord wurde im Nachtzug Hildesheim – Berlin aufgefunden – erschossen. Außer Ihnen und mir wusste nur Sir Oldfield, dass Lord Essex beauftragt war, mit Prinz Ernst August von Hannover Verhandlungen aufzunehmen."

Der Premierminister schwieg betroffen, schüttelte dann aber den Kopf.

„Hören Sie, George.", Sir Osborne zuckte zusammen, noch nie hatte ihn der Premier mit dem Vornamen angesprochen. „Weder Sie noch ich wissen, mit wem Lord Essex über diese Angelegenheit geredet haben mag. Nein, nein. Legen Sie mir handfeste Beweise vor, die nicht gedeutet werden können und die fälschungssicher sind – und die eindeutig belegen, dass Sir Harald Oldfield ein Verräter ist. Dann, ich betone, dann, prüfe ich das weitere Vorgehen. Aber ich sage Ihnen, Sie haben sich da in etwas verrannt. Oldfield mag ein Querkopf sein, aber ein Landesverräter ist er sicher nicht! Und jetzt entschuldigen Sie mich, ich muss mit Sir Moore und Christopher Huhne einige Details zum geplanten Beitritt besprechen. Sie wissen, Reichskanzlerin von der Heyden ist zurzeit in Prag und führt dort Vorgespräche."

Lord Halifax II. ging. Sir Osborne sah ihm kopfschüttelnd nach. Was musste noch alles geschehen, dass dem Premier die Augen über seinen Freund geöffnet würden? Wenn die Angaben stimmten – und Osborne zweifelte nicht daran – dann arbeitete Sir Harald Oldfield seit über fünf Jahren für die Deutschen. Informationen aller Arten waren ins Reich gegangen. Das Duo RND und MRD der Generale von Gehlen und von Wolf hatte ganze Arbeit geleistet – trotz ihrer internen Konkurrenzsituation. Das musste Osborne als Profi anerkennen. Aber er durfte nicht daran denken, was die Gegenseite alles an Informationen erhalten haben mochte. Noch nie seit der Lusitaniageschichte war das Empire beziehungsweise das, was von ihm im Jahre 2014 übrig war, derart vorgeführt worden. Und das Schlimmste: auf die Dauer würden sie gute Miene zum bösen Spiel machen müssen. Denn wenn der Beitritt zum Deutsch-Europäischen Reich und damit zur Wirtschaftsunion erst einmal erfolgt war, würde London nicht nur wirtschaftlich nach der Pfeife Berlins zu tanzen haben. Aber bis dahin wollte er die Zeit nutzen. Es musste etwas geben, womit er den Premierminister überzeugen konnte. Vielleicht bot die aktuelle Situation in Berlin dazu eine Gelegenheit. Warum war General von Lübben liquidiert worden? Die Mär von den beiden Attentätern aus von Lübbens eigenem Stab glaubte Sir Osborne jedenfalls nicht. Commodore McGuire von der Navy war mit Commander Brown und einem Captain Cullingham wegen der Kieler Katastrophe drüben im Reich gewesen und dort mit von Lübben zusammengetroffen. Die drei Offiziere hatten den Mittagsflug Berlin – London genommen und mussten schon gelandet sein. Am besten, er befragte sie umgehend nach ihren Eindrücken von der Situation in Berlin. Auf diese Weise erfuhr er sicher mehr, als wenn sich Osborne nur auf Angaben der nachrichtendienstlichen Kanäle stützte. Der Leiter von MI7 verließ den Club und trat in den Londoner Regen hinaus.

Berlin, Lichterfelde, 1. Juli, nachmittags

Roswitha von Peters und Johanna Türmer verbrachten die Nacht in der Villa eines Bekannten von Johanna in Lichterfelde. Der Bekannte war einige

Wochen verreist und hatte die Professorin gebeten, in seinem Haus nach dem Rechten zu sehen. Jetzt war es Mittag und die beiden Frauen saßen vor dem Rechner des Hausherrn und versuchten, Informationen zum Tod des Generals herauszufinden. Mit erstaunlichem Geschick gelang es Frau von Peters, den Rechner zu starten und das Codewort zu knacken.

„*Friedericke*. Das ist der Vorname von Karls Frau und das Codewort. Damit bekomme ich Zugang zu allen Anwendungen des Rechners!“, triumphierte Roswitha.

„Du bist wirklich hineingekommen“, sagte die Professorin erstaunt. „Wo hast du das gelernt?“

„Ich war einige Zeit zum internen Reichsnachrichtendienst abgeordnet“, erklärte Roswitha, „da erwirbst du die interessantesten Kenntnisse.“

„Deswegen hat dich der General in die Gruppe geholt. Du bist eine verkappte Geheimdienstlerin.“

„Mag sein“, bestätigte Roswitha von Peters, „und deswegen gebe ich so schnell nicht auf. Markus von Wolf wird sich noch wundern.“

Sie tippte eine Zahlenfolge ein, löschte sie wieder und gab dem Rechner eine andere Folge zur Bearbeitung. Etwas klickte, dann summte es und ein Bild flackerte am Bildschirm auf. Es war ein Foto des Tannenbergdenkmals, das neue EKUB, das Erkennungsbild des Militärischen Reichsnachrichten- Dienstes.

„Das Foto ist neu, General von Wolf scheint keine Hemmungen mehr zu haben, seine politische Haltung darzustellen. Ich gehe mal auf der Seite weiter.“

Fasziniert beobachtete Johanna Türmer, wie Roswitha immer neue Folgen eingab und immer tiefer in die Geheimnisse des MRD eindrang. Plötzlich erklang ein schriller Pfeifton. „Mist, ich bin auf eine *Waberlohe* gestoßen. Und die gibt Alarm. Wenn wir Pech haben, kommt eine *Walküre* und versucht, unsere Zugangsspur aufzudecken. Ich muss die Seite schleunigst verlassen!“

Schon erklangen die ersten Takte der bekannten Melodie aus der Wagneroper, doch Roswitha gelang es gerade noch, die Anwendung zu beenden. Sie kappte die Netzverbindung und fuhr den Rechner runter.

„Das war knapp“, kommentierte sie das Geschehen. „Aber wenigstens wissen wir jetzt, dass Wolf etwas vorhat.“

„Was hat er vor? Ich habe nichts gemerkt“, fragte Johanna.

Roswitha lachte. „Bevor die *Walküre* auftauchte, ist es mir gelungen, eine doppelte Nachrichtenlinie aufzubauen. Bis auf Weiteres bekomme ich über einen eigenen Netzpostkasten von jeder Information, die über das MRD-Netz läuft, eine Kopie.“

„So einfach ist es, das Informationssystem des MRD anzuzapfen?“, wunderte sich die Professorin.

„Ganz so leicht geht es nicht. Zum einen kenne ich die gängigen und verschlüsselten Enigma-Chiffren. Die gingen alle über meinen Schreibtisch. Zum anderen habe ich, wie gesagt, das eine oder andere gelernt. Aber leider funktioniert die Doppelung höchstens vierundzwanzig Stunden – bis zum nächsten Walkürenritt, der Systemüberprüfung durch einen Anwender."

„Wie wollen wir weiter vorgehen?", fragte Johanna Türmer.

„Ich möchte zuerst wissen, ob Robert von Warthenberg entkommen konnte", sagte Roswitha.

„Unsere Warnung erreichte ihn hoffentlich rechtzeitig. Was wohl mit Hagen von Scholz passiert ist?"

Man merkte der Stimme der Professorin an, dass diese Frage für sie große Bedeutung hatte.

„Ich kann versuchen, den Zugang zum Hauptrechner der Reichssicherheit zu öffnen. Vielleicht erfahren wir dort, wo der Kapitän hingebracht wurde. Und dann erinnere ich mich, dass General von Lübben für den Notfall eine spezielle Netzadresse angelegt hat. Ich weiß sogar noch den Namen und den Zugangscode."

Frau Dr. von Peters beugte sich vor und ließ ihre feingliedrigen Finger über die Tasten eilen.

Berlin, Grunewald, Deutschordensvilla, am Nachmittag des 1. Juli

Markus von Wolf und Thoralf von Thadden begrüßten einander mit leichtem Kopfnicken. Beiden Herren war es anzusehen, dass sie nicht bereit waren, ihrem Gegenüber mehr Anerkennung als nötig einzuräumen. Man brauchte einander, um das Ziel der Machtübernahme zu erreichen. Was dann allerdings geschehen würde, war offen. Eine Doppelherrschaft lag jedenfalls weder im Interesse des MRD-Chefs noch des Vorsitzenden der DNP.

Die Herren setzten sich. Von Thadden als Hausherr hatte seinen persönlichen Stab um sich versammelt. Neben ihm saßen seine Stellvertreter, der Oberst i. G. Ludwig Vad, der Kapitän zur See Fritz Dönitz sowie Joseph von Seeckt. Von Wolf wurde von Polizeigeneral Baldur von Schacht und vom Chef der Reichssicherheit, Baron von Ziercke, begleitet. Auch der Leiter des kaiserlichen Büros Botho August-Heinrich Graf zu Eulenburg nahm an der Sitzung teil. Ebenfalls anwesend waren Franz-Josef von Ackerle von der *Deutschen-Helvetia*, der Reichsarbeitgeberpräsident Dieter zu Katz sowie der Bauernführer Graf Sonnenleitner.

„Ich begrüße Sie, meine Herren", übernahm von Wolf das Wort.

„Wir stehen kurz vor unserem Ziel. Nahezu alle potentiellen Gegner sind ausgeschaltet. Jetzt gilt es nur, den Kaiser von der Notwendigkeit der ergriffenen Maßnahmen zu überzeugen und die politische Basis unseres Tuns zu verbreitern und zu stärken. Ich freue mich, dass wir in dieser Hinsicht auch auf die Unterstützung von Industrie und Finanzwelt sowie auf unsere Agrarier zählen können."

Von Thadden, der die Worte seines Mitstreiters mit verkniffener Miene verfolgt hatte, schaltete sich ein.

„Ich danke General von Wolf für seine Eröffnung. Als Parteiführer der größten nationalen Partei im Reichstag heiße ich Sie in der Deutschordensvilla, dem Haus unserer Parteizentrale, willkommen. Wie Sie wissen, arbeitet die Deutschnationale Partei seit Jahren an dem Projekt einer nationalen Einheitsfront, um dem liberal-sozialistischen Ungeist unserer Zeit entgegen zu treten. Mit dem Beitritt der Spitzen von Wirtschaft, Finanzwelt, Bauerntum und der Reichssicherheitsorgane zu unserer Bewegung ist dieser Prozess nahezu abgeschlossen, so dass wir in Bälde handlungsbereit sind. Ich sage nahezu, denn ich vermisse Vizeadmiral von Manteuffel vom Marineauslandsdienst sowie vom Reichsnachrichtendienst Generaloberst von Gehlen. Und ich frage mich, meine Herren, welche Haltung nimmt Reichskriegsminister Freiherr von und zu Kaltenbach zur nationalen Bewegung ein? Sein Generalstab unter der Leitung von Feldmarschall von Wieker hält sich bedeckt und scheint mit einer Positionierung abwarten zu wollen."

„Was ist mit Reichsinnenminister de la Fontane?", fragte von Ackerle und reckte seine massige Gestalt.

„Und mit den Wirtschafts- und Finanzministern Roland Kaines und Amadeus von Schub?", warf der Arbeitgeberpräsident ein.

„Natürlich gibt es noch das eine oder andere Problem, das zu lösen ist", antwortete an von Thaddens Stelle Propagandachef Joseph von Seeckt. „Hubert de la Fontane sympathisiert bekanntlich schon länger mit unserer Bewegung. Aber eines ist klar, in unserer neuen Regierung der nationalen Einheit wird es keinen Platz für Nörgler und Stänkerer geben. Wer ja sagt zu unseren Zielen, sagt auch ja zu unserer Bewegung."

Von Ackerle nickte. „Das ist alles schön und gut. Die Finanzwelt jedenfalls ist an einem reibungslosen Übergang interessiert. Übereilte Experimente müssen unbedingt vermieden werden. Sie wissen, dass die Kanzlerin plant, in geradezu unverantwortlicher Art und Weise, das Wirtschaftssystem umzustrukturieren. Eine Grundversorgung für alle, man stelle sich die Folgen vor. Der halbe Balkan in Berlin und die Polen dazu. Nein, was wir brauchen ist Ruhe. Alles andere hätte negative Auswirkungen auf Wirtschaft und Börse. Deswegen ist es notwendig, die wichtigsten Leute im Boot zu haben."

„Wer nicht in unserem Boot sitzt, wird untergehen", erklärte Kapitän zur See Dönitz.

Den markigen Worten folgte eine kurze Stille. Den zivilen Mitgliedern der Runde merkte man an, dass sie diese Drohung irritierte. In das Schweigen hinein klang die kalte Stimme General von Wolfs.

„Welches Schiff ist eigentlich für die Kanzlerin reserviert?"

Berlin, Prenzlauer Berg, am Mittag des 1. Juli

„Was soll ich tun?“, flüsterte Rachel.

„Ich gehe zur Tür und mache auf. Du bist viel zu aufgeregt. Mich kennt keiner und mir fällt schon etwas ein“, schlug Alwina vor. „Hast du einen Bademantel?“ Rachel nickte und brachte den Mantel Alwina.

Erneut läutete es.

„Ich bin nebenan und greife notfalls ein“, flüsterte Robert und zog sich in die Küche zurück. Alwina warf den Bademantel über, wühlte kurz in ihrem Haar und ging zur Tür.

„Ich komme schon.“

Sie öffnete. Vor ihr standen zwei normale Streifenpolizisten.

„Was ist denn los?“, fragte Alwina und gähnte demonstrativ.

„Frau Rachel Rosenthal?“, fragte einer von ihnen.

Alwina schüttelte den Kopf. „Meine Freundin ist nicht zu Hause“, antwortete sie. „Kann ich etwas ausrichten?“

„Nein, wir müssten Frau Rosenthal persönlich sprechen. Wann kommt Ihre Freundin zurück?“

„Rachel ist mit Kommilitonen bis Ende nächster Woche auf einer Exkursion in Kurland.“

„Oh“, sagte der Polizist. „Wenn Frau Rosenthal wieder da ist, soll sie bitte diese Nummer anrufen.“ Er gab Alwina eine Karte.

„Danke!“, sagte Alwina. „Wollen Sie vielleicht auf einen Kaffee hereinkommen?“, fügte sie lächelnd hinzu.

Der jüngere Polizist zögerte, doch sein älterer Kollege schüttelte den Kopf.

„Vielen Dank, Frau ...“

„Maier, Susanne Maier“, stellte sich Alwina vor.

„Danke, Frau Maier, aber wir müssen leider weiter.“

Die beiden Männer gingen und Alwina schloss die Tür.

„Bist du verrückt geworden?“, schimpfte Robert. „Wenn die dein Angebot angenommen hätten?“

„Dann hätte ich ihnen einen Kaffee gekocht“, meinte Alwina unbekümmert.

„Das war kein schlechter Trick“, schaltete sich Heather ein. „Die Polizisten erinnern sich an eine verschlafene Frau im Bademantel und mit wirrem Haar namens Susanne Maier, die sie zum Kaffee einladen wollte. Sollten sie aus irgendwelchen Gründen auf dein Bild stoßen, werden sie dich kaum wiedererkennen.“

„Warum soll ich bei der Polizei anrufen?“, überlegte Rachel. „Ob das wegen Hans ist?“

„Vielleicht“, meinte Robert, „aber nachdem Alwina gesagt hat, du kämest erst nächste Woche wieder, kannst du nicht gleich anrufen.“

„Wenn es aber dringend ist?“

„Ich schlage vor, Rachel ruft am späten Nachmittag an", meinte Heather. „Du kannst ja sagen, deine Freundin hätte dir Bescheid gegeben. Bis dahin sind wir verschwunden und du bist aus der Schusslinie."

„Damit wären wir wieder beim Thema", sagte Robert. „Wie geht es weiter?"

„Habt ihr nicht einen Nachrichtenplatz für den Notfall vereinbart?", fragte Heather. „Bei uns ist das Standard."

Robert überlegte. Auf dem Flug nach Kiel waren in seiner Kabine entsprechende Unterlagen deponiert gewesen. Von Lübbe hatte eigens auf sie hingewiesen. Was hatten die Unterlagen enthalten? Er erinnerte sich an ein Telefonnummernverzeichnis, an Alarmanweisungen – und eine Karte mit einer persönlichen Netzadresse!

„Habt ihr einen Rechner im Haus?", wandte sich Robert an Rachel.

Berlin, Grunewald, Deutschordensvilla, am Nachmittag des 1. Juli

„Die Regierung der nationalen Erneuerung verzichtet auf eine Kanzlerin", sagte Thoralf von Thadden mit Nachdruck. „Ich denke, meine Herren, da sind wir uns einig."

Zustimmendes Gemurmel bestätigte seine Aussagen.

„Im Übrigen befindet sich Frau von der Heyden derzeit in Prag, was unser Vorhaben natürlich begünstigt. Sie wissen schon, am *Grunde der Moldau* … und über alles Weitere …"

„Über alles Weitere, wie zum Beispiel Führungsfragen", schaltete sich von Wolf ein, „sollten wir erst sprechen, wenn wir die Macht fest in der Hand haben. Erst die Jagd, dann die Verteilung der Beute", fügte er mit einem eisigen Lächeln hinzu. Er sprach weiter.

„Kamerad von Thadden und unsere Herren aus der Wirtschaftswelt stellten korrekterweise die Frage nach der Haltung des Kriegsministers sowie des Wirtschafts- und Finanzministers …"

„Es sind zentrale Ressorts und die Minister Kaines und von Schub leisten eine durchaus brauchbare Arbeit", unterbrach ihn Franz-Josef von Ackerle.

„Was man über den Freiherrn von und zu Kaltenbach wahrhaftig nicht sagen kann", warf Oberst Vad ein. „Die Planung des Einsatzes unserer Truppen in Somalia und ihre Führung ist ein Skandal. Seitdem die Italiener abgezogen sind, befindet sich das Land im völligen Chaos. Lokale Kriegsfürsten, die sich bis aufs Messer bekämpfen, Piratennester überall an der Küste – und mitten in diesem Durcheinander unsere Jungs von der Marineinfanterie. Dazu vor der Küste Somalias Teile der Indien-Flotte ohne klar definierten Einsatz. Neuerdings noch ein Geschwader der Luftwaffe. Alles ohne Plan und ohne Strategie. Dazu seine Sparvorschläge, 50 Milliarden Euro weniger für den Militärhaushalt, ein Skandal! Der aktuelle Truppenbesuch in Mogadischu ändert nichts am Versagen des Ministers!", wetterte der Oberst.

„Meine Herren, bitte!“, intervenierte von Thadden. „Die Diskussion, so berechtigt sie ist, geht an der Sache vorbei. Wir haben andere Dinge zu klären. Zunächst: Wie ist die aktuelle Lage? Wo sind unsre Leute positioniert? Welches sind unsere nächsten Schritte?“

General von Wolf erhob sich. „Unser erstes Ziel ist die strategische Übernahme Berlins und seiner Garnisonen sowie der Marinestützpunkte Kiel und Wilhelmshaven und des zentralen Luftwaffenstützpunkts München-Fürstenfeldbruck. In Berlin sind derzeit folgende Einheiten von Kommandeuren der Bewegung übernommen worden:

1. motorisierte Garde-Division unter Generalleutnant von Hutterer
2. motorisierte Garde-Division unter Generalleutnant von Winkel
1. Garde-Panzerdivision unter Generalleutnant Graf von Pelet
das 1. Garderegiment zu Fuß unter Generalmajor von Friedberg
das 2. Garderegiment zu Fuß unter Oberst Graf von Ratzau ...“

Berlin, Prenzlauer Berg, nachmittags

„Wenn ich nur wüsste, wie die Netzadresse genau lautet“, überlegte Robert von Warthenberg. „Es muss ein Name sein, der im Zusammenhang mit der Gruppe steht.“

„Bei solchen Problemen hilft meist ein bisschen Gehirnstürmen“, schlug Alwina vor. „Was fällt dir alles zum Thema Netzadresse ein?“

„Es war etwas Musikalisches dabei“, sagte Robert. „Von Lübben liebte klassische Musik. Ein Mischwort. Fuge ... Flug ... Flugfuge oder Fugenflug? Nein, wartet, wir sind mit einem Zeppelin geflogen. *Zeppelinfuge*. Das war es!“

Er setzte sich an den Rechner, fuhr ihn hoch und ging ins Netz. Dann tippte er die Buchstaben ein: *wwn.zeppelinfuge.dr.* Eine blaue Seite mit einem Zeppelin erschien und die Aufforderung: *Melden Sie sich mit Ihren Zugangsdaten an!* Robert zögerte kurz, dann gab er ein: *robertvw* Ein grünes Licht leuchtete auf.

„Geschafft, jetzt fehlt nur noch das Codewort.“

Er versuchte es mit *Marine* – „Irrtum, Irrtum“ lautete die Antwort. Auch die Wörter *Zeppelin* oder *Flug* und ähnliches hatten keinen Erfolg.

„Wenn Sie es mit Ihrem Geburtsdatum versuchen?“, meinte Heather.

Robert tippte: *100777*

„Der Zugang ist geöffnet“, kam es prompt und dann die Nachricht: „Eine Zwitschernachricht. Geben Sie *Ja* ein für Annahme oder *Nein* für Ablehnung!“

Robert gab Ja ein und die Nachricht blinkte auf.

Robert, bitte melden. Sind noch in Berlin. Wir müssen uns treffen. Weißt du etwas über Hagen? Roswitha

Rasch tippte Robert die Antwort:

Wir sind bei einer Bekannten. Müssen weiter. Wo ist ein sicherer Treffpunkt? Von Hagen ist nichts bekannt. Robert

Berlin, Reichskanzleramt, Abend des 1. Juli

Reichskanzlerin von der Heyden kehrte am Abend von der Prager Tagung nach Berlin zurück. Zwei Tage hatten sie und die Minister Kaines und von Schub mit den Mitgliedern des Europarates in einer Geheimsitzung über die Konditionen einer möglichen Aufnahme der Briten in das Deutsch-Europäische Reich und vor allem in die Eurozone verhandelt. Von der Heyden fühlte sich entsprechend müde. Etwas ungeduldig hörte sie dem Vortrag ihres Reichsnachrichtendienstchefs General von Gehlen zu. Was der General erzählte, klang unglaublich.

„Verstehe ich Sie richtig? General von Lübben ist tot, angeblich von den eigenen Leuten ermordet? Von Männern, die ich erst vor kurzem im Reichskanzleramt empfangen habe. Und Markus von Wolf und der DNP-Vorsitzende von Thadden planen einen gewaltsamen Umsturz? Das ist geradezu unglaublich! Worauf stützen sich Ihre Informationen, Herr von Gehlen? Oder sind Sie gerade dabei, eine neuartige Form von Sicherheitsübung zu inszenieren?"

Der Leiter des Reichsnachrichtendienstes Generaloberst Otto von Gehlen schüttelte den Kopf. „Frau Reichskanzlerin. Als mir von Lübben von seinem Verdacht erzählte, ging es mir wie Ihnen; ich glaubte ihm nicht! Und jetzt ist Achim von Lübben tot. Das ist Realität, leider kein Planspiel. Die Leiter des MRD, des RKA und der Reichssicherheit putschen gegen die Regierung. Sie schicken ihre Einheiten gegen loyale Offiziere und Beamte und lassen diese verhaften oder liquidieren. Von den im Raum Berlin stationierten Truppen ist bereits mehr als die Hälfte in der Hand von Aktivisten oder Sympathisanten der Umstürzler."

„Ein wirklicher Umsturz?"

Andrea von der Heydens Stimme war anzuhören, dass die Reichskanzlerin noch immer zweifelte. Sie stand auf, trat ans Fenster ihres Büros und blickte auf das abendliche Berlin.

„Ein Umsturz, wenn die Mehrzahl meiner Minister und ich selbst außer Landes sind", überlegte sie laut. „Das macht durchaus Sinn. Dennoch, das muss doch jemand gemerkt haben. Wofür habe ich Sicherheitsfachleute?"

Sie wandte sich direkt an von Gehlen.

„Wo ist Herr von Uhrlau? Hat der nichts vom Geschehen mitbekommen?"

„Ernst von Uhrlau soll tot sein …"

„Tot?", fragte die Reichskanzlerin. Sie setzte sich und wiederholte das Wort „tot".

Eine gute Minute saß von der Heyden vornübergebeugt da, dann straffte sich ihre Gestalt.

„Wir müssen handeln. Was raten Sie mir, Gehlen?"

„Sie sollten auf der Stelle das Reichskanzleramt verlassen, Frau Kanzlerin. Sie sind hier nicht sicher."

In dem Moment wurde die Tür aufgerissen und eine Gruppe von Männern in schwarzer Uniform stürmte in den Raum. Unter ihnen Polizeigeneral Baldur von Schacht.

„Herr von Schacht! Was soll Ihr Eindringen, wissen Sie nicht, wo Sie sich befinden?“, fuhr ihn die Kanzlerin scharf an.

Baldur von Schacht reagierte nicht auf von der Heydens Anrede. Er wandte sich an General von Gehlen.

„Herr von Gehlen, Ihre Waffe! Ich empfehle Ihnen dringend, keinen Widerstand zu leisten. Wir wollen keinen weiteren fähigen Kameraden verlieren.“

Dann erst drehte er sich zur Reichskanzlerin um.

„Frau von der Heyden, ich nehme Sie hiermit in Schutzhaft. In Ihrem eigenen Interesse, ersuche ich Sie, uns sofort zu folgen!“

Vauxhall Cross, London 1. Juli, abends

Sir Osborne begrüßte Commodore McGuire und seine beiden Begleiter Commander Brown und Captain Rose Cullingham.

„Commodore, Sie wissen, warum ich Sie und Ihre Leute zu mir gebeten habe. Zur Klärung der Lage benötige ich eine aktuelle Einschätzung der Situation in Berlin. Bitte, schildern Sie Ihre Eindrücke!“

McGuire berichtete ausführlich von den Tagen in Kiel und seiner Zusammenarbeit mit deutschen Offizieren, Technikern und Unfallfachleuten.

„Ich hatte Zugang zu allen Informationen, die das Unfallgeschehen betrafen. Ich konnte mit jedem sprechen, ganz gleich ob es sich um einen einfachen Matrosen, einen Bootsmann oder einen Admiral handelte. Und mir und meinen Leuten war es möglich, alles genau zu inspizieren und anzusehen. Mein Eindruck ist, dass die deutsche Seite von dem Geschehen absolut überrascht wurde und ein großer Aufklärungsdruck herrscht.“

„Und die Stimmung in der Marine?“

„Die deutsche Marine verlor mit *SMS Wilhelm III.* eines ihrer modernsten Trägerschiffe. Die führenden Offiziere waren tief bestürzt. Allgemein glaubte man an einen technischen Fehler im Bereich des neuen Hypersolar-Antriebs. Immerhin wurde die bisherige Höchstgeschwindigkeit nahezu verdoppelt. Einen Einblick in diese neue Hybridtechnik wurde uns allerdings verwehrt. Offenbar fürchtete die Marine, wir könnten zu viel an Informationen mitnehmen“, erklärte der Commodore und grinste. „Nun, Tatsache ist, dass unser Schiff *Elisabeth II.* im Vorfeld der Katastrophe mehrere nicht identifizierbare Funksignale aufgefangen hat. Die Signale kamen aus Nordosten, aus der Richtung der dänischen Insel Langeland. Ob und wieweit diese sich als Störsignale auswirkten, konnte nicht festgestellt werden.“

Mc Guire schwieg.

„Wie ist Ihr Eindruck, Commander?“, wandte sich Sir Osborne nun an den zweiten Offizier. Commander Brown nickte zustimmend.

„Well, ich kann mich den Worten von Commodore McGuire nur anschließen. Alles war klar und alles war fair. Allerdings hatte ich den Eindruck, dass auf der Ebene der Kapitäne die Herren eher an Sabotage beziehungsweise an einen Anschlag glaubten. Captain Rose Cullingham kann Ihnen dazu mehr sagen."

Cullingham berichtete von ihrer Teilnahme an der Sitzung der Gruppe General von Lübbens. Sir Osborne hörte aufmerksam zu und machte sich ab und zu Notizen. Rose Cullingham endete.

„General von Lübben sprach also von Anschlägen. Hatten Sie den Eindruck, dass er dabei einen bestimmten Verdacht hatte?", fragte Sir Osborne.

„Nein, jedenfalls wurden keine Namen genannt."

„General von Lübben leitete eine Sondergruppe. Wie war das Verhältnis der Gruppenmitglieder zu ihrem Vorgesetzten?"

„Soweit ich das beurteilen kann, ganz hervorragend", antwortete Captain Cullingham. Aber Sie sprechen in der Vergangenheit, Sir. Muss ich Ihren Worten entnehmen, dass General von Lübben etwas zugestoßen ist?"

„Es heißt, General von Lübben sei durch zwei seiner engsten Mitarbeiter erschossen worden", antwortete Sir Osborne nach kurzem Überlegen und beobachtete dabei genau die Reaktion des Captains.

Rose Cullingham schüttelte ungläubig den Kopf.

„Das, Sir Osborne, ist, bei allem Respekt, eine absolute Fehlinformation. Wenn der General wirklich getötet worden ist, dann keinesfalls durch seine eigenen Leute!"

Berlin, Prenzlauer Berg – Lichterfelde, abends

Rachel Rosenthal rief den ganzen Spätnachmittag über mehrfach bei der von den Polizisten hinterlassenen Telefonnummer an. Doch die Nummer war dauernd besetzt, und als schließlich ein Freizeichen kam, meldete sich niemand mehr.

„Wenn ich nur wüsste, worum es geht", meinte sie. „Warum bin ich nicht selbst an die Tür gegangen?"

„Du warst viel zu aufgeregt", sagte Alwina. „Ich würde jetzt nicht mehr darüber nachdenken. Heute erfährst du nichts mehr. Aber morgen erreichst du die Polizisten bestimmt", tröstete sie Rachel.

„Ich weiß nicht, ob ich das eigentlich will", antworte die Studentin. „Wenn wirklich etwas mit Hans ist ..."

„Dann rufst du mich an und ich komme", versprach Alwina.

Robert blickte auf die Uhr. „Ich will nicht drängen", sagte er. „Aber es ist gleich halb neun und wir sollten los. Bis Lichterfelde ist es ein Stück zu fahren."

Robert und Roswitha hatten vereinbart, dass Heather, Alwina und er zur Villa nach Lichterfelde fahren würden. Am besten in den Abendstunden, damit sie nicht auffielen.

„Wo liegt die Villa genau?", fragte Rachel.

„In der Paulinenstraße, nicht weit von der Lilienthalvilla und in der Nähe der preußischen Kadettenanstalt."

„Da müsst Ihr bis zur S-Bahnstation Bornholmerstraße fahren und in die S 1 Richtung Lichterfelde umsteigen und von dort geht es weiter mit dem Bus."

Sie brachen in kurzen Abständen auf und liefen wie gestern zur Station Prenzlauer Berg. Dort stiegen sie in die S 1.

Eine S-Bahnfahrt durch den Abend. Robert saß hinten im Wagen, Alwina in der Mitte links und Heather rechts auf der anderen Gangseite. Robert hatte eine dicke Brille aufgesetzt. Er las scheinbar unbeteiligt in einer Zeitung. Dabei beobachtete er im Glas der Scheibe, was sich im Mittelgang tat. Auch Heathers hatte sich verändert. Ihr rötliches Haar war im Laufe des Tages erblondet. Sie kaute Kaugummi und hörte mit Hilfe eines Kopfhörers Musik. Aber auch ihr entging nicht die kleinste Kleinigkeit. Alwina hatte ihre Haare zu einem Dutt zusammengesteckt und ein Tuch umgelegt. Sie wirkte wie eine Bäuerin aus Masuren und wurde kaum beachtet. Die Bahn war ziemlich voll. Im Innenstadtbereich stiegen ein paar Betrunkene zu, kurzzeitig zwei Bahnmusikanten, die an der nächsten Station den Wagen schnell wieder verließen. Dafür betraten Sicherheitskräfte den Zug und patrouillierten wachsam durch die Waggons. Sie schienen jemanden zu suchen, achteten aber nicht weiter auf die drei und verließen den Zug zwei Stationen später.

Der Busfahrt folgte ein kurzer Fußmarsch und gegen dreiviertel zehn klingelten sie endlich am Eingang der völlig mit Weinreben überwachsenen Villa.

Die Tür wurde geöffnet – und vor dem erstaunten Trio stand General von Lübben!

Berlin, Normannenstraße, nachts

Oberst Georg von Zaborowski meldete General von Wolf die aktuelle Lage.

„Herr General! Die Reichskanzlerin, ich meine, die ehemalige Kanzlerin, ist in Schutzhaft genommen worden."

„Wohin wurde Frau von der Heyden gebracht?"

„Nach Lichterfelde in die Räume der Kadettenanstalt. Oberstleutnant von Bardeleben kümmert sich persönlich um seine Schutzbefohlene", versicherte von Zaborowski. „Der im Reichskanzleramt anwesende General von Gehlen wurde ebenfalls festgesetzt und nach Lichterfelde antransportiert."

„Gut, mit Gehlen beschäftige ich mich später. Wie sieht es mit unserem Rückhalt bei der hiesigen Truppe aus?"

„Die örtlichen Garnisonen sind fest in unserer Hand. Allerdings macht die Potsdamer Garnison Schwierigkeiten. Dort weigert man sich, unseren Anweisungen zu folgen."

„Ausgerechnet die Potsdamer Garnison im Zentrum des Preußentums?“, fragte von Wolf ungläubig.

„Es hängt mit Graf von Brockdorff-Ahlefeldt zusammen, dem Kommandanten der Potsdamer Garnison. Er ist bei seiner Verhaftung geflohen und hat sich direkt zu seiner Truppe begeben.“

„Unerfreulich“, murmelte von Wolf. „Die Potsdamer Garnison wird unsere Machtergreifung natürlich nicht verhindern. Aber es kann zu Verzögerungen kommen. Ich werde über geeignete Maßnahmen nachdenken. Sie erhalten eine entsprechende Anweisung in einer Stunde. Gut, Sie können abtreten!“

Oberst von Zaborowski grüßte und ging. Kurz nach ihm betrat Baldur von Schacht den Raum.

„Ah, Schacht, was gibt es Neues? Wissen Sie etwas über den Verbleib Oberst von Warthenbergs?“

„Baron von Zierckes Leute haben eine Spur aufgenommen. Gestern Nacht gab es einen Zusammenstoß von Mitgliedern der Wikingjugend mit vier Personen, auf die die Beschreibung aus dem *Adlon* passt.“

„Das war wo?“, fragte von Wolf.

„Am S-Bahnhof Prenzlauer Allee. Ziercke bekam die Meldung vor zwei Stunden rein und hat sofort eine Hundertschaft in Marsch gesetzt. Es ist nur eine Frage der Zeit, bis er Warthenberg und seine Weiber festsetzt. Aber, mit Verlaub, Herr General. Warum kümmern wir uns um diesen Warthenberg? Das kostet uns nur Zeit. In spätestens drei Tagen haben wir alles in unserer Hand. Dann ist der Kerl ohnehin erledigt.“

„Mein lieber Schacht.“ Markus von Wolf bleckte die Zähne und zeigte ein kaltes Lächeln. „Wir haben da ein kleines Problem, bei dessen Lösung uns Warthenberg sicher behilflich ist.“

Er stand auf.

„Ich habe mir die Mühe gemacht und den angeblichen Leichnam Achim von Lübbens angeschaut.“

„Wieso angeblicher Leichnam?“, fragte Baldur von Schacht und wurde blass.

„Weil der falsche Mann erschossen wurde. Vielleicht handelt es sich um einen Irrtum. Oder jemand hat versucht, mich reinzulegen. Ich hoffe für Sie, dass es nicht Sie waren, Baldur!“

Zum deutschen Rhein

Berlin. Reichskanzlerin Andrea von der Heyden hat gestern Abend einen Schwächeanfall erlitten. Schon bei der Wirtschaftstagung in Prag gab es Anzeichen, die auf von der Heydens angeschlagene Gesundheit hinwiesen. Die Reichskanzlerin wird sich einige Tage in einer Klinik am Rhein erholen. Da sich der Vizekanzler und Reichsaußenminister Friedrich von Henschel derzeit in Delhi aufhält, übernimmt der Leiter des kaiserlichen Büros Graf zu Eulenburg die Geschäfte des Reichskanzleramtes kommissarisch. Die Mitglieder des Reichstags stimmten der Regelung mehrheitlich zu, wie der Führer der DNP, Thoralf von Thadden, der Presse heute früh mitteilte.

Mogadischu. Reichskriegsminister Freiherr von und zu Kaltenbach wird seinen Truppenbesuch in Somalia verlängern …

DNA-Bericht vom 2. Juli 2014

Berlin, Lichterfelde, nachts

„Herr General! Sie sind hier und Sie sind vor allem am Leben. Das ist wahrhaftig eine positive Überraschung. Ist die ganze Geschichte ein Irrtum?"

Robert von Warthenberg wusste für einen Moment nicht, was er glauben sollte.

„Kommen Sie und Ihre Damen erst einmal herein", sagte von Lübben. „Ich werde Ihnen gleich alles erklären. Ah, Fräulein von Morus, nehme ich an", er verneigte sich vor Alwina. „Und Sie sind …" Er musterte die Britin überrascht. „Sie sind doch Heather McWheels …"

Die Britin nickte.

„Das stimmt, mein Name ist McWheels. Ich bin eine Agentin des MI6, Herr General, und persönliche Gefangene von Colonel von Warthenberg."

„So", meinte von Lübben nur, „die Agentin McWheels als persönliche Gefangene Herrn von Warthenbergs – heute Nacht sollte mich eigentlich nichts mehr verwundern. Meine Damen, Herr Oberst, nehmen Sie Platz."

Kurze Zeit später saß die Gruppe im Wohnraum der Villa. General von Lübben forderte Robert auf, als Erster zu berichten, was sie erlebt hatten. Robert erzählte vom *Adlon* und ihrer späteren Flucht. Als er endete, seufzte von Lübben.

„Die ganze Angelegenheit hat sich schneller entwickelt, als ich dachte. Ich glaubte, noch ein oder zwei Wochen Zeit zu haben. Genügend Zeit, um von Gehlen und durch ihn die Reichskanzlerin von den Umsturzplänen Wolfs und Thaddens zu überzeugen und Gegenmaßnahmen einzuleiten. Aber von Wolf hat seine Leute überall sitzen. Er muss von meinen Aktivitäten Wind bekommen haben."

„Denken Sie an Verrat?" fragte Roswitha von Peters.

Der General zuckte mit den Achseln.

„Ich bin sicher, dass es irgendwo eine undichte Stelle gibt. Aber wo die Stelle ist und wer als Informant infrage kommt ..."

Er wandte sich an Heather McWheels.

„Ich will Sie mit Ihrer Loyalität nicht in Konflikt bringen, doch wenn wir gerade von nachrichtlichen Lecks sprechen. Wie sieht es mit Ihrer aktuellen Position aus?"

„Colonel, Pardon, Oberst von Warthenberg hat mir in einer höchst unangenehmen Situation geholfen. Ich bin ihm verpflichtet. Im Übrigen glaube ich, dass mein Auftrag von einer nicht autorisierten Person erteilt wurde. Mein Einsatzbefehl war daher nicht rechtmäßig. Meine Lage ähnelt der Ihren. Denn wenn ich Sie nun richtig verstehe, Herr General, treten Sie und Ihre Leute einem illegalen Rechtsputsch entgegen. Ich sehe mich derzeit als freie Kombattantin und schließe mich gern Ihrem Kampf an. Sollte allerdings die Regierung Seiner Majestät betroffen sein, werde ich entsprechende Befehle verweigern."

„Gut, dann sind Sie, ungeachtet Ihrer Vorgeschichte, in unserem Team", antwortete der General kurz. „Und jetzt wollen wir unser Vorgehen genauer besprechen."

„Was ist mit Hagen von Scholz?", unterbrach ihn Robert.

„Zu Kapitän von Scholz wäre ich gleich gekommen. Aber, Sie haben Recht, Herr Oberst, beginnen wir mit ihm. Kapitän von Scholz hatte die Aufgabe, ein bestimmtes Dokument sicherzustellen, das mir aus dem Umfeld Thoralf von Thaddens zugespielt werden sollte. Das Problem war und ist, dass der in unmittelbarer Nähe des DNP-Führers agierende Informant aus Gründen der persönlichen Sicherheit den Austausch nur mit komplizierten Zwischenschritten vollziehen wollte. Ich musste von Scholz völlig freie Hand lassen und weiß nicht, wie weit er inzwischen vorangekommen ist."

„Ich habe gestern Abend noch mit ihm gesprochen, aber er tat so, als wisse er von nichts", sagte Robert kopfschüttelnd.

„Nun, das hatten wir so vereinbart. Ich würde mich wundern, wenn der Kapitän Ihnen trotzdem etwas erzählt hätte", erwiderte der General.

„Sie haben von Scholz völlig allein auf den Unbekannten aus Thaddens Kreis und seine angeblichen Informationen angesetzt?", empörte sich die Professorin. „Und wenn das eine Falle war? Die Wahrscheinlichkeit für diese Annahme ist hoch, immerhin ist Hagen als einziger von uns festgesetzt worden!"

„Ein Risiko gibt es immer. Aber bevor Sie sich weiter echauffieren, gnädige Frau, ich hatte einen Trupp abgestellt, der von Scholz begleiten sollte. Natürlich ohne dass der Kapitän davon wusste. Eine Sechsergruppe rund um die Uhr. Je zwei Männer, die sich alle drei Stunden ablösten."

„Und wo war der Trupp, als Hagen verhaftet wurde?", fragte Robert.

„Bei Ihnen", antwortete der General gelassen. „Sie, Herr Oberst, und Ihre charmanten Begleiterinnen wurden den ganzen Abend observiert. Und wenn Ihnen wirklich etwas passiert wäre, hätten meine Leute eingegriffen."

„Die Gestalt, die ich im Theater sah", rief Heather.

„Und warum sind Ihre Leute uns gefolgt?", fragte Robert erneut.

„Ein Irrtum. Sie und Kapitän von Scholz brachen nach unserer gestrigen Besprechung gemeinsam auf. Im Abendlicht verwechselte der erste Beobachter die Uniformfarben. Das Luftwaffenblau mit dem Blau der Marine."

„Das heißt, Sie kannten bereits unsere Abenteuer", warf Alwina ein.

„Die äußeren Begebenheiten wurden mir heute Abend gemeldet. Bei Ihrer Begegnung mit der Wikingjugend standen meine Leute kurz davor, direkt einzugreifen. Aber, Sie haben den Konflikt selbst gelöst. Im *Adlon* allerdings mussten im Vorfeld Ihrer Flucht drei Leute der Reichssicherheit ausgeschaltet werden. Sonst ...."

„Sonst hätte man uns geschnappt", meinte Heather McWheels. „Ich habe mich schon gewundert, es ging alles zu glatt und ich dachte fast, der MRD oder RND veranstalte eine Show für mich, damit ich gegenüber meinen neuen ‚Freunden' die nötige Offenheit zeigen würde."

„Da kann ich Sie beruhigen", entgegnete der General. „Das war alles echt. Wie gesagt, Kapitän von Scholz war ohne Schutz und wurde festgenommen. Ich selbst sollte ebenfalls festgesetzt, wahrscheinlich auch erschossen werden. Mein Tod sollte Ihnen und von Scholz angelastet werden. Durch einen Zufall konnte ich in einem Taxi entkommen. Kapitän von Scholz wurde festgenommen, wie Sie wissen. Zum Glück habe ich erfahren, wo Wolfs Leute Scholz gefangen halten. Nicht weit von hier entfernt, drüben in der Kadettenanstalt Lichterfelde. Dass die Damen ausgerechnet hier unterschlüpften, ist ein positiver Zufall, den wir nutzen werden."

„Sie wollen Kapitän von Scholz befreien?", fragte Heather McWheels.

„Richtig. Meinen Trupp musste ich leider zu einem anderen Brandherd schicken. Also werden wir die Befreiung allein durchziehen. Der Plan sieht wie folgt aus ..."

Berlin, Normannenstraße, nachts

„Die Gesuchten, Herr General, befinden sich unseren Informationen zufolge in der Wohnung einer gewissen Rachel Rosenthal, einer Studentin, wohnhaft Prenzlauer Berg, Immanuelkirchstraße 7", meldete ein MRD-Mann.

„Schicken Sie einen Trupp los, er soll das Nest ausräuchern."

„Keine Gefangenen, Herr General?"

„Ich habe mich doch wohl deutlich ausgedrückt. Abtreten!"

Der Mann salutierte und verließ das Zimmer. Markus von Wolf stand auf und trat an die große Karte, die eine Wandseite des Zimmers einnahm. Sie zeigte den Großraum Berlin-Brandenburg und sämtliche militärische Standorte.

Dort lag Potsdam, rund 25 Kilometer entfernt. Der Gardestandort, Symbol des alten Preußens. Ausgerechnet dort trotzte Graf von Brockdorff-Ahlefeldt mit seiner Truppe den Befehlen der neuen Regierung. Pech für den Mann, er würde jeden Widerstand gnadenlos zerschlagen. Von Wolf griff zum Fernsprecher.

„General von Wolf. Setzen Sie sofort Ihre Division in Marsch. Einsatzort Potsdam. Das 1. Garde-Regiment verweigert die Gefolgschaft ... Was? Natürlich schießt Reichswehr auf Reichswehr. Es geht um unsere nationale Zukunft ... Schwarz-Weiß-Rot, was sonst? Sie legen einen Ring um die Stadt. Bis drei Uhr früh will ich Vollzugsmeldung."

Der General legte auf. Die 1. Garde-Panzerdivision unter Generalleutnant Graf von Pelet war in Bewegung gesetzt. Und ganz nebenbei hatte er die Flaggenfrage entschieden. Kaiserin Marie-Auguste hatte 1920 die Farben der nationalen Paulskirchenbewegung von 1848 zur neuen Reichsfahne erklärt: Schwarz-Rot-Gold. Die ganzen 20er und 30er Jahre hindurch war diese Entscheidung heiß umstritten und umkämpft gewesen. Bei den Kämpfen an der Ruhr, beim Kapp-Putsch in Berlin und Ludendorffs Münchner Aufstand von 1923 war es primär um die Flaggenfrage gegangen. Vergeblich, die nationale Rechte hatte trotz heftigen Widerstands Niederlage auf Niederlage erlitten. Ein letztes Aufflackern des Kampfes war der so genannte Röhmputsch vom Juni 1934 gewesen, dann erlahmte der nationale Widerstand endgültig. Je mehr das Reich prosperierte, desto mehr erschlaffte im Volk der nationale Geist. Von Wolf verzog verächtlich die Lippen. Krämerseelen, denen der Wirtschaftserfolg alles war. Aus diesem Grunde hatte sich die Reichsregierung auch aus den Englisch-Japanischen Kriegen herausgehalten, obwohl die Chance bestanden hätte, Albion endgültig zu zerschlagen. Der Reichstag hatte gegen eine Teilnahme gestimmt und sich für den Erhalt der Kronkolonie Hongkong ausgesprochen! Immerhin hatten Einheiten der Schutztruppe von Deutsch-Südwest und Deutsch-Ostafrika aus den neuen Aufstand der Buren unterstützt und so dafür gesorgt, dass die Engländer Rhodesien und Südafrika aufgeben mussten. Leider waren die Kolonien 1995 als Vereinigte Staaten von Südafrika unter einem gewissen Nelson Mandela in die Unabhängigkeit entlassen worden. Ein schwarzer Präsident, unvorstellbar – eine Großtat der ökosozialen Regierung unter Johannes Fischer! Allerdings hatte bereits Kanzler Helmut Kehl die Unabhängigkeit vertraglich festgezurrt. Eine Glanzleistung, genauso wie die Abschaffung der Reichsmark und die Einführung der Eurowährung.

Gut, die Kolonien waren verloren. Und von dem Projekt eines zentralafrikanischen Kolonialreichs mit Zentrum Kongo hielt von Wolf wenig. Aber der wachsweiche Euro war fällig und würde verschwinden; das Reich kehrte in Kürze zur Mark zurück! Und sonst? Die Verhandlung mit den Briten über eine Aufnahme in das Deutsch-Europäische Reich würde vorerst vertagt werden. Vertagt, nicht abgebrochen, denn anders als von Thadden hielt Wolf die

Aufnahme der Briten für eine historische Chance. Nur die Bedingungen mussten neu festgelegt werden. Ganz sicher würde es auf absehbare Zeit im Raum der Union keine Freizügigkeit für englische Staatsbürger geben. Jetzt war Schluss mit der unbegrenzten Zuwanderung. Das Reich war seit der Aufnahme der Restukraine überfremdet genug. Polen und Osmanen klopften ebenfalls schon an die Tür der Union. Dem musste ein Riegel vorgeschoben werden. Dann würde man mit Chinesen, Südamerikanern und Indern ins Gespräch kommen müssen. Vor allem die indische Atomrüstung nahm allmählich bedrohliche Dimensionen an.

Der Fernsprecher läutete und unterbrach General von Wolf in seinen politischen Zukunftsplänen.

Berlin, Prenzlauer Berg – nachts

Rachel Rosenthal wurde von quietschenden Bremsen wach. Schlaftrunken richtete sie sich auf. Von der Straße her klangen laute Stimmen, dann hörte sie ein Krachen an der Haustür und das Getrampel schwerer Stiefel, die die Treppe hinaufstürmten. Polizei – und sie kamen in ihr Stockwerk! Rachel sprang aus dem Bett, schlüpfte in Hose und Schuhe und eilte in die Küche. Die Küche lag auf der rückwärtigen Seite des Hauses. Sie hatte einen kleinen Balkon, von dem eine Feuerleiter nach unten führte. Das war ihre einzige Chance. Sie öffnete die Balkontür, zog sie hinter sich zu und schwang die Beine über die Brüstung. Da war die Leiter. In Nu war sie einige Stufen hinabgeklettert. Von oben von der Wohnung ertönte Krachen und gebrüllte Kommandos. Weiter, gleich hatte sie es. Wenn nur jetzt kein Bulle auf die Idee kam, den Balkon zu betreten und nach unten zu schauen.

Dann hörte sie eine Stimme direkt über sich.

„Da klettert jemand die Leiter hinunter. Ausleuchten!"

Ein starker Strahl leuchtete oben auf und glitt auf sie zu.

„Stehen bleiben oder ich schieße!"

Verzweifelt ließ Rachel sich fallen. Sie schlug hart auf dem Boden auf und rollte sich instinktiv zur Seite. Ein Schuss krachte und eine Kugel jaulte an ihr vorbei. Taumelnd erhob sie sich. Im Hof hing Wäsche auf der Leine. Rachel tauchte unter den Laken durch und rannte in der Deckung der Tücher auf die Hofmauer zu. Sie erreichte die Wand, sprang in die Höhe und zog sich über die Kante auf die andere Seite. Der Boden dort war etwas höher, so dass sie sofort weiterrennen konnte. Eine weitere Mauer, wieder kletterte sie hinüber. Der neue Hof war schmal und verwinkelt. Sie bog um eine Ecke, erreichte eine Tür und drückte verzweifelt die Klinke. Sie ließ sich öffnen! Rachel schlüpfte ins Haus und zog die Tür rasch hinter sich zu. Innen steckte ein Schlüssel, automatisch schloss Rachel ab. Wie weiter? Auf der Straße würde die Polizei sie gleich haben, die riegelten bestimmt das Viertel ab. Sie musste im Haus bleiben.

Sie spähte durch die Dunkelheit. Rechts führten Stufen nach oben, links war der Zugang zum Keller. Von draußen setzte wieder das Lärmen ein. Auch von oben erklangen eilige Schritte und eine Stimme fragte, wer da sei. Ohne weiter nachzudenken öffnete Rachel die Kellertür und stieg, sich an der Wand entlang tastend, in die lichtlose Dunkelheit. Unten wandte sie sich nach rechts. Das Lärmen verstummte. Fürs Erste schien sie entkommen, doch sie musste ein Versteck finden und zwar rasch. Sie bog um weitere Ecken. Vor ihr zeigte sich wieder eine Tür und diese Tür war verschlossen. Rachel Rosenthal beschlich das unangenehme Gefühl, in eine Falle geraten zu sein.

Berlin, Lichterfelde , nachts

„... doch bevor ich Ihnen den Plan erläutere, kurz einige Worte zur Kadettenanstalt. Ich gehe davon aus, dass die Damen den Namen kennen, sonst aber keine Berührungen mit einer solchen Institution hatten. Die Hauptkadettenanstalt in ihrer alten Form wurde in den Jahren 1873 bis 1878 an der Finckensteinallee fertig gestellt. Die Bauten umfassten unter anderem Unterrichts- und Dienstgebäude, zwei Kirchen, darunter den bekannten Kadettendom, den repräsentativen Feldmarschallsaal, mehrere Speisesäle, die Pferdeställe, eine große Turnhalle, das Lazarett sowie eine große Zahl von Dienstwohnungen. 1878 zog die Hauptkadettenanstalt aus den beengten Bauten in der Stadt in die neuen Gebäude in Lichterfelde-West. Die Kadettenanstalt wurde auf dem weiträumigen Gelände Lichterfelde rasch zur wichtigsten Ausbildungsstätte der deutschen Streitkräfte. Nahezu alle später führenden Offiziere und Generäle erfuhren ihre Ausbildung in Lichterfelde sowie eine Vielzahl von Personen des öffentlichen Lebens. Der Führer des Stahlhelms und spätere Reichskanzler Theodor Duesterberg wurde hier ausgebildet, der Journalist und Zentrumsabgeordnete Felix von Eckardt, natürlich auch die Generale Erich Ludendorff, Erich von Manstein, Gerd von Rundstedt und Luftmarschall Hermann Göring. Ferner die Schriftsteller Ernst von Salomon, Friedrich Franz von Unruh und der Soziologe Leopold von Wiese. In den Jahren 1935–45 erfolgte ein weiterer Ausbau der Anlage. Es entstanden Torbauten, Wirtschaftsgebäude und Magazine sowie eine große Schwimmhalle nach modernsten Gesichtspunkten, die zu den Olympischen Spielen 1936 genutzt wurde. Im Rahmen der Erneuerung der Offiziersausbildung kam es in den 70er Jahren zur Teilverlegung der Ausbildung nach Hannover und Leipzig. Seit 1975 findet hier nur noch die Junkerausbildung statt. Ich selbst war im Sommer 1979 in Lichterfelde. Von damals sind mir die Anlagen gut bekannt."

Der General holte einen Stadtplan hervor und entfaltete ihn.

„Wir werden uns der Anstalt von der Baseler Straße nähern. In einem freien Nebengebäude ist das Institut für Zeitgeschichte untergebracht. Von dort gibt es einen Nebenzugang, der direkt zum Hauptgebäude führt."

„Wissen wir, wo Hagen von Scholz zu finden ist?“, fragte Robert.
„Zum Hauptgebäude gehören Kelleranlagen. Dort werden wir zu suchen haben“, antwortete von Lübben. „Ich gehe davon aus, dass Gefangene bewacht werden. Eine verstärkte Wache ist ein Zeichen für Hagens Aufenthalt.“
„Oder es gibt weitere Gefangene“, warf Roswitha von Peters ein.
„Durchaus möglich“, räumte der General ein. „Die werden wir, wenn möglich, mit befreien.“
„Wenn unsere Aktion gelungen ist, wie geht es dann weiter?“, fragte Johanna Türmer.
„Kapitän von Scholz ist im Besitz von Informationen, die wir unbedingt brauchen, um von Wolf und von Thadden das Handwerk zu legen. Allerdings dürfte das allein nicht ausreichen. Es sieht so aus, als hätten die Herren bereits einen Teil der Streit- und Polizeikräfte unter Kontrolle. Der Reichstag muss sich äußern und, vor allem, die Kanzlerin und der Kaiser. Und wir brauchen die Medien“, antwortete von Lübben. „Alles hängt davon ab, dass wir Scholzes Informationen bekommen. Ich weiß nicht, um was es sich handelt, aber es scheint so brisant zu sein, dass Wolf und Thadden bei einer Veröffentlichung erledigt wären. Wie steht es mit Ihnen, Heather“, wandte er sich an die Agentin. „Sind Sie einsatzfähig?“
„Ich bin wieder okay, so ein kleiner Kratzer wirft mich nicht um“, antwortete Heather McWheels. „Wann startet unsere Aktion?“
Der General schaute auf die Uhr. „Es ist kurz vor Mitternacht. In einer halben Stunde gehen wir los. Robert und Heather, Sie schalten etwaige Wachen aus, ich bin sozusagen der Pfadfinder und suche nach unserem Mann. Rückzug über die Potsdamer Straße. Hier“, er reichte Heather und Robert je eine Walther PPK und zwei kleine, schwarze Handfone. „Die Pistolen sind für den Notfall. Machen Sie möglichst keinen Gebrauch davon. Die beiden Fone sind mit meinem verbunden. Sie funktionieren auf KM-Basis.“
Er wandte sich an die anderen Frauen.
„Sie bleiben, ganz gleich was passiert, heute Nacht im Haus. Roswitha, versuchen Sie bitte weiter mit dem Reichskanzleramt Kontakt aufzunehmen. Sollten wir festgenommen oder getötet werden, warten Sie zwei, drei Tage, bis die erste Aufregung vorüber ist und setzen Sie sich dann ab. Gibt es noch Fragen?“
Alwina umarmte Robert. „Seid vorsichtig, Robert“, flüsterte sie ihm ins Ohr. „Keine übereilten Heldentaten!“
Roswitha von Peters trat auf von Lübben zu.
„Passen Sie auf sich auf, Achim“, sagte sie und drückte dem überraschten General die Hand. Er sah sie belustigt an.
„Versprochen, Roswitha!“, antwortete er und lächelte.

Berlin, Grunewald, Deutschordensvilla, nachts

In der Deutschordensvilla brannte noch Licht. Der Parteivorsitzende der Deutschnationalen Partei Thoralf von Thadden fand keinen Schlaf. Er saß an seinem Schreibtisch und arbeitete an den Plänen für die nächsten Tage. Schließlich schob er die Papiere beiseite. Von Thadden stand auf, trat ans Fenster und blickte in die Nacht.

Nein, er war mit dem bisherigen Verlauf der geplanten Machtübernahme nicht zufrieden. Es gab zu viele Unwägbarkeiten, die nicht kalkulierbar waren. Das hatten die letzten Gespräche deutlich gezeigt. Zum einen schien ihm die Haltung der Herren von Ackerle, von Katz und Graf Sonnenleitner nicht eindeutig und klar genug zu sein. Ackerle hatte ihn am Ende der gestrigen Sitzung beiseite genommen und dringend vor allzu großen Gewaltmaßnahmen gewarnt. Die Frankfurter Börse würde auf derartige Geschehnisse sehr empfindlich reagieren. Ein fallender DAX würde Tokio, Peking, Brasilia und Neu Delhi mit nach unten reißen. Die Folgen für die Weltwirtschaft könnten verheerend sein. Ein politischer Wechsel im Reich sei gut und wichtig, aber eine weltweite Wirtschaftskrise müsse unter allen Umständen vermieden werden. Das sehe er genauso, mischte sich der Arbeitgeberpräsident ein. Er empfinde als kerndeutscher Mann, betonte von Katz und verzog sein fettes Gesicht. Doch er sei eben auch Geschäftsmann und trüge zudem als Unternehmer Verantwortung für tausende von Beschäftigten. Er gehe davon aus, dass die DNP die Fäden fest in der Hand habe. Die nationale Revolution sei sicher binnen einer Woche durchgeführt und beendet, damit man beruhigt zur Tagungsordnung übergehen könne. Natürlich habe Herr von Thadden die alleinige Entscheidungsbefugnis, aber er, von Katz, rate von einem allzu großen Wechsel in den Ministerien ab. Dass der Freiherr nicht zu halten sei, verstehe er. Auch aus privaten Gründen. Man munkle, es gäbe die eine oder andere Affäre. Und natürlich müsse die Reichskanzlerin ersetzt werden. Aber von einem Austausch insbesondere des Finanz– und des Wirtschaftsministers halte sein Verband wenig.

Graf Sonnenleitner, der als letztes ein Vieraugengespräch mit Thadden führte, wollte wissen, wie denn Kaiser Franz Wilhelm von Preußen zu dem Geschehen stehe.

„Seine Majestät der Kaiser feierte kürzlich seinen einundsiebzigsten Geburtstag. Sein ältester Sohn Georg Michael wird dieses Jahr dreiunddreißig. Prinz Georg Michael steht unserer Bewegung sehr positiv gegenüber. Da könnte ein Wechsel angebracht sein“, antwortete von Thadden vorsichtig.

„Dem ist nicht zu widersprechen, wiewohl der preußische König Wilhelm im vierundsiebzigsten Jahr stand, als er 1871 erster Kaiser des Neuen Deutschen Reiches wurde“, meinte Graf Sonnenleitner. „Wir sollten nichts überstürzen. Ein junger Kaiser ist ehrgeizig, denken wir an Wilhelm II., der mit neunundzwanzig den Thron bestieg, und seine unausgegorenen sozialen Ideen.“

Doch nicht diese „Ratschläge“ waren es gewesen, die von Thadden primär störten. Eine andere Nachricht beunruhigte ihn weit mehr. Die Meldung, General von Lübben sei bei seiner Verhaftung erschossen worden, stimmte nicht. Von Lübben war offenbar Schachts Leuten entkommen. Der General durfte nicht unterschätzt werden. Ein echter Spürhund, der ihrer Planung sehr nahe gekommen war. Gefährlich nahe, und es bestand durchaus die Gefahr, dass er eine Widerstandsbewegung aufbaute.

Am meisten Sorgen aber machte von Thadden Markus von Wolf. Wolfs Auftreten ließ keinen Zweifel daran, wen er für den neuen ersten Mann im Reich hielt. Und das Dumme war, seine Macht beruhte auf den Läufen der Gewehre, wie dieser chinesische Kommunist einmal bemerkt hatte. Wolf würde nicht zögern, auch Thadden auszuschalten, wenn er es für nötig hielt. Thadden war nicht mehr aktiv, er hatte die Partei und die Wikingjugend, mehr nicht. Er musste sich dringend nach neuen Bündnispartnern umsehen. Was war mit dem *Stahlhelm,* dem alten Frontkämpferbund? Und dem mächtigsten Verein, dem *Europäischen Flottenverein* von Alfred Tirpitz junior? Die Marine stand traditionsgemäß Heer und Luftwaffe distanziert gegenüber. Von Wolf war ursprünglich bei der Luftwaffe gewesen. Wenn er dort ansetzte ...

Berlin, Lichterfelde , nachts

Der General war mit Robert und Heather McWheels aufgebrochen. Die drei Frauen blieben zurück und warteten. Roswitha von Peters versuchte, übers Netz mit der Reichskanzlei Kontakt aufzunehmen – vergeblich. Als Ersatz war sie in verschiedene Rechner des MRD und RKA eingedrungen. Die Ergebnisse ihrer Recherchen waren allerdings unbefriedigend. Der Gegner war dazu übergegangen, den gesamten Nachrichtenverkehr zu verschlüsseln. Die Codes zu knacken wäre für Roswitha kein Problem gewesen. Mit der Enigmatechnik war sie bestens vertraut. Aber es bedeutete einen gewissen Zeitaufwand und Mühe. Und mitten in der Nacht ließ auch die Konzentration, die für solche Aufgaben notwendig war, deutlich nach. Jetzt saßen Alwina, Frau Türmer und Roswitha von Peters zusammen und erörterten die aktuelle Situation.

„Wolf und Thadden können doch nicht ernsthaft glauben, dass ihr Staatsstreich Erfolg hat“, meinte Alwina. „Die Demokratie ist seit Jahrzehnten gefestigt, die Menschen werden sich gegen ein autoritäres Regime wehren.“

„Ich weiß nicht, ob wir uns nicht einer Illusion hingeben, wenn wir an Festigkeit unserer Ordnung glauben“, erwiderte Roswitha von Peters. „Denk an die Aktivitäten der radikalen Rechten und Linken bis in die 40er Jahre hinein. Die Straßenkämpfe zwischen der KPD und den Nationalisten im Berlin der 30er Jahre...“

„Aber das ist doch alles Ewigkeiten her“, unterbrach sie Alwina. „Seit 1919 haben wir eine konstitutionelle Monarchie. Und seit der Verfassungsreform von 1949 hat der Kaiser nur noch repräsentative Funktionen."

„Vom Kaiser ist kaum etwas zu befürchten. Franz Wilhelm von Preußen ist ein alter Mann, der versucht, das Erbe seiner Großmutter im positiven Sinn weiterzuführen", bemerkte Johanna Türmer. „Nein, mir macht der Wandel im politischen Denken des Normalbürgers mehr Sorge. Die Renaissance des extremen Konservativismus ist eine allgemeine Tatsache. Die Überfremdungsängste, die seit dem Beitritt der neuen Ostländer zur Union auftreten, werden immer manifester. Die Betonung des Nationalen bis zum Nationalistischen, das durch die europäische Öffnung des Reiches eigentlich überwunden schien, meldet sich in Form von Wahlerfolgen der Rechten wieder auf der politischen Bühne zurück. Die Traditionalisten des rechten Flügels werden immer stärker!"

„Selbst unser General scheint davon nicht völlig frei zu sein", meinte Alwina. „Habt ihr mitbekommen, mit welcher Begeisterung er von der Kadettenanstalt erzählte?"

„Ach, das war doch nur Nostalgie", nahm ihn Roswitha in Schutz. „Das hat nichts zu bedeuten."

„Für mich war und ist eine solche Institution ein Hort des Konservativismus", widersprach Johanna Türmer. „Unsere künftige Elite wird an den Universitäten ausgebildet und nicht in Einrichtungen der Armee. Überall diese Dominanz des Militärischen und die damit verbundene schleichende Entdemokratisierung! Seit die Kaiserin abdankte, scheinen es die Demokraten immer schwerer zu haben."

„Das kann ich nicht so sehen", sagte Alwina. „In Österreich hat sich seit hundert Jahren kaum etwas geändert."

„Warum, wenn ich fragen darf, unterstützt du bei deiner kritischen Haltung von Lübben und sein ganzes Projekt?", fragte Roswitha von Peters die Professorin.

„Er ist das kleinere Übel und zurzeit wohl der Einzige weit und breit, der einen Widerstand gegen Wolf und Thadden organisieren kann."

„Das heißt, du vertraust nicht auf die Kraft des Volkes, sich gegen den Staatsstreich zur Wehr zu setzen, obwohl du als linke Professorin bekannt oder besser verschrien bist?", stichelte Roswitha.

„Ohne das Volk läuft nichts, aber ohne die Macht der Gewehre ist die Revolution verloren", entgegnete Johanna lächelnd.

„Lenin?", fragte Alwina.

„Lenin oder Mao, das bleibt sich gleich. Aber ich ergänze: Die eigentliche Macht des Volkes sind die Medien, denn sie geben dem Volk eine Stimme."

„Das klingt eher nach Johanna Türmer", meinte Roswitha.

Alwina schwieg. Ihre Gedanken wanderten zu Robert.

Potsdam, Nacht zum 2. Juli

Der Kommandant der 1. Garde-Panzerdivision Generalleutnant Graf von Pelet schob seine Einheiten von drei Richtungen auf Potsdam zu. Das 2. Panzerregiment rückte von Charlottenburg aus über die Reichsstraße 2 von Norden in Richtung Groß Glienecke vor. Die 1. Schützenbrigade bewegte sich von Zehlendorf aus über die Königstraße in Richtung Heiliger See. Er selbst stieß mit dem 1. Panzerregiment von Süden aus Großbeeren kommend über die Nurthestraße direkt auf das Zentrum vor. Die übrigen zur 1. Garde-Panzerdivision gehörenden Truppenteile wie das Artillerie-Regiment 73, die Aufklärungs-Abteilung 4 und die Panzerjäger-Abteilung 37 sowie das Pionier-Bataillon 37 folgten den südlichen Einheiten. Die restlichen Verbände ließ Graf von Pelet in der Kaserne zurück. Der Standort des 1. Garde-Regiments nördlich des Pfingstberges wollte von Pelet in einem konzentrischen Stoß erreichen. Er rechnete mit keinem größeren Widerstand und überlegte sich, ob er nicht die erste Schützenbrigade ganz aus dem Vormarsch ziehen sollte. Da erreichte ihn die Meldung erster Gefechte.

Berlin, Lichterfelde , nachts

Es war später geworden als geplant. Sie brachen kurz nach eins auf, Robert, der General und Heather McWheels. Heather und er in schwarzgrünen Tarnanzügen aus den Beständen, die von Lübben mitgebracht hatte. Die Häuser lagen im Dunklen, nur die Laternen auf den Straßen strahlten im gelblichen Licht. Es war eine warme Nacht, von der Ferne klangen ab und zu Autogeräusche an ihr Ohr, irgendwo bellte ein Hund, sonst war es still.

Robert dachte an seinen letzten Geheimeinsatz vor Jahren auf der Krim. Das ganze Gebiet hatte sich in hellem Aufruhr befunden. Nach dem Zusammenbruch der Sowjetunion infolge des Russisch-Ukrainisch-Polnischen Krieges hatten sich lokale Gebietsfürsten eigene kleine Territorialherrschaften geschaffen. Diese gehörten nominell zur Ukraine beziehungsweise zu Südrussland, waren aber in der Realität selbstständige Kleinreiche. Der geplante Beitritt der Ukraine zum Deutsch-Europäischen Reich führte in Teilen zu Separationen. Großpolen, Krimtataren, autonome Ukrainer und Russen lieferten sich Kämpfe mit den offiziellen Polizeitruppen und sogar mit Militärverbänden. Insbesondere die Krim war ein Zentrum des Widerstands. Robert hatte den Auftrag, sich zusammen mit einem anderen Agenten durch die Linien der Kämpfenden nach Sewastopol durchzuschlagen. Dort sollten sie mit einem wichtigen Clanführer Kontakt aufnehmen und mit diesem über eine mögliche Unterstützung des Reiches verhandeln. Sein Begleiter war ein gewisser Otto Skorzeny, ein MRD-Mann. Hauptmann Skorzeny war sieben Jahre älter als Robert. Ein Mann mit zahlreichen Einsatzerfahrungen. Er galt als absolut harter Hund und führte sich entsprechend auf. Die Geschichten, die Skorzeny von seinen früheren Einsätzen in Afrika und seinen dabei angewandten Methoden erzählte, gefielen Robert ganz und gar nicht. Noch weniger gefiel ihm, wie Skorzeny ihren Einsatzbefehl interpretierte. Mit einer Panzerfaust unterm Arm stürmte Skorzeny das Hauptquartier des Clanoberhaupts und entführte dessen Sohn und Tochter, um Druck auf den Mann auszuüben. Nach ihrer Rückkehr wurde Skorzeny wegen seiner Eigenmächtigkeit vor ein Wehrbezirksgericht gestellt, aber überraschenderweise freigesprochen und zum Major befördert. Offenbar half ihm seine „Verwandtschaft" – Anfang der 90er Jahre hatte Skorzeny eine Nichte Baldur von Schachts geheiratet. Trotz der Beförderung schied Skorzeny aus dem Dienst aus und ging nach Südamerika, wo er einige Zeit als Berater des argentinischen Präsidenten fungierte. In Buenos Aires gründete er den *Círculo Español de Amigos de Europa*, eine einflussreiche Vereinigung von Rechtskonservativen. Vor vier oder fünf Jahren sollte der Ex-Geheimdienstler ins Reich zurückgekehrt sein.

Panzerfaust-Skorzeny – Roberts letzte Einsatzerinnerung war nicht im Geringsten vergleichbar mit der ruhigen Nachtszenerie, in der sie sich befanden. Dann fiel ihm Alwina ein und ihr Bild verdrängte alles andere.

Ihr Anmarsch erfolgte ohne große Schwierigkeiten, bis sie die Baseler Straße erreichten. Der Nebenzugang lag in hellem Scheinwerferlicht, ein ungesehener Zugang war nicht möglich. Die drei zogen sich in den Schatten einer Vorgartenanlage zurück. Von dort beobachteten sie eine Zeitlang den Eingangsbereich. Zwei Soldaten mit Maschinenpistolen im Anschlag standen links und rechts an der Seite und sicherten einen dritten, der sich im Vorfeld bewegte.

„Drei Posten allein am Nebeneingang", überlegte von Lübben. „Offenbar gibt es Wichtiges zu bewachen. „Miss McWheels, klären Sie ab, wie es auf der Vorderseite aussieht. Oberst, Sie gehen nach rechts. Zeit 015. Wer einen ungesicherten Zugang entdeckt, sendet den anderen eine KM!"

Heather verschwand zwischen den Büschen und Robert machte sich in die entgegengesetzte Richtung auf. Der nächste Eingang war am Helene-von-Mülinen-Weg. Dort zählte Robert wiederum drei Wachsoldaten. Er überquerte weiter oben die Straße und gelangte ungesehen zur Westseite der Anlage. Gewandt bewegte er sich an der Mauer entlang und stoppte. Eines der oberen Fenster zur Straße hin stand halb geöffnet. Ein Baum davor bot Deckung, um in seinem Schatten ungesehen einsteigen zu können. Sofort tippte Robert eine KM in sein Handfon. Kurz danach spürte er eine Vibration, die Antwort: *Wir kommen.*

Potsdam, Nacht zum 3. Juli

In Höhe des Glienicker Schlosses lagen schwere, graue Nebelschwaden über der Landschaft. Major Baron von Wette hatte seine kleine Einheit an den

Hängen im Schatten einiger Büsche postiert. Ihm standen vier Leopardpanzer II und einige Panzerabwehrkanonen zur Verfügung, viel war das nicht. Motorengeräusche dröhnten in der Nacht, kamen näher und wurden noch lauter. Die Männer duckten sich unwillkürlich. Halb eins, aus dem Dunkel tauchten die ersten Kampfwagen auf. „Näherkommen lassen“, lautete der geflüsterte Befehl. Erst wenn die Panzer den Hang hinunterrollten, bestand die Chance, sie alle zu vernichten. Die ersten Panzer des Gegners erreichten die Senke. Als auf einer Fläche von 500 bis 800 Meter nur Feindpanzer zu sehen waren, begann der Überraschungsangriff: „Feuer frei!“ Die Leoparden schossen in Sekundenschnelle Granate auf Granate aus den Rohren. Die PAKs flankierten den Überfall durch eigenes Feuer. Das konzentrierte Vernichtungsfeuer zeigte bereits nach wenigen Minuten eine verheerende Wirkung. Der schwarze Qualm der mehr als zehn brennenden und explodierenden Panzer raubten ihren noch intakten Kameraden jede Übersicht und Vernunft. Sie ahnten nicht, dass ihnen nur vier Panzer gegenüberstanden. Der Gegner zog sich rasch zurück. Von Wette atmete auf. Der erste Schlag war gelungen. Zehn Minuten blitzte Mündungsfeuer auf. Ein Regiment Panzergrenadiere stürmte aus dem Dunkel zum Gegenangriff vor. Die Schlacht um Potsdam hatte begonnen, und die Schlinge um die Verteidiger zog sich, trotz ihrer tapferen Gegenwehr, immer enger zusammen.

Berlin, Lichterfelde, nachts

Mit Hilfe des Baumes kletterten die drei Kämpfer zum Fenster empor und stiegen ins Innere. Heather sprang als erste in die Dunkelheit. Geschmeidig wie eine Wildkatze glitt sie durch den Raum und kehrte ans Fenster zurück. „Sauber“, meldete sie und Robert und von Lübben folgten. Der General zeigte sich erstaunlich beweglich, nur der Baumaufstieg hatte ihm etwas Mühe bereitet. Sie befanden sich in einer Art Abstellraum.

„Wissen Sie, wo wir sind?“, flüsterte Robert.

„Das ist der Westflügel, der so genannte Wirtschaftstrakt“, antwortete von Lübben. „Unten liegen die Keller. Dort werden wir mit der Suche anfangen.“

Robert probierte die Türklinke, der Raum war unverschlossen. Vorsichtig öffnete er, links und rechts erstreckte sich ein langer, dunkler Flur. Er lauschte in die Finsternis hinein. Alles war still.

„Rechts ist das Treppenhaus“, erklärte der General. „Dort geht es nach unten. Robert, Sie sichern nach hinten. Heather, Sie gehen mit mir voran!“

Der kleine Trupp zog los. Links und rechts lagen weitere Türen, doch nichts war zu hören oder zu sehen. Sie kamen zum Treppenabgang. Heather spähte nach unten. Etwas schimmerte in der Tiefe. Sie konnte aber nicht erkennen, was es genau war. Robert, der am Ende gewartet hatte, kam vorsichtig zum Abgang. Da hörte er ein Knarren. Robert blieb stehen und warf einen Blick zurück in den Gang, aus dem sie gekommen waren. Weiter hinten wurde eine Tür geöffnet. Sofort verschluckte alle drei der Schatten. Robert lag eng an die Wand gepresst und lauschte auf die Schritte, die sich näherten. Eine einzelne Person in Stiefeln, ein Soldat. „Ich von links, du von rechts“, hauchte ihm jemand ins Ohr. Robert zuckte zusammen. Heather, er hatte sie nicht kommen gehört. Jetzt erreichten die Schritte die Ecke, hinter der Robert lag. Sie stoppten abrupt. Dann ertönte ein Ratschen und ein dünnes Licht flackerte auf. Eine Zigarette wurde entzündet. Heather sprang los, schlug zu und der Soldat fiel ohne einen Laut zu Boden, wo ihn Robert geräuschlos auffing.

„Good Teamwork“, flüsterte Heather.

Kurz danach hatten sie den Mann gefesselt und geknebelt und in ein leeres Zimmer geschleift. Endlich konnte die Gruppe sich an den Abstieg machen.

„Wir müssen uns beeilen“, flüsterte von Lübben. „Es ist schon nach zwei.“

Potsdam, frühmorgens, 3. Juli

In den frühen Morgenstunden des 3. Juli standen die Verbände der 1. Garde-Panzerdivision trotz heftiger Gegenwehr der Verteidiger und hoher eigener Verluste nahezu im Zentrum Potsdams. Kommandeur Generalleutnant Graf von Pelet hatte einen Beobachtungsposten auf der Terrasse des Schlosses Sanssouci bezogen und betrachtete von hier die Stadt. An einigen Orten loderten Brände empor, Geschützfeuer war zu hören. Der Turm der Garnisonkirche stand in hellen Flammen. Ein unvermeidlicher Kollateralschaden, insgesamt war sein Auftrag weitgehend erledigt. Einheiten des 2. Panzerregiments hatten die Kaserne am Pfingstberg genommen. Die Panzerjäger-Abteilung 37 sowie das Pionier-Bataillon 37 waren in einem Bogen bis zum Hauptbahnhof vorgestoßen und hatten diesen in ihren Besitz gebracht. Nur um die Gebäude des Klinikums tobte noch ein harter Häuserkampf. Doch dieser letzte Widerstand würde im Laufe des Tages gebrochen werden. Ärgerlich aber war, dass es Graf von Brockdorff-Ahlefeld mit Teilen seiner Truppen gelungen war, sich in Richtung Nordosten der Umfassung zu entziehen. Er würde dem Mann eine Brigade nachschicken müssen.

„Warum griffen eigentlich keine eigenen Flugzeuge in die Kämpfe ein?“, fragte sich der Kommandeur. Thadden und Wolf müssten doch längst die Führung der Luftwaffe übernommen haben. Oder lief da etwas schief? Nicht auszudenken, wenn die Machtergreifung scheitern sollte. Immerhin hatten Kameraden auf Kameraden geschossen. Eine Tatsache, die ihn mit Besorgnis erfüllte.

Berlin, Lichterfelde, in den frühen Morgenstunden

Sie hatten die verschiedenen Keller durchwandert. Vorratsräume, Wäschelager, Aktenlager, Stauräume, ABC-Raum und der Waffenbereich. Zweimal war es zu einer Postenberührung gekommen. Der erste Posten schaute das

Nachtprogramm aus dem Großherzogtum Luxemburg und war von dem, was da nackt über die Scheibe flimmerte und tanzte, derart fasziniert, dass er seine Umgebung völlig vergaß. Auch der zweite nahm die Schemen nicht wahr, die an seinem Wachbüro vorüber glitten. Er schlief.

Weitere Keller, weitere Lager.

„Sind Sie sicher, dass wir im richtigen Flügel sind?", fragte Heather McWheels skeptisch. Der General zuckte mit den Schultern und blickte auf die Uhr.

„Wenn wir nicht bald fündig werden, müssen wir die Aktion abblasen. Gleich drei."

Sie liefen weiter. Heather, die ein Stück voraus war, gab plötzlich das Zeichen für Deckung. Sie glitt hinter einen Stapel Munitionskisten, und die beiden Männer verschwanden in einer kleinen Kammer. Sie beobachteten das Geschehen durch einen Türspalt. Ein Trupp von fünf Soldaten marschierte vorbei. Robert hielt den Atem an. Den groß gewachsenen Mann an der Spitze mit dem harten Gesicht kannte er: Otto Skorzeny! Skorzeny, an den er sich vorhin erinnert hatte! Drei Sterne und Eichenlaub, aus dem Major war ebenfalls ein Oberst geworden. Wenn der hier war ... Robert kam nicht dazu, die Gedanken weiter zu spinnen. Der Trupp hielt vor einer schmalen Tür, die ihnen beim Vorübergehen entgangen war und öffnete diese.

„Holt die Gefangenen hervor", kommandierte Skorzeny und dann überschlugen sich die Ereignisse. Aus irgendeinem Grund geriet eine der Kisten, hinter der sich Heather verborgen hatte, ins Schwanken und stürzte mit lautem Krach zu Boden. Skorzeny schwang herum, riss seine Pistole aus dem Halfter und drückte ab. Nicht schnell genug für Heather, die herumgewirbelt war und jetzt von der anderen Seite den Oberst ansprang und mit einem Tritt zu Boden streckte. Die Soldaten starrten überrascht auf das Geschehen und – da griff Robert ein und schlug den ersten mit dem Kolben seiner PPK nieder. Auch dem General gelang es, einen der übrigen Männer auszuschalten. Weitere Schüsse krachten, diesmal aus den Waffen der Soldaten. Heather griff sich kurz an die Brust, schwankte, fing sich wieder und griff erneut an. Ein Wirrwarr von ringenden Körpern und brüllenden Gestalten. Dann lagen Skorzeny und weitere drei Mann am Boden. Die übrigen Soldaten flüchteten zurück in den Gang und rannten nach hinten davon.

„Schnell, holt die Gefangenen!"

Robert riss die Tür auf. Vor ihm öffnete sich ein dunkler, schmaler Gang mit weiteren Türen. Er zerrte den Schlüssel mit dem Bund aus dem Schloss und sperrte die Zellen vor sich auf. Zwei Gestalten kamen zögernd hervor. „Hagen?" „Robert!" Wer die andere Gestalt war, konnte er in dem dämmrigen Schattenlicht nicht erkennen. Dann erlosch völlig das Licht und Sirenen begannen zu heulen. Alarm! Alarm!

Sie rannten los, rannten durch dunkle Gänge.

Das weitere Geschehen lag wie in einem rotgrauen Nebel. Menschen schrien und über allem lag dieses widerlich schrille Heulen. Dann erreichten sie einen Hof. Direkt vor ihnen stand ein olivfarbener VW-Bus.

„Alles rein", kommandierte Lübben. „Das ist unsere einzige Chance. Warthenberg, Sie setzen sich ans Steuer. Schnell, Heather ist verletzt!"

Robert startete den Wagen und fuhr aufs Tor zu. Die Wache trat vor. Robert kurbelte das Fenster runter. „Was gibt es, Gefreiter?"

„Ich darf niemand passieren lassen. Wir haben Alarm ..."

Von Lübben beugte sich zum Fenster. Auf seinen Schultern sah Robert gelbe Sterne und den Eichenkranz – der General hatte sich die Dienstgradabzeichen angesteckt!

„Was soll das? Was halten Sie uns auf? Wer ist Ihr Vorgesetzter?", fuhr er den Mann an. Der Soldat richtete seinen Blick erschrocken auf die Schulter des Generals, schlug seine Hacken zusammen und salutierte.

„Entschuldigung, Herr General, entschuldigen Sie!", stotterte er und gab dem Posten am Schlagbaum ein verzweifeltes Signal. „Los, mach schon", rief er ihm zu. „Wichtige Fahrt für den Herrn General!"

Der Baum ging hoch und der Wagen schoss in die Nacht davon. Jemand stöhnte und schrie dann auf, es war Heather. Robert warf einen Blick in den Rückspiegel. Erst jetzt konnte Robert sehen, wen sie eigentlich befreit hatten. Auf der Rückbank sah er Hagen und neben ihm eine Frau. Die Frau beugte sich nach rechts. Dort war Heather. In sich zusammengesunken lag sie halb schräg auf dem Sitz. Heather presste stöhnend ein Tuch auf die Stirn. Mit einem anderen Tuch versuchte ihre Nachbarin eine weitere Blutung im Brustbereich zu stillen.

„Die Frau ist schwer verletzt. Sie braucht dringend einen Arzt!"

Die Stimme kannte er, hinten saß – Andrea von der Heyden!

Im Keller der Kadettenanstalt war die Kanzlerin gewesen! Als Gefangene im Gewahrsam der Aufrührer, er konnte es kaum fassen. Sie hatten die Reichskanzlerin aus den Händen Wolfs und Thaddens befreit. Ohne zu wissen, dass sie sich dort befunden hatte.

„Ich fahre Sie zu unserem Zufluchtsort und setze Sie dort ab", sagte Robert zu Lübben. „dann bringe ich Heather zum nächsten Arzt."

Sie erreichten die Villa in der Paulinenstraße und hielten mit quietschenden Reifen. Die Kanzlerin und der General stiegen rasch aus und liefen zur Villa. Hagen von Scholz blieb sitzen. Der General drehte sich um. „Wo bleiben Sie denn?", rief er Scholz. „Kommen Sie!"

Der Kapitän schüttelte den Kopf. „Ich fahre mit, einer muss die Kompresse halten. Die Frau ist bei unserer Befreiung verletzt worden, das bin ich ihr schuldig."

Lübben winkte nur und wandte sich wieder zur Villa. Robert gab Gas.

Sie rasten durch die frühmorgendlichen Straßen. Heather stöhnte laut.

„Wie geht es ihr?", fragte Robert

„Ich weiß es nicht", antwortete Hagen. Er drückte verzweifelt das Tuch auf Heather McWheels' Brust. Doch der Blutstrom wollte nicht enden.

Berlin, Prenzlauer Berg – Moabit, 3. Juli

Die Nacht verbrachte Rachel Rosenthal in einer Ecke unter schmutzigen Säcken. Sie fror und sie zitterte vor Kälte und vor Angst. Endlich dämmerte der Morgen, aus einer Spalte fiel ein schmaler Lichtstrahl. Alles war ruhig, man schien sie nicht mehr zu suchen. Erleichterung machte sich in Rachel breit. Sie würde noch ein wenig warten und dann ... Da hörte sie, wie die Kellertür aufgerissen wurde und harte Stiefel die Treppe herunterpolterten. Soldaten! Sie hatten sie gefunden! Entsetzt verkroch sich Rachel so gut es ging in der Ecke und zog die Säcke über sich. Vielleicht ...

Jemand packte ihre Tarnung und zog sie mit einem Ruck beiseite.

„Na, wen haben wir denn da? Ein junges Fräulein!"

Feste Hände rissen sie in die Höhe, bogen ihr die Arme schmerzhaft nach hinten. Handschellen klickten.

„Los, lauf!"

Ein Gewehrkolben traf sie am Rücken, dass sie vor Schmerz aufschrie. Sie stolperte die Treppe hoch. Draußen stand ein Wagen, in den sie gestoßen wurde. Innen wartete ein grinsender Wächter.

„Aufstehen!", befahl er. „An die Wand lehnen, Beine breit!"

Dann tastete er sie langsam auf Waffen ab, ohne eine Stelle auszulassen. Vor Scham schloss sie die Augen, aber ihr Körper spürte die hässlichen, fremden Hände. Endlich ließ er von ihr ab und gab ihr einen Tritt, dass sie zu Boden stürzte.

Eine schlingernde Fahrt, immer wieder stieß sie schmerzhaft an Kanten und Ecken. Später, es kam ihr wie Stunden vor, erreichten sie die Polizeizentrale. Lange Gänge im grellen Neonlicht, durch die sie getrieben wurde. Immer neue Räume öffneten sich und schlugen über ihr zusammen. Überall Männer, nur und ausschließlich mit ihr beschäftigt. Man zwang sie, sich auszuziehen. Die Kleider wurden weggenommen, man fotografierte sie nackt von allen Seiten. Sie wurde gewogen und gemessen. Dann die Fingerabdrücke, der Speicheltest, ein Abstrich aus dem Mundraum. Eine Blutentnahme. Die Protokollaufnahme. Sie bekam einen schmutzigen Kittel. Dann wurde Rachel erneut in einen Verhörraum geführt und vernommen. Wieder und wieder. Die immer gleichen Fragen, ununterbrochen. Irgendwann konnte sie nicht mehr und klappte zusammen. Zwei bullige Wächter gossen Wasser über sie. Das Verhör ging weiter. Wieder brach sie zusammen. Diesmal schleppte man Rachel in eine Zelle und ließ sie auf ein hartes Lager fallen. Ohnmächtig schloss sie die Augen.

Die Bilder der Nacht zogen an ihr vorüber. Sie rannte und rannte. Etwas griff nach ihr, Rachel schrie auf und erwachte. Sie lag unter einem grellen Licht, das hart von der Decke strahlte. Rachel erhob sich vom Bett, auf dem sie lag und sah sich um. Zwei auf anderthalb Meter maß der Raum. Ein stinkender Kübel in der Ecke. Eine Stahltür ohne Klinke.

Die Tür wurde aufgerissen und ihre Tortur begann aufs Neue.

Berlin, Normannenstraße, 3. Juli

General von Wolf war außer sich. Die Kanzlerin war befreit worden! Offenbar war ein Spezialkommando in die Kadettenanstalt eingedrungen, hatte die Wachen überwältigt und war mit ihr und einem weiteren Gefangenen geflüchtet.

Diese unfähigen Kretins! Ließen die wertvollste Gefangene entkommen. Der General überlegte und handelte. Er gab die Anweisung, die gesamte Gegend abzuriegeln. Während er die Weisungen durchgab, klopfte es und Baldur von Schacht trat ein.

„Wir haben eine der Gesuchten aufgestöbert. Eine der Frauen, die Warthenberg begleitet haben. Eine Studentin namens Rachel Rosenthal."

„Jüdin?"

Von Schacht nickte. „Eine assimilierte Jüdin, blond und blauäugig. Ein hübsches Ding."

„Aktuell uninteressant. Hat sie ausgesagt?", hakte Wolf nach.

„Bis jetzt nicht viel. Wollte ihren Anwalt sprechen und drohte mit der Presse. Aber das legte sich rasch. Soll ich meine Leute drüber lassen?"

„Unnötig, so etwas verdirbt nur die Truppe. Wahrscheinlich weiß sie ohnehin nichts. Sperrt sie erst einmal weg. Wenn wir die anderen haben, machen wir der ganzen Gruppe einen öffentlichen Prozess. Wir bieten der Frau eine Kronzeugenregelung: ihre Aussage gegen die Freiheit! Eine überzeugende Alternative zur lebenslangen Gefangenschaft. Nach einigen Wochen Haft sagt sie sicher zu. Wir päppeln die Kleine dann etwas auf. Das wird sicher eine nette Veranstaltung: ein hübsches deutsches Mädel, blond, blauäugig und von jüdischem Bekenntnis enthüllt die Machenschaften der Viererbande." Von Wolf grinste. „Das macht sich in der deutschen und internationalen Presse gut."

Er erhob sich und trat an die Karte.

„Über ganz Berlin wird der Ausnahmezustand verhängt. Das heißt, absolute Pressekontrolle, Ausgangssperre ab neun Uhr abends. Ausweispflicht für jeden. Jeder, der sich gegen die neue Regierung wendet oder unsere Gesetze und Erlasse missachtet, wird als Defätist, Saboteur und Konterrevolutionär verhaftet und notfalls erschossen. Opponenten werden festgenommen, in einer halben Stunde bekommen Sie die Liste. Sie sorgen für die sofortige Umsetzung!"

Von Schacht salutierte und trat ab. Seit ihrer letzten Unterredung platzte der

RKA-Mann geradezu vor Diensteifer. Von Wolf setzte sich wieder und holte aus der Schublade einen Ordner hervor. Er schlug ihn auf, blätterte in ihm.

Der erste auf der Liste der zu liquidierenden Personen war sein Widersacher Generaloberst Otto von Gehlen. Gehlen war im Ostflügel verwahrt gewesen und dadurch den Befreiern entgangen. Wolf grinste. Pech für Otto von Gehlen; andere würden ihm bald folgen. Er ging die Liste durch und ergänzte sie am Ende um einige Namen.

Berlin, Lichterfelde, nachts

Robert raste durch die Nacht. Vorbei an parkenden Autos, über Kreuzungen und Ampeln. Sein Ziel war die nächste Klinik, das Fabeckhospital. Er fuhr den Kadettenweg entlang, durch die Ringstraße zur Drakestraße, dort nach links und geradeaus. Am Spiegelkino vorbei die lange Straße entlang. Tempo, Tempo! Das Café Storch, Hans-Sachs-Straße, die Brücke über die Bahngleise. Der Wagen schoss durch die Nacht. Es begann zu regnen. Der Wagen schlitterte ein paar Mal, aber Robert fing ihn ab. Gas geben! Weiter vorne blinkten Lichter auf. Eine Straßensperre der Polizei! Instinktiv riss Robert das Steuer herum und bog nach rechts in die Margaretenstraße.

„Ich versuche, die Sperre zu umfahren“, rief er nach hinten.

„Beeil dich, der Frau geht es schlechter.“

„Wir sind gleich da. Nur noch nach links in die Fabeckstraße und über die Kreuzung. Da ist schon die Zufahrt zum Hospital.“

Auf der gegenüberliegenden Straßenseite leuchtete gelblich der Uhrenturm der Klinik. Vor ihnen lag die Einfahrt zum Hospital. Das Metalltor war zu. Robert hupte. Ein Wachmann kam nach vorne zum Tor.

„Was ist los?“

„Wir haben eine Schwerverletzte, machen Sie auf!“

„Wir haben geschlossen!“

„Kerl!“, Robert entkuppelte, zog die Handbremse und sprang aus dem Wagen. Er richtete die PPK auf den Mann. „Tor auf, sonst kracht´s!“

„Nicht schießen, ich öffne schon!“

Das Tor fuhr zur Seite. Robert sprang in den Wagen und raste hinein. Der Wachmann rannte zum Telefon.

Hinter ihnen blitzten in der Nacht blaue Lichter, die rasch näher kamen. Robert achtete nicht drauf und fuhr weiter.

Sie hielten vor dem Einlieferungstrakt. Hagen hob Heather vorsichtig in die Höhe und lief mit ihr auf dem Arm zum Eingang. Doch die Tür war wie das Tor verschlossen.

„Aufmachen!“, brüllte er. Robert kam hinzu und klopfte laut an das Türglas.

Nichts rührte sich. Alles lag wie verlassen da, lediglich eine grüne Notbeleuchtung brannte im Innern. Der Regen fiel immer stärker vom Himmel.

„Was ist hier los?“, fragte Hagen. „Warum öffnet keiner?“

Robert blickte zur Fassade hoch. Auch dort leuchtet nirgends Licht. Dann entdeckte er rechts der Tür ein Pappschild. Er beugte sich vor und las die Schrift.

„Ich fürchte“, wandte Robert sich an Hagen, der mit Heather auf dem Arm wartete, „der Wächter am Tor hat die Wahrheit gesagt!“

Er wies auf das Schild: *Die Klinik ist ab 01.Juli 2014 wegen Umbauarbeiten bis 31.10.2014 geschlossen!*

„Wir müssen zu einer anderen Klink. Rasch!“

Sie drehten sich um – und plötzlich peitschten Schüsse durch die Nacht. Hagen knickte in der Bewegung ein und brach mit Heather im Arm zusammen.

Robert ging zu Boden, zog die PPK und schoss in die Richtung, aus der die Schüsse gekommen waren. Ein Aufschrei zeigte ihm, dass er getroffen hatte. Er robbte vorsichtig nach vorn zu Heather und Hagen. Halb über der leblosen Gestalt Heathers gebeugt lag der blutüberströmte Körper Hagen von Scholz'. Robert legte die Hand auf die Brust des Freundes, er schien noch zu atmen. Er fasste den Freund an den Schultern und schleppte ihn in die Deckung des Busses. Eine Maschinenpistole ratterte, ihre Kugeln ließen das Glas der Eingangstür zerspringen. Splitter wirbelten durch die Luft, einer traf Robert an der Stirn und zog eine blutende Furche. Er achtete nicht darauf, sondern zog Heathers Körper ebenfalls in den Schutz des Wagens. Robert bewegte sich zur Seite und spähte um die Busecke. Vom Tor her sah er zwei Schatten auf ihre Stellung zurennen. Robert hob die Waffe, zielte kurz und drückte zweimal ab. Einer der Schatten überschlug sich, der andere warf sich Boden.

„Robert“, Hagen rief nach ihm. „Robert!“

Er drehte sich um, eilte zu dem Verwundeten und beugte sich über ihn.

„Ich bin da, Hagen, ganz ruhig. Wir schaffen es.“

Hagen verzog schmerzlich das Gesicht „Ich schaffe es nicht. Aber du, Robert, du musst weg. Einer muss durchkommen!“

„Ich lass´ dich und Heather nicht allein.“

Hagen schüttelte matt den Kopf. Er hustete, Blut quoll aus dem Mund. Dann sprach er weiter, stieß die Worte mit letzter Kraft hervor.

„Die Papiere!“

„Welche Papiere?“

„Du musst sie finden.“

„Wo sind sie?“

„Reichslande, Schwarz …“

Ein neuer Blutstrom schoss aus Hagens Mund und er verstummte.

„Hagen!“, schrie Robert. „Halt aus!“

Da krachte es ohrenbetäubend und die Welt um Robert, Hagen und Heather schien gänzlich zu explodieren. Der Wagen vor ihnen bäumte sich auf und überschlug sich. Eine riesige Hand packte Robert und schleuderte ihn weit in die Nacht. Dann wurde es dunkel um ihn.

London, Downing Street, in den frühen Morgenstunden des 3. Juli
Premierminister Lord Halifax II. hatte die wichtigsten Mitglieder seines Kabinetts zu einer Sondersitzung versammelt. Wirtschaftsminister Sir Michael Moore, Finanzminister Jack Christopher, Kriegsminister David Cameron, Außenminister Sir Francis Curzon und die Innenministerin Lady Linda Thatcher sowie als Vertreter des MI7 Sir Osborne.

„Lady Thatcher, meine Herren! Die aktuellen Nachrichten aus dem *Reich* sind beunruhigend. Reichskanzlerin von der Heyden ist seit gestern von der politischen Bühne verschwunden. Über Berlin wurde heute Morgen der Ausnahmezustand verhängt. Gerüchte sprechen von Massenverhaftungen in den Universitätsstädten. Eben erreichte mich noch die Meldung, nordwestlich von Berlin im Raum Potsdam sei es zu Zusammenstößen von rivalisierenden Truppeneinheiten gekommen. Der Kriegsminister von und zu Kaltenbach schweigt. Zu den Details: Sir Osborne!"

„Herr Premierminister, Lady Thatcher, meine Herren, Lord Halifax hat Ihnen die aktuelle Lage in Grundzügen geschildert. Besonders beunruhigend ist aus meiner Sicht das Schweigen von Kanzlerin und Kriegsminister. Über den Aufenthaltsort der Kanzlerin ist nichts bekannt. Freiherr von und zu Kaltenbach besucht angeblich die deutsche Somaliatruppe. Ob und inwieweit die Kämpfe um Potsdam die aktuelle Situation der Truppe widerspiegeln, kann ich derzeit nicht beurteilen. Ich weiß nur, dass die Marine in höchste Alarmbereitschaft versetzt worden ist. Dies ist ohne Anweisung des Kriegsministers offiziell nicht möglich. Ein Indiz, dass Kaltenbach trotz seines offiziellen Schweigens aktiv zu sein scheint."

„Wer steckt hinter der ganzen Geschichte?" fragte Lady Thatcher. „Haben wir es mit einem Aufstand von Heereseinheiten zu tun? Das Reich liegt doch nicht in Mittelamerika!"

„Es sieht aber so aus, Lady Thatcher, als hätten Sie mit Ihrer Vermutung Recht. Der Parteiführer der DNP, Thoralf von Thadden, und General Markus Wolf, haben gemäß offiziellen Meldungen in den Reichsfernsehnachrichten kommissarisch die Regierungsgewalt übernommen", antwortete Sir Osborne. „Thadden begründete die Maßnahme mit einem angeblichen Staatsnotstand, der eine Machtübertragung an einen oder mehrere Reichsverweser zulasse. Von Wolf berief sich auf das Beispiel Admiral Miklós Horthys. Sie wissen, als Deutsch-Österreich sich 1922 dem Reich anschloss, spaltete sich der ungarische Reichsteil ab. Horthy wurde nach der offiziellen Absetzung des Hauses Habsburg-Lothringen Staatsoberhaupt der ungarischen Monarchie ohne König. Dies blieb er bis 1944, bis zur Eingliederung Ungarn-Rumäniens in das neue deutsche Europa."

„Wir brauchen keine Nachhilfe in deutscher Geschichte", brummte Außenminister Sir Francis Curzon. „Wenn wir den Großen Krieg gewonnen hätten ..."

„Wir haben ihn aber verloren. Und die Kriege gegen Japan. Und den Falklandkrieg gegen Argentinien. Selbst Hongkong haben sich die Chinesen zurückgeholt", warf Finanzminister Christopher ein. „Und vor drei Jahren ging Malta verloren. Nicht zu reden von Gibraltar!"

„Können wir vielleicht aus der gegebenen Situation Nutzen ziehen?", wandte Sir Curzon sich an Sir Osborne. „Faustpfand Helgoland oder ähnliches?"

„Ich fürchte, Francis, wir haben andere Probleme, als unsere Royal Navy gegen die deutsche Z-Flotte in den Untergang zu schicken. 91 Kriegsschiffe sowie 74 Versorgungsschiffe gegen rund 150 Zerstörer, Flugzeugträger und Großkampfschiffe allein in der Nord- und Ostsee. Dazu die Flotten im Indischen Ozean, auf den Azoren und in der Karibik. Mehr als 500 Schlachtschiffe, das ist mehr als unser alter Two-Power-Standard!", entgegnete der Kriegsminister anstelle Osbornes fast melancholisch.

„Nun, meine Herren. Pardon, Lady Thatcher. Die Deutschen mögen machen, was sie wollen, meinetwegen bringen sie sich gegenseitig um. Aber was die Wirtschaft angeht, sind wir auf sie angewiesen", erklärte Lord Halifax II. kurz und bündig. Sir Moore und Mr. Christopher, wenn Sie uns bitte über die Lage informierten!"

Wirtschaftsminister Sir Michael Moore nickte. „Um es mit einem Satz zusammenzufassen. Unsere Haushaltslage ist katastrophal. Wir müssen in die Eurozone, wir müssen uns assoziieren, mehr noch, wir müssen dem Deutsch-Europäischen Reich beziehungsweise der Wirtschaftsunion beitreten, ob wir wollen oder nicht! Auch wenn das das Ende unserer Unabhängigkeit bedeutet und der Euro eine inzwischen schwache Währung geworden ist."

„Das heißt, wir beobachten weiter und halten uns in jeder Hinsicht zurück, bis die Lage entschieden ist", schloss der Premierminister die Sitzung.

Demokratie in Gefahr?

Wir leben in einer seit Jahrzehnten gewachsenen und von allen akzeptierten Demokratie. Das Volk wählt alle vier Jahre die Parteien des Reichstages und durch sie indirekt den Kanzler beziehungsweise die Kanzlerin. Das gewählte Regierungsoberhaupt führt und bestimmt die gesamte Innen- wie Außenpolitik in Verantwortung gegenüber dem Volk. Dazu gehört eine Offenheit in der Darstellung der aktuellen Politik und etwaiger Probleme. Aus der Reichshauptstadt kommen in diesen Tagen sehr unterschiedliche und missverständliche Informationen. Die Öffentlichkeit, mithin wir alle, sind beunruhigt und besorgt. Seit Tagen ist von Kanzlerin und Kabinett nichts zu sehen oder zu hören. Die Lage in Berlin spitzt sich zu. Ist unsere Demokratie in Gefahr? ...

Leitartikel der FAZ vom 2. Juli von Altkanzler und Mitherausgeber der FAZ Hans Schmied (deutscher Reichskanzler von 1976 bis 1982)

Somalia, 3. Juli, morgens

Reichskriegsminister Freiherr von und zu Kaltenbach trat aus seinem Zelt. Der Minister schaute sich um. Vor ihm lag die kahle, graubraune Steppenlandschaft Ostafrikas. Die Sonne ging gerade auf und schon zeigte das Thermometer an die zwanzig Grad und würde auf fünfundzwanzig steigen. Zum Glück blieb die Temperatur in dieser Größenordnung. Hier in der Gegend sorgte der südwestliche Monsun für ein relativ mildes Klima. Ein verrücktes Land. Heiß und mild zugleich, wild und unzivilisiert. Das Land der islamischen Somali war um 1890 unter England, Italien und Frankreich aufgeteilt worden. Britisch-Somaliland wurde nach den englisch-japanischen Kriegen 1946 unabhängig. Italien-Somaliland erhielt 1956 eine halbautonome Regierung. Beide Gebiete vereinigten sich im Juli 1960 zur Republik Somalia. Seitdem war das Land nicht zur Ruhe gekommen. Militärputsche, Bürgerkrieg und Guerillakrieg lösten einander ab. Im Februar 2002 bat die provisorische Regierung von Somalia die Deutsch-Europäische Union um Unterstützung im inneren Kampf. Das Reich zögerte, bis im Dezember 2006 Äthiopien mit seiner Armee einmarschierte und die Unruhen zu einem Volkskrieg eskalierten. Im Frühjahr 2007 wurden schließlich bei einem Angriff auf den Flughafen von Mogadischu durch äthiopische Kampfflugzeuge über 1000 Menschen getötet und rund 3000 verletzt. Unter den Toten befanden sich dreißig deutsche Entwicklungshelfer. Das Reich intervenierte mit Teilen seiner indischen Flotte und zwei Luftlandedivisionen. Seitdem standen deutsche Soldaten am Horn von Afrika und verstrickten sich mehr und mehr in die afrikanischen Händel. Schon zwei Minister hatten wegen des Afrikaeinsatzes vorzeitig ihren Hut nehmen dürfen. Auch Reichskriegsminister Freiherr von und zu Kaltenbachs Entscheidungen hatten die gespannte Situation in Ostafrika nicht entschärfen können, sondern diese eher verstärkt. Unter dem Druck der Öffentlichkeit suchte sich Kaltenbach eine Atempause zu verschaffen. Der Minister flog nach Somalia und war am Abend des 30. Juni zum Truppenbesuch eingetroffen. Am gestrigen Tag hatten der Minister und sein Pressetross verschiedene Truppenstützpunkte besucht. Erst am späten Abend erreichten ihn im Außenposten Gaalkacyo Nachrichten, die von einem Putsch in Berlin und Kämpfen im Raum Potsdam berichteten. Ein Sandsturm zog auf und die Verbindung brach ab. Noch in der Nacht versuchte Kaltenbach, in das fast sechshundert Kilometer entfernte Mogadischu zurückzukehren. Auf der Hälfte der Strecke, rund dreihundert Kilometer vor der Stadt, geriet die Truppe in ein Feuergefecht mit Aufständischen und musste sich eingraben. Es gelang den Deutschen, den Gegner nach drei Stunden heftigen Kampfes zu vertreiben, aber an eine Weiterfahrt war nicht mehr zu denken. Der Befehlshaber der Truppe, Generalmajor von Lettow-Vorbeck d. J., ließ ein Lager aufschlagen und stellte Posten auf. Die weitere Nacht verlief ohne Störungen. Um sechs Uhr wurden die Truppe wie auch der Minister geweckt.

Eine halbe Stunde später versammelten sich die Offiziere im Zelt des Ministers zum Frühstück und zur gemeinsamen Lagebesprechung. Von Lettow-Vorbeck begann seinen Lagevortrag:

„Herr Minister, meine Herren. Der Gegner konnte entgegen unseren Annahmen nicht vertrieben werden, sondern hat sich lediglich zurückgezogen. Unsere Spähtrupps melden, dass er rings um unser Lager größere Feindverbände zusammenzieht. Aufgrund der anhaltenden atmosphärischen Störungen war es bislang nicht möglich, mit dem Hauptquartier Kontakt aufzunehmen und Luftunterstützung anzufordern. Die Lage ist schwierig. Wir sind auf eine längere Gefechtssituation nicht eingestellt. Wasser und Munition reichen höchsten für drei Tage."

Der General schwieg.

„Was schlagen Sie vor?", fragte der Minister.

„Wir werden versuchen, eine alte Methode aus dem Krieg gegen die Hereros von 1904 anzuwenden. Nicht weit entfernt von hier ist in der Nähe von Eldere eine alte ehemals englische Heliographenstation, die noch intakt ist. Wir starten einen Scheinangriff im Norden und schicken gleichzeitig einen schnellen Spähtrupp nach Eldere, der dort mittels des Sonnenspiegels Hilfe anfordern soll."

Der Minister nickte. „Gut, wann startet die Aktion?"

„In einer Stunde", antwortete Generalmajor von Lettow-Vorbeck d. J.

Berlin Lichterfelde, Villa Paulinenstraße, am Morgen

General von Lübben und sein Überraschungsgast Andrea von der Heyden sowie die Damen Dr. von Peters, Professor Türmer und Alwina von Morus saßen im Wohnraum des Hauses. Keiner von ihnen hatte in der Nacht viel geschlafen und der Hauch von Müdigkeit lag über allen. Roswitha und Alwina kochten Kaffee und langsam kehrten die Lebensgeister zurück. Die Runde diskutierte die Lage. Die dringendste Frage der eigenen Sicherheit war vorerst geklärt. Vor dem Haus wachte ein gut getarnter Posten. Als Chef des geheimen Sicherheitsstabes verfügte der General über etwas mehr als tausend Mitarbeiter. Von diesen war ihm in Berlin ein Trupp von knapp fünfzig Mann geblieben. Eine weitere Hundertschaft hatte sich zu Graf von Brockdorff-Ahlefeldts Truppen nördlich von Potsdam und zu Generalmajor von Tresckows Einzelkämpferbrigade in Bayern durchgeschlagen, um an Ort und Stelle den Widerstand gegen die Aufrührer zu organisieren.

„Wir sind nicht völlig hilflos, aber derzeit kaum in der Lage, dem Gegner offen entgegen zu treten. Brockdorff-Ahlefeldts Truppen sind auf dem Rückzug. Von Bayern liegen mir keine Meldungen vor. Die Marine scheint zu schwanken, über die Haltung der Luftwaffe fehlen mir ebenso Informationen", erläuterte der General die Situation.

„Und die Polizei?", fragte die Reichskanzlerin.

„Baldur von Schacht und Baron von Ziercke sind mit dem RKA und der gesamten Reichssicherheit zum Feind übergelaufen. Was mit dem Reichsinnenminister ist, weiß ich nicht", antworte von Lübben.

„De la Fontane ist parteilos, sympathisierte aber in letzter Zeit offen mit den Zielen der DNP", stellte Frau von der Heyden nüchtern fest. „Auch im Hinblick auf Wirtschaftsminister Kaines und Finanzminister von Schub habe ich erhebliche Zweifel. Sie wissen wahrscheinlich nicht, dass ich Irving Fisher Junior, Margit Kennedy und Helmut Creutz mit der Ausarbeitung eines Grundlagenpapiers für eine geplante Wirtschaftsreform beauftragt habe. Eine Reform, die insbesondere die Sektoren Börse und Finanzmarkt vom Spekulationsvirus befreien und mit dem Ziel einer humanen Wirtschaft grundsätzlich verändern soll. Kaines hat sich entschieden gegen diese Ideen gewandt und auch von Schub steht derartigen Veränderungen äußerst skeptisch gegenüber. Ich denke, beide Herren wie auch de la Fontane werden sich von Thadden anschließen."

„Warum gehen Sie nicht an die Öffentlichkeit und informieren das Volk über die Ereignisse?", fragte Roswitha von Peters.

„Alle wichtigen Sender und Zeitungen sind fest in Hand der Hugenberg-Springer AG, die traditionell die Rechte fördert. Ich glaube nicht, dass die Herren Frau von der Heyden unterstützen", widersprach Johanna Türmer.

„Wenn wir die Reichskanzlerin überhaupt in die Nähe eines Senders bekommen. Immerhin haben Wolf und Konsorten die Kanzlerin im eigenen Haus festgenommen", gab der General zu bedenken.

„Was ist mit einem Netzaufruf an die Nation?", fragte Alwina. „Mikrofon, Kamera und ein schneller Rechner sind im Haus."

„Wir müssen anders vorgehen", sagte die Kanzlerin. „Was ich auf alle Fälle vermeiden möchte, ist eine Eskalation der derzeitigen Situation. Was in Potsdam passiert ist, dass Reichswehreinheiten auf Reichswehrtruppe schießt, darf nicht wieder vorkommen. Das ist der Bürgerkrieg und den möchte ich unter allen Umständen verhindern. Es muss eine bessere Lösung geben!"

Alle schwiegen. Dann meldete sich erneut General von Lübben zu Wort.

„Es gibt eine Möglichkeit, zumindest den Ansatz dazu. Sie wissen, meine Damen, dass unser ursprünglicher Auftrag mit der Katastrophe von Kiel zu tun hatte. Kapitän von Scholz ist nach unserer Rückkehr zufällig auf eine interessante Information gestoßen. Über die Hintergründe kann ich Ihnen wenig sagen. Jedenfalls scheint es Materialien zu geben, Papiere oder anderes, aus denen deutlich hervorgeht, wer für den Kieler Anschlag verantwortlich ist. Möglicherweise sitzen die Drahtzieher im Zentrum des Staatsstreichs."

„Sie meinen von Thadden und Markus von Wolf hätten etwas mit dem Kieler Geschehen zu tun?", unterbrach ihn die Kanzlerin.

„Es könnte sein", schränkte von Lübben ein, „bewiesen ist bislang nichts. Doch wenn dies so wäre, käme es im Hinblick auf die Marine und die übrigen Streitkräfte einer Offenbarung gleich. Wolf und von Thadden würden in der militärischen Führung jeglichen Rückhalt verlieren, wenn bekannt würde, dass sie für ihren persönlichen Ehrgeiz das größte Schlachtschiff des Reiches geopfert haben."

„Warum sollten sie das getan haben?", fragte Roswitha von Peters. „Welchen Nutzen könnte die Rechte aus der Katastrophe ziehen?"

„Es geht um Fragen der inneren Sicherheit. Ich könnte mir vorstellen, dass sogar ein Zusammenhang zu der Gruppe besteht, die den Raketenangriff auf das Reichskanzleramt planten."

„Ein Raketenangriff auf das Reichskanzleramt? Davon höre ich das erste Mal", zeigte sich Frau von der Heyden erstaunt.

„Es ging in den letzten Tagen etwas drunter und drüber", entschuldigte sich von Lübben. „Frau von Morus kann Ihnen, Frau Reichskanzlerin, mehr über das Attentat erzählen."

Berlin, Grunewald, Deutschordensvilla, Morgen und Mittag des 3. Juli

Im Hauptquartier der DNP war den ganzen Tag über ein stetes Kommen und Gehen. Thoralf von Thadden konferierte mit den Vertretern nahezu aller in der Reichshauptstadt befindlichen Interessenverbände von Wirtschaft, Finanzen, Handwerk und Politik sowie mit einer großen Zahl ausländischer Diplomaten. Um das Deutschordenshaus zogen sich die parteinahen Kampforganisationen zusammen. Die Wikingjugend und einige Einheiten des Stahlhelms, die wie aus der Versenkung aufgetaucht waren und sich Thaddens Leuten zur Verfügung stellten. Auch mit dem kaiserlichen Büro war von Thadden in Verbindung getreten. Der Kaiser schwieg, aber Graf Eulenburg ließ durchblicken, dass der Thronfolger der Bewegung wohlwollend gegenüber stehe. Den wichtigsten Erfolg konnte von Thadden am Mittag verbuchen. Die Admiralität in Kiel gab bekannt, dass die Flotte sich einer neuen Regierung loyal zeigen werde, wenn diese Regierung im Volk verankert sei. Einer nationalen Revolution stehe die Admiralität positiv gegenüber. Gleichzeitig traf die Nachricht ein, dass der Reichskriegsminister von Somalia aus in den Jemen geflüchtet sei und dort um politisches Asyl gebeten habe. Eine ähnliche Nachricht betraf Außenminister Friedrich von Henschel, der von einem Besuch Indiens nicht nach Berlin, sondern nach Tokio geflogen war. Die Ratten verlassen das sinkende Schiff, dachte Thadden. Die Dinge entwickelten sich gut. Jetzt blieb ihm nur noch, das Problem Markus von Wolf zu lösen.

Am Nachmittag des zweiten Juli kam es schließlich zu einem Treffen der Konkurrenten auf dem quasi neutralen Boden des Reichstags.

Berlin, Lichterfelde, 3. Juli, Nachmittag

Die Zeit verging. Es wurde Nachmittag.

„Warum kommen die beiden nicht zurück? Langsam mache ich mir Sorgen."

Johanna Türmer stand am Wohnzimmerfenster und spähte hinaus. Auf der Straße schien alles ruhig, ab und zu fuhr ein Auto vorbei.

„Wahrscheinlich sind sie irgendwo anders untergetaucht", suchte Roswitha von Peters zu beruhigen. „Tagsüber ist es zu gefährlich, umherzufahren. Wir werden sicherlich überall gesucht."

„Robert könnte doch zuminderst einen Netzbrief oder eine KM schicken", sagte Alwina. „Einen Rechnerzugang gibt es faktisch überall."

„Frau von Peters", rief General von Lübben aus dem Nebenzimmer. „Können Sie bitte kommen, Ihre Fachkenntnisse werden gebraucht."

Seit dem Vormittag saßen von Lübben und die Reichskanzlerin am Rechner und suchten über alle nur denkbaren Kanäle mit den unterschiedlichsten Regierungsstellen und öffentlichen Institutionen sowie den Botschaften des Reichs und den Länderregierungen Kontakt aufzunehmen. Die Botschaft war stets die gleiche: *Reichskanzlerin von der Heyden befindet sich an einem sicheren Ort unter Schutz des geheimen Stabes. Frau von der Heyden erklärt ausdrücklich, dass eine wie immer sich titulierende Regierung unter der Führung Markus von Wolfs und/oder Thoralf von Thaddens illegal ist. Passiver Widerstand wird hiermit angeordnet. Militärische Maßnahmen sind bis auf weiteres zu unterlassen. Sonstige Gegenmaßnahmen nur nach Anweisung durch die Reichskanzlerin. Alle Beamten und Mitglieder von Regierungsorganen bleiben vorerst im Amt. Andrea von der Heyden, Reichskanzlerin des Deutsch-Europäischen Reiches.*

„Vielleicht sind beide auch schon unterwegs, um diese ominösen Dokumente zu bergen", meinte im Wohnzimmer Alwina von Morus zu Johanna Türmer. Die Professorin nickte. „Das befürchte ich auch – und ich habe bei der ganzen Angelegenheit kein gutes Gefühl."

Berlin, Reichstag, 3. Juli, Nachmittag

„Ich verlange die sofortige Aufhebung des Ausnahmezustandes. Eine solche Maßnahme wurde nicht mit mir abgesprochen!", Thoralf von Thaddens Stimme nahm an Lautstärke zu.

„Mäßigen Sie sich, mein Lieber. Ohne die bewaffnete Macht sind Sie aufgeschmissen", antworte Markus von Wolf kühl.

Die beiden nationalen Revolutionäre saßen im leeren Plenarsaal des Reichstages.

Hoch oben die gläserne Kuppel, die zum Wahrzeichen des neuen europäischen Berlins geworden war. Der alte Reichstag war nach dem Brand im Jahre 1938 mehrfach umgebaut worden, bis er in den 90er Jahren die aktuelle Gestalt erhalten hatte.

„Im Übrigen war es absolut notwendig, den Ausnahmezustand auszurufen, nachdem ein konterrevolutionäres Kommando Andrea von der Heyden befreite."

Die beiden Männer musterten einander. So ganz klar war keinem von ihnen, wie gut die Karten ihres Gegenübers waren. Wolf hielt es für gut möglich, dass Thadden hinter der Befreiungsaktion stand. Er würde der Sache nachgehen, wenn er das Problem hier gelöst hatte. Eine identische Haltung nahm Thoralf von Thadden gegenüber Markus von Wolf ein. Scheinbar lag eine Pattsituation vor. Aber Wolf hatte vorgesorgt, auch er hatte Gespräche geführt, nicht nur Thadden. Und Wolf war organisatorisch aktiv gewesen, hatte sich um bestimmte Sachverhalte der Macht gekümmert, die Thadden aus Wolfs Sicht vernachlässigte.

„Wer immer dahinter steckt", sagte von Thadden. „er nutzt Frau von der Heyden als eine Art Trumpf. Sie scheint im Netz Botschaften zu verbreiten."

„So?", Wolf hatte Thadden scharf beobachtet. Jetzt straffte sich seine Gestalt. Der andere wirkte beunruhigt. Offenbar lag doch keine Pattsituation vor.

„Was sollen diese Botschaften bewirken?", fragte er spöttisch.

„Von der Heyden ruft zum passiven Widerstand auf!", erklärte Thadden.

„Weiber", stieß von Wolf hervor und seine Stimme machte deutlich, was er von einem passiven Widerstand hielt. „Aber lassen wir das Thema ‚von der Heyden'. Kommen wir zur Frage der künftigen Regierung. Wie sieht die von Ihnen geplante Ressortbesetzung aus? Auf was erheben Sie und Ihre Leute Anspruch?"

„Ich biete Ihnen das Kriegsministerium und die Vizereichskanzlerschaft an", sagte von Thadden energisch.

Markus von Wolf schwieg einen Augenblick, dann schüttelte er den Kopf.

„Denken Sie, damit ließe ich mich abspeisen?", sagte er und zeigte seine Zähne.

„Nun, Markus", entgegnete Thadden ruhig und versuchte ebenfalls zu lächeln. „Wenn Sie damit nicht zufrieden sind, dann sagen Sie mir einfach, was Ihnen vorschwebt."

„Das Amt des Kanzlers und des Kriegsministers. Dazu besetze ich mit Männern meiner Wahl das Innen-, Wirtschafts- und das Außenministerium. Der Rest, ein stattlicher Rest, geht an Sie, Thoralf!"

„Das heißt, Sie verlangen von mir die politische Kapitulation?", stieß Thadden verärgert hervor.

„Genau, nur so können Sie im neuen Deutschland ganz vorne mit dabei sein."

General von Wolf hob die Hand. Ein Trupp schwarz gekleideter Soldaten erschien mit Maschinenpistolen im Anschlag. Wolf nickte ihnen zu und zog ein Bündel Papier aus einer Aktentasche. „Hier ist alles festgehalten. Unterschreiben Sie auf der letzten Seite. Sie haben eine Minute Zeit! Hinter Ihnen stehen meine Argumente!"

„Und wenn ich mich weigere? Das ist doch alles nur Bluff!"

„Wenn, wenn, wenn. Sie haben verloren, Mann", schrie ihn Wolf an. „Noch dreißig Sekunden!"

Thoralf von Thadden blickte sich um. Die Soldaten entsicherten ihre Waffen.

„Noch zehn Sekunden!"

Thadden zog er einen Stift hervor und unterschrieb die Papiere.

„Warum nicht gleich so?", lächelte Markus von Wolf. Er gab den schwarz gekleideten Männern einen Wink. „Abführen!"

„Aber, was soll das?", protestierte Thoralf von Thadden. „Ich habe doch unterschrieben!"

„Wer mit dem Wolf tanzt, mein Lieber, muss sich drehen können."

Ein Fausthieb verschloss dem schreienden DNP-Vorsitzenden den Mund.

General von Wolf sah ihm kopfschüttelnd nach. Was hatte Thadden erwartet? Die Revolution frisst ihre Kinder, das war allgemein bekannt. Eine nationale Erhebung funktionierte ähnlich. General von Wolf stand auf und verließ den gläsernen Reichstag.

Berlin, Lichterfelde, Fabeckklinik

Sein Kopf fühlte sich an, als gehöre er zu einem anderen Stern. Trotzdem, er wusste, er musste die Augen öffnen. Robert hob die Lider. Dämmriges, grünes Licht umgab ihn. Es roch nach Erde, nach fauligem Laub und Gräsern. Wo war er? Robert bewegte vorsichtig den Arm, ein jäher Schmerz ließ ihn innehalten. Etwas Spitzes stach ihn in die Seite. Ein Ast. Überall waren Äste. Äste und Blätter. Er lag in einem Gebüsch oder Strauch. Langsam kam die Erinnerung wieder. Hagen und er waren mit Heather zur Klinik gefahren. Zur falschen Klink. Das Hospital war geschlossen gewesen. Und dann musste sie die Polizei oder wer auch immer eingeholt haben. Schüsse waren gefallen und schließlich kam es zu einer Explosion. Die Gewalt der Detonation musste ihn in die Büsche geschleudert haben. Und seine Gefährten? Wo waren die? Robert versuchte sich aufzurichten, sank aber sofort mit einem Stöhnen zurück. Sein ganzer Körper schmerzte und irgendetwas war mit seinem linken Arm passiert. Ein taubes Gefühl zog sich von der Schulter bis in die Fingerspitzen. Er blieb liegen und schloss die Augen. Die Bilder der Nacht kamen: Schatten huschten, da waren Feuerschemen und schwarze Gestalten. Als Robert die Augen wieder öffnete, dunkelte es bereits. Diesmal gelang es ihm, in die Höhe zu kommen und vorsichtig aus dem Buschwerk zu kriechen. Noch immer schmerzte alles, dazu kam ein brennender Durst, der ihm die Kehle abschnürte. Drüben spiegelte sich das Licht einer Laterne in einer Pfütze. Robert schleppte sich zum Wasser und schlürfte gierig das schmutzige Nass. Dann richtete er sich auf und blickte sich forschend um. Er schien noch immer auf dem Gelände der Fabeckklinik zu sein. Er stand unter einer Baumgruppe. Drüber waren Gebäudeteile zu sehen. Dort lag das Tor. Ansonsten schien der Platz leer. Hagen und Heather waren verschwunden. Wahrscheinlich von der Polizei mitgenommen, wenn sie die Explosion überlebt hatten. Wenn sie überhaupt überlebt hatten. Warum war er nicht mitgenommen worden? Hatte man nicht nach ihm gesucht? Oder war er einfach nicht gefunden worden? Er konnte sich das Ganze nicht erklären. Das war auch egal. Er musste verschwinden. Da fiel ihm ein, was Hagen zuletzt gesagt hatte. *Reichslande* und *schwarz* waren seine Worte gewesen. Es ging um Papiere und er, Robert, musste sie finden. Und er musste zu Alwina zurückkehren. Das hatte er ihr sozusagen versprochen

Zunächst allerdings würde er Kleidung und Geld brauchen. Ob er sich zur Paulinenstraße durchschlagen sollte? Nein, das war zu riskant. Nachher flogen die anderen durch ihn auf. Aber wohin sollte Robert sonst gehen? Plötzlich wurde ihm schwindlig. Er taumelte vorwärts, bis er an eine Mauer stieß. Robert tastete sich an der Wand entlang. Seine Fingerspitzen fühlten rauen Stein und dann die glatte Oberfläche von Holz. Eine Tür. Ohne Hoffnung drückte er die Klinke nieder. Die Tür öffnete sich!

Berlin, Sportpalast, 3. Juli 2014 abends

Der Saal war mit einer riesigen Menschenmenge gefüllt. Links und rechts an den Wänden hingen die alten Traditionsfahnen früherer Zeiten. Vorn auf der Bühne stand in schwarzer Uniform General Markus von Wolf. Im Hintergrund hatten sich die führenden Köpfe der DNP versammelt. Der frühere Oberst und jetzige Generalmajor Vad, der neu ernannte Konteradmiral Dönitz, Joseph von Seeckt sowie der Vertreter aus Deutsch-Österreich Jörg Halder. Dazu die Ministerpräsidenten der Reichsländer, in der die DNP die Regierung stellte: Wilhelm Murr aus dem Königreich Württemberg, Herbert Albrecht vom Großherzogtum Mecklenburg-Schwerin, Otto Telschow für das Herzogtum Braunschweig, Fritz Wächtler aus Sachsen-Coburg und Gotha, Wilhelm Friedrich Loeper für das Fürstentum Schwarzburg-Sondershausen und Albrecht Leo Eggeling, der Ministerpräsident des Herzogtums Anhalt. Dazu die Landesvorsitzende der Partei aus Böhmen-Mähren sowie aus Flandern und Brabant. Die Creme de la Creme der Deutsch Nationalen. Ebenfalls anwesend waren der Leiter der Reichssicherheit, Baron von Ziercke, der Leiter des Kaiserlichen Büros, Botho August-Heinrich Graf zu Eulenburg und der

Vizechef des RKA, Polizeioberst von Bülow. Dazu kamen etliche Vertreter der Wirtschaft wie Frau von Schickewanz, Marion von Blessing, Schalck-Golowski von der Hypo-Real, Baron Peter von Zeche und natürlich Franz-Josef von Ackerle, der Vorsitzende der Deutschen-Helvetia Bank.

„Deutsche Männer, deutsche Frauen, meine Kameraden!“, begann Markus von Wolf. „Am 30. Juni dieses Jahres hat meine Partei in der Stunde der Not die Macht im Reich ergriffen und mich an die Spitze der Bewegung berufen. In dieser Funktion, als Führer unserer Bewegung, verspreche ich Ihnen, die Sie hier und heute versammelt sind: Unsere Bewegung wird den nationalen Geist Deutschlands in alle Länder unseres Imperiums tragen. Wir werden uns wieder stolz zu unserer nationalen Größe bekennen und die Untriebe einer überschäumenden Europaidee zu stutzen wissen. Wer sich, etwa im Osten, im Süden und Südosten des Reiches, der heiligen Idee der Nation verweigern sollte, dem werden wir mit harter Hand entgegen treten und ihn auszumerzen wissen. Denn, meine Kameraden, für was sind unsere Vorväter einst in das Stahlgewitter des Großen Krieges gezogen, wenn nicht für die Macht und die Herrlichkeit des wiedererstandenen Deutschen Reichs?“

Ein starker Applaus unterbrach den Redner.

„Wir werden, ja, wir müssen einen radikalen Neuanfang wagen. Denn die lang erwartete nationale Revolution hat nun endlich begonnen. An unserer Seite steht unser künftiger Kaiser, auf unserer Seite steht das Volk. Ein Volk braucht Führung. Und der Ruf nach Führung ist an mich ergangen. Und ich werde ihn, meine Kameraden, ich werde ihn annehmen. So trete ich in das Amt des Führers des Deutschen Reiches und seiner Länder. Nicht für Lohn oder Ruhm, sondern aus der Pflicht heraus, trete ich in dieses Amt, so wie dies die Vorväter an der West- und Ostfront taten. Denn ich kann mich nicht lösen von der Liebe zu meinem Volk und zu unserer Nation. Und zu unserem Reich! So wahr mir Gott helfe!“

Ein tosender Beifall erklang und hielt minutenlang an.

„Was halten Sie von dem nationalen Spektakel unseres neuen, selbst ernannten ‚Führers', Herr Graf?“, fragte Baron von Ziercke seinen Nachbar Botho August-Heinrich Graf zu Eulenburg.

„Das Volk im Saal scheint angetan. Aber ich frage mich, wie das übrige Volk reagieren wird und wie sich Marine und Luftwaffe zu unserem, wie nannte sich Wolf, ‚Führer' stellen wird.“

„Mich interessiert vor allem die Börse“, kommentierte von Ackerle das Geschehen. „Dass Wolf die Sache in die Hand nimmt, sorgt für Klarheit. Sie werden sehen, der DAX steigt morgen früh kräftig. Und ein steigender DAX ist gut für die Deutsche-Helvetia.“

„Was ist mit *Sozialdemokraten* unter Gunter Michael oder mit *Ökobündnis* und ihrer Kampffrau Petra Grünink?“, warf Baron von Zeche ein.

Von Ziercke lächelte. „Die Sozis bekommen das eine oder andere Ressort, zum Beispiel das Arbeitsministerium. Dann machen die alles mit. Und sonst, wer sagt denn, dass eine nationale Regierung nicht ökologisch sein kann? Die Frage der Atomkraft ist hierzulande längst entschieden. Sonne, Wind und Wasser, alles saubere Energien – mehr braucht es nicht. Dann sind auch die Ökos zufrieden. Und kommen Sie mir nicht mit Bürgerrechten und ähnlichen Träumereien. In einer wirtschaftlich orientierten Gesellschaft zählen allein Kapital und Profit, und damit das Recht auf Eigentum. Mit oder ohne einen Führer namens Wolf!“

Der Reichskanzler und Führer des Reiches Markus von Wolf gab das neue Kabinett der nationalen Einheit bekannt. Kanzler von Wolf wird selbst das Amt des Reichskriegsministers und Oberkommandierenden der deutschen Land-, See- und Luftstreitkräfte übernehmen. Vizekanzler wird Thoralf von Thadden, der bei der Vereidigung der Minister wegen einer Erkrankung verhindert war. Die Deutsch Nationale Partei stellt in der neuen Regierung weitere vier Minister. Neuer Reichsinnenminister wird Baldur von Schacht. Hubert de la Fontane, ehemals Zentrum, der das Amt bisher innehatte, wechselt ins Reichslandwirtschaftsministerium. Jörg Halder, DNP-Vorsitzender von Deutsch-Österreich, übernimmt das Außenministerium. Der Vizevorsitzende der DNP im Gau Helvetien, Christian Plocher, wird Reichsminister für Seefahrt und Handel. Joseph von Seeckt übernimmt das neu geschaffene Ministerium für Aufklärung und Propaganda. Reichswirtschaftsminister Roland Kaines und Reichsfinanzminister Amadeus von Schub, beides Zentrumspolitiker, führen ihre Ministerien weiter. Das Arbeitsministerium geht überraschend an den Sozialdemokraten Gunter Michael. Die zweite Überraschung ist die Berufung Petra Grüninks vom Ökobündnis 2000 als Familien- und Umweltministerin. Der Zentrumsabgeordnete Friedhelm von Menz wird neuer Technologieminister. Das Amt des Reichskultusministers geht an den Vorsitzenden der Deutsch-Demokraten Ernst Naumann. Zum Leiter des Heeresamtes ernannte Markus von Wolf den Generalmajor Ludwig Vad. Admiral Friedrich Dönitz übernimmt als Reichsmarineminister die Führung der Reichsmarine.

DNA, 4.Juli 2014

Berlin, Alt-Moabit 4. Juli

Reichsinnenminister Baldur von Schacht stand am Fenster und schaute demonstrativ nach draußen, als Oberst Skorzeny, der Leiter der Sonderabteilung des RKA, der geheimen Reichsschutzgruppe GRSG 9, in den Raum trat. Skorzeny, ein großer, breitschultriger Mann, salutierte und blieb stehen. Von Schacht ließ ihn einige Minuten warten. Der Oberst sollte ruhig ein wenig schmoren im Hinblick auf den Ärger, den er sich wegen ihm eingefangen hatte. Von Schacht hatte als Polizeichef Skorzeny nach dessen Rückkehr ins Reich vor fünf Jahren zum Leiter der neuen Geheimtruppe berufen. Bislang mit gutem Erfolg. Schon ein halbes Jahr später hatte Skorzeny mit seinen Männern in einem Geheimunternehmen die Entführung des Lufthansaairbusses in Mogadischu beendet. Alle Geiseln waren unversehrt befreit worden und die Geiselnehmer, eine unter dem Namen *Radical Africans* auftretende Terrorgruppe, waren getötet worden. Eigene Verluste gab es keine. Auch der nächste Einsatz im Rahmen der Fußballweltmeisterschaft in den Vereinigten Staaten von Südafrika – diesmal wurde ein Terroranschlag burischer Rechtsextremisten verhindert – war ein voller Erfolg gewesen. Die Fußballer dagegen waren nur dritte geworden, trotz ihres hohen Sieges über den englischen Erzrivalen. Weitere Aktivitäten schlossen sich an; derzeit befasste sich die Gruppe mit der Abwehr von Anschlägen im Reich, bislang ebenfalls erfolgreich. Ein guter Mann, der Skorzeny, der seine Leute im Griff hatte. Aber auch ein Haudegen und Draufgänger. Und, leider, mit seiner Nichte Miriam verheiratet. Und jetzt das! Ließ sich Skorzeny die Kanzlerin vor der Nase entführen!

Von Schacht drehte sich um und musterte den Oberst scharf. Dieser hatte einen Verband um den Kopf und wirkte angeschlagen, wie der Minister mit einer gewissen Befriedigung feststellte.

„Das war wohl der größte Mist, Oberst, der Ihnen je unterlaufen ist. Sie lassen die Kanzlerin durch ein Terrorkommando entführen. Mitten aus einem Sicherheitstrakt. Unverzeihlich das Ganze, Mann! Sie sind zwar mit meiner Nichte verheiratet, Otto. Aber ich weiß nicht, ob ich Sie unter diesen Umständen halten kann. Jetzt stehen Sie nicht da wie ein Stockfisch. Setzen Sie sich und erzählen Sie, was wirklich passiert ist. Ich will nicht Ihren Bericht hören – den Bericht kenne ich, der ist für Schreibtischhengste gedacht -, sondern die ungeschminkte Wahrheit. Also, reden Sie!“

Otto Skorzenys Bericht war anzumerken, wie sehr ihn die Entführung seiner wertvollen Gefangenen getroffen hatte. Dass ihm so etwas geschah, war in seinem Selbstbild nicht vorgesehen. Noch ärgerlicher war, dass ein Mann gegen ihn angetreten war, den Skorzeny für einen absoluten Schlappschwanz hielt: Robert von Warthenberg, mit dem er vor Jahren auf der Krim im Einsatz gewesen war. Ein Mann, dem er es zu verdanken hatte, dass sein Panzerfausteinsatz vor dem Wehrbezirksgericht gelandet war. Zum Glück kannte er den Vorsitzenden Rudolf von Alvensleben, einen alten Kameraden, der wie Skorzeny dem Wehrbund *Odessa* angehörte. So wurde er von allen Vorwürfen freigesprochen und wenig später sogar befördert. Dass er Miriam von Schacht geheiratet hatte, mochte ebenfalls geholfen haben. *Warthenberg*, jetzt würde er eine Gelegenheit haben, sich bei dem Mann persönlich zu revanchieren. Und auch bei Schacht, dem arroganten Schnösel. Schacht wusste nicht, was er wusste …

Ruhig berichtete Skorzeny, was sich bei der Befreiung der Geisel von der Heyden ereignet hatte und endete damit, wie er selbst niedergeschlagen worden war.

Minister von Schacht nickte.

„Gut, Sie haben wenigstens versucht, die Entführung zu verhindern. Ansonsten ist alles klar. Die Sicherung der Anstalt hat eindeutig versagt. Das wird für die Wachen Konsequenzen haben, zumal das ‚Befreiungskommando' nur aus drei Personen bestand: General von Lübben, Oberst von Warthenberg und dazu kam eine Frau …"

Von Schacht zog eine Mappe hervor, entnahm ihr mehrere Fotos und schob diese Skorzeny zu. „Ist es eine der Frauen, die hier zu sehen sind?"

Der Oberst nahm die Bilder in die Hand und betrachtete sie genau.

„Ich denke, diese Frau ist es gewesen." Er deutete auf das Bild, das Robert von Warthenberg mit seinen Begleiterinnen in der Halle des Hotel *Adlon* zeigte. „Die mit den roten Haaren und den langen Beinen. Eine scharfe Nummer…" Skorzeny grinste.

„Die Frau auf dem Bild ist Heather McWheels, eine englische Agentin!", wies ihn von Schacht zurecht.

„Das erklärt einiges!" Der GRSG 9-Kommandeur pfiff durch die Zähne. „Zum Glück hat sich das Thema erledigt."

Von Schacht sah ihn fragend an. „Wieso? Was ist passiert?"

Skorzeny wollte schon antworten, da unterbrach ihn von Schacht erneut.

„Berichten Sie erst einmal, welche konkreten Maßnahmen von Ihnen nach der Flucht der Gefangenen getroffen wurden!"

„Ich war kurz außer Gefecht, wegen des Kratzers am Kopf. Ich bin aber dann sofort los und folgte mit einem Trupp dem Fluchtfahrzeug in die, nach den Aussagen der Torwache eingeschlagene Richtung. Aufgrund des Vorsprungs hatten wir nur eine ungefähre Vorstellung, wohin die Gruppe genau fuhr. Zum Glück kam die Meldung von der Polizeisperre in Höhe der Brücke über die Reichsstraße 1, man habe ein auffälliges Fahrzeug beobachtet. Kurz danach erhielt ich eine weitere Meldung, dass ein Militärfahrzeug sich den Zugang zum *Fabeckhospital* erzwungen habe. Ich fuhr mit meinen Leuten sofort dorthin. Als wir im *Fabeckhospital* ankamen, war die Besatzung zweier Streifenwagen in ein Feuergefecht mit den Flüchtlingen verwickelt. Es gab bereits Verluste auf Seiten der Polizei. Die andere Seite nutzte den geraubten Bus als Deckung. Ich entschloss mich daher zum Einsatz von Gewehrgranaten. Damit war die Sache erledigt."

„Um wie viele Personen handelte es sich?", fragte von Schacht.

„Laut Aussagen des Torpostens waren drei Personen im Wagen gewesen. Es hätten aber fünf sein müssen. Und …"

Skorzeny zögerte. „Wir fanden nachher lediglich zwei Leichen. Das eine war eine jüngere Frau, die Agentin, die das Bild zeigt. Der andere Tote trug die Reste einer Marineuniform."

„Also ist Heather McWheels tot?", versicherte sich von Schacht.

„Wenn das der Name der Frau auf dem Bild ist, ja", bestätigte Skorzeny.

„Ein Problem weniger. Die andere Leiche wird Kapitän von Scholz gewesen sein", erklärte der Minister. „Aber, wo waren oder sind die übrigen Flüchtlinge? Die frühere Reichskanzlerin, General von Lübben und Oberst von Warthenberg? Haben Sie für deren Fehlen eine Erklärung, Herr Oberst?", fragte von Schacht scharf.

„Die müssen vorher den Bus verlassen haben und sich irgendwo in Lichterfelde befinden", gab Skorzeny gelassen zur Antwort.

„Und Oberst von Warthenberg?"

„Könnte das Durcheinander genutzt haben, um zu entkommen!"

Von Schacht schüttelte den Kopf. „Unmöglich. Noch ein Patzer! Wurde das Gelände nicht durchsucht?"

„Das war kein Patzer", widersprach Skorzeny ruhig. „Warthenberg hat bis zuletzt gekämpft. Die Projektile, mit denen die Polizisten verletzt wurden, können nur aus seiner Waffe stammen. Da ich sofort nach unserer Ankunft das Gelände umstellen ließ, kann er sich nur im Gelände beziehungsweise in den Gebäuden befinden ...", erklärte der Oberst grinsend.

„Ich verstehe", sagte von Schacht langsam. „Warthenberg glaubt in Sicherheit zu sein, verlässt das Gelände und ... Auf diese Weise könnte uns der Mann zu den übrigen Verschwörern führen."

Er überlegte kurz und fragte dann: „Wie sind Ihre Leute postiert?"

„Außen im direkten Sichtkontakt zu dem Gelände. Die Soldaten habe ich abgezogen und durch GRSG 9 Leute ersetzt. Da kommt ungesehen niemand mehr heraus."

„Gut, Herr Oberst. Ich gebe zu, ich hatte Sie unterschätzt. Die Lage sieht doch besser aus, als ich erst dachte. Sehr schön. Und da kommt mir auch noch eine kleine, hilfreiche Idee ..."

Berlin, Lichterfelde, Villa Paulinenstraße

„Gestern Abend eine nationale Veranstaltung fürs Volk, heute für Börse und Politik ein Allparteienkabinett. Die Herren von Wolf und von Thadden wissen, wie man mit der öffentlichen Meinung umgeht", meinte Andrea von der Heyden. „Politische Profis, allerdings scheint von Thadden kaltgestellt zu sein. Nur der Posten eines Vizekanzlers und bei der Vereidigung krank, Wolf muss die Machtfrage für sich entschieden haben."

„Und er nutzt die Erfahrung und Fachkompetenz der Reichsminister Kaines und von Schub, holt die Sozialdemokraten, die Liberalen und sogar die ökologische Bewegung ins Boot. Einwandfrei geplant. Nur Jörg Halder ist ein Fleck auf Wolfs weißer Weste", bestätigte Johanna Türmer die Aussagen der Kanzlerin.

„Halder und die Einrichtung eines Propagandaministeriums", fügte Roswitha von Peters hinzu. „So etwas müsste doch die Leute hellhörig machen."

„Die Menschen wollen nur sehen und hören, was ihnen passt", sagte Alwina. „Den Rest blenden sie aus. Gibt es Neuigkeiten von Robert, Hagen und Heather?", wandte sie sich nervös an Roswitha.

„Nein, kein Anruf, kein Netzposteingang, keine KM, nichts."

„Jetzt sind schon fast 36 Stunden vergangen und wir haben nichts von ihnen gehört", sorgte sich die Professorin. „Gibt es wirklich keinen Hinweis auf ihren Verbleib?"

„Nein, keinen", antwortete Roswitha. „Ich bin in alle nur möglichen Netze eingedrungen. Nirgends ein Hinweis. Es sieht so aus, als hätten Wolfs Schergen eine Nachrichtensperre über alles verhängt."

Die Haustür wurde geöffnet und General von Lübben kam herein. Er trug einen einfachen Anzug, darüber einen grauen Mantel und einen entsprechenden Hut. Das klassische Räuberzivil eines Offiziers. Sein Gesicht wirkte bleich und angegriffen.

„Frau Kanzlerin, meine Damen. Wir müssen sofort von hier verschwinden. Lassen Sie alles stehen und liegen. Sie sind in Gefahr! Sofort!"

Seine Stimme hatte etwas derart Drängendes, dass die Frauen aufsprangen und von Lübben nach draußen folgten. Dort stand eine Mercedes-Limousine.

„Steigen Sie ein, hinten wird es etwas eng. Aber besser so, als zu laufen. Der Wagen bringt Sie zur Bäkebrücke am Teltowkanal. Dort steigen Sie in einen Schleppkahn um. Der Schiffer weiß Bescheid, Sie können ihm vertrauen."

„Und Sie, General?", fragte Andrea von der Heyden.

„Ich stoße später zu Ihnen. Ich muss die Verfolger ablenken. Keine Zeit für Erklärungen."

Er warf die Tür zu und der Wagen fuhr los. Das Fahrzeug bog in den Weddigenweg ein und der Fahrer gab Gas. Alwina drehte sich um, blickte nach hinten und erschrak. Knapp hinter ihnen zeigten sich mehrere Militärfahrzeuge, die dort einbogen, wo sie gerade herkamen. Eine Minute später hörten sie einen lauten Knall. Im Rückspiegel zeigte sich eine schmutziggraue Wolke, die über die Dächer aufstieg.

„Mein Gott, hoffentlich hat Achim es geschafft", murmelte Roswitha.

Fünf Minuten später erreichten sie den Kanal. Der Fahrer hielt und zeigte nach unten.

„An der Brücke führt eine Treppe hinunter. Der Kahn wartet schon. Viel Glück, Frau Kanzlerin!"

Sie stiegen aus, der Mann salutierte und raste davon.

Am Ufer lag ein Kohleschlepper. Der Schiffer, ein vierschrötiger Mann mit Pfeife, stand an Deck und winkte ihnen.

„Über die Planke, meine Damen, kommen Sie an Bord."

Dann waren sie auf dem Schiff und der Schlepper legte ab. Betulich nahm er seinen Kurs auf.

Sie saßen in der kleinen Kombüse. Der Schiffer hatte Kaffee gekocht und erklärte ihnen die Streckenführung. Der Kanal führte von Treptow über Tempelhof, Steglitz und Lichterfelde nach Kleinmachnow mit dem Machnower

See. Bei Dreilinden erreichte er den Ort Stahnsdorf und ging schließlich durch den Griebnitzsee, der zwischen Berlin-Wannsee und Potsdam-Babelsberg liegt und zum Flusssystem der Havel gehört.

„Das sind 16 Flusskilometer und dann fahren wir weiter zum Sacrow-Paretzer- Kanal und zum Elbe-Havel-Kanal. Der beste Weg, meine Damen, Berlin zu verlassen. Sie müssen nur Zeit mitbringen. Unser Kahn macht fünf Knoten die Stunde, also rund neun Kilometer. Jetzt ist es zehn Uhr. Am Mittag werden wir Potsdam passieren. Und nun, meine Damen, darf ich Sie bitten, unter Deck zu gehen. Dort ist es zwar nicht sauber und ziemlich unbequem, dafür aber umso sicherer."

Altreichskanzler Hans Schmied erlag gestern im Alter von 96 Jahren einem plötzlichen Herzanfall. Bis zuletzt war Schmied rüstig und politisch aktiv. Wir verlieren mit dem Altkanzler einen großen Demokraten und Publizisten. Die Beisetzung auf dem Hamburger Hauptfriedhof findet auf Wunsch der Familie im engsten Kreise statt.

Hamburger Abendzeitung vom 3.Juli 2014

Mogadischu, 4.Juli

Freiherr von und zu Kaltenbach saß am Schreibtisch im Büro des deutschen Somaliakommandos in Mogadischu und versuchte zum wiederholten Male, das Luftwaffenkommando in München-Fürstenfeldbruck zu erreichen. Wieder meldete sich niemand. Kaltenbach nahm einen Schluck aus seinem Glas. Wenigstens war die gestrige Aktion ein Erfolg gewesen. Unter dem Schutz des Entlastungsangriffs gelang es dem Spähtrupp, sich durch die feindlichen Linien zu schlagen und die Heliographen ohne eigene Verluste zu erreichen. Am Nachmittag griffen deutsche Sturzkampfbomber in das Geschehen ein und zerstreuten die Aufständischen im Nu. Ein Hubschrauber brachte den Minister nach Mogadischu. Doch erst am heutigen Morgen war es Kaltenbach möglich gewesen, mit Berlin Kontakt aufzunehmen. Was er im Reichskriegsministerium erfuhr, war niederschmetternd. Markus von Wolf schien in Berlin die Macht vollständig übernommen und eine neue Allparteienregierung gebildet zu haben.

Er, von Kaltenbach, sei seines Amtes enthoben, wurde ihm mitgeteilt. Er habe sich schnellstens nach Berlin zu begeben und sich für seine ministerielle Arbeit zu verantworten. Der Freiherr wandte sich an Luftwaffe und Marine und forderte die Kommandeure auf, Weisung aus Berlin zu missachten und gegen die Putschisten vorzugehen. Aus Kiel kam die lapidare Antwort, man sei ab sofort nur dem neuen Reichsmarineminister Admiral Dönitz verantwortlich.

Kaltenbach versuchte erneut, das Luftwaffenkommando zu erreichen. Endlich meldete sich Fürstenfeldbruck. Der Minister verlangte Generalmajor von Kujat. Doch der General verweigerte das Gespräch. Dann wurde aufgelegt. Eine halbe Stunde später ließ sich Generalmajor von Lettow-Vorbeck melden. Er teilte Kaltenbach mit, er habe von Berlin die Anweisung erhalten, ihn zu verhaften.

„Leider wurde vergessen mir mitzuteilen, wann die Verhaftung erfolgen solle, Herr Minister", erklärte der Generalmajor. „Ich werde morgen früh nachfragen."

Er grüßte militärisch und verließ den Raum. Der Freiherr beschloss, sich mit seinen letzten Getreuen unverzüglich ins Ausland abzusetzen. Zum Glück war seine Frau Stephanie zu Besuch auf einem Gut der Familie in Argentinien. Am Mittag brachte ihn eine Luftwaffenmaschine in den Jemen. Von dort wollte er weiter über Indien und Japan nach Südamerika fliehen.

Die ZEIT, Ausgabe vom 4. Juli

Der Vorgang eines Regierungswechsels ist nach liberalem Selbstverständnis mit dem Instrument demokratisch legitimierter Wahlen fest verbunden. Allerdings kann es Situationen in der Geschichte eines Landes geben, in der ein unverzügliches Handeln notwendig ist, das andere Formen einer politischen Umsetzung des Volkswillens, die Volonté générale, nutzt. So geschah es in der Glorious Revolution 1688/89, in der Amerikanischen Revolution von 1776, in der Französischen Revolution 1789 und in der Paulskirchenrevolution 1848/1849. Die Ergreifung der Macht durch den neuen Reichskanzler Markus von Wolf war und ist demnach eine von derartigen Notwendigkeiten diktierte politische Maßnahme, die dem Schutze der bürgerlichen Freiheitsrechte und insbesondere unserer nationalen Sicherheit dient ...

Hamburg, 4.Juli, mittags

Warum flog Sir Harald Oldfield nach Hamburg? Alexander Sinclair war überrascht gewesen, als er in der großen Glashalle des Zeppelinhafens in der Menge seinen Chef entdeckte. Er unterdrückte die spontane Geste, auf Sir Oldfield zuzugehen und ihn direkt zu fragen. Im Gegenteil, Sinclair bemühte sich, möglichst ungesehen zu bleiben. Im geheimen Auftrag von Sir Osborne besuchte Sinclair sozusagen halboffiziell das Reich. In der Rolle eines Vertreters der Royal Bank of Scotland sollte er den Spuren des ermordeten Lord Essex folgen und vor allem klären, wie weit die Verhandlungen mit dem Welfenprinzen gediehen waren. Inzwischen überstürzten sich die Ereignisse. Markus von Wolf und Thoralf von Thadden hatten offenbar die Reichskanzlerin kaltgestellt und selbst die Macht ergriffen. Die Parteien und das Volk schienen die Usurpation zu akzeptieren. Er hatte zwar gerüchteweise von Kämpfen rivalisierender Truppen nördlich von Berlin gehört. Aber in den Nachrichten hieß es, dass die Ordnung wiederhergestellt und auch der über

Berlin verhängte Notstand aufgehoben sei. Und jetzt tauchte Sir Oldfield in Hamburg auf. Sinclair war gespannt, was Sir Oldfield in die Stadt geführt hatte. Jedenfalls war er nicht im Auftrag von Sir Osborne unterwegs. Zumal ihn Sir Osborne verdächtigte, seit fünf Jahren für die Deutschen zu arbeiten. Vielleicht ergab sich die Chance, endgültige Beweise gegen Oldfield zu gewinnen. Beweise, die auch den Premierminister überzeugten. Alexander Sinclair entschloss sich, Sir Oldfield zu folgen. Der MI6-Chef verließ den Flughafen und stieg in ein Solartaxi. Sinclair nahm das nächste Taxi und bat den Fahrer, dem Taxi vor ihnen zu folgen.

„Sind Sie ein Agent?“, fragte ihn der Chauffeur.

„Klar“, antwortete Sinclair grinsend. „Ich bin vom MI6 London und folge einem möglichen Verräter.“

Der Taxifahrer lachte. „Mich können Sie nicht reinlegen. Dass Sie Engländer sind, glaube ich gerne. Wahrscheinlich handelt es sich um eine Wette. Ihr Engländer habt doch alle einen Spleen.“

„Ihnen kann man auch nichts vormachen“, meinte Sinclair.

Das Taxi brachte Sir Oldfield zu einem prächtigen Backsteinbau in der Schlüterstraße knapp einen Kilometer von der Alster entfernt. Sir Oldfield war bereits ausgestiegen und betrat das Gebäude. Alexander Sinclair gab dem Mann zwanzig Euro und bat ihn zu warten. Dann folgte er Oldfield. An der Eingangstür hing ein Schild: Zentrum für Meeres-, Schiffsbau- und Informationstechnik (ZMSI). Sinclair stieß die Tür auf und trat ein. An der Seite waren Tafeln angebracht, die auf verschiedene Abteilungen verwiesen. Leiter des Zentrums war ein gewisser Professor Dr. Hans-Peter Schwarze. Alexander Sinclair notierte sich den Namen und den der angeführten Mitarbeiter. Ihm war schleierhaft, was Sir Oldfield im *Zentrum* wollte. Am besten, er überprüfte die Namen, vielleicht ergab sich dadurch ein Hinweis. Sinclair verließ das Institut. Der Taxifahrer hatte tatsächlich gewartet. Alexander Sinclair ließ sich zum nächsten Hotel an der Außenalster bringen. Er nahm ein Zimmer, duschte und zog sich um. Dann öffnete er seinen tragbaren Rechner, schloss diesen drahtlos ans Hotelnetz an und begann Einträge zum ZMSI und seinem Leiter zu suchen. Was er entdeckte, war interessant, erklärte aber nicht, was Sir Oldfield im Institut gewollt hatte. Alexander Sinclair klappte den Rechner zu. Er verließ das Hotel und ging an der Alster entlang in Richtung Hansa-Viertel. Jetzt würde er erst einmal in Ruhe etwas essen und dabei überlegen, wie er weiter vorgehen wollte. Morgen jedenfalls plante Sinclair nach Hildesheim zu fahren – auf den Spuren des getöteten Lord Essex. Vielleicht konnte ihm Ernst August, der jüngere Prinz von Hannover und Herzog zu Braunschweig-Lüneburg, nähere Auskunft geben.

Berlin, Moabit – 4. Juli

Die Tür zu ihrer Zelle wurde aufgerissen und eine Stimme brüllte: „Aufstehen!“

Erschöpft versuchte Rachel Rosenthal auf die Beine zu kommen. Wenn sie nicht aufstand, würde der Mann nach ihr treten und sie schlagen – und sie hatte Angst vor dem Schmerz. Sie konnte einfach nicht mehr. Was wollten die jetzt noch von ihr? Sie hatte doch alles gesagt, was sie wusste. Nicht gleich, aber irgendwann, als die Schmerzen zu mächtig geworden waren. Sie versuchte sich an der Wand hochzuziehen. Stand fast, doch dann knickten die Beine unter ihr weg. Der Wärter riss Rachel wieder hoch und schleppte sie nach draußen. Am Ende des Ganges übergab er sie zwei anderen Männern, die Rachel zu einem Raum führten, den sie noch nicht gesehen hatte. Innen waren ein Tisch und zwei Stühle. Auf dem einen Stuhl lag Kleidung, in der Ecke waren eine Duschkabine und ein Schemel mit Handtüchern. Auf dem Tisch standen ein Korb mit Brot und Äpfeln sowie ein Becher und ein Krug Wasser. Die Männer setzten Rachel auf den freien Stuhl. Einer von ihnen wandte sich an Rachel: „Sie können sich duschen und frische Kleidung anziehen. Wenn Sie fertig sind, klopfen Sie an die Tür, Frau Rosenthal.“

Dann verließen die Wärter den Raum. Rachel starrte ihnen ungläubig hinterher. „Frau Rosenthal“, hatte der Mann gesagt. Was war das? Eine Falle? Aber das war ihr egal. Sie griff nach dem Brot. Seit ihrer Festnahme vor Gott-weiß-wie-vielen-Tagen hatte sie nichts gegessen. Vorsichtig brach sie kleine Stücke ab und kaute das Brot bedächtig. Dazu trank sie das herrlich klare Wasser. Endlich zog sie ihre zerrissene Hose und das verschmutzte Hemd aus. Es war ihr egal, ob sie vielleicht jemand von außen beobachtete. Es gab zwar keine sichtbaren Öffnungen, aber sie war sicher, dass sie bei allem, was sie tat, kontrolliert wurde. Sie sah an sich hinab. Überall hatte sie blaue Flecken und Blutergüsse. Sie schloss die Augen, atmete tief durch. Dann betrat sie die Dusche und stellte das Wasser an. Rachel duschte, ihr geschundener Körper schmerzte entsetzlich, schließlich aber spürte sie nur noch das wunderbar heiße Wasser. Sie duschte lange, heiß und kalt. Anschließend trocknete Rachel sich vorsichtig ab und schlüpfte in die frische, saubere Wäsche. Kaum war sie fertig, wurde die Tür geöffnet. Natürlich war sie beobachtet worden, dachte sie müde. Der Mann, der hereintrat, war groß gewachsen und trug eine schwarze Uniform. Er lächelte das böse Lächeln einer Kobra. Rachel merkte, wie es ihr kalt den Rücken herunterlief.

„Setzen Sie sich Frau Rosenthal. Nach einer Dusche fühlt man sich einfach besser. Auch die blauen Flecke gehen bald wieder weg. Ich bin sicher“, sagte er grinsend. „Ihre Haut wird bald wieder makellos sein wie zuvor.“

Diese widerliche Intimität ließ die junge Frau erröten.

„Rund drei Tage waren Sie unser Gast“, sagte der Mann. „Und ich glaube“, fuhr er in sanftem Ton fort, „ich glaube, dieser kleine Denkzettel genügt, so dass Sie in Zukunft besser auf Ihren Umgang achten. Sie haben uns alles gesagt, was wir wissen wollten, wenn es auch etwas dauerte. Und Sie haben kürzlich dazu beigetragen, zwei Attentäter festzusetzen. Da wollen wir nicht so sein und zeigen uns versöhnlich."

Er stand auf und trat ganz nah zu ihr.

„Sie dürfen gehen", sagte er und dann riss er sie plötzlich an den Haaren hoch, dass Rachel aufschrie. „Aber es gibt kein zweites Mal, verstanden?"

Der Mann wandte sich ab und verließ den Raum. Rachel schluchzte vor Schmerz und Demütigung.

Eine Weile blieb sie sitzen, nichts geschah. Dann erhob sie sich und berührte vorsichtig die Klinke. Die Tür öffnete sich.

Berlin, Lichterfelde, Fabeckklinik

Bei seiner Suche nach Kleidung fand Robert in einem Maschinenraum einen Blaumann, den er rasch überzog In der rechten Hosentasche entdeckte er zu seiner Freude ein paar vergessene Münzen. Er zählte nach. 3,75 Euro – weit kam er damit nicht, aber das war besser als nichts. Dann wusch Robert sich Schmutz und Erde von Gesicht und Händen. In einem Behandlungsraum gab es Pflaster und er versorgte seine Stirnwunde. Ein Spiegel zeigte ein müdes, doch einigermaßen menschliches Antlitz. Jetzt konnte er sich unter die Leute wagen. Aber wohin sollte Robert gehen? Die Paulinenstraße konnte er streichen, zu gefährlich. Das *Adlon* auch. Bliebe noch Rachel. Nein, das ging nicht. Wenn er zu ihr kam, konnte er ihr möglicherweise schaden. Wenn der Aufenthalt bei Rachel ihr nicht schon zum Verhängnis geworden war. Robert schalt sich einen Narren. Dass er daran nicht gedacht hatte! Bestimmt waren sie auf Rachel gestoßen. Er mochte sich nicht ausmalen, was das bedeuten konnte. Andererseits, vielleicht sah er zu schwarz und es war ihr nichts passiert. Rachels Freundin Melanie wusste sicher Näheres. Er musste mit Melanie Kontakt aufnehmen, ohne dass jemand es merkte. Aber wie? Robert trat an ein Fenster und schaute durch die dünnen Krankenhausvorhänge hinaus. Täuschte er sich oder bewegte sich etwas in dem Fenster im gegenüberliegenden Haus? Da, etwas blitzte in der Abendsonne. Jemand beobachtete die Klinik durch ein Fernglas. Robert überlegte. War das ein Zufall oder …? Vorsichtig durchquerte er verschiedene Räume des weitläufigen Gebäudes. Ab und zu schlich er an eines der Fenster und spähte hinaus. Endlich wurde seine Beharrlichkeit belohnt. In einem Auto saßen zwei Männer, von denen der eine in eine Art Funkgerät sprach. Drei Fenster weiter, Robert war jetzt auf der anderen Gebäudeseite, konnte er eine Gestalt mit einem Gewehr im Anschlag erkennen, die sich auf einem Dachvorsprung im Schatten verbarg. Eine kurze Bewegung verriet sie. Sicherheitskräfte hatten das Klinikgelände umstellt.

Aber warum? Eine Durchsuchung des Areals im Umfeld des Explosionsortes und der Gegner hätte ihn längst gefasst. Nein, denen da draußen ging es um etwas anderes. Sie wollten, dass er sich absetzte und sie zu den Übrigen führte. Wenn er also im Gelände blieb ... Robert schüttelte den Kopf. Er hatte keine Ahnung, wie lange sie das Spiel treiben würden. Und er musste den Ausbruch wagen. „Die Papiere, suche die Papiere!", lautete Hagens letzter Auftrag. *Reichslande* und *Schwarz*, was immer er damit gemeint hatte. Also musste er sich etwas einfallen lassen ... Robert setzte sich auf den Boden eines Zimmers im Erdgeschoss und dachte nach. Draußen wurde es dunkel. Heather fiel ihm ein. Auch sie hatte den Einsatz nicht überlebt. Was hatte Heather noch erzählt? Ihr Mitstreiter William Callegan war in die Charité eingedrungen und flüchtete mit ihr durch die Kellerräume. Überall in Berlin gab es alte Keller. Unter Krankenhäusern befanden sich meist ausgedehnte Kellerfluchten. Versorgungslager, Heizkeller, Stromaggregate und mehr. Manche standen mit anderen Kellern in Verbindung. Zur Zeit der großen Aufrüstung in den 40er und 50er Jahren, als das Reich befürchtete, in einen atomaren Konflikt mit der Sowjetunion verwickelt zu werden, hatte Reichskanzler Duesterberg den Aufbau einer Raketentechnologie in Peenemünde forciert und gleichzeitig den Zivilschutz ausgebaut. Nach einer kurzen Phase der Annäherung an die Sowjetunion unter Reichskanzler Wilhelm Pieck setzte Kanzler Adenauer die Politik der Abgrenzung konsequent fort und ließ weiter bauen. Die Entwicklung der Solar- und Lasertechnik verschaffte dem Reich schließlich einen derartigen Vorsprung, dass die Russen das Wettrüsten Mitte der 60er Jahre aufgaben. Die enormen Ausgaben führten zum Kollaps ihres Staatshaushaltes und zum inneren wie äußeren Zusammenbruch. Das atomare Schreckensarsenal war längst verschrottet, doch die Keller waren geblieben. Vor allem in Berlin war ein regelrechtes Bunker- und Kellernetz entstanden, besonders unter öffentlichen Einrichtungen wie einem Krankenhaus.

Also nach unten! Robert von Warthenberg erhob sich und suchte den nächsten Kellerabgang. Er folgte der Treppe nach. Insgesamt drei Etagen ging es hinab in die Tiefe. Alle zehn Meter leuchtete eine der Notlampen. Die Gänge lagen in einem düsteren, grünlichen Schein. Die Anlage wirkte riesig und labyrinthartig verzweigt. Überall standen Schränke oder Holzkisten. Den Inschriften nach enthielten sie Medikamente und Verbandszeug. Offenbar waren sie vor längerer Zeit eingelagert und dann vergessen worden. Immer wieder stieß Robert auf neue Gänge, die sich verzweigten und meist vor geschlossenen Türen oder vor Mauerwänden endeten. Robert wollte schon umkehren, als er aus einem Gang rechts Schritte hörte. Sofort kauerte er sich in den Schatten einer der Schränke und wartete. Die Schritte kamen näher und jetzt konnte er auch zwei Männerstimmen hören, die miteinander sprachen.

„Wie lange dauert es noch mit dem Zugriff?"

„Oberst Skorzeny hat befohlen, bis zum Tagesanbruch zu warten. Nach dem Fehlschlag mit der Paulinenstraße will er ganz sicher gehen."

Der Mann spuckte auf den Boden.

„General von Lübben soll seine Finger im Spiel gehabt haben", meinte sein Begleiter.

„Lübben ist einfach gut. Schade, dass er auf der falschen Seite kämpft."

Die Männer verschwanden in einem weiteren Gang. Robert richtete sich auf und eilte, so rasch und so leise er konnte, in den Gang, aus denen die beiden gekommen waren. Während er lief, dachte er über das Gehörte nach. Offenbar war das Versteck in der Villa aufgeflogen. Doch Lübben schien es gelungen zu sein, rechtzeitig der Falle zu entgehen. Gut, aber für ihn bedeutete dies, dass er völlig auf sich allein gestellt war. Robert lief weiter. Jetzt ging es steil aufwärts und der Gang bog scharf nach rechts. Vor ihm leuchtete etwas auf. Eine Lampe! Robert stoppte sofort, glitt zu Boden und robbte sich vorsichtig an das Objekt heran. An einem Tisch saß ein junger Wachsoldat – und schlief. Ein echtes Déjà-vu–Erlebnis, die gleiche Situation wie im Keller der Hauptkadettenanstalt!

Robert schlich leise vorbei, stieg eine schmale Treppe hoch und öffnete sacht eine Art Falltür. Er schlüpfte hinaus, schloss die Tür und sah sich um. Drüben war eine Backsteinmauer mit eine Inschrift zu sehen. Im Licht der Straßenlaternen las Robert: *Botanischer Garten.* Nicht weit von hier musste die S-Bahnstation sein. Er sah sich um. Niemand war ihm gefolgt, der Ausbruch schien gelungen. Fünf Minuten später saß er in der S 1. Sein Ziel war die Wohnung von Melanie, der Freundin Rachel Rosenthals.

Berlin, Reichskanzleramt, 4. Juli 2014

Reichskanzler Markus von Wolf stand am großen Fenster des Reichskanzleramtes und schaute hinaus. Es regnete. Drüben lag der Reichstag und oben erhob sich die nass glänzende Kuppel, der gläserne Abschluss des Tempels der Macht. Seiner Macht, die er ergriffen hatte und die er zu halten dachte. Eine Macht, die er, Markus von Wolf, nutzen würde. Denn jetzt war die Zeit gekommen, seine Ideen durchzusetzen und das, was er geplant hatte, Wirklichkeit werden zu lassen. Sein Programm, sein Wille, sein Weg! In seiner ersten Rede hatte er von der Idee der Nation gesprochen, und sie hatten alle gejubelt. Am lautesten klatschten die Thadden-Leute. Sie bewunderten denjenigen, der Macht und Stärke besaß. Er hatte sich durchgesetzt, also war er ihr neues Idol. Dabei hatten nur die Wenigsten verstanden, um was es ihm ging. Die plumpen Parolen vom Deutschtum und vom raumlosen Volk, die Thoralf von Thadden einem längst verstorbenen Autor namens Grimm abgeschaut hatte und die er als deutschnationales Gedankengut verkaufte, interessierten Wolf nicht. Das war etwas für die Masse und den Pöbel. Das Reich war groß genug und noch größer, wenn man seine wirtschaftliche Stärke betrachtete. Von Gibraltar bis zur Krim, vom Nordkap bis Sorent hingen alle am Tropf des Euros. Ganz gleich wie schwach dieser zurzeit auch sein mochte.

Und wehe dem Land in Europa, dem die europäische Zentralbank in Frankfurt den Geldhahn zudrehte. Bis nach Tokio, Peking, Neu Delhi und zur Wallstreet reichte die Macht des deutschen Geldes. Warum da vom Lebensraum sprechen? Die wenigsten waren Bauern oder wollten als Bauer arbeiten. Krieg war ebenfalls kein Thema. Das Reich war mächtig genug, um es mit jedem Konkurrenten aufnehmen zu können, selbst mit China. Doch dies war nicht nötig, nicht zurzeit. Andere Aufgaben warteten, die dringender zu lösen waren. Doch natürlich würde die Armee ihre zentrale Stellung behalten, einfach als Selbstzweck und zur Beruhigung der Falken im Generalstab. Seinetwegen mochten sie auch ihren afrikanischen Krieg weiterführen. Wenn Militärs Schlachten planen konnten, waren sie glücklich und stellten weiter nichts an. Wolf wusste das, immerhin war er lange Zeit einer von ihnen gewesen. Ideologen unter sich – ein anderer Unfug war der Glaube an die angebliche Hochwertigkeit der romanisch-germanischen Rasse, der in den Köpfen der Wikingjugend, der Jugendorganisation der DNP, herumspukte. Ganz Europa war rassisch durchmischt. Kelten, Römer, Germanen, Slawen, Hunnen, Araber, Ungarn, Mongolen, Tataren, Türken, alle nur möglichen Völker waren über seinen Boden gezogen und hatten ihre genetischen Spuren hinterlassen. Reinrassigkeit war eine Schimäre und populistischer Blödsinn. Problematischer sah Wolf die Tatsache des afrikanischen Zuwanderungsdrucks. Seit der Kontinent mehr und mehr vertrocknete, versuchten die Afrikaner zu Tausenden, nach Norden zu gelangen. Vor drei Jahren waren bereits Malta, Zypern und die Balearen überrannt worden. Gut, dass das Reich die Kolonien Togo und Kamerun schon in den 40er Jahren in die Unabhängigkeit entlassen hatte. Nur Südafrika war geblieben und hatte sich sehr positiv entwickelt. Aber die Vereinigten Staaten von Südafrika waren seit fast 20 Jahren unabhängig. Schade, im Land steckte viel deutsches Geld und viel deutscher Pioniergeist. Und „deutsches Blut“, was immer das war, denn über dreißig Prozent der Einwohner waren deutschstämmig. Doch auch im Bezug auf die Afrikaner interessierte ihn die Genetik nicht. Brasilien war ein Paradebeispiel, wie eine schwarz-braun-rot-weiße Mischung schöne Menschen hervorbringen konnte. Auch Riefenstahls Nubierbilder offenbarten die Ästhetik der dunklen Rasse. Nein, bei der afrikanischen Frage handelte es sich für Wolf um ein Problem der Psyche. Die Menschen vom dunklen Kontinent waren für das, was er vorhatte nicht reif genug. Denn er, Markus von Wolf, wollte den neuen Menschen schaffen. Einen Menschen der Pflicht und der Tugend, der harten Genügsamkeit und der Arbeitsfreude – den neuen Übermenschen! Die Erfüllung der Pflicht sollte die höchste Form der Freude und des Glücks werden. Das war sein Ziel.

Wolf hatte sich eingehend mit den großen politischen und philosophischen Lehren der Menschheit beschäftigt. Mit Buddha, Konfuzius, Laotse, Platon, Christus, Augustinus, Mohammed, Hegel, Kant, Marx, Gandhi und anderen. Hatte auch Adorno, Horkheimer, Sartre, Bloch und Nietzsche gelesen. Sein Staat der Zukunft sollte aus all diesen Lehren und Gedanken das Beste enthalten. Eine Ethik des Guten und Schönen, ein verbindliches Regelsystem und eine Klarheit des Daseins. Ein Staat der Gleichheit und der Tugend, von einer Gruppe von Wissenden geleitet mit einem Führer an der Spitze, der den Weg zeigte und vorgab. Jeder Bürger würde einen Grunddatensatz erhalten, der ihn durch sein Leben begleitete. Eine Mischung aus Geburtsdatum, Blutgruppe, Steuer-, Sozial- und Rentennummer sowie Bildungschiffre – kein Ausweis mehr, sondern ein von außen lesbarer Mikrochip direkt unter die Haut implantiert. Nur durch die Erfassung aller war die wahre Gleichheit möglich. Von Wolf lächelte. Natürlich würde es Zeit brauchen, diesen alten Menschheitstraum zu verwirklichen. Ein Zukunftsprogramm. Die Jugend war die Zukunft. Er würde bei der Jugend ansetzen und eine große Sozial-, Bildungs- und Erziehungsreform einleiten. Ganz unten musste begonnen werden: Kinderkrippen für die Jüngsten, Früheinschulung, Ganztages- und Internatsschulen, neue, streng geführte Studiengänge und eine reformierte Handwerkslehre. Eine umfassende Erziehung und Bildung ganz ohne Eltern; die alten Standes- und Klassenerzeuger würden für immer ausgeschaltet werden und eine völlig neue Jugend entstehen. Eine zähe Jugend, eine erzogene Jugend und zugleich eine wilde und freie Jugend. Der neue Mensch!

Der nächste Schritt seiner Utopie würde die Verstaatlichung aller Produktionsmittel, Bodenschätze und Banken sein. Eine Wirtschaftsordnung ohne Geld; von der Heydens Reformideen waren im Ansatz durchaus richtig gewesen. Dem neuen Menschen würde alles gleichermaßen gehören, er würde vom Staat genährt und gekleidet und umsorgt werden. Er würde frei und gleich sein, in reiner Brüder- und Schwesterlichkeit leben. Geleitet von einem Führer und den Unterweisern. Der Staat Platons und Aristoteles'. Es würde Zeit nötig sein, um diese Zukunft durchzusetzen. Aber Markus von Wolf war sicher, dass er es schaffen würde. Wenn nicht für sich, dann für andere, die nach ihm kommen würden. Deutsch sein hieß, eine Sache um ihrer selbst zu tun. Das war seine Pflicht. Eine Pflicht, der er sich stellen und die er erfüllen würde. Eine Aufgabe, die nur mit neuen Kräften zu erfüllen war …

Ein Klopfen unterbrach seine Gedanken.

Baldur von Schacht trat ein.

„Herr Reichskanzler, eine Meldung aus Hamburg: Der Leiter des ZMSI, des Zentrums für Meeres-, Schiffsbau- und Informationstechnik, Professor Dr. Hans-Peter Schwarze, ist gestern ermordet worden. Aufgrund einer Zeugenbeschreibung konnte ein Verdächtiger namens Henry Miller festgenommen werden. Der Mann hat bisher jede Aussage verweigert. Das RKA stellte heute fest, das ‚Miller' in Wirklichkeit Alexander Sinclair heißt und der Vizechef des britischen Auslandsgeheimdienstes MI6 ist."

Markus von Wolfs Gesicht zeigte höfliches Interesse. „Eine Spionageaffäre?"

„Vizeadmiral von Manteuffel vom Marineauslandsdienst, der für die Angelegenheit zuständig ist, hält das nicht für ausgeschlossen. Immerhin gehörte Schwarze der Gruppe um General von Lübben an, die sich mit der Aufklärung des Kieler Anschlags beschäftigte."

„Das ist allerdings ein Hinweis. Otto John, der neue Leiter des RND, soll sich der Sache annehmen. Haben wir Nachrichten vom Verbleib Lübbens und von Frau von der Heyden?"

„Die Studentin, die wir verhaftet haben, hat uns nach intensiver Befragung einen Hinweis auf Lübbens Quartier gegeben. Er hatte sich mit seinem Trupp in einer Villa nahe der Kadettenanstalt eingenistet. Als unsere Leute dort ankamen, waren die Vögel gerade ausgeflogen. Leider gab es aufgrund mehrerer Sprengfallen einige Verluste."

„Was machen Ihre Leute eigentlich? Die Exkanzlerin entkommt, Lübben macht was er will ..."

„Wir haben zwei seiner Leute in der Fabeckklinik erledigt und sind dem dritten auf der Spur", warf von Schacht ein. „Einer meiner Spezialisten ist an dem Mann dran. Wir glauben, dass er uns zu den anderen führt."

„Gut, ich hoffe, Sie haben diesmal Erfolg. Sie können gehen!"

Der Innenminister verließ den Raum.

Von Wolf griff zum Telefon.

„Hier Wolf, hören Sie Halder. Sie haben die Geschichte in Hamburg mitbekommen? ... Gut, protestieren Sie offiziell bei Lord Halifax II. Seine Leute können morden wen und wann und wo sie wollen, aber nicht bei uns. Seinen MI6-Vize werden wir zur Verantwortung ziehen. Lassen Sie einfließen, die Briten mögen sich zurückhalten. Noch so ein Vorfall und sie kommen nicht in die Union! ... Natürlich nicht, aber das weiß die Downingstreet noch nicht!"

Wolf legte auf. Professor Schwarze war tot; an ihn hatte er schon lang nicht mehr gedacht. Alexander Sinclair sollte ihn ermordet haben? Der Vize des MI6 fuhr persönlich nach Hamburg, um dort die Drecksarbeit zu erledigen? Nur, wenn es um seinen eigenen Kopf und Kragen gegangen wäre. Aber dann wäre er wie ein Profi und nicht wie ein Amateur vorgegangen. Nein, das Ganze sah eher aus, als hätte Sir Oldfield die Angelegenheit entsprechend arrangiert. Eine saubere Arbeit – jetzt sollte Oldfield zusammen mit Otto John noch die Angelegenheit mit Prinz Ernst August zum Abschluss bringen, dann war seine Tätigkeit fürs Reich beendet. Ein guter Mann, beinahe schade, dass er ein Brite und Verräter war. Markus Wolf stand auf. Er würde Lord Halifax II. bei Gelegenheit einen Tipp geben. Aber erst, wenn Alexander

Sinclair von der Bildfläche verschwunden war. 15 Uhr, das Gespräch mit den Reichswirtschaftsverbänden wartete auf ihn. Und um 17 Uhr würde er erste Gespräche mit Familienministerin Petra Grünink und Reichskultusminister Ernst Naumann in Hinblick auf die geplanten neuen Bildungsformen führen.

Hamburg, JVA Fuhlsbüttel, 4. Juli

Alexander Sinclair lag auf der harten Pritsche und starrte seit Stunden an die Decke. Dass er sich so leicht von Oldfield hatte reinlegen lassen! Die Falle war zu offensichtlich gewesen und er war wie ein Anfänger hineingetappt. Die ganze Zeit über musste Oldfield gewusst haben, dass Sinclair ihm folgte. Wahrscheinlich hatte er der deutschen Polizei sogar den Tipp gegeben oder der Taxifahrer musste ihn gemeldet haben. Jetzt saß er hier und man warf ihm vor, er habe den Leiter des ZMSI, einen gewissen Professor Schwarze, ermordet. Sinclair hatte den Mann nie im Leben gesehen. Er wusste nur, dass Oldfield kurz vor ihm im Institut gewesen war. Oldfield musste den Professor getötet haben. Aber warum? Hatte der Mann etwas über Oldfield gewusst? Oder war er der deutsche Verbindungsmann gewesen? Eindeutig, Oldfield war der Verräter! Sinclair musste hier raus und Sir Osborne warnen. Doch wie?

Draußen waren Schritte zu hören. Die Tür wurde aufgeschlossen und öffnete sich quietschend. Zwei Wärter traten ein und führten Sinclair nach draußen.

Berlin, Prenzlauer Berg, 4. Juli

Robert von Warthenberg erreichte das Haus, in dem Melanie, die Freundin Rachel Rosenthals, wohnte – und ging weiter. Irgendwie hatte er plötzlich den Eindruck, alles liefe zu glatt. So viele positive Zufälle auf einmal, so viele glückliche Umstände, das gab es einfach nicht: Nach der Explosion war er nicht gefunden worden. Das Gelände und das Haus, in dem er sich versteckt hatte, waren bewacht, aber nicht durchsucht worden. Dann der Kellerzugang, der bekannt und ebenfalls bewacht war – doch der Wächter schlief. Eine Kette der Unwahrscheinlichkeiten!

Wie zufällig blickte sich Robert um. Ein paar Leute auf der Straße. An den Seiten dicht geparkte Autos. Alles wirkte normal und unauffällig. Er lief weiter die Straße hinunter. Da kam eine junge Frau um die Ecke. Ihr Gang wirkte schleppend und müde. Ihr langes blondes Haar hing in wirren Strähnen herab. Robert erkannte die Frau, es war Rachel! Ohne weiter nachzudenken ging er auf sie. Sie nahm ihn erst wahr, als er direkt vor ihr stand.

„Robert", rief sie, dann schlug sie die Hand auf den Mund. „Nein, geh weg, ich will nicht … geh weg!"

„Rachel, was ist denn passiert?"

Sie brach in Tränen aus und Robert legte den Arm um sie.

„Rachel?"

Die junge Frau zitterte und schluchzte. Robert zog sie in die nächste Toreinfahrt und von dort in einen schmuddeligen Hinterhof. Sie lehnten sich an eine Mauer. Rachels Atem ging heftig, doch langsam beruhigte sie sich.

„Die Sicherheitspolizei hat mich nach Moabit mitgenommen und dort verhört. Wieder und wieder, stundenlang, tagelang. Ich wurde geschlagen, getreten und gequält, bis ich schließlich alles verraten habe. Hörst du, Robert, alles!"

Er strich ihr übers Haar und zog sie an sich.

„Du kannst nichts dafür. Früher oder später redet jeder", tröstete er sie. „Es ist auch nichts passiert. Alle sind entkommen. Wir hätten dich nicht zurücklassen sollen. Jedenfalls bist du jetzt wieder frei."

„Frei? Robert, ich fürchte, die haben mich nur laufen lassen, weil sie denken, ich führe sie zu euch. Und nun habe ich dich getroffen."

Wieder fing Rachel an zu weinen.

„Mach dir darüber keine Sorgen. Ich glaube, die versuchen, mich ebenfalls als eine Art Köder zu benutzen. Aber es wird nicht klappen."

Robert blickte sich um und lauschte. Irgendwo lief ein Fernseher, Kinderstimmen riefen etwas, normale Alltagsgeräusche, sonst schien alles ruhig.

„Hör, Rachel, ich muss weg. Nach ...", er zögerte einen Moment, „ich muss nach Hamburg und dann nach Kiel. Ich brauche Geld. Kannst du mir etwas leihen?"

Zu seinem Erstaunen zog Rachel einen Geldbeutel aus ihrer Tasche.

„Der lag bei der Kleidung, die sie mir gegeben haben."

Sie öffnete den Beutel. Im Innern befanden sich eine Anzahl aufgerollter Geldscheine.

„Es sind genau vierhundert Euro. Mein Judaslohn."

„Nein", sagte Robert ernst, „das Geld ist der Köder für die Falle. Aber wir werden ihr entkommen. Wir gehen wie folgt vor. Du gibst mir 200 Euro, die andere Hälfte steckst du ein. Dann gehst du so schnell wie möglich nach Hause. Dort legst du die Börse auf den Tisch und ..." Robert überlegte.

„Dann schreibst du *Hamburg* und *Kiel* auf einen Zettel und wirfst ihn in den Müll. Anschließend verlässt du sofort deine Wohnung. Nimm mit, was du für ein paar Tage brauchst. Zieh einen Mantel und ein Kopftuch an und setz dich ab. Gehe nicht zu Melanie oder zu sonst wem, den du genauer kennst. Da suchen sie zuerst. Morgen Abend nimmst du mit mir über einen Rechner Kontakt auf. Der Zugang ist auf *wwn.zeppelinfuge.dr,* das Kennwort lautet *100777.* Wenn du frei ‚sprechen' kannst, gib *Adlon* ein. Wenn *Adlon* fehlt, weiß ich, dass sie dich geschnappt haben. Dann spiel nicht die Heldin, sondern erzähl ihnen alles, nur *Adlon* lass aus. Verstanden?"

Rachel nickte.

„Gut, dann pass auf dich auf!"

Robert umarmte sie und kletterte über die Mauer zum nächsten Hof. Dann verschwand er.

Rachel wartete einige Minuten, dann kehrte sie in die Einfahrt zurück und spähte vorsichtig nach draußen. Auf der anderen Straßenseite stand ein blauer Mercedes-Volvo, in dem zwei Männern saßen und Zeitung lasen. Rachel blieb im Halbdunkel und wartete. Die Männer schienen viel Zeit zu haben. Als ein Getränkelaster vorfuhr und anhielt, nutzte Rachel die Gelegenheit, um in seiner Deckung zu verschwinden. Eine halbe Stunde später war sie in ihrer Wohnung in der Immanuelkirchstraße und arrangierte alles in der Weise, wie es ihr von Robert erklärt worden war. Dann verließ sie im Mantel und die Haare unter einem Kopftuch verborgen das Haus. Rachels Ziel war eine kleine Pension drüben am Weißensee, wo sie mit dem Geld für ein paar Tage ein Zimmer mieten wollte. Sie war gerade an der Ecke Prenzlauer Allee, als der blaue Mercedes-Volvo von vorhin an ihr vorbeifuhr und in die Immanuelkirchstraße einbog. Robert hatte Recht gehabt, sie waren erneut hinter ihr her. Angst stieg in Rachel hoch. Eine zweite Gefangenschaft würde sie nicht durchhalten. Rachel beschleunigte ihre Schritte und eilte zur Straßenbahn. Das Glück schien auf ihrer Seite zu sein; ohne weitere Zwischenfälle erreichte sie die Pension.

Rostock, am Abend des 4. Juli

Nach der ermüdend langen und langsamen Schiffsfahrt über die Kanäle, einer Schütteltour auf einem LKW und einem kräftezehrenden Fußmarsch von etlichen Kilometern erreichte die kleine Gruppe am Abend den Ort Kessin an der Warnow, rund fünf Kilometer von Rostock entfernt. General von Lübben war in Kavelstorf mit einem Trupp von zehn Mann wieder zu ihnen gestoßen.

„Kessin", meinte Andrea von der Heyden, „ist das nicht ein Ort bei Fontane?"

„Es sieht ebenso trist aus", meinte Alwina. „Arme Effi!"

„Meine Damen, ab Kessin geht es wieder im Boot weiter. In Rostock wartet dann ein Schiff der Kriegsmarine auf Sie, um die Kanzlerin und die übrigen Damen in das sichere Schweden zu bringen."

„Das heißt, Herr General, der Widerstand ist vorbei? In Schweden wartet sozusagen das Exil?", fragte Andrea von der Heyden scharf.

„Frau Kanzlerin, wir sind nicht mehr in der Lage, noch nennenswerten Widerstand zu leisten. Graf von Brockdorff-Ahlefeldt hat die Reste seine Truppe aufgelöst. Generalmajor von Tresckows Versuche, in Bayern eine zweite Front aufzubauen, sind misslungen. Ich selbst verfüge noch über vielleicht hundert Mann und ein paar nützliche Auslandsverbindungen. Die Marine hat sich inzwischen auf die Seite der neuen Regierung gestellt. Das Schiff, das uns abholt, ist demzufolge ihr letzter Tribut an die Kanzlerin. Und die Luftwaffe schweigt."

„Das sind ja rosige Aussichten", meinte Frau von der Heyden trocken.

„Wir haben noch eine Chance, dass Robert von Warthenberg die Dokumente findet und an die Öffentlichkeit bringt. Er scheint Wolfs Schergen bislang entkommen zu sein. Aber die Dokumente müssen rasch gefunden werden. Mit jedem Tag, an dem Markus von Wolf länger im Amt ist, festigt sich sein Regime", erklärte von Lübben.

„Die Macht des Faktischen", bestätigte die ehemalige Kanzlerin. „Eine bedauerliche Realität."

Sie stiegen in das bereitliegende Boot. Das Schiff legte sofort ab und fuhr auf Rostock zu.

„Ich muss Sie über einige weitere, wenig erfreuliche Tatsachen informieren", nahm der General wieder das Wort und seiner Stimme hörte man an, dass es sich um sehr dunkle Tatsachen handelte. „Heather McWheels und Hagen von Scholz sind aller Wahrscheinlichkeit nach tot. Professor Schwarze wurde gestern oder vorgestern in seinem Institut in Hamburg erschossen."

„Mein Gott!" Johanna Türmer brach in Tränen aus. Roswitha von Peters und Alwina von Morus schwiegen betroffen. Was war mit Robert?, fragte sich Alwina. Er war offenbar den Todeskommandos entkommen. Aber wo befand er sich, wie ging es ihm? War er verletzt? Was konnte sie nur tun?

„Das sieht so aus, als ob der Gegner gesiegt habe", sagte Andrea von der Heyden nach einer Minute der Stille. „Ich danke Ihnen allen für Ihre Unterstützung, aber ich denke, ich darf Sie nicht mehr länger in die Pflicht nehmen, Herr General von Lübben. Bitte nehmen Sie Kontakt mit Markus von Wolf auf. Ich werde offiziell zurücktreten und in Schweden um Exil ersuchen. Dafür erwarte ich, dass von Wolf allen, die zu mir gestanden und mich unterstützt haben, offiziell Amnestie gewährt."

„Das wollen Sie wirklich, Frau Kanzlerin?", fragte Roswitha von Peters entsetzt. „Sie überlassen das Land einem realen Wolf?"

„Bleibt mir eine Wahl?", entgegnete Andrea von der Heyden. „Sie haben General von Lübbens Lagebericht gehört. Und, vergessen Sie nicht, Markus von Wolf hat eine Art von Allparteienregierung gebildet, selbst die Sozialdemokraten und die Ökologischen sind beteiligt. Das Volk ist zufrieden, was soll, was kann ich dagegen noch tun?"

„Und der Terror der Schwarzhemden? Die rassistischen Parolen der Wikingjugend? Die schleichende Militarisierung der Gesellschaft?", empörte sich Roswitha von Peters. „Johanna, du selbst hast vor kurzem die Gewalt und Willkür angeprangert!"

„Meine Liebe", brach Johanna Türmer ihr Schweigen. „Erinnere dich: Wir haben in Kiel Uniformen angezogen, als uns General von Lübben erklärte, dies mache einen guten Eindruck. Zu diesem Zeitpunkt wurde Frau von der Heydens Kanzlerschaft in keiner Weise hinterfragt. Die Militarisierung gibt es seit Kaiser Wilhelms Zeiten. Die Demokratisierung unter Kaiserin Marie Auguste scheint historisch zum Zwischenspiel geworden zu sein. Uniformen gehören längst wieder zum Alltag. Du sprichst von Rassismus und Terror? Das sind typische Kleinbürgerphänomene. Die Leute werden sagen ‚Wo gehobelt wird, fallen Späne' und alles schlucken. Nein, ich habe meinen Glauben an die reinigende Kraft des Volkes weitgehend verloren. Ich bin müde und ich gebe den Kampf auf. Aber ich bleibe nicht im Land. Früher oder später verschärft sich die Situation und man beginnt, Lager für Andersdenkende zu bauen."

„Ich gebe nicht auf", sagte Alwina von Morus mit klarer Stimme. „Und ich werde Robert finden und ihm bei seiner Suche nach den Dokumenten helfen. Ganz gleich was passiert, die Wahrheit soll ans Licht. Wir werden siegen!"

„Das sind hehre Worte", meinte Roswitha von Peters und strich sich über ihr dunkles Haar. „Seit Tagen flüchten wir vor der Gewalt und seit heute wissen wir, dass die Gewalt offenbar gesiegt hat. Ich werde sicher nicht im Land bleiben. Ich fürchte auch, dass noch mehr Blut fließen wird. Daher werde ich dich begleiten, Alwina, wenn du auf die Suche nach Robert gehst. Die eine oder andere Fähigkeit, die ich besitze, kann uns helfen, ihn rascher zu finden. Keine Sorge", fügte sie hinzu, als sie Alwinas Blick sah, „ich habe nicht vor, mich mehr als nötig um Robert zu kümmern. Achim und ich", sie errötete, „nun, wir verstehen uns."

„Wir verstehen uns dienstlich und privat, wollte Roswitha sagen", führte von Lübben Roswitha von Peters' Worte weiter. „Deswegen werden wir, nachdem wir die Kanzlerin sicher nach Schweden gebracht haben, gemeinsam Robert suchen, ihn finden und mit ihm zusammen beenden, was Hagen von Scholz begonnen hat. Wir geben nicht auf!"

Bei diesen Worten sah er Johanna Türmer an. Die Professorin nickte und wandte sich dann rasch dem Wasser zu. Roswitha setzte sich zu ihr und legte den Arm um sie. Der General zog sich mit Andrea von der Heyden zu einem Gespräch in einen Winkel des Bootes zurück. Nach zehn Minuten trat er wieder zur Gruppe.

„Ich habe mit der Kanzlerin soweit alles geklärt. Morgen geht ein Kurier an von Wolf ab, um die Übergabe oder, wie ich es nenne, die ehrenvolle Kapitulation anzubieten. Ich hoffe für alle, die die Reichskanzlerin unterstützt haben, dass Wolf darauf eingeht. Jetzt aber zu Robert. Wo könnte er sich hinbegeben haben?"

„Wo wollte Hagen hin?", entgegnete Alwina. „Robert wird sicher denselben Weg wie der Kapitän eingeschlagen haben."

„Wir hatten kaum Gelegenheit über die Dokumente zu reden. Ich weiß nur, dass sie mit Kiel zusammenhingen und möglicherweise Thaddens und Wolfs Verbindungen zu den Attentätern oder ihre Verstrickung in das Geschehen belegen."

„Hat er keinen Namen oder einen Ort genannt?“, bohrte Alwina nach.

„Ich erinnere mich an etwas“, sagte plötzlich Johanna Türmer. Sie trat zur Gruppe. Ihrem Gesicht sah man an, dass sie geweint hatte. Sie wirkte verhärmt und traurig. „Das war an dem Abend, als wir in Kiel zum Essen gingen. Ihr erinnert euch, das ist kaum eine Woche her und doch scheinen Ewigkeiten dazwischen zu liegen. Professor Schwarze fehlte. Er hatte einen Termin oder so etwas. Hagen erzählte mir später, ein Freund von ihm habe Schwarze am gleichen Abend in Hamburg gesehen, was Hagen sehr verwunderte.“

„Und in Hamburg wurde Professor Schwarze ermordet!“, sagte Alwina nachdenklich.

„Angeblich von einem hohen MI6 Agenten“, ergänzte von Lübben.

„Hagen hat mich gebeten, ihm Einblick in Professor Schwarzes Curriculum Vitae zu geben“, erinnerte sich Roswitha.

„Gab es dabei etwas Besonders?“, fragte Alwina.

„Eigentlich nicht, er ist im Elsass geboren, beziehungsweise in Reichenweier ...“

„Reichslande“, unterbrach sie der General, „Hagen von Scholz sprach von den Reichslanden und dass die Dokumente dort zu finden seien.“

„Das passt alles. Professor Schwarze hat etwas entdeckt und die entsprechenden Unterlagen, wie auch immer, ins Elsass verschickt. Nach Reichenweier“, schlussfolgerte Alwina, „seinem Geburtsort, wo Professor Schwarze wahrscheinlich Verwandte hatte.“

„Warum hätte er das tun sollen?“, erwiderte Roswitha. „Wäre es nicht besser gewesen, er hätte direkt berichtet, was er entdeckt hat?“, fragte sie von Lübben.

„Da ist etwas dran“, meinte der General, „aber er hat mir nichts berichtet. Über den Grund werden wir auf unserer Reise nach Straßburg genauer nachdenken.“

Er zeigte nach vorn.

„Meine Damen, wir sind da. Vor uns liegen die Lichter von Rostock. Dort wartet unser Schiff nach Schweden. Und dort müssen wir uns von unserer Kanzlerin verabschieden. Vielleicht auf immer ...“

Berlin, Hauptbahnhof, 4. Juli, abends

Robert hatte sich in einem Zweite-Hand-Geschäft neu eingekleidet. Zu seinem Äußeren gehörten ein blauer Mantel und eine Wollmütze, die er sich tief ins Gesicht zog. Ob und wieweit die Sicherheitspolizei ihn wirklich verfolgte, wusste er immer noch nicht genau. Er beschloss, etwas zu riskieren und fuhr mit der S-Bahn zum neuen Berliner Hauptbahnhof. Glas über Glas, die vielen Ebenen und die breiten Etagen mit ihren Auf- und Abgängen, Fahrstühlen sowie Rolltreppen. In der riesigen Anlage und in dem Gedränge hoffte er, mögliche Verfolger abzuhängen. Nach seiner Ankunft zog er den Mantel aus und setzte die Mütze ab. Dann ging er an einen der Schalter, wo er mit lauter Stimme eine Fahrkarte nach Hamburg verlangte. Er zahlte 69 Euro und begab sich zum Gleis 14, an dem der ICE abfahren sollte. Der Zug kam pünktlich. Robert stieg ein, drängte sich durch den Gang und verließ den Zug drei Waggons weiter in Mantel und Mütze. Pünktlich um 20:17 Uhr fuhr der ICE ab, nur ohne ihn. Zwei Männer in grauen Anzügen, die er schon vorher gesehen hatte, verließen offenbar zufrieden das Gleis. Wieder stellte sich Robert an, diesmal dauerte das Warten länger. Als er endlich am Schalter war, bat er mit einem leicht elsässischen Akzent um ein Ticket nach Straßburg. Es kostete 129 Euro, seine Kasse war nahezu leer.

Dreiviertel neun, sein Zug ging um 22:22 Uhr von Gleis 3 ab. Er würde, nach einem Umstieg in Offenburg, morgen früh um 7:05 Uhr in Straßburg ankommen. Robert schaute sich um. Reisende, Männer mit ihren Frauen, Reichsbahnbedienstete, die einen Penner vertrieben. Die Verfolger schienen abgehängt, jedenfalls war kein Verdächtiger zu sehen. Robert kaufte eine billige Boulevardzeitung, setzte sich in eines der Bistros und bestellte für seine letzten Euro Kaffee und ein Hörnchen. Wie es wohl Alwina ging? Er hoffte, dass von Lübben sie wirklich in Sicherheit gebracht hatte. Wenn nicht ... Was dann war, daran durfte Robert nicht denken.

Nachdem Otto Skorzeny aus dem Bahngebäude herausgedrängt worden war, hinkte er um die Ecke und klopfte an die Scheibe eines grauen Kombis der Marke Horch. Die Scheibe fuhr herunter.

„Verschwinde, du Penner!“, schnauzte eine Männerstimme. Skorzeny lachte. „Na, Leutnant, habe ich Sie mal wieder reingelegt.“

„Herr Oberst, ich habe Sie wirklich ... es sieht verflixt echt aus und, Herr Oberst entschuldigen, selbst der Geruch ...“

Skorzeny lachte erneut. „Wenn man sich verkleidet muss alles stimmen. Machen Sie hinten auf, ich muss in meine nächste Rolle schlüpfen.“

„Das heißt, Herr Oberst, es läuft alles nach Plan?“, erkundigte sich der Leutnant, während er die Rückseite öffnete.

„Exakt. Warthenberg hat den Gang gefunden. Der Mann ist auch nicht auf den Kopf gefallen. Er floh und fuhr dann zum Prenzlauer Berg. Kurzfristig haben ihn die Trupps dort aus den Augen verloren. Na, egal. Die kleine Schlampe hat ihm jedenfalls das Geld gegeben.“

Skorzeny riss sich die schmutzigen Kleider vom Leib.

„Wasser!“, forderte er. Der Leutnant kippte Wasser in eine Schüssel und legte Seife hinzu. Skorzeny wusch sich. „In der Wohnung des Mädchens waren Spuren deponiert. Ein unauffälliger Hinweis auf Hamburg und Kiel. Ganz schön ausgebufft, die Kleine.“

„Haben Sie die Frau erwischt?“

„Frau Rosenthal ist unserem Greiftrupp entkommen. Macht nichts, weit kann sie nicht sein. Wenn wir sie haben, knöpfe ich mir das Weibsstück vor. Was dann noch übrig ist, bekommen die Putzer."

Der Leutnant lachte pflichtgemäß.

„Nur noch die Rasur, etwas Duftwasser und fertig."

Vor dem Leutnant stand ein älterer, grauhaariger Herr mit Brille und gediegenem Äußeren.

„So, Leutnant Böll, fertig. Die Herrn vom RKA sind auf den Hamburgtrick reingefallen. Etwas für Anfänger. Warthenberg fährt nach Straßburg. Ich nehme den gleichen Zug. Sie halten hier die Stellung und sorgen dafür, dass die dortige Sicherheitsabteilung informiert wird. In zwei, drei Tagen bin ich mit Warthenbergs Skalp in der Tasche zurück. Sollten Sie inzwischen die kleine Rosenthal kriegen; Finger weg, die ist für mich reserviert. Höchstens ein bisschen Dunkelhaft. Haben wir uns verstanden?"

„Jawohl, Herr Oberst", salutierte Leutnant Böll.

Der „distinguierte Herr" verließ den Wagen und steuerte auf den Bahnhof zu, wo man ihn ohne Widerrede einließ.

Rostock-Malmö, in den frühen Stunden des 5. Juli

Das Schnellboot der Reichsmarine der modifizierten Jaguarklasse Sol 2011 durchpflügte mit 42 Knoten und Kurs 25° Nordnordost die Ostsee. Gischt spritzte am Bug empor und dem Meer wuchsen weiße Schaumkronen. Über den Wassern lag das helle Licht der nordischen Nacht. Die gewählte Reichskanzlerin Andrea von der Heyden stand vorn auf der Kommandobrücke und schaute in Richtung Festland.

„Noch etwa eine Stunde bis Trelleborg, Frau Kanzlerin", meldete der erste Offizier Leutnant zur See Hinrichs.

„Danke, Herr Leutnant. Spricht etwas dagegen, wenn ich hinausgehe?"

„Es ist ein büsschen kalt, Frau Kanzlerin und Sie sollten eine Schwimmweste anlegen. Aber wenn Sie wollen – Bootsmann Klarwüder", rief er einem Matrosen zu, „übernehmen Sie das Ruder. Ich helfe Frau Kanzlerin in die Weste."

Er half Andrea von der Heyden beim Anlegen der orangenen Weste. Frau von der Heyden trat auf das Außendeck. Ein frischer Wind blies ihr Wassertropfen ins Gesicht.

„Immer nach achtern schauen, Frau Kanzlerin, sonst wird es nass!", rief ihr der Leutnant nach und schloss die Tür.

Andrea von der Heyden folgte seinem Rat und wandte sich in Richtung Schiffsheck. Weiter hinten zog ein hell erleuchtetes Passagierschiff vorüber. Fern leuchteten weitere blasse Lichter. Am Himmel zeichnete sich mehr und mehr der Morgen ab. Im Osten zogen am Horizont rötliche Schlieren auf.

Sie waren spät von Rostock losgefahren. Von Lübben hatte mit den Schweden und mit Berlin lange verhandelt, bis schließlich alles geregelt war. Mit Berlin ließen sich die Gespräche anfänglich gut an. Von Wolf war erstaunlich schnell auf von der Heydens Vorschläge eingegangen und hatte sich mit der Amnestieregelung im Allgemeinen einverstanden erklärt. Allerdings erwarte er, ließ von Wolf mitteilen, dass die von der Heyden-Anhänger mit Inkrafttreten der Vereinbarung alle gegen ihn beziehungsweise die neue Regierung geführten oder geplanten Aktivitäten einstellten. Daher forderte von Wolf eine öffentliche Rücktrittserklärung von der Heydens in Funk, Fernsehen und Netz, so dass jedem ihrer Anhänger die Situation deutlich werde. Es dauerte weitere zwei Stunden, bis das Reichskanzleramt und Lübben sich über den Wortlaut des Textes einig waren. Weitaus mehr Probleme machte die Klärung von Andrea von der Heydens künftigem schwedischen Status. Der Regierung in Stockholm missfiel die vorgeschlagene Kombination von Asyl und Immunität. Das Reich sei der Hauptwirtschaftspartner, den man nicht verärgern wolle. Auch im Hinblick auf den geplanten Beitritt zur Eurozone. Schließlich teilte das Kanzleramt mit, Frau von der Heyden würde den Rang einer ständigen Botschafterin des Reiches erhalten, womit die Statusfrage geklärt war.

Jetzt war es gegen vier Uhr morgens. In einer Stunde würde das Schnellboot anlegen. Dann brachte sie ein Bus nach Malmö und von dort flogen Frau von der Heyden und Johanna Türmer nach Stockholm. In Stockholm würde sie um 12 Uhr vor die Presse treten und ihre Erklärung beziehungsweise den abgesprochenen Text verlesen. Und dann? Von Lübben meinte, ihr würde dann ein vorläufiges Quartier zugewiesen, bis die offizielle Bestallung als ständige Botschafterin vorläge. Der Generalkonsul des Reiches in Stockholm habe ihm versprochen, sich um sämtliche Angelegenheiten persönlich zu kümmern. Ständige Botschafterin in Stockholm. Ab und zu ein Empfang beim König oder ein Geschäftsessen. Und im Reich gingen die Dinge ihren Gang. Damit war wohl alles vorbei. Nein, korrigierte sich Frau von der Heyden, nicht alles. General von Lübben, Frau Dr. von Peters und Alwina von Morus gaben den Kampf nicht auf. Sie würden noch vor der Rücktrittserklärung mit einem Zeppelin von Malmö nach Straßburg fliegen, um Robert von Warthenberg bei seiner Suche nach der Wahrheit zu helfen. Hoffentlich hatten sie dabei Erfolg, dachte die Reichskanzlerin.

Im Osten ging glutrot die Sonne auf.

Berlin- Offenburg- Straßburg, 5. Juli

Der ICE raste durch die Nacht. Robert hatte zu schlafen versucht; er nickte kurz ein, doch der schrille Pfiff eines vorüberfahrenden Zuges riss ihn aus wirren Traumbildern. Dann saß er da und starrte nach draußen in die Dunkelheit. Professor Schwarze war in Hamburg in seinem Institut ermordet worden, angeblich von einem hochrangigen englischen Agenten. ***Britische Provokation!***, hatte das Blatt, das Robert gekauft hatte, im dicken Blocksatz verkündet und harte Gegenmaßnahmen gefordert. Warum sollten die Briten Professor Schwarze töten, was machte das für einen Sinn? Robert fielen die Aussagen Captain Rose Cullinghams ein, die im Namen der britischen Regierung jede Verwicklung in geheimdienstliche Aktivitäten zurückwies. Gab es in London zwei sich bekämpfende Parteien, die außenpolitisch diametrale Ziele verfolgten? Heather hatte erwähnt, dass sie Zweifel habe, ob die Auftragsgeber des von ihrer Gruppe durchgeführten Anschlags dazu berechtigt gewesen seien. Auch aus diesem Grund war sie auf ihre Seite getreten – und getötet worden. Hagen, Heather und Professor Schwarze waren tot. Ob es Lübben gelungen war, die anderen in Sicherheit zu bringen? Oder waren sie gefasst und wie Rachel verhört oder getötet worden? Hatte ihr Kampf überhaupt noch einen Sinn? Allmählich dämmerte der Morgen und über den Höhen des Schwarzwaldes stieg die Sonne empor. Robert reckte sich. Bald würde er in Straßburg sein – und dann?

Auf dem Gang spazierte ein älterer Herr vorüber. Kurz warf er einen Blick ins Abteil, dann schlenderte er weiter. Kannte er den Mann, überlegte Robert. Nein, den Mann kannte er nicht, aber seine Augen. Es waren die Augen Otto Skorzenys; Skorzenys Blick, wie er mit der Panzerfaust im Anschlag auf der Lauer gelegen hatte, würde Robert nie vergessen. Der Blick eines Jägers, der auf das Wild wartet und sich darauf freut, endlich abdrücken zu können. Ein Blick voller Gier und Lust am Töten. Genauso war der Blick des älteren Mannes gewesen, voller Erwartung und spöttisch zugleich.

Skorzeny war ihm auf den Fersen geblieben. Der Hamburgtrick hatte nicht funktioniert. Robert musste sich etwas Neues einfallen lassen, und zwar bald. Die nächste Station war Offenburg, wo er in den Regionalzug nach Straßburg umsteigen wollte.

Berlin, Weißensee, 5. Juli

Mehrfach versuchte Rachel, am Abend mit Robert von Warthenberg Kontakt aufzunehmen. Vergeblich, wahrscheinlich war er noch unterwegs, dachte sie. Obwohl man eigentlich in weniger als zwei Stunden mit dem Zug in Hamburg sein konnte. Aber vielleicht war er gleich weiter nach Kiel gefahren.

Gegen elf legte Rachel sich hin. In der Nacht verfolgten sie die Bilder der letzten Tage und sie wachte mehrfach auf. Um sieben stand sie endgültig auf, duschte, zog sich an und ging ins Frühstückszimmer. Rachel spürte, wie hungrig sie war. Seit ihrer Entlassung aus Moabit hatte sie nichts Richtiges gegessen. Der Frühstücksraum der Pension war leer, bis auf einen bärtigen jungen Mann, der in einer Ecke saß und in einer Zeitung blätterte. Rachel grüßte kurz und ging zum Buffet. Sie füllte sich den Teller und setzte sich an einen Tisch in der

Mitte. Sie biss in ein Brötchen und genoss den heißen Kaffee. Der andere Gast blickte aus seiner Zeitung auf und schaute zu ihr herüber. Rachel hatte den Eindruck, als mustere er sie genau, so als ob er sie kenne. Sein Gesicht kam ihr ebenfalls bekannt vor. Da legte er die Zeitung zur Seite, stand auf und kam zu ihrem Platz.

„Du bist doch Rachel, die Freundin von Hans?“

Sie erschrak. Jetzt wusste sie auch, wo sie den Mann schon gesehen hatte. Es war bei einem Treffen der Neu-Orthodoxen gewesen, zu dem sie Hans begleitet hatte. Sascha, so hieß der Mann, studierte wie Hans Volkswirtschaft. Hoffentlich wusste er nicht, dass sie das Attentat verhindert hatte. Sascha sprach weiter.

„Es tut mir leid, was mit Hans passiert ist. Ich war nie für den bewaffneten Kampf, aber wie es aussieht, hat Hans richtig gehandelt …“

Was sagte er da? Es tue ihm leid um Hans?

„Was ist mit Hans? Ich bin seit Tagen ohne Nachricht von ihm“, fragte sie mit zitternde Stimme.

„Oh, ich dachte du wüsstest … Hans“, erzögerte, sprach dann aber weiter, „Hans ist bei einem Anschlag getötet worden. Pjotr und Michail haben es der Gemeinschaft berichtet, bevor sie selbst festgenommen wurden. Auch das Gebetshaus ist besetzt …“ Sascha unterbrach sich und blickte erschrocken auf Rachel.

„Was hast du?“

Rachel sank ohnmächtig vom Stuhl.

Zehn Minuten später, Sascha hatte ihren Schlüssel genommen und sie auf ihr Zimmer getragen, kam Rachel zu sich.

„Geht es wieder?“, fragte Sascha besorgt.

„Ich weiß es nicht“, sagte Rachel. „Aber was mit mir ist, das ist egal. Erzähl mir, was passiert ist“, bat sie Sascha. Doch er wusste nicht viel mehr zu berichten, als dass Hans bei einem wichtigen Einsatz getötet worden sei. Um was es dabei gegangen sei, könne er nicht sagen. Hans’ Leichnam habe die Gruppe heimlich geborgen und beerdigt, damit die Staatssicherheit nicht auf ihre Spuren kommen würde.

„Warum hat mir keiner etwas gesagt?“, klagte Rachel. „Ich hätte ihn zumindest noch einmal sehen wollen.“

„Das kann ich nicht beantworten. Pjotr und Michail erzählten jedenfalls, Hans sei als Held gestorben und sie würden ihn mit einem Fanal rächen.“

Pjotr und Michail, sie hatten das Reichskanzleramt angreifen wollen und Rachel hatte es verhindert. Dabei wollten die beiden nur Hans rächen. Aber …

„Hans war immer gegen Gewalt. Ich kann nicht glauben, dass er zu einer Waffe gegriffen hat“, sagte Rachel.

„Ich war ebenfalls überrascht. Aber so muss es gewesen sein. Warum hätten Pjotr und Michail lügen sollen?", entgegnete Sascha.

Rachel schwieg. Hans war tot, tot, tot!

Sie warf sich auf ihr Kissen und begann hemmungslos zu schluchzen. Sascha sah ihr einen Moment hilflos zu, dann stand er von seinem Stuhl auf.

„Ich gehe dann wohl besser", sagte er zögernd.

Rachel hob ihr Gesicht. „Nein, warte. Ich muss dich etwas fragen."

„Ja?", wandte sich Sascha ihr zu.

„Hast du noch Kontakt zur Gruppe? Oder weißt du, wo ich sie treffen kann?"

„Ich denke schon", antwortete Sascha.

Kehl, am Morgen des 5. Juli

Der Nachtzug traf in Offenburg um 06:20 Uhr ein. Robert stieg aus, wartete einen Moment, dann ging er zur Toilette. Otto Skorzeny, der sich abseits postiert hatte, blickte auf seine Uhr. 6.24 Uhr, der Zug stand auf Gleis 7 schon bereit und würde in acht Minuten abfahren. Er überlegte kurz, dann folgte er Warthenberg.

Als die Tür geöffnet wurde, sprang Robert vor und schlug mit aller Kraft zu. Der überraschte Skorzeny ging sofort zu Boden. Den Ohnmächtigen schleppte er in eine Kabine, fesselte ihn mit Gürtel sowie Schnürsenkel und stopfte ihm eine Socke als Knebel in den Mund. Die Tür riegelte er von innen ab und zog sich über die Absperrung nach draußen. Eilig verließ Robert den Raum und rannte zum Zug. Er schaffte gerade noch den Einstieg, die Türen schlossen sich und die Bahn fuhr ab. Robert setzte sich in ein leeres Abteil und holte das Handfon und die Brieftasche hervor, die er Skorzeny abgenommen hatte. Er prüfte den Inhalt. Die Brieftasche enthielt Ausweise und Führerscheine, die auf verschiedene Namen ausgestellt waren und knapp zweitausend Euro. Und das Telefon. Eine erfreuliche Ausbeute seines Raubzuges. Robert nahm das Handfon und wählte eine Nummer. Ein kurzes Gespräch folgte. 6:37 Uhr, der Zug hielt in Appenweier, um 6:41 Uhr in Legelshurst, um 6:44 Uhr in Kork und um 6:59 Uhr in Kehl. Robert stieg aus. Noch länger im Zug sitzen zu bleiben, war zu riskant. Skorzeny dürfte mittlerweile gefunden und befreit worden sein und hatte sicher Alarm geschlagen. Auf das Empfangskomitee in Straßburg verzichtete Robert gerne. Das Handfon ließ er liegen.

Der Bahnhof Kehl lag nur ein paar hundert Meter von der Rheinbrücke entfernt, die in die hässliche industrielle Vorstadt Straßburgs führte. Straßburg kannte Robert gut. Sie waren von Kaysersberg aus oft in die elsässische Metropole gefahren. Sein Vater hatte in den 40er und 50er Jahren in Straßburg studiert. Er habe die gleichen juristischen Kollegien wie einst Geheimrat von Goethe besucht, pflegte sein Vater zu sagen, allerdings ohne jungen Damen reihenweise das Herz zu brechen. Doch unabhängig von Goethe und seinen Amouren, Robert hatte nicht vor, über den Fluss in die Stadt zu wechseln. *Reichslande* und *schwarz* waren Hagens letzte Worte gewesen. Aber wahrscheinlich hatte Hagen nicht *schwarz,* sondern *Schwarze* sagen wollen. Professor Schwarze, die europäische Koryphäe in allem, was Schiffsbautechnik betraf, und Mitglied der Untersuchungskommission zum Kieler Unglück, war ermordet worden. Schwarze stammte aus dem Elsass, genauer aus Reichenweier. Dort musste die Lösung verborgen sein. In Reichenweier fand er möglicherweise die gesuchten Dokumente, die offenbarten, wer für das schreckliche Attentat von Kiel verantwortlich war.

Er lief, wie verabredet, zum *Schwanen* und trat ein. Robert setzte sich an einen Tisch in der Ecke und bestellte ein Frühstück. Geld hatte er dank Skorzeny wieder genug. Jetzt hieß es warten. Von Kaysersberg bis Kehl dauerte es etwas mehr als eine Stunde. Die Uhr zeigte zwanzig nach sieben; vor halb neun rechnete er nicht mit seinem Vetter Franz.

London, Downingstreet am Mittag des 5. Juli

„Ihre Erklärung, George, Sir Harald Oldfield habe erst Professor Schwarze erschossen und dann dafür gesorgt, dass sein Vize Alexander Sinclair als Täter festgenommen wurde, scheint mir völlig abwegig. Nein, mein Lieber, dahinter steckt Markus von Wolf, der selbst ernannte Führer des Deutschen Reiches. Von Wolf hat den militärischen Reichsnachrichtendienst zu dem gemacht, was er heute ist, ein schlagkräftiges Instrument der Macht. Und wenn nicht von Wolf dafür verantwortlich ist, dann einer seiner Chargen. Otto John, der neue Leiter des RND zum Beispiel oder sonst einer aus den vielen anderen Diensten."

Der Premierminister Lord Halifax II. war nach wie vor von der Unschuld seines Studienfreundes aus Etoner Zeiten überzeugt. Seine Unterredung mit Sir Osborne war entsprechend bewegt, auch weil ihn soeben die Nachricht der Rücktrittserklärung von Reichskanzlerin von der Heyden erreicht hatte.

„Vielleicht haben Sie indirekt Recht, Herr Premierminister", suchte Sir Osborne ihn zu beruhigen. „Möglicherweise war das Geschehen in Hamburg eine Aktion General von Lübbens. Der Mann mag untergetaucht sein, scheint aber nach den mir vorliegenden Berichten überaus aktiv."

„Gut, die Lage hat sich mit der Rücktrittserklärung der Kanzlerin ohnehin geändert. Markus von Wolf ist eine feste Größe geworden, mit der wir zu rechnen haben. Über unser künftiges Verhältnis zum Reich werden wir noch heute im Kabinett beraten. Aber, George, Sie kennen unsere Lage. Einen großen Spielraum haben wir nicht. Anderseits wäre das eine oder andere Störmanöver ganz hilfreich, wenn es um Verhandlungen geht. Wie weit sind die Gespräche mit Prinz Ernst August von Hannover gediehen?"

„Die Haltung des Prinzen zur Thronfolgefrage zu klären war eine Aufgabe, weswegen Alexander Sinclair ins Reich gereist ist", erläuterte der MI7 Leiter. „Die andere stand im Zusammenhang mit der Kieler Katastrophe. Sinclair war sicher, dass Professor Schwarze nähere Informationen darüber besaß."

„War seine Annahme berechtigt?", fragte Lord Halifax II.

Ein Klopfen unterbrach ihr Gespräch. Ein Bote trat herein.

„Was gibt es?", fragte Lord Halifax II. mit einer gewissen Schärfe in der Stimme. Er liebte es nicht, bei Besprechungen gestört zu werden.

„Eine Eilnachricht für Sir Osborne."

Sir Osborne blickte den Premier fragend an. Der nickte widerwillig.

„Lesen Sie schon!"

Sir Osborne nahm die Nachricht und der Bote trat ab. Er überflog das Schreiben und erblasste.

„Um auf Ihre Frage zurückzukommen, Sir. Ob Sinclairs Annahme korrekt gewesen sei." Er schwieg kurz, sprach dann weiter.

„Sir, das weiß ich nicht. Professor Schwarze ist tot und Alexander Sinclair wurde heute früh bei einem angeblichen Fluchtversuch erschossen!"

Lord Halifax II. sprang auf. „Diese verdammten Hunnen! Ich will wissen, was wirklich passiert ist. Setzen Sie Ihre besten Leute ein. Und – Sir Osborne, nehmen Sie umgehend Kontakt mit Prinz Ernst August von Hannover auf!"

Die frühere Reichskanzlerin Andrea von der Heyden bestätigt Markus von Wolf im Amt und wünscht der neuen Regierung gutes Gelingen bei der Lösung der anstehenden Aufgaben. Frau von der Heyden übernimmt den Botschafterposten des Reiches in Stockholm …

Frankfurter Allgemeine Zeitung vom 5. Juli 2014

Berlin, Reichskanzleramt, 6. Juli

Reichskanzler Markus von Wolf eröffnete die Kabinettsrunde.

„Meine Damen und Herren! Gestern Mittag hat meine Vorgängerin von der Zentrumspartei Frau Andrea von der Heyden die Übernahme der Staatsgewalt durch die Regierung der Nationalen Einheit als notwendigen und historisch folgerichtigen Akt der nationalen Revolution anerkannt und mit ihrem Rücktritt legitimiert. Ich denke, wir alle achten ihren freiwilligen Rücktritt als Zeichen einer inneren Größe und der demokratischen Partizipation. Damit ist die erste Phase der nationalen Revolution beendet und wir können gemeinsam in die zweite Phase eintreten. Um den Neustart zu erleichtern, ist vorgesehen, eine allgemeine Amnestie für alle Maßnahmen und Taten zu erklären, die sich im Rahmen des Übergangs ereignet haben. Dies soll denjenigen Kräften eine Chance geben, die der Regierung der nationalen Bewegung bisher ablehnend gegenüberstanden oder diese aus falsch verstandener Loyalität sogar bekämpft haben."

Ein vielfältiges Gemurmel erhob sich. Reichsinnenminister von Schacht protestierte. „Sie wollen wirklich Leute wie General von Lübben, diesen angeblich Toten, oder den Aufrührer Graf von Brockdorff-Ahlefeldt amnestieren?"

„Selbstverständlich, mein lieber Baldur. Der Sieger muss Großmut zeigen."

Die Minister Michael, Naumann und Grüninks applaudierten.

„Natürlich müssen sie sofort alle Aktivitäten gegen die Regierung beenden und sich den Behörden stellen. Selbstverständlich wird ihnen wegen ihrer loyalen Haltung Frau von der Heyden gegenüber nichts geschehen. Nach Ableistung eines Eides auf die neue Ordnung könnten entsprechende Personen, im Rahmen des Möglichen, auch wieder öffentliche Funktionen wahrnehmen. Aber genug davon. Meine Damen und Herren, ich will mit Ihnen heute über die geplanten Staatsfeiern zur hundertsten Wiederkehr des Beginns des Großen Krieges sprechen. Ich glaube, eine gemeinsame nationale Gedenkfeier wird in unserem Volk ein Gefühl der Verantwortung und der Größe erzeugen, aus dem heraus die künftigen Aufgaben mit Kraft und Freude bezwungen und bewältigt werden. Sie wissen, unsere Partei hat in den 20er und 30er Jahren jährlich den Tag von Potsdam zelebriert. Potsdam war auch der Ort, an dem 1945 die Englisch-Japanischen Kriege beendet und 1953 mit dem Deutsch-Französischen Vertrag die Basis des neuen Europas geschaffen wurde. Ein Ort ähnlich geschichtlicher Größe ist Tannenberg. Am 15. Juli 1410 fand bei Tannenberg die historische Schlacht zwischen dem Heer des Deutschen Ordens unter Hochmeister Ulrich von Jungingen und einer gemeinsamen Streitmacht des Königreiches Polen und des Großherzogtums Litauen statt. Der ein Jahrhundert andauernde heldenhafte Abwehrkampf des deutschen Ritterordens gegen Litauer und Polen fand hier seinen dramatischen Höhepunkt. Bis zum letzten Mann kämpfend erlag das Heer der 11 000 Deutschordensritter der vierfachen Übermacht. Neben dem Hochmeister Ulrich von Jungingen kam bis auf wenige Ausnahmen die gesamte Führungsschicht des Ordens um. Erst fünf Jahrhunderte später tilgte in der zweiten Schlacht bei Tannenberg vom 26. bis 30. August 1914 Generalfeldmarschall Paul von Beneckendorff und von Hindenburg durch den Sieg über die um vierzigtausend Mann größere Russische Armee unter General Samsonow die alte Schmach. Die Hindenburg'sche Rochade führte zum zweiten Sieg über die Njemen-Armee unter Paul von Rennenkampf an den Masurischen Seen Anfang September 1914. Mit Tannenberg begann die Kette der Siege im Osten, die dem Reich letztlich den Endsieg des Jahres 1918 bescherte.

Dieser Schlacht wollen wir mit einer nationalen Großfeier gedenken. Und zwar nicht am 30. August, dem Tag des Sieges, sondern am Tag der hundertjährigen Wiederkehr des Kriegsbeginns: am 1. August 2014 und einen Tag vor Hindenburgs Geburtstag. Meine Damen und Herren, ich erwarte Ihre Vorschläge!"

Tannenbergmahnmal, 7. Juli

Die Gruppe der Besucher stand am großen Zugangstor des Denkmals und lauschte andächtig dem Vortrag des Fremdenführers.

„Am Denkmal der Schlacht erinnern wir uns mit stolzem Sinne der heldenhaften Tage des Sieges."

Der Mann öffnete ein braunes Buch. Mit dröhnender Stimme verlas er den Tagesbefehl des Oberbefehlshabers Paul von Hindenburg vom 1. September 1914:

„Soldaten der 8. Armee. Die vieltägigen Kämpfe auf den weiten Gefilden zwischen Allenstein und Neidenburg sind beendigt. Ihr habt einen vernichtenden Sieg über fünf Armeekorps und drei Kavallerie – Divisionen errungen. Mehr als 60 000 Gefangene, ungezählte Geschütze und Maschinengewehre, mehrere Fahnen und viele sonstige Kriegsbeute sind in unseren Händen. Die geringen, der Einschließung entronnenen Trümmer der russischen Narew-Armee fliehen nach Süden über die Grenze. Die russische Wilna-Armee hat von Königsberg her den Rückzug angetreten. Nächst Gott dem Herrn ist dieser glänzende Erfolg Eurer Opferfreudigkeit, Euren unübertrefflichen Marschierleistungen und Eurer hervorragenden Tapferkeit zu danken. Ich hoffe, Euch jetzt einige Tage wohlverdienter Ruhe lassen zu können, dann aber geht es mit frischen Kräften wieder vorwärts. Mit Gott für Kaiser, König und Vaterland, bis der letzte Russe unsere teure, schwergeprüfte Heimatprovinz verlassen hat, und wir unsere sieggewohnten Fahnen ins Feindesland hineingetragen haben. Es lebe Seine Majestät der Kaiser und König."

Das Reichskanzleramt gibt bekannt: In Erinnerung an den hundertsten Jahrestag des Beginns des Großen Krieges 1914 – 1918 wird der 1. August zum nationalen Feiertag erklärt. In einem Staatsakt vor den Mauern der Tannenberg-Weihestätte wird die Reichsregierung dieses historischen Tages gedenken. Mit einer großen Militärparade, der sich ein Fest mit Repräsentanten aus Politik und Wirtschaft, Kunst, Kultur und Wissenschaft und Menschen aus allen deutschen Gauen und Ländern anschließen wird, erinnern wir uns an jenem Tage in stolzem Mut an die dreizehnmillionen Helden des Großen Krieges und die Gefallenen der ersten und zweiten Schlacht von Tannenberg 1410 und 1914. Am 30. August, dem Siegestag der zweiten Schlacht, findet die Wahl zum neuen deutschen Reichstag statt. Mit dieser Wahl wird das ganze deutsche Volk aufgerufen, der Regierung der nationalen Einheit und ihrem Führer, Reichskanzler Markus von Wolf, geschlossen das Vertrauen auszusprechen.

Deutschlandfunk, 7.Juli 2014

Kaysersberg, 8. Juli

Nach der Hektik der letzten Tage kehrte in Robert von Warthenbergs Leben fast so etwas wie eine beschauliche Ruhe ein. Franz hatte ihn in Kehl abgeholt und in ein Forsthaus der Familie, das in den Vogesen lag, gebracht. Dort sollte Robert im sicheren Versteck abwarten, ob Verfolger auftauchen würden. Zwei Tage vergingen und nichts geschah. Robert vertrieb sich die Zeit mit dem Lesen einiger Bücher, die im Haus herumlagen. Nachts gewitterte es, doch die Tage waren herrlich warm und voller Sonne. Am Abend des dritten Tages läutete das Handfon, das ihm Franz gegeben hatte. Der Vetter kündigte an, er würde in einer Stunde kommen und Besuch mitbringen. Wer das sei, dürfe er nicht sagen. Nach dieser kryptischen Mitteilung beendete Franz das Gespräch.

Eine Stunde nach dem Anruf hielt Franzens Wagen, Robert eilte nach draußen und blieb überrascht stehen: Aus dem Geländewagen stiegen Alwina, Roswitha und General von Lübben!

„Da staunst du, mein Lieber. Du hast uns wohl bereits im Jenseits vermutet. Und unrasiert bist du auch noch“, neckte Alwina den Sprachlosen. „Dürfen wir eintreten?“

Ohne ein Wort zog Robert Alwina an sich.

Später saßen sie am großen Holztisch bei *Sürkrüt mit Schäufele* und *Straßburger Würsten*, die Franz mitgebracht hatte und tranken dazu *Grünen Silvaner*. General von Lübben berichtete von der langen Flucht nach Schweden und den dortigen Ereignissen. Von Malmö aus waren die drei nach Hamburg und von dort über Frankfurt nach Straßburg geflogen. In Straßburg mieteten sie einen Wagen und fuhren mit diesem nach Kaysersberg.

„Wir haben Direktflüge vermieden und mehrere Zwischenstopps eingelegt, um es meinem ‚Nachfolger' Otto John nicht zu einfach zu machen", endete der General seinen Bericht.

„In Straßburg erfuhren wir heute Mittag, dass Markus von Wolf die vereinbarte Generalamnestie verkündet habe", erklärte Roswitha von Peters. „Deswegen sind wir gleich nach Kaysersberg zu eurem Familiengut gefahren. Alwina kennt sich hier bestens aus."

„Ich denke, die Amnestie ist ein Trick. Ich glaube nicht, dass Wolf sich an die Abmachung hält", sagte Robert skeptisch.

„Wir glauben das auch nicht", stimmte ihm Alwina zu. „Aber solange Wolf nicht alle Regierungs- und Verwaltungsstellen gleichgeschaltet hat, wird er vorsichtig sein und sich an den Vertrag halten. Für Ende August hat Wolf Neuwahlen angesetzt, damit, wie er sagt, die Regierung sich auf eine breite parlamentarische Basis stützen und die notwendigen Reformen einleiten könne. Markus von Wolf wird bis dahin alles tun, um die Mehrheit des Volkes auf seine Seite zu ziehen. Gewaltmaßnahmen sind nicht populär!"

„Was ist mit den Geheimdiensten? Ich hatte einige Probleme mit einem alten Bekannten, Oberst Otto Skorzeny, dem Leiter der GRSG 9", wandte Robert ein.

„Mit Otto Skorzeny haben Sie sich einen besonderen ‚Freund' geschaffen", lachte von Lübben. „Die Quellen, die ich noch habe, berichteten, in welchem Zustand Sie ihn in Offenburg zurückgelassen haben. Offenbar wurde Skorzeny erst abends aus seiner misslichen Lage befreit. Baldur von Schacht soll ihn zurück nach Berlin gerufen und ihm ziemlich Druck gemacht haben. Skorzeny schäumt vor Wut – Amnestie hin wie her, der Mann wird alles versuchen, Sie zu erledigen."

„Das kann ich mir vorstellen. Nur, dazu muss es erst einmal kommen", meinte Robert leichthin.

„Du solltest das nicht zu locker nehmen", mahnte Alwina besorgt und griff seine Hand.

„Keine Sorge, Unkraut vergeht nicht", sagte Robert und drückte ihre Hand unauffällig. „Seid ihr gekommen, um mit mir die Dokumente zu suchen?", wandte er sich an die anderen.

„Deswegen sind wir hier. Und wir sollten so schnell es geht damit anfangen. Wenn Markus von Wolf erst fest im Sattel sitzt, wird eine Veröffentlichung von Dokumenten, die ihn irgendwie belasten, nicht mehr möglich sein", antwortete Roswitha von Peters. „Schon jetzt scheint die Presse in Vielem wie gleichgeschaltet. Selbst ein liberales Blatt wie die *ZEIT* stößt in Wolfs Horn."

„Was hast du erwartet? Die Presse muss sich arrangieren. Jedenfalls hast du Recht, die Zeit drängt. Ich schlage vor, morgen gemeinsam nach Reichenweier zu fahren, um nach den Verwandten Professor Schwarzes zu suchen", sagte Robert.

„Das war auch unser Plan und wir haben bereits ein wenig vorgearbeitet", stimmte ihm General von Lübben zu und holte eine Liste mit Namen hervor.

Berlin, Reichskanzleramt, 9.Juli

Am Vormittag des 9. Juli empfing Markus von Wolf seinen Propagandaminister Joseph von Seeckt. Seeckt sollte ihm das vorläufige Programm für die am 1. August geplante Tannenbergfeier vorstellen.

„Der Kaiser fühlt sich zurzeit nicht wohl und es ist nicht sicher, ob sein Gesundheitszustand bis zur Feier soweit wieder hergestellt ist, dass er sich den Strapazen einer solchen Großveranstaltung aussetzen kann. Aber Prinz Georg Michael wird kommen und mit ihm die Mehrzahl der deutschen Fürsten."

„Der Prinz passt gut in das festliche Ambiente. Besser als sein liberal angehauchter Vater. Georg Michael ist Ehrenoberst der Garde und hat sich schon früh an die Seite der Bewegung gestellt. Und die Fürsten ergänzen das bunte Bild. Die weiteren Gäste?"

„Unsere komplette Ministerriege. Sämtliche Ministerpräsidenten der Länder des Reiches. Die führenden Generäle und Admirale. Alle Größen aus Wissenschaft, Forschung, Kunst und Politik. Unter anderem verschiedene Nobelpreis- und Oscarpreisträger. Der Reichsmeistermaler Gerhard von Rüther, der Danziger Heimatdichter Gunthram Gratz und der Dichter der Masuren Siegfried Linze. Sämtliche Parteivorsitzenden sowie die Spitzen der Wirtschaft und der Finanzwelt. Natürlich die komplette deutsche und die wichtigsten Vertreter der internationalen Presse. Und unser geheimer Ehrengast sowie seine Begleiter."

Markus von Wolf nickte. „Der geplante Ablauf?"

„Wir arbeiten noch an der genauen Abfolge. Der Beginn ist um Mitternacht, wenn der Juli in den August wechselt. Hunderttausend junge Menschen, fünfundsiebzigtausend Mitglieder der Wikingjugend und fünfundzwanzigtausend Wikingjungmädels werden exakt um null Uhr das von der Wagnerurenkelin komponierte Walkürenlied aus ihrem Opus *Tannenberg* anstimmen. Ferner ist der Auftritt der Vertreter der Landsmannschaften aus allen deutschen Gauen und Reichsländern sowie aus den mit dem Reich verbundenen Gebieten geplant. Und im Anschluss oder am nächsten Morgen folgt die große Militärparade aller Waffengattungen. 750 Panzer und hunderttausend Soldaten, die vor dem Denkmal vorbei paradieren."

Propagandaminister Joseph von Seeckt geriet immer mehr in Begeisterung.

„Gut, gut", bestätigte der Reichskanzler. „Und als Abschluss der Feier?"

„Am Ende des Tages, wenn der erste August in die Nacht versinkt, wird mit Licht und Feuer ein magischer Flammendom entstehen. Eine riesige, mehrdimensionale Laserschau, gegen die das chinesische Olympiaspektakel ein Kinderfeuerwerk gewesen ist. Hanna Reydt-Riefenstahl, die Enkelin unserer großen Filmregisseurin, übernimmt diese Aufgabe. Wenn die Feuer zum Himmel lodern, stimmen wir das Deutschlandlied an und lassen seine Strophen aus hunderttausenden von deutschen Kehlen zu unserem überirdischen Vorgesetzten emporsteigen, auf dass Deutschland immer und immer siege!"

Markus von Wolf nickte zustimmend. Es würde ein wahres Massenspektakel geben, etwas für das gläubige Gemüt des Volkes. Gefühl und Seele! Genau die Art von Vorführung, die er brauchte. Joseph von Seeckt hatte mitunter etwas von einem Künstler. Einem genialen, aber irren Schöpfer menschlicher Allmachtsträume.

Elsass, Reichenweier, 9. Juli

Von Kaysersberg nach Reichenweier dauerte die Fahrt mit dem Auto keine fünf Minuten. Reichenweier war ein typisches Elsässer Weinstädtchen. Eine malerisch gelegene Stadt inmitten von grünen Weinbergen, in der ein Fremder das Gefühl haben konnte, als stünde die Zeit still und als hätte sich hier seit der Herrschaft des Herzogs Friedrich von Württemberg-Mömpelgard nichts mehr verändert.

Sie parkten am Stadtrand und gingen durch den Bogen des Doldertorturms in den Ort hinein. Im Obertor waren noch Pechnasen, Schießscharten und das mittelalterliche Fallgatter zu entdecken.

„Ein nettes Städtchen", meinte Alwina und deutete auf die blumenbunten Fachwerkbauten. „Sehr malerisch. Wo fangen wir mit der Suche an?"

„Professor Schwarzes Elternhaus steht in der Falkenhaynstraße", antwortete Roswitha von Peters.

„Das ist die Hauptstraße Reichenweiers", stellte Robert fest.

„Genau", meinte Roswitha, „und dort fangen wir mit der Suche an."

Robert lächelte. „Eigentlich sollten wir hier beginnen."

Er zeigte auf das Haus, vor dem sie gerade standen. Es war rot und im oberen Bereich des Putzes war Fachwerk zu sehen. Auf der Fassade stand in großen Buchstaben *Weine. Bernhard Schwarze.* Unten war der Eingang zu einem Laden.

General von Lübben nickte. „Sie haben Recht, Robert. Das ist unser erster ‚Schwarze', den wir befragen müssen. Professor Schwarzes Eltern sind verstorben. Der Laden, vor dem wir uns befinden, gehört einem Vetter, der im Weinhandel tätig ist. Und ein Stück weiter", Lübben zeigte auf ein blaues Haus mit der Inschrift *Wistub,* „führt Schwarzes jüngere Schwester mit ihrem Mann eine kleine Weinstube."

„Nach der Liste ist auch ein gewisser Fritz Hugel mit Professor Schwarze verwandt", merkte Alwina an. „Er muss weiter unten im Ort wohnen.

„Dann teilen wir uns auf", schlug Lübben vor. „Alwina und Robert übernehmen Fritz Hugel. Roswitha und ich besuchen die Varianten Blau und Rot. Wir treffen uns in einer Stunde am Parkplatz."

Während der General die *Wistub* und Roswitha den Weinladen betraten, liefen Robert und Alwina weiter in den Ort hinein. Links und rechts der Straße waren überall in den Fachwerkhäusern Souvenirläden, Gaststätten und Hotels. Der kleine Ort schien von seinen Besuchern und vom Weinbau zu leben. Einige Minuten später standen sie in einer der gepflasterten Straßen und schauten sich suchend um. Schließlich entdeckte Roswitha an einem Haus ein rundes Schild, das Weintrauben und Winzer bei der Lese zeigte. *Hugel, seit 1659* stand unten zu lesen.

„Das muss das Haus sein."

Sie traten in einen mit Blumen geschmückten Hof, in dem Stühle und Holztische standen. Eine hübsche junge Frau, die zur Tracht ihr dunkles Haar in lange Zöpfe geflochten hatte, fragte nach ihren Wünschen.

„Wir suchen Herrn Hugel", antworte Robert.

„De Vatter isch im Wyberg und luget nach de Rebe. Um was goht' s?"

„Um Ihren Onkel Hans-Peter. Er wollte etwas für uns hinterlegen", meinte Alwina keck.

„Ach, Sie sind die Dame und der Herr aus England", wechselt sie ins Hochdeutsch. „Sie sprechen aber unsere Sprache gut. Wenn Sie einen Augenblick warten möchten, dann hole ich Ihnen rasch das Päckle."

Robert und Alwina sahen sich überrascht an – Professor Schwarze hatte ein Päckchen für Engländer hinterlegt?

„Gehen Sie nur. Wir setzen uns so lange und warten", entgegnete Robert schnell. Fräulein Hugel ging ins Haus

„Wir sind Engländer", wiederholte Alwina und lachte.

„Still", mahnte Robert sie. „Wir dürfen nicht auffallen."

Kurz darauf kehrte das Fräulein zurück und überreichte Robert ein in braunes Papier gehülltes Päckchen.

„Doo isch's. Ihr sollet no", sie wechselte kurz ins Hochdeutsche, „die Hochkönigsburg bsueche. Nit vergesse! Ei guete Tag wüensch i. Uf Widerluege!"

Robert und Alwina verabschiedeten sich rasch.

„Das war Elsässisch?", fragte Alwina.

„Alemannisch. Eigentlich Niederalemannisch", antwortete Robert, aber Alwina merkte, dass er nicht bei der Sache war.

„Ich frage mich, warum wir für Engländer gehalten wurden und warum wir die Hochkönigsburg besuchen sollen."

Alwina zuckte mit den Schultern.

Sie kehrten zum Parkplatz zurück, wo von Lübben und Roswitha bereits ungeduldig auf sie warteten.

„Wir hatten Erfolg", rief Alwina ihnen fröhlich zu und verstummte, als sie die besorgten Gesichter der beiden sah.

„Wir müssen sofort verschwinden", sagte der General knapp. „Skorzeny ist mit einem Trupp in der Stadt. Ihr scheint ihn zum Glück verpasst zu haben."

London, Downingstreet, 9. Juli

Lord Halifax II. saß an seinem Schreibtisch in der Downingstreet und studierte verschiedene vor ihm liegende Akten. Es klopfte und Sir George Osborne trat ein.

„Ah, Sir Osborne, gut dass Sie kommen. Ich habe einiges zu besprechen."

„Es gibt für meinen Besuch auch einen Anlass, Sir …"

„Ich hoffe, George, Sie kommen mir nicht wieder mit diesem Unsinn über Sir Oldfield", unterbrach ihn der Premierminister ungehalten. „Ich habe Ihnen mehrfach erklärt, dass Sie, was Harald betrifft, Gespenstern nachjagen. Alexander Sinclair hat sich in die Geschichte im wahrsten Sinne des Wortes hineingesteigert. Aber, ich bin sicher, er würde seinen Irrtum heute korrigieren, wenn er dazu Gelegenheit hätte. Bedauerlicherweise ist das nicht möglich, da Sinclair unter den bekannten Umständen ums Leben kam. Wegen eines Irrtums, stellen Sie sich das vor, Sir Osborne! Ist das nicht tragisch?"

„Wegen eines Irrtums?", wiederholte Sir Osborne. „Ich verstehe nicht, Herr Premierminister, was Sie damit meinen", entgegnete der MI7-Chef.

„Alexander Sinclair ist mit jemandem verwechselt worden. Er hat beziehungsweise hatte einen Doppelgänger. Die Verdächtigung, seine Festnahme und natürlich auch seine Flucht beruhen auf einer Fahndungspanne des Reichskriminalamtes. Kanzler Markus von Wolf hat mich heute Morgen angerufen und sich in aller Form bei mir für das Versagen seiner Sicherheitsorgane entschuldigt. In einem tadellosen Englisch. Soviel Feingefühl und Stil hätte ich von Wolf nicht zugetraut. Der Beamte, der den Fehler begangen hat, kommt vor Gericht. Der Einsatzleiter wurde ebenfalls suspendiert. Sie brauchen in der Angelegenheit nicht mehr tätig zu werden."

„Das freut mich zu hören, Sir", antwortete Sir Osborne im neutralen Ton. „Ich vermute, dann hat sich auch die dynastische Frage erledigt?", ergänzte er.

„Exakt, so ist es. Ich habe dem Reichskanzler versichert, dass Großbritannien alle diesbezüglichen Aktivitäten einstellen wird. Unsere beiden Nationen werden künftig brüderlich geeint sein. Mit Ablauf des 1. August tritt um Mitternacht das Vereinigte Königreich in die Europäisch-Deutsche Union ein. Reichskanzler von Wolf hat mich und die wichtigsten Minister meiner Regierung zur Teilnahme am Tannenberggedenktag eingeladen, um in einem feierlichen Rahmen den Eintritt Großbritanniens in die Union zu verkünden!", begeisterte sich der Lord.

„Dann, Herr Premierminister, kann ich Ihnen nur noch zur gelungenen Beschwichtigung des alten Gegners gratulieren!"

Sir Osborne verneigte sich.

„Eine erfüllte Politik, in der Tat", sagte der Premierminister selbstgefällig. „Aber ich habe Sie nicht zu Wort kommen lassen. Weswegen wollten Sie mich sprechen, Sir Osborne?"

„Das hat sich erledigt", antwortete Sir Osborne. „Wenn Sie mich bitte jetzt entschuldigen würden, Sir. Es wartet einige Arbeit auf mich."

Elsass, Reichenweier – Hochkönigsburg, 9. Juli

„Skorzeny? Wo haben Sie ihn gesehen?", fragte Robert ungläubig.

„Später, fahren Sie erst los", antwortete der General.

Robert startete und fuhr in einem Halbkreis um die Stadt herum. Dann bog er auf die Straße nach Zellenberg und Rappoltsweiler ein.

„Wohin wollen Sie?", fragte der General erstaunt. „Nach Kaysersberg geht es in die andere Richtung."

„Wir machen einen Abstecher zur Hochkönigsburg", erklärte Robert und erzählte von der Überraschung im Hause Hugels.

„Fräulein Hugel hielt uns für Engländer und riet dringend, zur Hochkönigsburg zu fahren", schloss Robert seinen Bericht.

„Sie erwartete Engländer?", fragte der General. „Ob ein Zusammenhang mit dem Tod Professor Schwarzes besteht?"

Er überlegte einen Moment und wandte sich dann an Alwina.

„Machen Sie das Päckchen auf", bat Lübben sie, „sicher erklärt sein Inhalt einiges."

Alwina von Morus öffnete den braunen Umschlag. Ein Satz Bilder und ein weiterer, kleinerer Umschlag kamen zum Vorschein. Sie behielt die Bilder und reichte den Umschlag dem General. Auf den Fotos waren Hafenszenen abgebildet. Mehrere Personen hatten sich vor Schiffen positioniert und schienen etwas zu beobachten.

„Das sind Thoralf von Thadden, Markus von Wolf und ein mir nicht bekannter Seeoffizier und eine weitere Zivilperson vor einem sehr großen Schiff", beschrieb Alwina das Foto. „Auf diesem Foto ist Hans-Peter Schwarze zu sehen. Und ein weiteres Schiff, die *Glorious II.* – das britische Schiff, welches bei der Katastrophe in Kiel ebenfalls zerstört wurde!"

Sie reichte die Bilder an Roswitha weiter. Auf den anderen Fotos zeigten sich weitere Details der Schiffe und des Kieler Hafens.

Sie fuhren durch Bergheim und weiter nach Rorschweiher. Dann erreichte der Wagen Orschweiler. Von dort ging es in Serpentinen hoch zur Burg.

Von Lübben war mit der Lektüre des Briefes fertig und schaute nachdenklich hinaus. Dann wandte er sich an die anderen.

„Im Brief steht, die Bilder dokumentierten das Treffen der Herren von Thadden, von Wolf, Sir Oldfield und Kapitän zur See Dönitz am 25. Juni in Kiel. Man habe sich die *HMS Glorious II.* und *SMS Kaiser Wilhelm III.* angeschaut und eingehend die sonaren Abstandshalter besichtigt. Anschließend seien die Herren von Professor Schwarze über die neueste Technik informiert worden."

„Genau das zeigen auch die Bilder", meinte Alwina enttäuscht. „Die anderen Personen, die ich nicht kenne, werden Dönitz und der Engländer sein. Bewiesen wird dadurch nichts."

Sie gab dem General die Fotos. Er betrachtete sie eingehend.

„Eine eigenartige Zusammenkunft von Zufällen", meinte von Lübben schließlich und wies auf ein Bild, das alle Beteiligten zeigte. „Thadden und von Wolf zwei Tage vor dem Anschlag in Kiel und an Bord des Unglücksschiffes. Sie haben aber leider Recht. Als Beweis reichen die Fotografien nicht aus. Allerdings gibt es im Begleitbrief ein Postskriptum. Vom Treffen in Kiel läge ein separater Film vor und der befände sich auf der Hochkönigsburg. Vielleicht ist dort etwas zu sehen, was größere Beweiskraft hätte."

„Und wo genau soll der Film versteckt sein?", fragte Robert, der bisher geschwiegen hatte. „Die Burganlage ist groß und unübersichtlich."

Der General lachte. „Natürlich in einer Kanone", erklärte er. „Wo auch immer sich die Kanone befinden mag."

„Ich glaube, ich weiß, was mit der Angabe gemeint ist", sagte Robert. „Zumindest hoffe ich das. Aber das können wir gleich überprüfen."

Er hielt auf einem unterhalb des Zugangs zur Burg gelegenen Platz und parkte etwas verdeckt am Rande.

„Sie sprachen von Skorzeny", wandte sich Robert an den General. „Was ist mit dem Mann?"

„Skorzeny kam aus dem blauen Haus, als Roswitha eintreten wollte. Er drängte sie zur Seite, erkannte sie aber zum Glück nicht. Dann liefen er und seine Leute in die Richtung, in die ihr gegangen seid. Skorzeny sucht sicher das Gleiche wie wir."

„Dann sollte jemand hier bleiben und die anderen warnen, falls Skorzeny und seine Leute hier wirklich auftauchen", meinte Alwina.

„Ich bleibe im Wagen", sagte Roswitha. „Im Schatten und mit Sonnenbrille erkennt Skorzeny mich nicht. Wenn er kommt, rufe ich euch übers Handfon an."

Von Lübben war anzusehen, dass ihm das Ganze nicht gefiel. Er zögerte, griff dann in eine Tasche am Boden und zog zwei Pistolen hervor, die er Roswitha und Alwina reichte.

„Für den Notfall", sagte er. „Seid vorsichtig! Robert, Sie haben eine Waffe?"

Robert nickte.

„Gut, dann los. Viel Vorsprung haben wir nicht, also Beeilung!"

Stettin, 9.Juli

Rachel Rosenthal befand sich den dritten Tag im Stettiner Zentrum der Neuorthodoxen Bewegung. In einem der alten Lagerhäuser in der Lastadie gelegen, war das Quartier der Aufmerksamkeit der Behörden bisher entgangen. Die Lastadie war eine Vorstadt jenseits der Oder, zu der man über eine lange Brücke kam und wurde auch Schiffbauer-Lastadie genannt. Längs der Oder waren überall Speicher. Tiefe Gebäude, die viele Böden übereinander hatten, um für Kaufmannswaren als Niederlagen zu dienen. Hinter dem Speichergebäude, in dem die Gruppe ihre Räume hatte, befanden sich im Garten Gewächshäuser, die Überreste einer ehemaligen Essigbrauerei. Dort wartete Rachel auf das, was kommen würde.

Nachdem Sascha ihr von Hans' Tod berichtet hatte, war sie dem Studenten gefolgt und er hatte sie zu einem Versammlungsort der Neu-Orthodoxen im Berliner Norden mitgenommen. Die Fahrt dorthin war schweigend verlaufen. Rachel hing ihren Gedanken nach. Ein für alle äußeren Dinge empfindungslos machendes Gefühl der Trauer hatte sie umfasst. Und neben der Trauer wuchsen weitere Gefühle in ihr und füllten sie mehr und mehr aus. Gefühle der Verzweiflung, des Hasses und der Wut. Sie war verfolgt, gequält und erniedrigt worden. Man hatte ihr Hans genommen, den Mittelpunkt ihres Lebens. Hans – sie würde ihn nie mehr sehen, ihn nie mehr sprechen oder fühlen. Er war tot. Sie wollte Rache, wollte seinen Tod rächen und die bekämpfen und zerstören, die für alles verantwortlich waren.

Das sagte sie, als man sie fragte, warum sie gekommen sei. Die Ältesten verhörten sie den ganzen Abend, bis sie Rachel glaubten. Von ihren jüdischen Wurzeln schienen sie nichts zu wissen, vielleicht spielten diese im Hinblick auf Rachels Rachewünsche auch keine Rolle. Zwei Tage und Nächte musste sie fasten. Ihr wurde erklärt, sie müsse sich in völliger Demut Gott zuwenden. Dann sei Rachel für weitere Prüfungen auserwählt, die zeigen sollten, ob sie würdig sei, den Weg einer Gotteskriegerin zu beschreiten. Ein anderer Mann, wie die übrigen im Hause bärtig und dunkel gekleidet, brachte Rachel schließlich mit einem Wagen nach Stettin. Er nannte nicht seinen Namen und sagte auch nicht viel, was Rachel nur recht war, denn sie wollte mit ihren Gedanken allein sein. Am Abend kamen sie in Stettin an, und nachdem der Mann sie zum Lagerhaus gefahren hatte, verschwand er sofort wieder. Im Hause selbst nahm eine ältere Frau namens Milena Rachel in Empfang. Milena führte sie durch das Haus, wies ihr einen Schlafraum zu und zeigte, wo die Küche lag, in der sich Rachel etwas zu essen zubereiten konnte. Seitdem waren drei Tage vergangen. Rachel hatte sich meist im Garten bei den Gewächshäusern aufgehalten. Ein Glashaus war zu einer Art Bibliothek umgestaltet worden. In ihm lag eine Vielzahl von religiösen Broschüren und Zeitschriften. Dazu gab es Bücher über die Ukraine und das Schwarze Meer und mehrere Bibelausgaben auf Deutsch und in russischer Sprache. Rachel las in der Bibel, im alten Testament, als Milena ins Glashaus trat.

„Du hast Besuch, Rachel“, sagte sie. „Bruder Fjodor.“

Fjodor trat ein und grüßte. Er war hoch gewachsen und von hagerer Gestalt. Sein Gesicht war im Gegensatz zu den meisten Neu-Orthodoxen glatt rasiert, wirkte allerdings sehr asketisch. Er wartete, bis Milena gegangen war, dann setzte er sich zu Rachel.

„Schwester, Rachel“, sagte er mit einer leicht heiseren Stimme. „Wir haben eine Aufgabe für dich, wenn du willst. Eine gefährliche, eine tödliche Aufgabe. Du kannst sie natürlich ablehnen, aber sie gäbe dir die Chance, umfassend Rache zu nehmen für alles, was du erlitten hast und gleichzeitig die ewige Gnade des Herren zu erlangen!“

Hochkönigsburg, 9.Juli

Die Hochkönigsburg wurde in der ersten Hälfte des 12. Jahrhunderts als staufische Reichsburg erbaut. 1147 tauchte erstmals der Name Burg Staufen auf. Herzog Friedrich, der Vater des deutschen Königs Friedrich Barbarossa, wird als Gründer genannt. Jahrhunderte der wechselnden Geschichte vergingen, bis die Burg während des Dreißigjährigen Krieges 1633 von den Schweden belagert, erobert und in Brand gesetzt wurde. 1899 schenkte die Stadt Schlettstadt die verlassene Burg Kaiser Wilhelm II. Der Herrscher gab dem Baumeister Ebhardt, einem Fachmann für mittelalterliche Befestigungen, den Auftrag, die Burg mittelalterlich zu restaurieren. 1908 wurde die neue alte Burg mit einer großen Feier, festlicher Musik und historischen Kostümen eingeweiht.

General von Lübben, Alwina und Robert eilten den Weg hoch zum Burgeingang. Der Pförtner winkte sie durch und die drei traten ins Burginnere. Ihr Weg führte sie vom unteren Burghof über die Herberge, an Schmiede und Mühle vorbei die steile Treppe nach oben bis hin zum Waffensaal und in den Kanonenraum. Dort sollte das fehlende Dokument versteckt sein. An einer Rundung standen zwei nach oben ragende, lang gezogene Kanonen.

„Die sind es nicht“, rief Robert, „wenn, dann finden wir den Film dort drüben.“

Er deutete auf eine dicke Kanone, die auf der anderen Seite im Raum aufgeprotzt war. Es handelte sich um eine einfache Vorderlader-Kanone mit einem einseitig geschlossenen Rohr.

Alwina trat an das schwere Bronzerohr und spähte hinein.

„Ich kann nichts erkennen“, sagte sie „Und wenn dort im Inneren etwas versteckt sein sollte, scheint es mir unmöglich, an das Objekt zu gelangen.“

Von Lübben blickte sich suchend im Raum um.

„Wir bräuchten so etwas wie einen Wischer oder einen Ladestock.“

Roberts Handfon klingelte. Er zog es rasch aus der Tasche. Roswithas Stimme meldete sich.

„Ihr solltet euch beeilen. Soeben ist ein Militärbus mit einem guten Dutzend Männern eingetroffen. Sie gehen hoch zur Burg."

„Ist der Weg frei?", fragte Robert.

„Nein, der Bus ist so geparkt, dass keiner an ihm vorbeifahren kann."

„Das wird schwierig. Bleib in Deckung, wir kommen bald. Wenn wir in einer viertel Stunde nicht da sind, verschwindest du. Fahrt dann zu Franz und versteck dich dort."

Robert brach das Gespräch ab.

„Skorzeny ist mit einem Dutzend Leuten eingetroffen", informierte er die anderen. „Wir müssen uns zurückziehen."

„Ich gehe nicht, bevor wir den Film haben", erwiderte Lübben. Er wandte sich ab und lief zurück in die Waffenkammer. Kurz danach kehrte er mit einem Lanzenschaft in der Hand wieder.

„Damit müsste es gehen", rief Lübben und fuhr mit dem Schaft in das Rohr. Er stocherte im Innern, fand aber nichts.

Alwina, die seitlich stand und sein Tun beobachtete, beugte sich plötzlich vor.

„Seht mal, dort an der Radnabe!"

Robert bückte sich ebenfalls. Ein dunkles Etwas war, kaum sichtbar, am Rad befestigt. Er ging in die Knie und griff danach. Es handelte sich um einen mit schwarzem Tesafilm befestigten Datenstift. Robert löste das Teil.

„Ich glaube, das haben wir gesucht!", rief er

Von weiter hinten tönten raue Stimmen.

„Das ist Skorzeny, wir müssen weg!"

Sie eilten zum Nebenausgang, zu dem eine steile Wendeltreppe hinunterführte.

„Gehen Sie vor, Robert. Alwina bleibt in der Mitte, ich sichere nach hinten", befahl der General. Sie hasteten die Treppe hinab. Stufe um Stufe, in einer Spirale nach unten. Robert bog gerade um eine Windung, als ihm von unten ein schwarz gekleideter Mann entgegentrat und den Weg verstellte. Der Fremde schoss sofort, verfehlte Robert aber. Die Kugel prallte als jaulender Querschläger von der Wand ab und krachte, ohne jemanden zu verletzen, zu Boden. Roberts gewichtiger Tritt gegen die Brust ließ den Schützen mit einem Schrei nach hinten stürzen, wobei er einen weiteren mit nach unten riss.

„Schneller, sie kommen von oben!", rief von Lübben.

Sie kletterten über die Körper der Gestürzten hinweg und eilten weiter. Von weiter oben waren Poltern und Schreie zu hören. Von Lübben grinste.

„Mit einem Schaft lässt sich viel anfangen."

Sie waren unten und hasteten nach draußen.

„Vorsicht!" Robert warf sich zu Boden und zog Alwina mit sich. Im gleichen Augenblick ratterte einen Maschinenpistole los und ihre Garbe krachte knapp über die Köpfe der beiden hinweg in die Holzverkleidung des Außenwalls.

Zwei Schüsse hallten und von einer Balustrade kippte ein weiterer Feind in die Tiefe. Der General war erneut in Aktion getreten.

Die drei rannten unter der Mühle vorbei und auf den Ausgang zu. Sie erreichten das äußere Tor, da fielen aus der Mauernische links sowie vom oberen Wachgang weitere Schüsse – und die Torflügel wurden zugeworfen. Sie waren in der Falle! Robert und Alwina pressten sich links an die Mauer, um ein möglichst kleines Ziel zu geben. Und der General – wo war von Lübben? Robert hatte keine Zeit, darüber nachzudenken, denn oben auf dem Wachgang zeigte sich ein Schemen, der in ihre Richtung zielte. Robert sprang auf, schoss in die Richtung des Schattens, ging zu Boden und rollte sich zur Seite. Ein Kugelhagel peitschte über die Stelle, an der er eben noch gewesen war.

„Aus dem Weg!“

Robert fuhr herum. Ein Motorrad sauste den Hohlweg hinab. Auf ihm saß der General.

Wo hatte von Lübben die Maschine her? Was hatte er vor?

Die schwere BMW raste auf das geschlossene Tor zu. Kurz, bevor das Motorrad dieses erreichte, warf sich von Lübben nach links und ließ sich zu Boden fallen.

„Schieß!“, brüllte Robert. Alwina und er feuerten nach links und rechts und rannten zum General. Während sie liefen krachte die Maschine mit vollem Tempo auf das geschlossene Tor. Gelblicher Qualm stieg auf und hüllte für einen Moment alles ein. Robert und Alwina erreichten den General, rissen ihn hoch und schleppten den halb Ohnmächtigen durch die rauchenden Trümmer des zerfetzten Tores nach draußen.

„Ruf Roswitha an. Sie muss herkommen, sonst schaffen wir es nicht. Schnell, ich gebe Feuerschutz.“

Robert duckte sich hinter die Tortrümmer und richtete seine Waffe nach innen in den Torweg. Doch nichts geschah.

Kurz darauf traf Roswitha ein. Sie hievten den General ins Auto. Noch immer war es seltsam still in der Burg. Roswitha gab Gas. Sie erreichten den Parkplatz und steuerten direkt auf den geparkten Militärbus zu. Roswitha stoppte. Robert sprang hinaus und hob seine Pistole. Aber der Bus schien verlassen, niemand war zu sehen. Er drehte sich um und …

„Warthenberg, habe ich mir es doch gedacht!“, drang eine vertraute Stimme an sein Ohr – Otto Skorzeny. Der Teufel musste ihn geschickt haben. Er zielte mit einer Maschinenpistole auf Robert.

„Nein, Freundchen, beweg dich nicht. Lass die Pistole fallen und nimm die Hände langsam hoch. Ich habe einen sehr nervösen Zeigefinger!“

Robert gehorchte.

„Das gilt auch für die Damen, Waffen weg und aussteigen. He, General, aussteigen!“

„Er kann Ihrem Befehl nicht nachkommen“, sagte Roswitha mit belegter Stimme. „Von Lübben ist tot!“

„Ach?“, Oberst Skorzeny lachte. Er ging zum Wagen. „Seitentür auf!“

Roswitha zog die Tür auf und der leblose Körper von Lübbens fiel zu Boden. Skorzeny trat ihm kurz mit dem Stiefel in den Leib. Lübben rührte sich nicht.

„Scheint wirklich hinüber zu sein. Ein guter Anfang.“

Er wandte sich Alwina und Roswitha zu. „Ihr werdet bald wünschen, selbst soweit zu sein. Denn bis ich mit euch fertig bin, wird es dauern!“ Er lachte wieder.

„Fangen wir gleich an. Ausziehen, meine Damen, hopp!“

„Skorzeny, lassen Sie das“, presste Robert hervor. Gleichzeitig versuchte er, sich zwischen den Oberst und die Frauen zu schieben.

„Sie sind doch kein ...“

Ein schmerzhafter Hieb an die Schläfe mit dem Kolben der MP ließ Robert zusammenbrechen.

„So, meine Damen, wenn ich bitten darf, etwas flotter. Sonst werde ich ungemütlich. Runter mit den Klamotten. Meine Jungs kommen gleich und die wollen sich entspannen.“

Roswitha und Alwina zögerten.

„Los, lasst die Hüllen fallen“, kommandierte Skorzeny grinsend, „oder soll ich nachhelfen?“

Da rollte ein runder Gegenstand scheppernd über den Asphalt auf ihn zu. Er blickte überrascht zu Boden

„Was ist denn ...?“

Das Etwas explodierte in einer Flammenorgie, zerfetzte und zerriss alles, was in seiner Nähe war. Alwina und Roswitha wurden von einer Druckwelle zu Boden geschleudert. Das Gesicht auf die Erde gepresst blieben beide wie erstarrt liegen. Der ohrenbetäubende Knall verhallte und eine graue Rauchsäule stieg über der Stelle auf, an der sich Oberst Otto Skorzeny befunden hatte.

Einige Sekunden vergingen, dann löste sich als erste Alwina aus der Erstarrung und erhob sich taumelnd. Sie blickte sich um. Am Bus lag der General, weiter unten Robert und direkt vor ihr Roswitha. Sonst war niemand zu sehen. Sie beugte sich zu der Freundin.

„Roswitha, bist du verletzt?“

„Nein, nur halbtaub!“

Mühsam kam auch Roswitha auf die Beine. Beide Frauen schienen unglaubliches Glück gehabt zu haben. Abgesehen von einigen Abschürfungen und Kratzern waren sie unverletzt.

„Los, hilf mir!“, forderte Alwina Roswitha auf.

Sie öffnete die Fahrzeugtür, dann zogen die Frauen den General hoch und legten ihn vorsichtig auf den Rücksitz. Jetzt packten sie gemeinsam Roberts

Körper und brachten ihn ebenfalls in den Wagen. Auch Robert schien, bis auf eine blutende Wunde am Kopf, unverletzt zu sein. Der Zustand Lübbens machten ihnen mehr Sorgen. Die beiden Frauen sprangen in den Wagen. Alwina startete und wendete das Auto. Dann fuhren sie los.

„Wohin?"

„Am besten zur Jagdhütte. Ich verständige Franz!"

Roswitha von Peters griff zum Handfon.

Berlin, Reichskanzleramt, 10. Juli

Der Reichsinnenminister von Schacht beendete seinen Vortrag über die Ereignisse auf der Hochkönigsburg. Kanzler von Wolf, der ihm schweigend zugehört hatte, erhob sich und trat ans Fenster. Wie so oft in letzter Zeit fiel sein Blick auf die Reichstagskuppel. Doch er nahm nicht wahr, was er dort sah. Eine Weile dachte er nach. Dann drehte sich der Kanzler zu seinem Minister um.

„Oberst Skorzeny ist tot – und was er suchte, bleibt verschwunden. Lübbens letztes Aufgebot scheint besser gewesen zu sein, als Ihre Spezialisten von der GRSG 9. Eine alberne Geschichte, finden Sie nicht, Herr von Schacht?"

Der Innenminister schwieg. Der Ton des Reichskanzlers signalisierte deutlich, dass er besser nichts sagte.

„Höchst albern, wenn da nicht ein kleines Problem wäre. Sollten Lübbens Leute wirklich im Besitz gewisser Informationen sein, könnte es in der Armeeführung Probleme geben. Sie veranlassen daher Folgendes: Sie suchen von Gehlen auf – ich kam noch nicht dazu, mich um sein weiteres Schicksal zu kümmern, was unter den gegebenen Umständen hilfreich sein mag – und überzeugen ihn, dass es für ihn sehr vorteilhaft wäre, mit der nationalen Bewegung zusammen zu arbeiten. Wie Sie das machen, bleibt Ihnen überlassen. Sollten irgendwelche angeblichen Informationen an die Öffentlichkeit gebracht werden, die versuchen, die Regierung oder einzelne Mitglieder in ein negatives Licht zu rücken oder sonst wie zu diffamieren, dann erwartete ich, dass Gehlen in einem Pressegespräch die Tatsachen klärt und richtig stellt."

„Was soll von Gehlen dafür angeboten werden?", fragte von Schacht.

„Wir machen keine Angebote, höchstens Geschenke", antwortete von Wolf lächelnd. „Sein Leben natürlich, was sonst?"

Baldur von Schacht verließ das Zimmer, und der Reichskanzler widmete sich einer halben Stunde dem Studium der Tageszeitungen. Als erstes schlug er den *Tagesanzeiger* auf.

Tragischer Unfall

Die DPA meldet: Ernst August Albert Paul Otto Rupprecht Oskar Berthold Friedrich-Ferdinand Christian-Ludwig Prinz von Hannover, Herzog zu Braunschweig und Lüneburg, Urenkel des Deutschen Kaisers Wilhelm II.

und der älteste lebende Nachkomme König Georgs III. von Großbritannien und Irland in männlicher Linie und seine Gemahlin Prinzessin Caroline von Monaco aus dem Hause Grimaldi sowie seine Söhne Ernst August und Christian Heinrich sind bei einem Segeltörn in der Nordsee mit ihrer Yacht „Glückstreffer" dreißig Seemeilen nordwestlich von Helgoland in schweres Wetter geraten und mitsamt der achtköpfigen Besatzung gesunken. Trotz sofort eingeleiteter Rettungsmaßnahmen der Marine konnte in der stürmischen See keine der sich auf dem Segler befindlichen Personen geborgen werden. Durch den Tod der drei Prinzen ist das Haus der Welfen im Mannesstamm erloschen. Einzige Hinterbliebene ist die erst fünfzehnjährige Tochter Ernst Augusts, Prinzessin Alexandra Charlotte. Im Fürstentum Monaco sowie in der preußischen Provinz Hannover-Braunschweig wurde eine dreitägige Staatstrauer anberaumt. Der große Preis von Monaco, der in diesem Jahr im Juli stattfinden sollte, wurde abgesagt.

Zum zweiten Mal an diesem Tag lächelte Markus von Wolf. Dieses Problem war gelöst. Auf Otto John wenigstens schien Verlass zu sein.

Stockholm, Drottninggatan, 14. Juli

Ein warmer, langer Sommerabend. Johanna Türmer saß in einem Café in der Drottninggatan und betrachtete die vorbei laufenden Menschen. Neben ihr am Tisch war Patricia Arnett, die Reporterin vom *Daily Mirror*, die sie in Kiel kennen gelernt hatte. Patricia Arnett hatte Frau Türmers Adresse ausfindig gemacht und war extra von London nach Stockholm geflogen, um sie über die Ereignisse der letzten Wochen im Reich zu interviewen.

„Vor einem Monat hätte ich nicht gedacht, mit Ihnen im schwedischen Exil zu sitzen und Kaffee zu trinken", meinte die Professorin. „Aber Sie wollten mit mir sicher nicht über Kaffee reden."

Patricia Arnett lächelte. „Das ist richtig. Wenn Sie mir einfach erzählten, was Sie seit unserer letzten Begegnung in Kiel erlebt haben?"

„Alles und ungeschminkt – und Sie werden meine Erlebnisse unzensiert wiedergeben?"

Die Reporterin nickte.

„Gut, aber ich muss mit meiner Darstellung etwas früher als Kiel beginnen …"

Eine Stunde erzählte Johanna Türmer von den Ereignissen in Berlin und Kiel, von dem Umsturz und seinen Hintergründen sowie von ihrer Flucht mit der Kanzlerin von der Heyden nach Schweden. Als sie endete, starrte Frau Arnett auf ihre Notizen und schwieg. Schließlich hob sie den Kopf.

„Das ist eine ungeheuerliche Geschichte, Frau Professor Türmer, die Sie mir erzählt haben. Und ich bin überzeugt, dass Sie die Wahrheit berichten. Dennoch wäre es gut, wenn ich den einen oder anderen Beweis vorlegen könnte. Sie erzählten, General von Lübben und sein Team seien auf der Suche nach Dokumenten. Haben Sie Nachricht von ihnen?"

Johanna Türmer schüttelte den Kopf. „Bislang nicht. Ich weiß nur, dass die Spur, der sie folgten, ins Elsass führte."

Ihr Handfon läutete. „Türmer? ... Wann? ... Sie haben ... Und wie geht es Robert? ... In Genf ... Gut, ich habe möglicherweise bereits einen Kontakt. Ich melde mich."

Sie wandte sich Patricia Arnett zu.

„Gerade haben Sie mich nach Lübbens Gruppe gefragt – das war Roswitha Peters. Es ist ihnen gelungen, das Material gegen Thadden und Wolf sicherzustellen. Robert von Warthenberg und General von Lübben sind allerdings verletzt worden. Von Lübben befindet sich in einer Spezialklinik in Genf. Das Material ..." Johanna Türmer überlegte. „Wie soll ich sagen. Das Material ist extrem. Sie wollen es natürlich veröffentlichen und haben es bei der *ZEIT*, dem *Spiegel* und *Focus* versucht. Allerdings vergeblich, die Zensur greift schon. Und wenn nicht die äußere, dann die Schere im Kopf."

„Wenn das Material gut ist, bringen wir es heraus. Der *Daily Mirror* kennt keine Zensur", antwortete Patricia Arnett. „Können Sie sagen, um was es sich handelt?"

„Bild- und Filmmaterial, das direkt von Thadden und von Wolf und die Kieler Katastrophe betrifft."

Patricia Arnett zog eine Augenbraue hoch.

„Das klingt wirklich brisant, besonders da ein Schiff der Royal Navy beteiligt war. Wann könnte der *Daily Mirror* die Unterlagen bekommen?"

„Ich erhalte das Material in den nächsten Tagen", antwortete Johanna Türmer.

„Gut, ich bin auf den Inhalt gespannt. aber ich möchte Sie noch etwas fragen, Frau Professor Türmer. Das Reich ist auf dem Höhepunkt seiner Macht. Wirtschaftlich, technologisch und militärisch ist das Land ohne Konkurrenz – wenn man den chinesischen Koloss beiseite lässt. Aber China ist weit weg und in seinem derzeitigen inneren Zustand auf Ton gebaut. Können Sie mir erklären, warum Markus von Wolf einen derartigen Zulauf und Erfolg hat? Den Menschen im Reich geht es gut, weitaus besser als dem übrigen Teil der Welt. Angestoßen von Wilhelm II. und weitergeführt von seinem Sohn und vor allem durch die Kaiserin Marie Auguste hat sich über die Jahrzehnte eine offene und demokratische Gesellschaft entwickelt und gefestigt. Natürlich gab und gibt es soziale Unterschiede, in den östlichen Beitrittsgebieten ist der westliche Standard noch lange nicht erreicht. Dennoch schließen sich die Leute Wolfs Umsturz an und folgen seinen markigen Parolen. Gibt es eine Erklärung für das ganze Geschehen?"

Die Reporterin sah Johanna fragend an. Die Professorin überlegte.

„Die Abläufe sind multikausal, jede Erklärung wäre vereinfachend. Jedenfalls spielt General von Wolf auf der Klaviatur des Nationalismus. Den Nationalismus gab es schon in der frühen Kaiserzeit, sowohl in Deutschland als auch in Frankreich, England und in der Mehrzahl der europäischen Länder. Der Nationalismus selbst ist ein typisches Produkt des 19. Jahrhunderts und genauso unsinnig wie Antijudaismus oder Rassismus oder sonstige Ismen. Ich glaube, von Wolf bedient einfach die irrationalen Wünsche des Volkes. Menschen scheinen sich nach Mythischem, Numinosem und nach erhebenden Emotionen zu sehnen. Eine Gesellschaft braucht Vereinigungs- und Gemeinschaftsgefühle. Denken Sie an die Wirkung des Sportes und besonders an die verschiedenen Religionen und ihre kultischen Offenbarungen. Genau genommen bestehen zwischen dem Ostergottesdienst auf dem Petersplatz, einer Hadsch nach Mekka und einem rituellen Opfer für Jahwe oder Baal nur minimale Unterschiede. Im Zentrum steht die Einheit mit der höheren Macht, letztlich die Einheit mit einer Gottheit. Die ganz normale Demokratie bietet offenbar zu wenig Glitzer und Spannung. Auch der Glanz unseres Kaisertums ist verblasst. Die Menschen wollen glauben!"

„Markus von Wolf als messianischer Heilsbringer, als neue Christusfigur – wollen Sie darauf hinaus?", fragte die Engländerin skeptisch.

„Das ist die Erklärung, die ich bieten kann, eine andere habe ich nicht", beendete Johanna Türmer die Diskussion.

Die ZEIT, Ausgabe vom 15. Juli 2014

Anlässlich des bevorstehenden Festaktes an der neuen nationalen Weihestätte am Tannenbergdenkmal wird die ZEIT in ihrem Magazinteil Augenzeugenberichte und Erinnerungen aus jenen siegreichen Tagen vor hundert Jahren veröffentlichen. Am Denkmal der Schlacht erinnern wir uns mit stolzem Sinne der Heldentaten unserer Vorväter. Wir beginnen mit den Aufzeichnungen eines jungen Offiziers, des Oberleutnants Karl-Friedrich von Schmetten. Er siegte bei Tannenberg, kämpfte weiter im Osten, auf dem Balkan und an der Westfront. Oberleutnant Karl-Friedrich von Schmetten fiel im April 1918 während der Michaeloffensive, mit der der Große Krieg siegreich beendet wurde. Ein wahrer deutscher Held und Repräsentant der zwei Millionen, die ihr Leben freudig fürs Vaterland gaben! Durch eine Fügung des Schicksals ist sein Tagebuch erhalten geblieben. Lesen Sie heute den ersten Teil seiner Aufzeichnungen:

„Ein dämmriges Wachen. Um 3 Uhr morgens schrecke ich auf durch die gedämpfte Stimme unseres Adjutanten: Alle Männer hinter der Stellung sammeln! Die Schläfer werden geweckt, lautlos schleichen alle nach hinten zurück, die Kompanie findet sich am Weg zusammen. Die Feldwebel formieren die Gruppenkolonne mit Front nach Norden. Mangels Wasser müssen wir auf

Kaffee verzichten. Der Hunger kommt hinzu, vor zwei Tagen ist zum letzten Mal Brot ausgeteilt worden. Vorne tritt die 8. Kompanie an, der wir leise folgen. Im Osten beginnt langsam die Morgendämmerung, doch alles bleib grau und matt – dichter Nebel verhüllt die aufgehende Sonne. Geräuschlos marschieren wir in den Nebel hinein, tief ins Ungewisse. Vor uns vermuten wir das I. Bataillon. Eine gute Stunde sind wir unterwegs, da wird in der Nähe einer von Süden nach Norden führenden Chaussee Halt gemacht. Auf dieser Straße lagert schon eine Abteilung Feldartillerie. Auch die Kameraden wissen nichts über die aktuelle Lage. Am Rande der Chaussee setzen wir die Gewehre zusammen und harren der Dinge, die da kommen sollen. Unser Bataillon ist heute nur drei Kompanien stark. Die 4.Kompanie ist als Bedeckung für Artillerie-Munitionskolonnen abgestellt worden. Noch immer herrscht dichter Nebel, schwach und undeutlich schimmert der Ball der höher steigenden Sonne durch das dicke Grau. Plötzlich hören wir ein Krachen vor uns: Geschützdonner! Schnell nimmt die Kanonade an Heftigkeit zu. Infanterie- und Maschinengewehrfeuer setzt ein und verstärkt sich von Minute zu Minute.

Das hitzige Gefecht vor uns entwickelt sich mehr und mehr. Noch immer erreichen uns keine Informationen, die Ungewissheit über die Lage wird quälend. Unser Bataillonskommandeur schickt den Adjutanten, den Regimentsstab zu suchen und dort Befehle zu erbitten. Der Kampflärm schwillt immer mehr an, quälend langsam vergehen die Minuten. Unser Kommandeur befiehlt seine Kompanieführer zu sich. Die Männer warten, er selbst läuft unruhig hin und her. Sicher brauchen die Kameraden vor uns Hilfe und Unterstützung – und wir sitzen hier und warten. Langsam lichtet sich der Nebel. Endlich kommt auch der Adjutant zurück. Er hat den Regimentsstab nicht gefunden. Aber das I. Bataillon, welches bis vor Kurzem noch vor uns war, scheint plötzlich verschwunden. Während der Adjutant berichtet, sprengt ein Artillerieoffizier zu Pferde vor und meldet, starke feindliche Kavallerie sei, begleitet von Geschützen, in unserem Rücken aufgetaucht. Eine der Batterien, die in unserer Nähe auf der Chaussee halten, geht eilig hinter einer Bodenwelle, mit Front nach Süden, in Stellung. Mein Zug übernimmt deren Schutz in Front und linker Flanke. Nun ist der Nebel völlig gewichen, hellrot steht der Sonnenball am Himmel. Es ist hell und wir können uns endlich in unserer Umgebung orientieren.

Wir stehen hart südlich der Chaussee Frankenau-Waplitz, etwa in der Mitte der beiden Orte. Im Norden erblicken wir ein welliges Hügelgelände, hinter dem der Kampf um Waplitz tobt. Wir selbst befinden uns in einer Senke. Einige hundert Meter entfernt zieht sich eine von Norden nach Süden reichende Wiesenmulde hin, die sehr steile Böschungen hat. Im Grund selbst liegen zwei kleine Seen, deren Ufer nach Osten durch niedriges Gehölz abgeschlossen sind. Dahinter erhebt sich ein Berg. In unserem Rücken erstrecken sich in einer Entfernung von etwa 800 Metern mehrere Waldstücke, die den weiteren Ausblick nahezu völlig versperren. Besonders in unserem Rücken, wo jetzt feindliche Kavallerie aufzieht, ist eine Beobachtung nahezu unmöglich. Zwanzig Minuten verstreichen, dann eine halbe Stunde. Da zeigt sich ein Reiter, wir atmen erlöst auf. Endlich kommt der Befehl des Regimentkommandeurs, der uns Klarheit verschaffen wird. Die Weisung ist knapp und lautet: Das II. Bataillon tritt sofort an und marschiert parallel zur Chaussee nach Norden ab. Ziel ist es, dem schwer bedrängten Nachbarregiment unverzüglich Hilfe zu bringen."

(Fortsetzung in der Ausgabe der ZEIT vom 22. Juli)

Basel, 17. Juli

Sie liefen am Rhein entlang, Robert, Alwina und Roswitha. Auf dem Fluss einzelne Kähne. Glocken läuteten den Abend ein.

„Dass dein General es noch schaffte, die Handgranate zu zünden, grenzt an ein Wunder", sagt Alwina. „Ich dachte wirklich, er sei tot."

„Viel fehlte nicht und es hätte gestimmt. Und uns hätte er mit seiner Handgranate beinah mitgenommen", antwortete Roswitha. „Über den Berg ist Achim jedenfalls noch nicht. Die Ärzte sind sehr in Sorge und haben ihn deshalb nach Genf verlegt. Ich fahre heute Abend hinterher", fügte sie hinzu. „Ich wollte mich nur verabschieden. Wisst Ihr sonst etwas Neues?"

Robert schüttelte den Kopf. „Im Reichsgebiet war bislang keine Zeitung bereit, sich auch nur das Material anzuschauen, geschweige es zu veröffentlichen. Besonders, nachdem Otto von Gehlen öffentlich davor gewarnt hat, es seien Fälschungen im Umlauf, die das Ansehen des Reiches und der neuen Regierung untergraben sollten."

„Was sie mit ihm wohl angestellt haben?", fragte Alwina.

„Unter Umständen wenig. Gehlen hat Achims Warnungen vor dem Umsturz nie ernst genommen. Eigentlich war er immer ein Sympathisant Markus von Wolfs", erwiderte Roswitha.

„Das glaube ich nicht", entgegnete Robert. „Gehlen und Wolf konnten sich nie ausstehen. Ich denke, sie haben Gehlen so lange bearbeitet, bis er einknickte. Gehirnwäsche, Folter, Drohungen, was weiß ich. Da klappt jeder irgendwann zusammen. Aber zurück zu unserem Material. Der Film über das Treffen der Herren von Wolf, von Thadden, Sir Oldfield und Professor Schwarze ist eindeutig. Sie haben *Kiel* geplant und verwirklicht. Schwarze scheint Gewissensbisse bekommen zu haben und wollte auspacken, da hat man ihn eliminiert."

„Aber warum leben wir denn noch?", fragte Roswitha.

„Vielleicht denkt Wolf, dass unser Tod dem Material zusätzlich Authentizität verleihen könnte", meinte Robert.

„Ich weiß nicht", erwiderte Alwina. „Ich fürchte, die haben uns nur noch nicht erwischt."

„Was ist mit der britischen Journalistin, der Bekannten von Johanna?", fragte Roswitha.

„Sie müsste die Kopien des Materials heute oder morgen erhalten", antwortete Robert. „Vielleicht ist sie mutig genug und veröffentlicht alles noch diese Woche. Johanna wenigstens ist davon überzeugt."

„Lassen wir uns überraschen, bevor ich es nicht Schwarz auf Weiß sehe, glaube ich nicht daran", meinte Roswitha skeptisch. „So, ihr Lieben. Ich muss zum Bahnhof. Mein Zug geht in einer halben Stunde. Ihr solltet auch besser verschwinden. Vor uns und dem Reich liegen finstere Zeiten. Macht es trotzdem gut. Vielleicht sehen wir uns wieder!"

Roswitha von Peters winkte einem Taxi, stieg ein und fuhr davon.

Alwina blickte dem Wagen nach.

„Roswitha hat Recht. Wir sollten Basel bald verlassen. Die Deutschschweiz mag einen rechtlichen Sonderstatus haben, aber Schweizer Polizisten sind besonders bemüht, die reichsdeutschen Standards zu übertreffen. Die Festnahme gesuchter Terroristen wäre für sie geradezu ein Festakt. Was hältst du davon, wenn wir die Einladung von Vetter Friedrich annehmen und einige Zeit auf seiner Jagd in Ungarn verbringen?"

Robert von Warthenberg nickte.

„Ich denke, das ist eine gute Idee. Ungarn ist der reinste Balkan und daher sicherer. Aber lass uns einen Zwischenstopp bei Tante Cordula in Wien einlegen. Bei der Gräfin sind wir gut aufgehoben und können das eine oder andere noch besorgen."

London, One Canada Square, 18.Juli

Patricia Arnett packte das kleine Päckchen aus, das ihr über Stockholm zugegangen war. Es enthielt einen Stapel von Bildern, die sie sofort durchblätterte. Schon bei den ersten drei stieß die Journalistin unwillkürlich einen Pfiff aus. Von Wolf und von Thadden vor dem Unglück in Kiel auf dem betroffenen Schiff. Ein ungewöhnlicher Zufall – das Material hatte es in sich. Mit in der Sendung war ein Datenstift. Sie steckte den Stift in die Anschlussbuchse ihres Rechners. Verschiedene Dateien wurden angezeigt, darunter ein Film. Patricia klickte auf das Filmsymbol und startete den markierten Film. Ein ziemlich unscharfes, stark gepunktetes Bild einer Gesprächsrunde zeigte sich. Offenbar hatte jemand die Aufnahme mit einem Bildfon gemacht. Dennoch waren die einzelnen Teilnehmer gut zu erkennen und vor allem zu verstehen. Das Gespräch der Runde war lebhaft, alle schienen durcheinander zu sprechen. Dann setzte sich eine Stimme durch. Es war Markus von Wolf, der sprach. Sie erkannte seine Stimme sofort.

„Natürlich muss ein Einsatz gewagt werden. Was hilft es, wenn ein oder zwei Begleitschiffe in die Luft fliegen? Es muss ein Fanal sein, das dem Volk zeigt, wie unfähig die aktuelle Regierung ist. Deswegen die größten Schiffe der Reichsmarine, entweder der Flugzeugträger Kaiser Wilhelm III. oder die Kaiserin Marie Auguste. Und Ihr Schlachtkreuzer, Sir Oldfield, die Glorious II. Sonst macht das Ganze keinen Sinn."

„Warum sollte die britische Regierung dem zustimmen?", fragte der MI6 Chef.

„Weil sie keine andere Wahl hat!"

Jetzt konnte sie auch die Gesichter erkennen, es waren die gleichen wie auf den Fotos: der neue Reichskanzler von Wolf, Sir Oldfield und der DNP-Chef Thoralf von Thadden. Fasziniert starrte die Journalistin auf den Bildschirm. Sie merkte nicht, wie die Tür zu ihrem Büro langsam geöffnet wurde und eine Gestalt in den Raum glitt. Eine Hand hob eine Waffe und zielte.

„... denn Sie müssen in das europäische Wirtschaftsgebiet eintreten, sonst ..."

Ein leises Plopp, Plopp.

Patricia Arnett sackte zusammen. Blut quoll aus ihrem Mund und aus einem hässlichen Loch am Kopf. Die Hand nahm den Datenstift und raffte alles übrige Material zusammen. Dann verließ die Gestalt den Raum.

Wien, Palais Morus-Schwarzenberg, 19. Juli

Robert und Alwina quartierten sich bei Cordula Gräfin von Morus-Schwarzenberg ein, der Tante Alwinas. Die Gräfin, eine geistvolle, noch immer attraktive Dame Mitte fünfzig, die sich mit Anthroposophie beschäftigte, war über den unerwarteten Besuch überrascht, stellte aber keine Fragen. Die beiden stellten ihr Gepäck ab und fuhren in die Innenstadt, um sich mit allem, was sie für eine Jagd brauchten, auszurüsten. Gegen Mittag saßen beide im Café Sacher und tranken ihre Melange.

„Denkst du, dass es uns gelingen wird, Markus von Wolf und seine Clique zu stürzen?", fragte Alwina.

„Das von uns sicher gestellte Material ist derart brisant", antwortete Robert, „das kann nur zum Erfolg führen. Ich befürchtete allerdings" – er nahm nachdenklich einen Schluck aus seiner Tasse, „dass die englische Presse hierzulande nicht ernst genug genommen wird. Wolfs Öffentlichkeitsarbeiter werden das Ganze als Feindpropaganda abstempeln."

„Haben wir sonst noch Möglichkeiten, die Öffentlichkeit zu informieren und zu überzeugen?"

„Ich fürchte nicht", antwortete Robert. Nachdenklich schaute er nach draußen auf den Opernring.

Alwina betrachtete ihn. Die Ereignisse der letzten Wochen waren nicht spurlos an Robert vorübergegangen. Die Mundwinkel waren schärfer geworden und auf der Stirn hatte sich über der Nasenwurzel eine kleine Falte gebildet.

Alwinas Gedanken wanderten weiter. Was würde werden, wenn, ja, wenn die Angelegenheit irgendwann vorüber war? Wenn sie so oder so vorbei war? In den letzten Wochen hatten Robert und sie gemeinsam viel erlebt und hatten eng zusammen gearbeitet. Aber waren sie sich dabei auch näher gekommen? Was empfand Robert für sie, wenn er überhaupt etwas für Alwina empfand! Was Robert für sie bedeutete, wusste Alwina dagegen genau …

„Träumst du, Alwina?“, fragte Robert und berührte dabei ihren Arm.

Sie zuckte zusammen.

„Jetzt habe ich dich schon zweimal gefragt, ob du noch etwas trinken möchtest …“

Am späteren Nachmittag war endlich alles an Ausrüstung und Kleidung zusammen, was für einen mehrwöchigen Jagdaufenthalt notwendig war.

Gräfin von Morus-Schwarzenberg und ihre beiden Gäste saßen im kleinen Salon beim Abendessen. Der Diener Albert trat ein und brachte die Zeitungen. Alwina unterhielt sich mit der Gräfin über die Kleider der Saison, während Robert in den Zeitungen blätterte. Ein Artikel in der Kronenzeitung erregte seine Aufmerksamkeit:

Mord in der Fleetstreet. Die bekannte Journalistin Patricia Arnett wird Opfer eines brutalen Überfalls …

Robert entschuldigte sich bei den Damen für die Störung und reichte Alwina die Zeitung. Sie überflog den Artikel, dann stand sie auf.

„Ich fürchte, Tante Cordula, dass du uns für unhöflich hältst. Aber Robert und ich sollten sofort aufbrechen.“

Die Gräfin sah sie erstaunt an, nahm die Zeitung und deutete auf den Artikel, den Alwina gelesen hatte.

„Es geht um Politik, oder? Und ihr seid in Gefahr? Dann geht – sollte ich gefragt werden, wohin ihr euch begeben habt, werde ich mich bemühen, reichlich Desinformation zu verteilen – sofern es mir möglich ist.“

„Ich danke dir, liebe Tante“, erwiderte Robert und küsste der Gräfin artig die Hand. „Aber sei vorsichtig, unsere Feinde sind gefährlich und mächtig.“

„Ich kenne genügend Leute, die vor den Preußen keine Angst haben. Und zur geistigen Welt haben Menschen wie eure Verfolger keinen Zugang.“

Die Gräfin lächelte. „Jetzt beeilt euch! Und vergesst vor lauter Politik nicht die wichtigen Dinge des Lebens!“

Die ZEIT, Ausgabe vom 22. Juli 2014

Anlässlich des bevorstehenden Festaktes an der neuen nationalen Weihestätte am Tannenbergdenkmal wird die ZEIT in ihrem Magazinteil Augenzeugenberichte und Erinnerungen aus jenen siegreichen Tagen vor hundert Jahren veröffentlichen. Lesen Sie heute den zweiten Teil der Aufzeichnungen des Oberleutnants Karl-Friedrich von Schmetten:

„Die Kompanien eilen an ihre Gewehre und werden über den Auftrag informiert. Gerade wollen wir los, doch im gleichen Augenblick bringt der Adjutant einen neuen Befehl: Die Kompanien sollen kehrtmachen und je einen Zug mit der Front nach Süden entwickeln, um den Rand der Wiesensenke zur Rechten zu besetzen. Starke russische Infanterie ist im Anmarsch und bedroht unseren Rücken. Die Truppe bricht auf und führt den Befehl unverzüglich aus. Der 2. Zug richtet sich an der grasigen Böschung zur Verteidigung ein. Die Männer legen die Patronen bereit und schätzen die Entfernungen zu den vor dem Zug liegenden Waldstücken. Jeder einzelne Mann schafft sich eine günstige Gewehrauflage. Links liegt die 6. Kompanie, rechts von mir die 8. Kompanie. Mein eigener Zug findet im Wiesengrunde Deckung. Dort lässt sich auch der Bataillonsstab nieder.

Nun heißt es warten. Das Kampfgetöse aus Richtung Waplitz nimmt immer noch zu. Sorgenvoll denken wir an die hart bedrängten Kameraden. Wenn sie überrannt werden, sitzen wir hier rettungslos in der Falle. Im Wald vor uns wird es unter den Stämmen mit einem Male lebendig. Vorn kommen die Russen. Wie im Fieber starren wir mit weit geöffneten Augen auf den Waldrand. Mit letzter Willenskraft zwingt mancher seine Hand zur Ruhe, die zittern möchte. Der Atem geht schnell, und das Blut klopft wild in den Schläfen. Drüben ist der Feind und der muss geschlagen werden. Ein Mann fragt mich, ob wir nicht bald vorgehen. Der alte preußische Angriffsgeist von Leuthen und Saint-Privat und Sedan ist auch in diesem Augenblick lebendig. Doch ein Angriff oder ein wildes Draufgehen kommen in der aktuellen Lage nicht in Frage. Wir sind nur eine kleine Gruppe und müssen den Rücken unserer Division schützen.

Dann bricht der Angriff der Russen los. Wir werfen ihm mit Visier 800 unser Feuer entgegen. In dicken Schwärmen, hier Schulter an Schulter, dort geradezu in Haufen zusammen geballt, stürzen die braunen Gestalten schreiend auf uns zu. Noch ist die erste Welle im Vorwärtslaufen, da steht am Waldrand bereits eine zweite, womöglich noch dichtere Truppe auf und gewinnt das Freie. Wir beobachten durchs Glas, dass unser Feuer richtig liegt und Lücken reißt. Doch ist die Entfernung noch so groß, dass die Ausfälle trotz der Dichte des Ziels nicht wesentlich sind. Aber rechts hinter uns befindet sich unsere mit modernsten Schnellfeuerkanonen und entsprechender Munition ausgerüstete Batterie. Gerade als die zweite Welle vorspringt, zischt donnernd die erste Lage feindwärts. Besser können die Sprengpunkte gar nicht liegen. Tod und Verderben speien die Schrapnells in die braune Menschenflut, die sogleich stutzt und sich platt auf die Erde wirft. Nun hämmert die Batterie mit unvergleichlicher Präzision Schuss auf Schuss in den Feind, solange er liegt. Rafft er sich aber zum Vorstürmen auf, so folgt Batteriesalve auf Batteriesalve. Bei der kurzen Entfernung zwischen Batterie und Ziel ist die Wirkung furchtbar, geradezu verheerend. Dennoch führt der Feind Bataillon um Bataillon, Massen über

Massen durch den Wald gegen uns heran. Während die vorderste Welle trotz der ungeheuren Waffenwirkung ständig an Boden gewinnt, quellen weitere, dichte Schützenschwärme aus dem durch Gehölz verdeckten Soldatenreservoir hervor. Aber auch nach beiden Seiten hin dehnt sich der Russe zusehends aus. Offenbar hat der Gegner bereits die Flügel unserer bescheidenen Frontausdehnung festgestellt und versucht, uns zu umgehen. Mittlerweile bekommen wir das feindliche Infanteriefeuer zu spüren. Die Verluste mehren sich. Immer wieder tönt der Schrei: ‚Sanitäter' oder einer, den es getroffen hat, lässt sich die Böschung, die uns als Deckung dient, herabgleiten. Einem jungen Unteroffizier, wenige Schritte links von mir, klatscht eine Kugel mitten in die Stirn. Er sackt in sich zusammen und bleibt als toter Mann im knienden Anschlag sitzen. Gellend schreit rechts ein Reservist auf, dem ein Querschläger das Schienbein völlig zerschmettert hat.

Jetzt ist es zehn Uhr. Glühend heiß brennt die Sonne auf uns nieder. Die Zunge klebt am Gaumen und die Mundhöhle brennt wie Feuer. Der schier aussichtlose Kampf zerrt an den Nerven. Unaufhaltsam wie das Verhängnis schiebt sich der Gegner näher und näher an unsere Linien. Schon längst sind unsere Reserven eingesetzt, sind die Patronentaschen leer, ist Ladestreifen auf Ladestreifen aus dem Vorrat, der in dem Tornister war, verschossen. Jetzt kommt es darauf an, dass der Kampf der Division in unserem Rücken gut ausgeht. Wenn sie siegt und man schickt uns rechtzeitig Hilfe, vor allem Maschinengewehre und Artillerie, so kann der Kampf noch gut ausgehen.

Auf russischer Seite ist die Artillerie erst spät gegen uns in Aktion getreten. Hinter den Waldstücken, die heute im Zentrum des Geschehens die Hauptrolle spielen, stehen mehrere Batterien zu je acht Geschützen, die das Versäumte eilig nachholen. Im Augenblick geht ihr Feuer noch über uns hinweg und richtet sich allem Anschein nach gegen deutsche Artillerie, die viel weiter nördlich steht und von der wir nichts Genaues wissen. Unsere Geschütze antworten dem Russen. Wie in einem Hexenkessel faucht und pfeift es über unseren Köpfen hin und her. Dort oben kreuzen sich die Waffen dieses Artillerieduells. Mitunter vernimmt man ein Kreischen, als zerrisse jemand frische Leinwand. Das schreckliche Getöse verdoppelt und verdreifacht sich infolge des Echos, mit dem die zahlreichen Waldstücke und Hügel in unserer Umgebung den Schall zurückwerfen. Dazu tritt das stete Knattern des Infanteriefeuers. Nur mit gewaltiger Anstrengung der Stimme gelingt es, einen Befehl durch die Schützenlinie durchzubringen. Immer kleiner wird unsere Truppe, und immer näher arbeitet sich der Feind heran. Wo ein Mann fällt, springen zwei in die Lücke. Hätten wir nicht unsere Batterie, die feuert, dass die Rohre glühen, allerdings nur mehr mit drei Geschützen, sicher säße uns der Russe schon an der Kehle." (Fortsetzung in der Ausgabe der ZEIT vom 29. Juli)

Allenstein, Ostpreußen, 27. Juli

Tausende von Wikingjungen und Jungmädel sowie zahlreiche Truppenteile der Reichswehr drängten sich in den Straßen der Stadt Allenstein. Seit 1905 war der Ort Sitz des neugeschaffenen Regierungsbezirkes. Dieser umfasste Allenstein, Alt Wartenburg, Braunswalde, Dietrichswalde und weitere sechzehn Kirchspiele von Diwitten bis Wutrienen. Zahlreiche Behörden zogen in die Stadt und Allenstein wurde in den ersten Jahren des zwanzigsten Jahrhunderts zu einer Großstadt und gleichzeitig zum wirtschaftlichen Mittelpunkt des südlichen Ostpreußen. Neben einer Maschinen- und landwirtschaftlichen Verarbeitungsindustrie war die Stadt besonders durch ihre Garnison geprägt gewesen. Bei Ausbruch des Großen Krieges befanden sich in Allenstein das Generalkommando des XX. Armeekorps, der Stab der 37. Division, der 37. Kavallerie, 37. Feldartillerie- und 75. Infanteriebrigade, die Infanterieregimenter 146 und 150, das Dragonerregiment 10 und das Feldartillerieregiment 73. Der Krieg brachte in den ersten Wochen die Kriegsgefahr für den Regierungsbezirk, Allenstein wurde Frontstadt, doch nach der siegreichen Schlacht von Tannenberg war die Gefahr gebannt. Nach der Erweiterung der Grenzen nach Osten wurden in den 70er und 80er Jahren die Truppen weitgehend abgezogen und eine schläfrige Ruhe kehrte ein.

Ein derartiges Aufgebot wie in diesen Julitagen hatte die Bevölkerung der Stadt schon lange nicht mehr erlebt. Das galt auch für die ganze übrige Region. Eine eigens gebaute Bahnlinie verband Allenstein mit dem rund 15 Kilometer südwestlich gelegenen Tannenberg. Zwischen beiden Orten vollzog sich ein geschäftiges Hin und Her. Die letzten Tage vor dem großen Festakt begannen und die Proben für die Feier liefen auf höchsten Touren. Auf einem Sportplatz am Rande der Stadt übten die jungen Wikingfrauen ihren Auftritt als Walküren.

Froh sah ich dich aufblühn, du freudiger Held, lang folg ich dir schwebend und schweigend gesellt. Oft küßt' ich des Schlummernden Schläfe gelind und leise die Locken, die dir wehen im Wind.

Mitten in der Schar der jungen Frauen stand Rachel Rosenthal, singend und äußerlich immer lächelnd – in Erwartung dessen, was kommen würde.

Sie war von Stettin aus nach Osten gefahren, quer durch Westpreußen und Posen und direkt nach Allenstein. In dem Riesentrubel, der die kleine Stadt erfüllte, war es leicht gewesen, sich einer der vielen Jungmädelgruppen anzuschließen und Quartier in einem der Zelte zu finden. Jetzt übten sie, noch vier Tage, dann war es soweit …

Rachel sang, blondverweht und groß, aber weniger eine Walküre als eine Norne und Seherin der sich nahenden Zukunft:

Weia! Waga!
Woge, du Welle, walle zum Siege!

Wagalaweia!
Sieg, Wallala, weiala, Sieg!

Die ZEIT, Ausgabe vom 29. Juli 2014

Anlässlich des bevorstehenden Festaktes an der neuen nationalen Weihestätte am Tannenbergdenkmal wird die ZEIT in ihrem Magazinteil Augenzeugenberichte und Erinnerungen aus jenen siegreichen Tagen vor hundert Jahren veröffentlichen. Lesen Sie heute den dritten und letzten Teil der Aufzeichnungen des Oberleutnants Karl-Friedrich von Schmetten zur Schlacht von Tannenberg:

„Langsam mangelt es uns an Munition, wir brauchen dringend Nachschub. Der Himmel mag wissen, wo unsere Munitionswagen bleiben. Noch eine andere, genauso beklemmende Beobachtung mache ich, als ich mit dem Glas zufällig vor die Front der 8. Kompanie spähe. Dort ist es dem Gegner gelungen, seinen Angriff wesentlich näher heranzutragen. Dazu hat er unsere freie rechte Flanke, in deren Nähe unsere Batterie in Feuerstellung steht, in einem weiten Bogen umfasst. Von dort droht uns eine tödliche Gefahr, die unsere Lage früher oder später unhaltbar machen muss, wenn zu unserer Entlastung nicht bald etwas geschieht.

Elf Uhr. Die Ereignisse überstürzen sich. Wenige Minuten genügen, um unserer kleinen, stark zusammengeschmolzenen Truppe ein weiteres Ausharren unmöglich zu machen. Der Russe ist vor unserer 8. Kompanie rechts seitwärts und halb schon in ihrem Rücken bis auf Sturmentfernung heran gekommen. Die Batterie, die uns geholfen hat die Stellung zu halten, fährt nun im Galopp ab, um ihre Geschütze dem Zugriff des Feindes zu entziehen. Dann taucht der Gegner plötzlich in unserer linken Flanke auf. Er besetzt den Berg vor uns links und überschüttet uns aus einer Entfernung von 400 bis 500 Metern mit Maschinengewehrfeuer. Jetzt kommt das Schlimmste. Der Bataillonskommandeur winkt mich zu sich heran und teilt mir in höchster Bestürzung mit, dass unsere Division bei Waplitz mit schweren Verlusten zurückgeworfen und schon seit einer Stunde im Rückzug ist.

Wir müssen ebenfalls zurück, sonst sind wir verloren! Die Truppe beginnt, sich aus der Stellung abzusetzen. Neben mir sinken Kameraden getroffen zu Boden, raffen sich blutend auf, brechen aber nach wenigen Schritten wieder zusammen und bleiben liegen, Verzweiflung und Qual im Auge. Um mich herum und über mir hinweg zischen die Kugeln, die der Feind uns nachsendet. Vor mir liegt eine Anhöhe, die ohne Unterlass von Granaten aufgewühlt wird. Aber ich muss über diesen Hügel hinweg. Mein Weg führt mich über Felder, auf denen sich tausende meiner Kameraden in der gleichen Richtung dem Feind zu entziehen versuchten. Zerschossene Geschütze, Reste von in die Luft geflogenen Munitionswagen und Bagagefahrzeuge, denen die Räder zerschmettert sind, kennzeichnen diesen Weg. Überall die zusammengekrümmten Leichen und schwer Verwundeten, die einen um einen Tropfen Wasser anflehen. Ich kann nicht helfen, meine Feldflasche ist leer. In der Richtung geradeaus verlegt der Feind den Weg. Auch rechts hat er bereits eine Barriere aufgerichtet. Mir bleibt nur der Ausweg nach links ...

Es wird Nachmittag. Hinter einer Verteidigungsstellung, beiderseits des unweit von dem lang gestreckten Mühlensee gelegenen Dorfes Seythen, die von Teilen unserer Schwesterbrigade in aller Eile ausgehoben worden ist, haben sich unser Regiment und das Bataillon gesammelt. Wir liegen am schattigen Hang einer Wiesenmulde und erhalten warme Mittagskost aus den Feldküchen der anderen Kompanien des Bataillons, weil unsere eigene vermutlich verloren gegangen ist. Ab und zu schlägt ein leichtes Schrapnell in den jenseitigen Abhang. Doch wir sind auf dem besten Wege, die letzten Stunden mit all ihren Mühen und Schmerzen zu überwinden. Dazu trägt wesentlich die Nachricht bei, dass der Angriff unserer Nachbardivision, die weiter östlich kämpft, seit Mittag gute Fortschritte macht. Immer noch kommen einzelne Angehörige der Kompanie an, die abgesprengt waren, aber schnell zu ihrem Truppenteil zurück gefunden haben. Die Züge werden arrangiert und neu zusammengestellt, während die Feldwebel feststellen, was an Unteroffizieren und Mannschaften fehlt. Das ist eine lange, lange Liste. Gleichwohl verbleibt der Kompanie noch eine ganz ansehnliche Gefechtskraft. Wir schlafen vor Erschöpfung ein. Erst nach Einbruch der Dunkelheit weckt man uns, denn es ist Befehl zum Abrücken gekommen. Gestärkt marschieren wir in die kühle Nacht hinein. Etwa drei Stunden geht´s in südwestlicher Richtung. Dann beziehen wir Biwak bei Browienen, wo schon zahlreiche Truppenkörper aller Art lagern. Erst am nächsten Morgen erfahren wir, dass der Feind geschlagen ist. Ein bitter errungener Sieg!“

Lesen Sie in der nächsten Ausgabe der ZEIT vom 5. August: Erinnerungen an die Marneschlacht. Aus dem Tagebuch des Generaloberst Helmuth Johannes Ludwig von Moltke.

Deutsch-Jula, Königreich Ungarn, 31. Juli

Jetzt waren sie schon fast zwei Wochen in Ungarn. Vetter Friedrich von Morus, ein Mann im Alter von Robert und ebenso groß und schlank, besaß eine ausgedehnte Jagd in der Nähe von Gyula oder Deutsch-Jula, einer kleinen Stadt im Komitat Békés in Ostungarn. Die Ursprünge der Stadt reichten ins Jahr 1313 zurück, in dem ein Kloster Julamonustra erwähnt wurde. Das Jagdgebiet selbst lag inmitten jahrhundertealter Sommereichen- und Akazienwälder und verfügte über einen riesigen Reh- und Niederwildbestand.

Heute war Jagdtag. Friedrich ritt mit Alwina und Robert durch die weiten, einsamen Wälder. Alwina ritt einen Grauschimmel, die beiden Männer zwei der robusten ungarischen Steppenhengste. Die Jagd war seit dem frühen Morgen zugange, die drei Reiter hatten sich bald von der Hauptgruppe getrennt und folgten eigenen Pfaden. Mal ging der Ritt durch eine Dickung, mal durch Gestrüpp von Brombeeren und Tollkirschen. Jetzt einen Schotterhang hinauf, dann durch ein Gewirr kleiner Tannen, alle übersät mit glitzernden Tauperlen. Buchenzweige hingen im Bogen hinab, die Wälder rauschten. Hin und wieder fielen in der Ferne Schüsse und zwischen dem Gebell der Hunde ertönten von Zeit zu Zeit die Hörner. Das Jagdgewirre entfernte sich mehr und mehr von der Gruppe.

Die Sonne stieg hoch über die Wipfel des Waldes. Der Mittag kam, kein Schuss war mehr zu hören und der Wald wurde auf einmal ganz still. Sie kamen an eine große Wiese, die sich kühl und luftig zwischen den bewaldeten Bergen hinstreckte. Alwina zügelte ihren Grauschimmel und sprang aus dem Sattel.

„Lasst uns eine Pause machen, die anderen sind ohnehin schon so weit weg, dass wir sie kaum einholen werden."

„Eine Rast ist eine gute Idee", meinte der Vetter. „Zum Glück habe ich vorgesorgt und etwas Proviant eingepackt."

Er stieg ebenfalls vom Pferd und holte aus den Satteltaschen Brot, Käse, ungarische Gyulai Kolbász und zwei Flaschen Wein. Dazu Zinnteller und Becher sowie Besteck und ein weißes Tuch.

„Komfortabel", lobte Robert. „Das richtige Maß", fuhr er spottend fort. „Viel Wein und etwas Brot."

„Drüben gibt es eine Quelle", entgegnete Alwina und zeigte zum Waldrand. „Wenn dir der Wein zu viel ist."

Ein wenig später saßen sie am Bach, Alwina zwischen Robert und Friedrich, und aßen und tranken.

„Also dann Egészégünkre, wie man hierzulande sagt. Wie sieht es eigentlich mit euren weiteren Plänen aus?", fragte Friedrich.

Alwina zuckte mit den Achseln. „Ich weiß nicht. Wir hatten gehofft, dass wir mit dem, was wir im Elsass gefunden haben, Markus von Wolf zum Rücktritt zwingen könnten, aber das war wohl zu idealistisch gedacht. Weder die Reichspresse noch die Auslandspresse waren bereit, eine Zeile über Wolfs Verstrickungen zu drucken oder das Material zu veröffentlichen. Und die Journalistin vom *Daily Mirror* wurde erschossen! Ein Mord mehr auf dem Konto von Wolfs Schergen."

Alwina nahm einen tiefen Schluck aus ihrem Becher und lehnte sich leicht an Roberts Schulter.

„Die ökonomischen Sachzwänge sind der Mehrheit wichtiger als die politische Moral", erwiderte Friedrich. „Was ist da schon ein Mord? Von Wolf hat die Industrie, die Wirtschaft und die Finanzwelt nahezu geschlossen auf seiner Seite. Wer Franz-Josef von Ackerle hat, hat das Kapital und die Macht der Deutschen-Helvetia. Dazu kommen noch der Reichsarbeitgeberpräsident Dieter zu Katz und Reichsbauernbundführer Graf Sonnenleitner, was braucht ein Kanzler mehr? Sein Programm der nationalen Erneuerung findet im In- und Ausland großen Widerhall. Straffe Führung, klare Ziele, Arbeit, Fleiß und Pflicht. Die Menschen sind für solche Parolen anfällig. Jetzt muss die Nationalmannschaft nur noch die diesjährige Weltmeisterschaft in Brasilien holen – ein Glück für Wolf, dass die ursprünglichen Termine wegen des Dauerregens um einen Monat verschoben worden sind."

„Brot und Spiele, das alte Rezept der Macht", stimmte Robert Vetter Friedrich zu. „Und Gewalt für die Unbelehrbaren, die die ‚Segnungen' der Macht nicht erkennen wollen."

„Apropos Gewalt. Beginnen heute Nacht nicht die Feiern zum hundertjährigen Kriegsbeginn?", fragte Alwina.

Friedrich nickte.

„Tannenberg wird zum neuen Mythos und Kult erhoben. Pünktlich um Mitternacht startet die Schau. Man munkelt, der Reichspropagandaminister Joseph von Seeckt habe im Vorfeld die bekannten Unterhaltungskünstler Thomas Schalck und Stefan Dohl als Berater hinzugezogen. Alles medial geplant und generalstabsmäßig durchstrukturiert. Sicher werden zehntausende von Menschen vor Ort sein. Die obere Führung des Reiches und jede Menge Prominenz aus Wirtschaft und Kultur. Der eigentliche Ablauf ist geheim."

„Woher weißt du das alles, Friedrich?", fragte Alwina.

„Da wir auch zum Reich gehören, mussten die Reichsdeutschen die hiesigen Landesministerien wohl oder übel mit einbeziehen. Zumal der Halder Jörg neuer Außenminister ist. Mein Studienfreund Karl hat einen Freund, das ist der Wilhelm. Und Wilhelm kennt Halders Spezi Franzl. Ihr seht, alles bleibt in der Familie."

„Mein Gott, wir sollten wie Roswitha und ihr General nach Ostafrika gehen. Weit, weit weg von all diesem Filz und verwandtschaftlichen Verbandlungen", seufzte Robert.

„Ein wenig Vetternwirtschaft kann lebenserhaltend sein", meinte Friedrich von Morus trocken und leerte seinen Becher bis auf den Grund.

Dann ritten sie weiter, Friedrich vorneweg. Robert mit Alwina folgte ihm langsam. Während des Rittes sah Robert immer wieder Alwina an. Sie lächelte.

Allenstein, 31. Juli abends

Der Zeppelin *Kaiser Friedrich III.* landete pünktlich auf dem Flugfeld Allenstein. Ihre königliche Hoheit Prinz Georg Michael von Hohenzollern und fünfundvierzig Fürsten deutscher Länder und der dem Reich verbundenen Regionen entstiegen den Kabinen. Direkt am Flugfeld warteten Reichskanzler Markus von Wolf und die Herren des inneren Regierungszirkels.

Der Prinz, in der Uniform eines Gardeobersten, reichte Markus von Wolf in einer lässigen Bewegung die Rechte. Der Reichskanzler verbeugte sich knapp und geleitete den Prinzen zum wartenden Maybach, um ihn zum in der Nähe des Denkmals eigens erbauten Festpavillon zu fahren. Die anderen folgten in den obligaten Daimler-Limousinen. Eine halbe Stunde später saßen alle Gäste an den großen Tafeln. Am Haupttisch hatten der Prinz und die wichtigsten Reichsfürsten Platz genommen. Markus von Wolf erhob sich zur Begrüßung:

„Eure königliche Hoheit. Ich freue mich, dass Sie Zeit gefunden haben, in Vertretung Seiner Majestät, Ihres überaus geschätzten Vaters, nach Tannenberg zu kommen, um als Repräsentant des glorreichen Geschlechts der Hohenzollern mit Ihrer Anwesenheit der nationalen Jahrhundertfeier unseres Reiches die wahre Kraft und Würde zu verleihen. Ich darf Ihnen, königliche Hoheit, und den mit Ihnen erschienenen gekrönten Häuptern, Ihrer Majestät, Königin Christine von Sachsen, Seiner Majestät, dem König Luitpold von Bayern, Ihrer Majestät Königin Charlotte von Württemberg …“ Markus von Wolf begrüßte alle fünfundvierzig Fürsten und Fürstinnen, „für Ihr Erscheinen danken. Mein Dank gilt auch den zahlreichen Gästen aus Wissenschaft, Forschung, Kultur und Politik. An Ihnen allen sehen wir, meine Herren und meine Damen, wie führend die Rolle des Reiches und der Deutsch-Europäischen Wirtschaftsunion in Europa und in der Welt ist. Um Ihnen und uns allen einen Eindruck deutscher Größe und deutscher Pflichterfüllung geben zu können, erteile ich das Wort unserem ostpreußischen Heimatdichter und Nobelpreisträger Gunthram Gratz. Es spricht der Meister!“

Die grauhaarige, gebeugte Gestalt des bald siebenundachtzigjährigen Mythos der deutschen Dichtung erhob sich mühsam von seinem Platz. Er strich sich über den buschigen Schnurrbart und begann mit erstaunlich kräftiger Greisenstimme seinen literarischen Vortrag in der ihm eigenen Diktion:

„Und einmal, wenn jene, die nach uns kommen, dieses Tages gedenken, muss ich mich erinnern, kann nicht anders, selbst wenn ich nicht wollte; so zeichne ich das Bild: Saßen wir auf den steinernen Bänken vor dem Rund des Denkmals oder wollten sitzen, waren vielleicht auch zu müde vom Wandern oder vom Kampfe? Dachten jedenfalls Großes. Nicht Kleines. Nie Kleines. Waren der Sprache mächtig und grimmig entschlossen. Konnten nicht aufhören zu trommeln, weil so mächtig war das Grabmal, so tödlich das Schlachtgeschehen, dass ich dachte oder dachte der Sieger, er er er, der Held von Tannenberg – was dachte er? …“

In der Ferne Wetterleuchten.

Deutsch-Jula, Königreich Ungarn, 31. Juli, nachts

Am Abend nach der Rückkehr versammelte sich die ganze Jagdgesellschaft an den vor den Holzhäusern in sicherem Abstand entzündeten Feuern. Die besten Teile der Beute drehten bald an den Spießen. Duft stieg auf. Der feurige

Wein des Landes kreiste. Man lachte, man erzählte vom heutigen Jagdglück und von anderen Jagden. Lieder erklangen, ein junger Mann spielte auf der Laute und über allem schien hell ein prächtiger Vollmond.

Hódmezövásárhelykutasipuzta.

Alwina und Robert hielten sich abseits der anderen Gäste am Rande der Lichtung. Alwina saß in ihrem weiten grünen Jagdrock auf einem Baumstumpf, ihr Haar fiel ihr über die Schultern und hüllte sie in helldunkle Locken ein. Robert, im ledernen Jagdgewand, lehnte direkt neben ihr an einem Stamm. Beide schwiegen und schauten hinaus in die sternklare Mondnacht. Waldvögel schrien, vom Feuer tönte Gesang herüber.

„Woran denkst du, Robert?“, brach Alwina schließlich das Schweigen.

„An die letzten Wochen und an all das, was wir erlebt haben. Und daran, was werden wird.“

„Meinst du, dass wir fortgehen und das Land verlassen sollten?“

„Ich glaube nicht, dass es in Wolfs Reich eine Zukunft gibt. Ich war schon immer schlecht darin, mit den Wölfen zu heulen.“

Robert schwieg einen Augenblick, dann sprach er weiter.

„Vielleicht sollte ich wirklich nach Afrika gehen. Wilder und gefährlicher als im Reich kann es dort trotz aller Raubtiere sicher nicht sein.“

„Du willst allein gehen?“, fragte Alwina und ihre Stimme bebte.

Überrascht blickte Robert sie an. Er sah Alwinas schönes Gesicht, die klaren Wangen, die feste Stirn und ihre hellen Augen. Die schlanke, von dunkelblondem Haar umflossene Gestalt.

„Nein, natürlich gehe ich nicht allein“, antwortete Robert leise und beugte sich zu ihr. „Das weißt du doch!“

Da griff Alwina ihn mit beiden Armen und zog Robert fest an sich. Ihre Lippen fanden zueinander und sie küssten sich lange und zärtlich.

„He, Ihr Turteltäubchen“, unterbrach sie plötzlich die fröhliche Stimme des Vetters. „Genug geschnäbelt. Verlasst euer Nest und kommt ins Haus. Die übertragen die Feier von Tannenberg. Die Schau müsst ihr unbedingt miterleben!“

Tannenbergdenkmal, 31. Juli nachts

Hundertzwanzigtausend in Fünferreihen Marschierende. Marschabstand in der Reihe je ein Meter, das ergab eine Kolonne von 24 Kilometern Länge. Also marschierten die Wikingjugend und die Wikingjungmädel in acht getrennten Marschkolonnen zu ihren Aufstellplätzen. Die Verbände der Reichswehr sollten später gegen 0:30 Uhr ihre Marschpositionen einnehmen, da sie erst ab sechs Uhr morgens mit der Parade beginnen würden.

Tausend vor einem, Tausende hinter einem. Schritt für Schritt. Tritt für Tritt. Schweigend marschierten sie durch die dunkle Nacht. Eine unruhige Nacht, überall waren Geräusche, der Schall marschierender Tritte, kleine Laute menschlichen Daseins.

Du bist nichts, dein Volk ist alles.

Worte, die immer wieder auf sie eingeströmt waren. Sie einhüllten, einlullten, ihr das Bewusstsein zu rauben drohten. Aber Rachel war stark, stark geworden im Kampf des Lebens. Stark vor dem Herrn, stark für ihn, nach dem sich ihre Seele sehnte und der sie erwartete. Wenn sie die Krone des Martyriums erringen würde …

Beinahe hätte Rachel es nicht geschafft, rechtzeitig dorthin zu kommen, wo das lagerte, was ihr Kraft und Stärke verlieh und den anderen zur Strafe werden würde. Erst kurz vor ihrem Abmarsch gelang es ihr, das allgemeine Durcheinander zu nutzen und unbeobachtet den Sprenggürtel wie die Weste aus dem Versteck zu holen und beides anzulegen. Die Lasten schmerzten und ließen sie müde werden. Aber bald würde sie am Ziel sein und … da scholl eine Stimme durch die Nacht:

„Ein Lied!"

Und aus Tausenden von Kehlen klang nächtlich dumpf der Gesang der Nornen:

Es ragt die Burg, von Riesen gebaut:
mit der Götter und Helden heiliger Sippe
sitzt dort Wotan im Saal.
Gehau'ner Scheite hohe Schicht
ragt zuhauf rings um die Halle:
die Weltesche war dies einst!
Brennt das Holz
heilig brünstig und hell,
sengt die Glut
zehrend den glänzenden Saal:
der ewigen Götter Ende
dämmert ewig da auf.
Wisset ihr noch,
so windet von neuem das Seil;
von Norden wieder werf' ich's dir nach.

Die Marschierenden näherten sich Tannenberg und mit Rachel ihrem Schicksal.

Tannenberg/Deutsch-Jula, Königreich Ungarn, 31. Juli gen Mitternacht

Jetzt standen sie alle im weiten Rund und warteten auf das Zeichen vom Turm. Dann sollten die Flammen emporlodern und sie ihr Lied beginnen. Auf der Zuschauertribüne ein Meer von Glanz und Gloria. Links die Übertragungswagen der Fernsehsender …

Wenn die nächtliche Stunde schlägt und endlich die Feuer zum Himmel lodern, stimmt die Nation ein in das Deutschlandlied und seine Strophen steigen aus Millionen von deutschen Kehlen empor, auf dass Deutschland siege!

Wir wenden unseren Blick, meine sehr verehrten Damen und Herren an den Bildschirmen, nun zur Zuschauerbühne. Alle sind sie gekommen: Seine königliche Hoheit, Prinz Georg Michael, Ihre Majestät, Königin Christine von Sachsen, Seine Majestät, König Luitpold von Bayern, Ihre Majestät, Königin Charlotte von Württemberg …

„Was für ein entsetzliches Schauspiel der Macht. Dunkle Türme, riesige Menschenmassen, raue Gesänge, ein Meer von flammenden Feuerfackeln und diese Fülle von Uniformen. Ein theatralisches Spektakel. Und dafür hast du Alwina und mich gestört, Vetter Friedrich?"

„Ich denke, ihr solltet schon sehen, was ihr alles aufgrund eurer Aufsässigkeit verpasst, Robert", antwortete Friedrich grinsend. „Ihr könntet mitten im Geschehen und nahe den nationalen Gottheiten sein."

„Nein danke, Friedrich. Unsere hiesige Jagdidylle und meine persönliche Diana sind mir lieber. Und, wie gesagt, Afrika scheint durchaus ein lohnendes Zukunftsziel. Die neue Regenbogennation der Vereinigten Staaten von Südafrika könnte für Alwina und mich eine Chance sein. Ein weites, freies Land, in dem Pioniergeist und Arbeit noch zählen. Nicht zu vergessen, über 30 Prozent der Einwohner sprechen Deutsch als Muttersprache. Vielleicht kaufen wir uns eine Farm in der Nähe von Windhuk."

Friedrich lachte.

„Dich kann ich mir kaum als Bauer vorstellen. Und eine Alwina, die Kühe melkt … Kommt erst einmal ins Haus."

Neben den gekrönten Häuptern sind alle Größen aus Politik, Kultur und Forschung vor Ort versammelt. Die Vorsitzenden der großen Partei, die Ministerpräsidenten der Länder und die Spitzen der Wirtschaft und der Finanzwelt: Marion von Blessing von der Deutschen Kommerz, Baron von Zeche für Mercedes-Volvo. Franz-Josef von Ackerle, der Chef der Deutschen-Helvetia Bank. Thomas von Becker von den Bayerischen Motorenwerken. Reichsarbeitgeberpräsident Dieter zu Katz, der Reichsbahnvorstand Rüdiger Trübe, Reichsbauernbundführer Graf Sonnenleitner, Leo Schlageter vom Reichssportbund und der Gewerkschaftsboss Gesamtmetall Frank Winter. Der Vorsitzende der katholischen Bischofskonferenz Erzbischof Zielitsch und der evangelische Reichsbischof Meyer. Nobelpreisträger Harald zur Hansen und Andreas zu Grünberg, Oscarpreisträger Florian von Donnersberg. Der Reichsmeistermaler Gerhard von Rüther, der greise Danziger Heimatdichter Gunthram Gratz und der Dichter des ostpreußischen Lichts Siegfried Linze.

Die Kommandeure der Flotte, der Luftwaffe und des Heeres. Und als besonderer Ehrengast der britische Premierminister Lord Halifax II mit seinem gesamten Kabinett...

Die Zeit des Wartens war vorbei, das Zeichen kam. Hundertzwanzigtausend Münder öffneten sich und sangen mit tiefer Inbrunst:

Deutschland, Deutschland über alles, über alles in der Welt,
wenn es stets zu Schutz und Trutze brüderlich zusammenhält.
Von der Maas bis an die Memel, von der Etsch bis an den Belt –
Deutschland, Deutschland über alles, über alles in der Welt!

Wie der Gesang im Rund hallte. Wie er die Toten der großen Schlachten rief, die Jahrhunderte sich öffnen ließ und wie der Text Hoffmanns von Fallersleben das ewige, kraftvolle Deutschland beschwor. Der Gesang verhallte. Jetzt flammte ein gewaltiger Feuerberg in die Höhe. Rote und gelbe Feuerzungen leckten zum Himmel empor. Ein riesiger, heißer Glutatem. Dann setzte Musik ein ...

Markus von Wolf stand auf der Ehrentribüne. Neben ihm die Großen des Reiches, Könige, Fürsten, Herzöge und der Prinz. Er blickte zur Seite. Sah das arrogante Profil, das ständige Lächeln über dem schwachen Kinn. Das sollte der künftige Kaiser sein? Ein Dandy und Höfling, kein Herrscher! Doch was scherte ihn der Prinz; er hatte die Macht und die Kraft. Er, Markus von Wolf, stand für diese Macht und das mit ihr verbundene, neue Reich. Die Anderen – nun, sie waren Staffage. Genauso austauschbar wie die Masse vor ihm im Rund. Wie die Tausenden von Jungmädeln in ihren weißen Gewändern. Gläubig und opferwillig. Wenn er nur einen Finger rührte, würde jede einzelne von ihnen sich für ihn, für den Führer, in den Feuerbrand stürzen. Markus von Wolf verzog seine Lippen zu einem verächtlichen Grinsen.

Du bist alles, dein Volk ist nichts ...

Das Ganze ödete ihn an. Die Macht und die Herrlichkeit. Das Feuer und Glanz. Die Größe und Erhabenheit. Futter für die Massen, Opium für das Volk. Er hatte erreicht, was er wollte, der Rest war Routine und Pflicht – nicht Kür. Eine Pflicht, der er zur gegebenen Zeit nachkommen würde – wenn sein nächster Plan umgesetzt war. Denn jetzt würde er gehen; auch das lag im Plan. Otto Johns Nachricht vom heutigen Morgen war eindeutig gewesen.

Das Objekt befindet sich in Tannenberg. Es besitzt Sprengmittel. Sollen wir zugreifen?

„Nein“, lautete seine Anweisung, „kein Zugriff. Noch nicht!“

Wolf hatte andere Anweisungen gegeben. Befehle an die Führungsleute der zweiten Reihe. Junge, frische Kräfte, die auf ihre Chance warteten und diese erhalten würden. Männer, die ihre Hoffnung auf die Bewegung richteten und bereit waren, ihm, ihrem Führer, alles zu geben. Wolf würde sie später in seinem neuen Hauptquartier in Rastenburg treffen – wenn in Tannenberg alles vorüber war. Und er würde sie nicht enttäuschen!

Reichskanzler Markus von Wolf hob den Kopf. Er zog prüfend die Luft ein, fast schien es, als nehme er Witterung auf. Die Zeit war gekommen, er fühlte es. Eine eigene Unruhe erfüllte von Wolf, ein warnendes und mahnendes Gefühl. Er spürte es, jetzt musste er die Feier und Tannenberg verlassen, musste weg von hier, und zwar sofort. Während unten die schmetternde Musik erklang und die Menschen gebannt nach vorne starrten, zog sich Markus von Wolf langsam nach hinten zurück und verließ eilig die Ehrentribüne. Nur der Prinz bemerkte sein Gehen und sah ihm für einen Moment überrascht nach, wandte sich dann aber wieder nach vorn und dem nächtlichen Spektakel zu. Unten setzte erneut der Gesang ein.

Wolfs Schicksal war es, nie zufrieden zu sein. Und sein Plan trieb ihn zum Aufbruch. Vielleicht war es auch anderes, das ihn zum Aufbruch trieb. Vielleicht ein Fingerzeig jener höchsten Instanz, die er sooft beschworen hatte und an die er beinahe zu glauben bereit war. Markus von Wolf wusste es nicht. Denn er glaubte eigentlich an niemanden und nichts, nur an sich selbst. Und es war ihm auch gleichgültig, wer oder was ihn zu gehen antrieb. Ja, es schien, als sei ihm in dieser späten, mitternächtlichen Stunde alles gleichgültig. Außer seinem Plan. Wolf stieg rasch die Stufen hinab, lief zum parkenden Maybach und weckte den dösenden Fahrer.

„Nach Rastenburg und geben Sie Gas!“, befahl er. Sie fuhren los.

Die Stimme des Sprechers zitterte vor Ehrfurcht.

„Endlich ist es soweit. Die Flammen steigen steil empor und recken ihre Feuerspitzen bis in die höchsten Höhen. Die Aber- und Abertausenden im Rund und in unserem großen Reich preisen wieder und wieder inbrünstig das ewige Deutschland. Von der Maas bis an die Memel von der Etsch bis an den Belt …

Höher und höher steigt der Gesang in den nächtlichen Himmel. Jetzt fällt die Musik der Militärkapellen erneut mit ein – doch, was ist das? Aus den Reihen der weiß gekleideten Jungfrauen löst sich eine Gestalt …“

„Das hat was, oder? Dieser Gigantismus, nächtliche, rotglühende Feuer und dumpfe Chöre aus Tausenden von weit geöffneten Mündern. Eine wagnerianische Szene wie aus der Götterdämmerung. Was meinst du, Robert?“

„Mein bester Friedrich. Nichts gegen Tannenberg. Der Schlacht und des Sieges wird zu Recht gedacht. Aber diese rituelle Hyperbolik? Eine Totenfeier als nationales Gedenken? Düstere Nachtszenen mit okkulter Scheiterhaufenmystik?

Ich habe von Wolf immer für einen eiskalt kalkulierenden Politiker gehalten. Aber dieses nationale Schauerspektakel verspricht wenig Gutes für die Zukunft. Weltenbrand als Gottesdienst und Kultus, nein danke! Ich sagte schon, ich kann mir schönere Dinge vorstellen als ein nordisches Ragnarök."

Sie hatte es geschafft, ganz vorne zu stehen. Jetzt löste sie sich aus der Reihe und lief los. Lief und lief. Die eigene Feigheit und Angst überwindend, die Angst vor der Pein und dem feurigen Schmerz. Noch zögerte sie, aber sie wusste, sie musste es tun, sie war es Hans schuldig. Es würde ihr eigenes, es würde Rachels Opfer werden. In den schrecklichen Flammen würde alles zerglühen. Der Hass, ihre Angst, jede Leidenschaft, die ganze Wut und der grauenhafte Schmerz. Sie rannte und rannte. Ihr langes Haar wehte wie eine Fahne und dann erreichte Rachel den höllischen Flammenrand. Stimmen riefen, sie achtete nicht darauf, sie sprang und loderte schon im Flug auf zu einem Glutstern. Ein entsetzlicher Schrei, dann verstummte der aschene Mund und das golden feurige Haar fand sein Grab in den Lüften und verschwand mit dem Wind im Nichts.

Die Gestalt, meine Damen und Herren, die junge Frau, was will sie tun? Sie rennt zum Feuer, Sie sehen es selbst: Sie zögert kurz, dann ... Nein, um Gotteswillen! Sie springt, sie springt! Sie stürzt sich in die Flammen! Sie lodert auf – es, es ist entsetzlich!

Da ist keine Rettung mehr möglich ...

Und? Was ist das? Nein, nicht! Weitere Jungfrauen eilen zum Feuer. Sie folgen der ersten und stürzen sich ebenfalls mitten in das tödliche Brennen. Eine Orgie der Selbstopfer, menschliche Brandgarben an die Nacht. Mein Gott, was für ein Grauen!

Alwina, Robert und Friedrich starrten auf das entsetzliche Geschehen auf dem Bildschirm. Sie merkten nicht, wie sich der Raum füllte und immer mehr Jagdgäste die grauenhaften Ereignisse verfolgten.

Junge Menschen, die sich freiwillig als Opfer in die Flammen stürzten. Feurige Fackeln eines neuen gefräßigen Baals. Welch selbstmörderisches Tun, was für eine wahnhafte Gläubigkeit! Ein brennender Fanatismus des Grauens. Alwina konnte nicht mehr hinschauen und wandte den entsetzten Blick ab. Robert wollte es ihr schon nachtun, da geschah etwas Neues, etwas völlig Unerwartetes ...

Sieben Brandopfer, meine Damen und Herren an den Bildschirmen. Sieben Tote. Sieben schreckliche Tode! Wir wissen nicht warum und weshalb. Wir sind erstarrt in Schrecken und Grauen. Die Musik ist verstummt, ein dunkles Schweigen liegt über Tannenberg! Aber, aber was ist das? Das Feuer verändert sich. Was ist mit dem Feuer? Es dehnt sich aus, es wird weißlich gelb, eine ungeheure Flammenkugel erhebt sich, kommt direkt auf uns zu.

Was soll das?

Nein, nicht …

Gelbliches Gleisen hüllte das Bild ein. Ein grässlicher, nie gehörter Laut erfüllte für einen kurzen Augenblick den Raum, dann herrschte Stille. Eine endgültige, tiefe Stille.

Grabesstille.

Der Bildschirm war leer, graues Geriesel wanderte von rechts nach links und erlosch.

Dann wurde ein Schriftzug eingeblendet: *Störung – Wir bitten um Geduld*!

„Ein Attentat!", rief Alwina. „Das muss ein Anschlag gewesen sein. Mit hunderten Toten. Grauenhaft, die armen Menschen!"

Robert schwieg entsetzt. Seine Gedanken überschlugen sich. Ein Attentat, ein feuriges Fanal. Soeben war mit einem gezielten Schlag die komplette Führungsspitze des Reiches vernichtet worden. Der selbst ernannte „Führer" Markus von Wolf, der Kronprinz, der Generalstab, die gesamte Elite aus Politik, Wirtschaft, Kunst, Militär und Verwaltung. Ein wirklich schicksalhafter Schlag. Ein alter Vers eines Fontane- Gedichts fiel ihm ein:

Ich nenn' euch die Zahl.
Und ich die Namen.
Und ich die Qual.
Tand, Tand ist das Gebilde von Menschenhand.

Wolfs Pläne wurden zur Makulatur, doch die Folgen des Geschehens waren nicht absehbar. Was würde auf das Reich zukommen? War der Anschlag womöglich das Signal für eine neue Revolution? Eine Revolution der Linken oder von wem sonst? Wer steckte hinter „Tannenberg"? Das Ausland, eine unbekannte Terrorgruppe oder oder … ?

„Das reinste Armageddon", unterbrach die Stimme Friedrich von Morus' Roberts Gedanken. „Eine wahre Götterdämmerung!"

„Götterdämmerung", wiederholte Robert nachdenklich. Eine eigenartige, fast abwegige Vorstellung überkam ihn plötzlich. Wenn Markus von Wolf nicht unter den Opfern war, wenn er wie in Kiel zum Kreis der Täter gehörte? Ein Schauder überlief Robert von Warthenberg.

Markus von Wolf fuhr in seinem Wagen in die Nacht hinein. Er achtete nicht auf das rot-weiße Glühen, das sich hinter seinem Rücken ausbreitete.

„Herr Reichskanzler", ertönte die zittrige Stimme seines Fahrers. Er zeigte nach hinten. „Das schreckliche rote Licht, das kommt von Tannenberg. Da muss etwas passiert sein. Soll ich umkehren?"

Der Reichskanzler warf einen kurzen Blick zurück. Der ganze Horizont stand in lodernden Flammen. Ein wahres Inferno, ein feuriges, endgültiges Opfer zu Ehren des Todes.

„Fahren Sie weiter“, antwortete von Wolf ruhig. Es war wirklich geschehen, Otto John hatte Recht gehabt. Markus von Wolf lächelte kalt. Dem rasenden Feuer war niemand entkommen.

Das Schicksal hatte gesprochen und mit seinen reinigenden Flammen einem umfassenden Neuanfang den Weg bereitet. Er würde ihn zu nutzen wissen. Die Zeit für Wolfs Imperium war gekommen.

Nun, Volk steh auf und Sturm brich los!

Weit draußen über der Kurischen Nehrung dämmerte im Osten ein trüber Morgen.

Anlagen

1. Ländergeschichte 2014 (unter Mitarbeit von Hans Vastag)

Eine Betrachtung des Jahres 2014 kann rein utopische Züge annehmen und sich mit Themen wie Zukunftstechnik, Hyperlocacy und funktionaler Ernährung beschäftigen. Im Folgenden soll es allerdings nur um eine Ergänzung zu den im Roman dargestellten Abläufen und ihren historischen Hintergründen gehen. Zukunftsfragen sind heute Energiefragen. Energieprobleme gibt es im Kerneuropa des Jahres 2014 nicht. Das Deutsche Reich stellte frühzeitig auf Solarenergie um und verfügt somit über billige und ökologische Energie. Die arabischen Länder mit ihren großen Ölvorkommen einerseits und ihren gesellschaftlich-politischen Problematiken andererseits sind für das Deutsche Reich in diesem Kontext nicht relevant. Die Deutsch-Europäische Wirtschaftsunion ist für die Zukunft gut aufgestellt, doch es gibt auch andere aufstrebende Volkswirtschaften, primär die BICS-Staaten. Hinter diesem Kürzel verbergen sich Brasilien, Indien, China und die Vereinigten Staaten von Südafrika, Länder mit einer ungemein dynamischen Wirtschaftsentwicklung. Brasilien, Indien, China und die Vereinigten Staaten von Südafrika tragen um 2014 knapp 49 % zum globalen Wirtschaftswachstum bei. Experten trauen den bevölkerungsreichen und konsumfreudigen Ökonomien zu, bis 2020 die Deutsch-Europäische Wirtschaftsunion zu überholen.

Weltweit sind seit 1914 eine Vielzahl von Wirtschaftsgemeinschaften entstanden: das Osmanische Dominium, die Deutsch-Europäische Wirtschaftsunion (DEW), die Lateinamerikanische Wirtschaftsunion (Unión económica latinoamericana/UEL), die Südostasiatische Staatengemeinschaft und die Chinesisch-Japanische Wirtschaftskonföderation. Dazu treten diverse Militärbündnisse: die Asya Kuvvetler Ittifak (AKI), das Deutsch-Südafrikanische Schutzbündnis (DSS), das Deutsch-Türkische Bündnis (DTB), die US-Candian-Treaty-Organisation (USCATO), die Arabische Liga und andere Bündnisse mehr. Der Versuch, mit dem Völkerbund eine internationale Schiedsstelle zur Lösung von Konflikten zu schaffen (Briand-Stresemann-Kellog-Plan) und die Welt dadurch friedlicher werden zu lassen, ist bislang an den konträren Interessenslagen der Großmächte gescheitert.

Europa gliedert sich im Jahr 2014 wie folgt: Dem Deutsch-Europäischen Reich (in der Regel als Deutsches Reich bezeichnet) gehören die Bundesstaaten des Kernlandes sowie das Königreich Böhmen-Mähren, das alte Deutsch-Österreich, das Großherzogtum Luxemburg, die Grafschaft Tirol, der Gau Baltikum, die deutsche Schweiz (Helvetia), die Lombardei, Dänemark, Holland und das Reichsland Ukraine an. Ebenfalls mit dem Reich in der Form einer Konföderation verbunden sind Frankreich und Großungarn (inklusive Rumänien). Das ehemalige Serbien wird seit 1919 vom Reich verwaltet (Protektorat). Ferner gibt es die Länder der Deutsch-Europäischen Wirtschaftsunion (DEW), also Skandinavien, Island, Spanien und Portugal. Das restliche Europa umfasst die Königreiche Bulgarien (Beitritt zur DEW 2017 geplant), Griechenland und Großbritannien, die Republik Irland, die Krimrepublik, die Republik Polen, das Königreich Neapel, die Gebiete der europäischen Türkei (Osmanisches Reich) und das westlich des Urals gelegene Territorium Russlands.

Ausgewählte Länder

Brasilien

Das seit 1822 unabhängige Brasilien war lange Jahre Schwellenland und trat erst Ende des zwanzigsten Jahrhunderts seinen Weg als neue Groß- und Weltmacht an. 1992 fand der Umweltgipfel in Rio de Janeiro statt. 1993 konnte die Bevölkerung Brasiliens in einem Referendum über die Staatsform entscheiden. Die Monarchie wurde mehrheitlich zu Gunsten der Republik abgelehnt. Ein Jahr später wurde eine umfassende Währungsreform beschlossen. Durch die neue Währung endete die Hyperinflation. 2003 wurde Luiz Inácio Lula da Silva von der Arbeiterpartei PT Präsident Brasiliens. Noch im gleichen Jahr bildete er mit Venezuela, Kolumbien, Panama, Costa Rica, Nicaragua, Honduras, Guatemala und Mexiko die Lateinamerikanische Wirtschaftsunion. Als Folge stieg der Wert des Real gegenüber dem Euro kräftig an. 2010 wurde Dilma Rousseff als erste Frau Präsidentin des Landes, 2014 wurde sie wieder gewählt. Luiz Inácio Lula da Silva wurde im gleichen Jahr Präsident der lateinamerikanischen Wirtschaftsunion. Die brasilianische Bevölkerung ist sehr jung. 32 % sind unter 15 Jahre alt, 62,2 % sind 15 bis 64 Jahre alt und nur 5,8 % über 65 (Stand: 2013). 83,3 % der Bevölkerung lebten im Jahr 2012 in den Städten, die sich durch rasantes Wachstum und Wildwuchs auszeichnen. Es herrscht trotz des gewaltigen Wirtschaftsaufschwungs der letzten zwanzig Jahre nach wie vor eine große Kluft zwischen Arm und Reich. Dies gilt besonders bei der in der Landwirtschaft tätigen Bevölkerung. So waren bis 2005 2,8 % der Bauern Großgrundbesitzer mit zusammen 57 % der gesamten Agrarfläche, wohingegen sich 90 % der Bauern 22 % der Nutzfläche teilen müssen. Etwa sieben Millionen Familien gelten als landlos. Der flächen- und bevölkerungsmäßig fünftgrößte Staat der Erde besitzt über 210 Millionen Einwohner. Ein fruchtbares Element bilden die deutschen Einwanderer, die als Handwerker und Intellektuelle zum Teil schon vor 1914 ins Land kamen. 2012 brach aufgrund wirtschaftlicher Spannungen ein Krieg zwischen Mexiko, Venezuela und Brasilien einerseits und den USA aus. Nach ersten Anfangserfolgen der US-Truppen (Invasion Nordmexikos und Landung in Belém, im Norden Brasiliens an der Baía de Guajará) begannen die brasilianischen Streitkräfte einen

Guerillakrieg, der zu erheblichen Verlusten der US-Truppen führte. Nachdem in den südlichen Bundesstaaten der USA, in Texas, New Mexico, in Arizona und Kalifornien, die Latinos in einen unbefristeten Streik traten, wurde ein Waffenstillstand vereinbart und die Nordamerikaner zogen ihre Truppen ab. Mittlerweile sind Brasilien und die lateinamerikanische Wirtschaftsunion zum größten Kapitalanleger und Schuldner der USA geworden.

China

China, neben Indien das bevölkerungsreichste Land der Welt, pflegt gute Handelsbeziehungen zum Deutsch-Europäischen Reich, da es dessen Wirtschafts- und Forschungspotenzial braucht. Machtpolitisch jedoch stehen beide Länder in Konkurrenz. Die letzten sechzig Jahre der chinesischen Landesgeschichte sind turbulent. Nach dem Ende der Englisch-Japanischen Kriege begann ein Bürgerkrieg zwischen der kommunistischen Partei Chinas und der nationalistischen Kuomintang. Zunächst erlangten die Kommunisten die Kontrolle über das Festland, wohingegen die Kuomintang die Insel Taiwan in Besitz nahm. Am 1. Oktober 1949 proklamierte Mao Zedong die Volksrepublik China und errichtete einen kommunistischen Zentralstaat. Im Bemühen, die Industrie- und Landwirtschaftsproduktion grundlegend zu verbessern, wurde von Mao Zedong 1958 ein neues Wirtschaftsprogramm, der so genannte *Große Sprung nach vorn* verkündet. Doch die Politik der Bildung landwirtschaftlicher Produktionsgenossenschaften und flächendeckender Volkskommunen scheiterte. 1959 erlitten weite Teile Chinas eine große Dürre. Auch die beiden folgenden Jahre waren klimatisch schlecht, in China wird offiziell von den drei Jahren der Naturkatastrophen gesprochen. Das Ergebnis war eine Hungersnot mit geschätzten 20 bis 40 Millionen Toten, was der Staatsführung angelastet wurde. Die Niederlage im ersten Indisch-Chinesischen Krieg 1962 brachte Mao Zedong zusätzlich in Bedrängnis. Nach diesem Fehlschlag und dem Scheitern seiner Wirtschaftspolitik inszenierte er 1966 die Kulturrevolution, die zu lokalen Aufständen vor allem in den Provinzen Gansu und Shanxi führte. Auf dem Höhepunkt der Kulturrevolution begann 1970 der Amerikanisch-Chinesische Krieg um Vietnam. In den fünf Jahren gelang es keiner der beiden Seiten, einen nennenswerten Erfolg zu erringen. Nach der verlustreichen Schlacht von Điện Biên Phủ (13.3. – 7.5. 1975) wurde ein Waffenstillstand geschlossen. Der Frieden von Saigon ließ die südostasiatische Staatengemeinschaft Vietnam, Laos und Kambodscha entstehen. 1980 trat Thailand und 1986 Burma der Gemeinschaft bei. Nach Maos Tod 1976 erhoben sich die Provinzen Guangdong, Fujian und Zhjiang gegen die Zentralregierung in Peking. Unterstützt wurde der Aufstand durch eine Interventionsarmee der Nationalchinesen. Es folgten weitere fünf Jahre Bürgerkrieg, in dem die Kommunisten am Ende geschlagen wurden. Mit der

Einnahme von Peking am 11. November 1981 übernahm die Kuomintang die Macht in Gesamtchina. Bald kam es zu weiteren militärischen Konflikten. So wurde im zweiten Indisch-Chinesischen Krieg Tibet besetzt und als autonome Region China angegliedert. Am 1. Juli 1997 fiel Hongkong an China zurück, 1999 folgte das bis dahin portugiesische Macao. Im dritten Indisch-Chinesischen Krieg (2000 bis 2002) eroberten die chinesische Armee und Flotte die Insel Ceylon. China begann von dort aus eine breit angelegte wirtschaftliche Expansion nach Afrika und in die Staaten der arabischen Halbinsel. 2008 bildete sich die chinesisch-japanische Wirtschaftskonföderation, zu der auch die japanische Kolonie Korea und der pazifische Inselraum gehören. China ist ein zentralistischer Einheitsstaat, dessen Regierung die absolute Verfügungsgewalt über die untergeordneten Provinzen hat. In der Realität haben allerdings die wirtschaftlich prosperierenden Küstenprovinzen eine zum Teil beträchtliche politische Verhandlungsmacht. Es gibt kein einheitliches System zur Verteilung der Steuereinnahmen zwischen Provinzen und Zentralregierung. In Krisensituationen verfügt die Regierung jedoch über die nötige Macht, ihren Willen notfalls militärisch durchzusetzen. Die Bevölkerung liegt inklusive der Einwohner von Japan und seiner Kolonien sowie der Einwohner von Taiwan, Tibet und Ceylon bei 2.120 000 000 Menschen. Der Außenhandel entwickelt sich seit Jahren stürmisch, der Handelsüberschuss wird für 2013 auf 814,5 Milliarden Euro beziffert. Die 2008 von China veranstalteten Olympischen Spiele beeindruckten in ihrer pompösen Gestaltung die Welt, wobei man darüber hinwegsah, dass China im Wesen eine Halbdiktatur geblieben ist. Seit den Spielen ist in der westlichen Welt das Phänomen des geheimen Mao-Kults bekannt geworden. Obwohl Maos Verehrung offiziell verboten und verfolgt wird, genießt der ehemalige kommunistische Staatsführer vor allem bei der Jugend eine Art von Kultstatus. Politische Beobachter fürchten, dass dieser Mao-Kult ein Indikator dafür ist, dass sich das Land möglicherweise wieder in eine kommunistische Diktatur verwandeln könnte.

England

Die Niederlage Englands im Großen Krieg 1914-1918 aufgrund der indischen Revolte und wegen des zweiten irischen Aufstands leitete ein Jahrhundert des Niedergangs ein. Zunächst allerdings konnte der indische Aufruhr niedergeworfen werden, was nur durch den Abzug der Truppen vom französischen Kriegsschauplatz möglich wurde. Irland dagegen gelang es in zähen Kämpfen, 1919 seine Unabhängigkeit erringen. Es folgte eine Zeit der ständigen Konflikte, Kriege und Auseinandersetzungen vor allem in Afrika (Maji-Maji-Aufstand) und in Indien. Die Differenzen um Malaysia führten 1939 zum Ausbruch der Japanisch-Englischen Kriege, in deren Verlauf sich der Kriegsschauplatz auf Burma und Australien sowie den Pazifik ausdehnte.

Nach ersten Erfolgen der Briten (Seeschlacht vor Midway) zwangen ab 1942 der Burenaufstand in der Kapkolonie und der Kolonialkrieg in Rhodesien und Ostafrika England zur Aufsplitterung der Kräfte. Einen Waffenstillstand nutzten die Japaner, um Singapur und Burma zu besetzen. Schließlich landeten japanische Truppen an der ostindischen Küste und drangen tief nach Zentralindien vor. Die Potsdamer Konferenz von 1945 beendete die Kämpfe. Indien wurde unabhängig, die Gebiete in Ostasien gingen – außer Hongkong – an Japan und die afrikanischen Kolonien wurden weitgehend unabhängig. Südafrika und Rhodesien schlossen sich mit Deutsch-Ostafrika und Deutsch-Südwest zur autonomen Kolonie Deutsch-Südafrika zusammen. In den 50er Jahren versuchten die Engländer gemeinsam mit den Skandinaviern eine eigene Wirtschaftsunion aufzubauen (EFTA). Dies scheiterte an der englischen Dauerwirtschaftskrise der Jahre 1959 bis 1969 (Großstreik von Birmingham). Eine wirtschaftliche Erholung gelang erst in den 70er Jahren. Anfang der 80er Jahre endete der Aufschwung abrupt. 1982 besetzte Argentinien überraschend die Falklandinseln. Die britische Expeditionsflotte wurde in Höhe der Kapverdischen Inseln abgefangen und zum Rückzug gezwungen. Die Kosten dieser verunglückten Expedition stürzten Großbritannien in eine neue Krise. Seit den 90er Jahren erlebte England eine steigende Zuwanderung aus den ehemaligen Kolonien. Diese führte in weiten Teilen des Landes zu einer wachsenden Überfremdung. In den großen Industriestädten wie Manchester, Birmingham, Liverpool, Glasgow und in London leben mehr Menschen mit pakistanischer, indischer oder afrikanischer Herkunft als weiße Briten.

Frankreich

Frankreichs Niederlage im Großen Krieg von 1914-1918 wurde aufgrund der Vereinbarungen des Verständigungsfriedens von Luxemburg mit der Revision der Westgrenze, der Rückgabe Lothringens und der Angliederung von Teilen Belgiens und der französischsprachigen Westschweiz zur Basis einer wirtschaftlichen Prosperität (âge d'or). In den 30er Jahren wurde das Land allerdings von der zweiten Weltwirtschaftskrise erfasst. Tausende von Firmen und Fabriken schlossen, die Arbeitslosenzahlen schossen in die Millionen. Die amtierende Volksfrontregierung konnte das Problem der hohen Arbeitslosigkeit nicht lösen; vereinzelt kam es zu Aufständen, besonders in der Picardie, der Gironde und in der Normandie. In den späten 40er Jahren brach der Algerienkrieg aus, der nach vier Jahren zur Unabhängigkeit Nordafrikas führte. Die finanziellen Lasten des Krieges verschärften die wirtschaftliche Situation. Erst durch die Annäherung an das Deutsche Reich unter Staatspräsident Charles de Gaulle gelang es, die Krise zu überwinden. Der Beitritt Frankreichs als gleichberechtigtes Konföderationsmitglied im Jahre 1953 durch den Élyséevertrag wurde in linksintellektuellen Kreisen jedoch stark kritisiert. Es bildete sich die so genannte Résistance, eine Widerstandsorganisation, die mit Bombenanschlägen und Banküberfällen für Unruhe sorgte. Erst mit der Erweiterung der Konföderation zur Deutsch-Europäischen Wirtschaftsunion endete der Widerstand. Die kulturelle Vielfalt des Landes, die Literatur und die in Frankreich entstandene neue Troubarock-Musik beeinflussten die europäische Kultur des ausgehenden 20. Jahrhunderts entscheidend. Im Bereich von Technik und Entwicklung kam es vielfach zu deutsch-französischen Gemeinschaftsprojekten. Die französische Raumfahrtbehörde Laboratoire de Recherches Balistiques et Aérodynamiques tat sich schon 1945 mit der deutschen Raumfahrtabteilung (DRA) zusammen. Bekannte Forscher waren Christian Vanpouille und der spätere Airbus-Pionier Felix Kracht sowie der Helikopter-Konstrukteur Heinrich Focke. Neben dem Raumfahrtzentrum auf Samoa werden die Raketen der 1955 gegründeten Europäischen Sternen-Abteilung (Sitz in Berlin und Paris), der ESA, in der Nähe des Äquators in Kourou (Guayana) gestartet. 1969 gelang der erste bemannte deutsch-französische Raumflug in einer Arianerakete zum Mond. Das dabei entdeckte Element Helium-3 könnte für die Energieversorgung der weiteren Zukunft eine bedeutende Rolle spielen. Für das Jahr 2015 ist ein bemannter Flug zum Mars geplant.

Indien

Indien ist eine Bundesrepublik, die von 28 Bundesstaaten gebildet wird und weitere sieben bundesunmittelbare Gebiete umfasst. Der Himalaja bildet die natürliche Nordgrenze Indiens, im Süden umschließt der Indische Ozean das Staatsgebiet. Indien ist ein multiethnischer Staat und mit 1,5 Milliarden Einwohnern (2012) neben China das bevölkerungsreichste Land der Erde.

1918 kam es in der britischen Kronkolonie (seit 1877 ein Kaiserreich unter der englischen Königin) wie 1857 zu einem Volksaufstand, der die Befreiung von der englischen Vorherrschaft zum Ziel hatte. Die blutige Niederschlagung ließ den Hass auf die Engländer anwachsen und sorgte für einen breiten Zulauf zur Unabhängigkeitsbewegung unter dem Dach der Kongresspartei (Indian National Congress). Nach dem Japanisch-Englischen Krieg gelang es Indien unter Mahatma Gandhi und Jawaharlal Nehru 1945 unabhängig zu werden. Doch wegen seiner religiösen und ethnischen Vielfalt kam das große Land nicht zur Ruhe. Die Potsdamer Konferenz brachte die Teilung Britisch-Indiens in zwei Staaten, in die Indische Union sowie in die kleinere Islamische Republik Pakistan. Diese Teilung führte zu einer der größten Vertreibungs- und Fluchtbewegungen der Geschichte. Ungefähr 10 Millionen Hindus und Sikhs wurden aus dem islamischen Pakistan vertrieben, etwa 7 Millionen Muslime aus Indien. Mehr als eine Million Menschen kamen dabei ums Leben. Auch nach außen geriet Indien in Konflikte, vor allem mit China. 1962 konnte das Land sich im 1. Indisch-Chinesischen Krieg um Kaschmir behaupten. Doch im 2. Indisch-Chinesischen Krieg um Tibet (1985/86) unterlag Indien dem angreifenden China. Der Dalai Lama flüchtete nach Europa ins Deutsche Reich. Nach dem 3. Indisch-Chinesischen Krieg 2000 bis 2002 musste Ceylon an China abgetreten werden. Nach dieser weiteren Niederlage investierte Indien intensiv in eine eigene Raketentechnik und in die Informationstechnologie, um in künftigen Konflikten mit China bestehen zu können. Indien verfügt über eigene Uranvorkommen, die in mehreren Bergwerken abgebaut werden. Derzeit sind 25 Atomkraftwerke in Betrieb, sieben weitere AKWs befinden sich im Bau. Über den gegenwärtigen Gesamtbestand indischer Nuklearwaffen gibt es unterschiedliche Schätzungen. Deutsche Militärexperten schätzten 2012 das Potential auf nahezu 100 Raketen des Typs Agni 2010. Nach chinesischen Angaben hat Indien genügend Vorräte an Plutonium-239, um 90 Nuklearwaffen zu bauen. Um das Atomarsenal auszubauen, arbeiten indische Nuklearingenieure an der Entwicklung einer Wasserstoffbombe. Auch im Bereich der Laserwaffentechnik wird intensiv geforscht. Im IT-Bereich wurden in den letzten Jahren eine Reihe von Programmen entwickelt, die weltweit große Beachtung fanden. Der indische Professor Rohan Shravan konstruierte 2010 ein Datentablett, das im globalen Handel hohe Verkaufsgewinne brachte und Indien zu einer der führenden Informationstechnologienationen werden ließ. Andere Exportschlager sind seit der Jahrtausendwende die Produktionen der Filmfabrik Bollywood, die das Gemüt der Jugend weltweit ansprechen und das amerikanische Hollywood als cineastische Traumfabrik ablösen, ja selbst der deutschen Ufa und ihren Studios Konkurrenz machen.

Osmanisches Reich (Türkei)

Nach dem großen Krieg bildete die neue Türkei unter Mustafa Kemal Atatürk eine Art von Dominium nach angelsächsischem Vorbild. Die Gebiete Ägypten, Palästina, Syrien und der Irak wurden in die Unabhängigkeit entlassen. Dem Reich angegliedert wurden Ostmakedonien und Thrakien sowie ein Großteil des Kaukasus. Im Laufe seiner Amtszeit führte Mustafa Kemal tief greifende Reformen im politischen und gesellschaftlichen System durch. Im Jahre 1922 wurde das Sultanat abgeschafft und 1924 das Kalifat sowie die Scharia. In den folgenden Jahren wurden ganze Rechtssysteme aus europäischen Ländern übernommen und den türkischen Verhältnissen angepasst. Im Zuge weiterer Reformen führte die Türkei 1930 das aktive und 1934 das passive Frauenwahlrecht ein. An den wirtschaftlichen und politischen Entwicklungen Europas in den 40er Jahren nahm das Land nur bedingt Anteil. Erst ab 1950 kam es zu einem steigenden Aufschwung. 1952 wurde das deutsch-türkische Militärabkommen geschlossen. In der Suezkrise von 1956 griff die Türkei zusammen mit dem Deutschen Reich in den ägyptischen Konflikt ein und schlug die Arabische Liga zurück. 1960 proklamierte der regierende Ministerpräsident Adnan Menderes ein Ermächtigungsgesetz, um die Opposition auszuschalten. Gegen diese Maßnahmen putschte das Militär. Die Generäle übernahmen bis in die 70er Jahre die Macht im Staat. Seit Beginn der 80er Jahre kommt es zu lokalen Konflikten, Aufständen und Anschlägen im Kaukasusgebiet sowie in der Osttürkei. Primär der Kaukasus, der im Frieden von Istanbul von Russland an die Türkei abgetreten worden war, entwickelt sich mehr und mehr zum neuen Pulverfass. Die Vielvölkerregion, die schon Russland viel zu schaffen machte und mit über 50 verschiedenen Nationen ständig für ethnische Konflikte sorgte, kommt nicht zur Ruhe. Besonders der radikale Islamismus der Tschetschenen entlud sich in Terroraktionen und Anschlägen. 1985 kam es nach mehreren Aufständen der Kurden zur Gründung einer kurdischen autonomen Region. Das offiziell als „Bergtürken" bezeichnete Volk erhielt das Recht einer eigenen Selbstverwaltung. Das Verhältnis zu Amerika ist insgesamt angespannt. Während des 2. Ölkrieges mobilisierte die Türkei die Streitkräfte und drohte mit einem Eingreifen auf Seiten der Iraker. Die Türkei, die Krimrepublik sowie der Staat Israel sind in der *Asya Kuvvetler Ittifak,* der AKI militärisch verbunden. Gemeinsame Flottenmanöver vor der libyschen Küste führten 2012 zu einem ernsten politischen Konflikt mit dem nordafrikanischen Sultanat Algier.

Die innere Struktur der Türkei hat sich in den letzten fünfzig Jahren dramatisch geändert. Betrug die Einwohnerzahl 1930 noch knappe 15 Millionen, zählte diese im Jahre 2013 mehr als 93 Millionen Menschen. Durch das hohe Bevölkerungswachstum, vor allem der angeschlossenen ehemaligen griechischen Distrikte, der Westtürkei (Ionien) und der christlichen Kaukasusgebiete kam es seit Mitte der 50er Jahre zu einer verstärkten Christianisierung der Türkei. Seit 1995 stellen die orthodoxen Christen die Bevölkerungsmehrheit (derzeit 63,5 %). 2011 erklärte die Regierung Gul und Erdogan – trotz Proteste islamischer Bevölkerungskreise – das orthodoxe Christentum zur Staatsreligion. 2013 wurde die Hagia Sophia neu geweiht und zum Sitz des Metropoliten von Istanbul bestimmt. In den ultraorthodoxen ländlichen Regionen der Schwarzmeerküste ist zum Teil das kommunale Frauenwahlrecht aufgehoben und es besteht eine Kopftuchpflicht für Mädchen ab zwölf Jahren. Die seit 1985 laufenden Verhandlungen über eine Aufnahme des Osmanischen Reiches (Türkei) in die Deutsch-Europäische Wirtschaftsunion sind – trotz der alten Partnerschaft der Reiche – vor allem im Hinblick auf die Gleichstellung der Frau und der Freiheit der Religionen bisher ergebnislos verlaufen.

Polen

1919 wurde gemäß den Vereinbarungen des Friedens von Luxemburg und Brest-Litowsk die Republik Polen gegründet. Dem nach rund 125 Jahren wieder entstandenen Land blieb kaum Zeit zur inneren Konsolidierung.

Schon 1920/21 brach der 1. Polnisch-Russische Krieg aus, in dem es um Gebietsstreitigkeiten im Osten ging. Die Polen besetzten Teile Weißrusslands sowie der Ukraine und vertrieben die Russen aus der litauischen Hauptstadt Wilna. Die in Luxemburg ausgearbeitete Rathenau-Linie, die die polnische Ostgrenze entlang des Bugs zog, hielten die Polen für inakzeptabel. Der polnische Staatschef General Pilsudski strebte die Wiedererrichtung des neuen Staates auf dem Territorium Polens vor der ersten Teilung 1772 an. Pilsudski verbündete sich mit anti-bolschewistischen Ukrainern und stieß mit seinen Truppen bis Petersburg vor. Im Frieden von Riga wurden die polnischen Forderungen seitens der Russen anerkannt. Nach fast vierzig Jahren der Ruhe, in der sich Polen vor allem mit dem inneren Staatsaufbau beschäftigte, kam es 1969 zum Russisch-Ukrainisch-Polnischen Krieg. Die polnische und die ukrainische Armee drangen unter Feldmarschall Paulus bis Wolgograd vor. Dort kam es im Dezember zur Schlacht von fünf Armeeverbänden. Unter unsäglichen Bedingungen gelang es Paulus und seinem Stellvertreter Karol Świerczewski, drei gegnerische russische Armeekorps unter General Vasily Chuikov einzuschließen und vernichtend zu schlagen. Die russische Seite verlor in den Kämpfen fast eine Million Mann. Im anschließenden Frieden von Helsinki annektierten die Sieger den Großteil des europäischen Gebietes der Sowjetunion vom Kaukasus über Nowgorod bis zur finnischen Grenze. Wirtschaftlich ging es in Polen seit dem Frieden deutlich aufwärts. Seit 1970 wurde die polnische Wirtschaft nach dem Balcerowicz-Plan mit schnellen Schritten in eine moderne Volkswirtschaft umgewandelt. Mit der Jahrtausendwende wandte sich das Land verstärkt der internationalen Politik zu und betonte seinen Anspruch, als Großmacht in Europa mitzubestimmen. Besonders die Brüder Jarosław und Lech Kaczyński stehen für eine konservative Wende, die das Land auf scharfen Konfrontationskurs zum Deutsch-Europäischen Reich gehen ließ. Dies zeigte sich besonders im Bürgerkrieg in der Ukraine und Weißrussland 1997 bis 2007. Teile der Ukraine und Weißrusslands wurden besetzt und Polen angegliedert. Der Versuch, einen Zugang zur Schwarzmeerküste zu gewinnen, scheiterte. Das deutsch-polnische Verhältnis ist angespannt, obwohl seit 2010 beide Seiten über die Aufnahme Polens in die Deutsch-Europäische Wirtschaftsunion verhandeln.

Russland

In Russland, 1917 als Sowjetunion begründet, dem immer noch flächengrößten Land der Welt und dem mächtigsten Verlierer des Großen Krieges, kam es 1920/21 zum 1. Polnisch-Russischen Krieg (siehe dazu Polen), der neben den Wirren des Bürgerkriegs das Land an den Rande des Abgrunds trieb. Nur mit Mühe gelang es Lenin, mit Hilfe der Neuen Ökonomischen Politik die Wirtschaft, vor allem die Landwirtschaft zu stabilisieren. Nach dem frühen

Tode Lenis übernahm Leo Trotzki 1924 die Staatsführung. Er führte das wirtschaftliche Konzept Lenins gegen alle Widerstände weiter fort. Doch erst 1935 war es Trotzki möglich, seinen Gegenspieler Josef Stalin und dessen Netzwerk ihm ergebener Gefolgsleute auszuschalten und seine eigene Wirtschaftspolitik umzusetzen. In einem Schauprozess wurde Stalin zum Tode verurteilt und hingerichtet. Ab 1937 wurde die staatliche Wirtschaft Fünfjahresplänen unterworfen, die Industrialisierung und Infrastruktur, speziell im asiatischen Teil des Landes, vorangetrieben. Die Schaffung des Fünfjahrplanes unterstand dem Komitee für die Wirtschaftsplanung *Gosplan*. Ende 1938 begann die Kollektivierung Landwirtschaft. Sowchosen und Kolchosen sowie Maschinen-Traktoren-Stationen (MTS) wurden gebildet. Der Widerstand der zumeist mittleren Bauern, der so genannten Kulaken, wurde rücksichtslos gebrochen. In der Folge kam es zu einer riesigen Hungersnot, die 7,5 Millionen Menschen das Leben kosteten. Im Politbüro wuchs der Widerstand, Trotzki trat zurück (ermordet 1940). Nach seinem Rücktritt übernahm Nikita Chruschtschow den Posten des Ersten Sekretärs der Kommunistischen Partei der Sowjetunion (KPdSU). Er wurde 1942 auch Regierungschef als Nachfolger von Georgi Malenkow und Nikolai Bulganino. Ab 1945 begann der Geheimdienstchef Lawrenti Beria mit innerparteilichen Säuberungen. Mit dem „Großen Terror" von 1946 bis 1948 wurde eine systematische Ausrottung von Menschen betrieben, die angeblich gegen das kommunistische Regime konspirierten. Die Säuberungsaktionen waren oft als gerichtliche Verfolgung (Moskauer Prozesse) getarnt und durch unter Folter erpresste Geständnisse begründet. Nach dem Moskauer Aufstand am 17. Juni 1953, bei dem Tausende von Demonstranten durch die Rote Armee verhaftet und zum Teil getötet wurden, erhob sich eine Protestwelle im In- und Ausland. Das Deutsche Reich und Polen drohten sogar mit einer direkten militärischen Intervention. Chruschtschow wechselte darauf die Verantwortlichen in den Bereichen Inneres und Sicherheit aus und ließ Beria und die gefürchteten NKGB-Chefs Abakumow und Ignatjew hinrichten. Parallel befahl er, die bereits 1949 begonnene atomare Aufrüstung zu verstärken, um den westlichen Nachbarstaaten auf Dauer Paroli bieten zu können. Doch die Kosten der forcierten Hochrüstung („Kalter Krieg") trieben das Land in den wirtschaftlichen Ruin. Die Überlegenheit des Deutschen Reiches auf dem Sektor der Solar- und Lasertechnik zwang die Sowjets letztlich zur Aufgabe des Wettrüstens. Chruschtschow wurde gestürzt und Leonid Breschnew folgte ihm im Amt. Kurzfristig kam es zu einer kollektiven Führung im Politbüro, doch bald setzte sich Breschnew machtpolitisch gegen Ministerpräsident Alexei Kossygin und Staatsoberhaupt Nikolai Podgorny durch. Aber die verheerende Niederlage im Winterkrieg 1969 zwang Breschnew im Sommer 1970 zum Rücktritt. Neuer Vorsitzender wurde Alexei Kossygin, der sich vergeblich um Reformen bemühte. Die inneren Zerwürfnisse, die großen Gebietsverluste sowie die kommunistische Fehlplanung der Wirtschaft brachten den endgültigen Niedergang der Sowjetunion; 1973 zerfiel der Staat in Einzelstaaten, darunter auch Russland. Das neue Russland war ein Land, dessen Territorium zum größten Teil östlich des Urals lag. Über dreißig Jahre stand dieses Land wirtschaftlich und politisch im Abseits. Die großen Vorräte Sibiriens an Gas, Kohle, Erdöl und Uran konnten zwar genutzt werden, taugten aber kaum zum Export, da Russland den Anschluss an die Forschung (Informationstechnologie, Solartechnik) verpasst hatte. Erst in den letzten fünf Jahren mit der Wahl Michail Sergejewitsch Gorbatschows zum Parteichef der Kommunistischen Partei zeichnet sich eine Veränderung ab. Nach und nach wird durch die Politik von Glasnost (Transparenz) und Perestroika (Umgestaltung) eine Neuordnung des Landes vorbereitet. Wirtschaftlich kommt es zu ersten Zeichen eines Aufschwungs. Es besteht seit 2012 ein Wirtschafts-, Handels- und Kooperationsvertrag mit der Deutsch-Europäischen Wirtschaftsunion (Konvention von Tauroggen).

USA

Die Mexikokrise 1917/1918 wurde durch eine Intervention der Amerikaner in Mexiko beendet. Damit war der außenpolitische Kurs vorgezeichnet. In den 20er Jahren versuchten die Amerikaner, ganz Mittel- und Südamerika wirtschaftlich und politisch zu durchdringen. Doch nach dem schwarzen Freitag des Oktober 1929 geriet das Land in den Strudel der ersten Weltwirtschaftskrise. Versuche des 1932 gewählten Präsidenten Roosevelt, mit einer sozialistischen Politik das Land aus der Krise zu führen (New Deal), scheiterten an der zweiten Wirtschaftskrise von 1935. Ein starker Rechtsruck führte zur Wahl des ultrakonservativen Präsidenten Glenn Palin (1936-1948). Palin wehrte sich entschieden gegen die Gleichstellung der Afroamerikaner und verschärfte dadurch die innenpolitische Spaltung des Landes. Mit seinem neuem Steuerprogramm und einer rigiden Sparpolitik (Palinismus) gelang es ihm aber, das Land aus der Krise zu führen. Die 50er Jahre sind geprägt durch eine stark wachsende Bevölkerung und ständige Konflikte mit den Staaten Süd- und Mittelamerikas. 1961 wurde die Grenze nach Mexiko durch eine „Mauer“ gesichert, um die illegale Zuwanderung einzudämmen. Die kubanische Revolution von 1959, die auch Haiti und die Dominikanische Republik erfasste, mündete in die Krise von 1962. Venezuela, das mit Hilfe seiner Öl-Einnahmen zur regionalen Flottengroßmacht aufgestiegen war, bedrohte die Südküste der USA und vor allem Florida. Offiziell ging es dabei um die Verstaatlichung des Zuckerrohranbaues auf Kuba, real aber um Einfluss und Hegemonie in der Karibik. Dem 1961 neu gewählten Präsidenten Kennedy gelang es, die Kriegsgefahr durch einen Kompromiss zu beenden. Teile des CIA sahen die USA durch diesen Kompromiss gefährdet; Kennedy fiel 1963 in

Dallas einem Attentat zum Opfer, das dem Nachrichtendienst zugeschrieben wird. Der starke Bevölkerungsdruck und die wirtschaftlichen Probleme der Vereinigten Staaten ließen das Land 1970 einen Krieg mit China um Vietnam und die Märkte Südostasiens beginnen. 1975 wurde der Konflikt nach der militärischen und wirtschaftlichen Erschöpfung beider Parteien beendet. Da wegen fehlender Mittel und fehlgeleiteter Investitionen der 30er und 40er Jahre die Amerikaner weiter auf das Öl als Energieträger angewiesen waren und die Ressourcen knapp wurden, folgte die Serie der drei Ölkriege. Der 1. Ölkrieg von 1980 bis 1988 wurde in Saudi-Arabien, der 2. Ölkrieg von 1990 bis 1991 im Iran und der 3. Ölkrieg 2003 bis 2007 im Irak geführt. In allen drei Kriegen gelang es den amerikanischen Streitkräften, die gegnerischen Kräfte auszuschalten. Dem folgenden Partisanenkrieg waren sie allerdings auf Dauer nicht gewachsen und mussten die gewonnenen Positionen nach zähem Ringen am Ende aufgeben. Der 2. Ölkrieg wurde zusätzlich aufgrund des politischen Drucks des Deutschen Reiches und Nationalchinas beendet. Ein Attentat während des 3. Ölkrieges, die Ermordung des amtierenden Präsidenten Bush, führte zur Ablösung der Republikaner und zur Präsidentschaft Edward Moore Kennedys. Dieser leitete tief greifende politische Reformen ein, verstarb jedoch schon 2009. Sein Nachfolger, der erste afroamerikanische Präsident Obama, ließ durch die US-Notenbank, die FED, wegen der anhaltend hohen Arbeitslosigkeit 1.200 Milliarden Dollar in die Wirtschaft pumpen. Dadurch wuchs die Staatsverschuldung ins Gigantische – trotzdem blieb die Arbeitslosigkeit konstant hoch. Nach der Niederlage seiner demokratischen Partei bei den Kongresswahlen 2010 bemühte er sich um außenpolitische Erfolge. Dabei konzentrierte er sich primär auf den mittel- und südamerikanischen Raum. Brasilien, Mexiko und Venezuela sahen darin eine Wiederaufnahme des alten Dollarimperialismus vom Anfang des 20. Jahrhunderts. Nach einer Serie der Enteignungen amerikanischer Firmen und Einrichtungen im Frühjahr 2012 kam es zur Eskalation. Die Versenkung des US-Flugzeugträgers USS Gerald R. Ford (CVN-78) durch ein brasilianisches U-Boot (Zwischenfall von Grenada) führte zur Kriegserklärung der Nordamerikaner. Zunächst erzielten die US-Truppen im Norden Mexikos große Gebietsgewinne. Auch eine Landung des United States Marine Corps in Belém im Norden Brasiliens (Baía de Guajará) konnte erfolgreich durchgeführt werden. Dann traten die Latino-Amerikaner in den US-Südstaaten in einen unbefristeten Generalstreik und der Nachschub für die Truppe wurde unterbrochen. Zu den Logistikproblemen trat ein raumgreifender Guerillakrieg in den Wäldern und Städten Brasiliens und Venezuelas. Schließlich sahen sich die Amerikaner zum Abzug gezwungen und Präsident Obama trat zurück. Ihm folgte als erste Frau im Weißen Haus und als erste Amerikanerin mit asiatischen Vorfahren Yang Maria Huiyan. Zurzeit (Volkszählung 2013) zählt die USA rund 450 Millionen Einwohner. Der Anteil der Afroamerikaner liegt unverändert bei rund 22 %, der der Latinos bei mittlerweile 33 % und der asiatischen Bevölkerung bei 15 %. Amerikaner mit europäischen Wurzeln siedeln vor allem im Mittelwesten und im Nordwesten des Landes. Die meisten Städte der Ostküste sind von einem Gürtel von Vorstadtslums umgeben und zu riesigen Megapolis zusammengewachsen. Einige südliche Staaten wie Kalifornien und Texas zeigen deutlich separatistische Bestrebungen. Wirtschaftlich und kulturell befindet sich das Land seit der Jahrtausendwende in einem dramatischen Niedergang. Das Schulwesen ist faktisch korrodiert. Die Industrieanlagen sind mangels Investitionen veraltet. Das aktuelle Außenhandelsdefizit (2013) beträgt 14 441 Milliarden US-Dollar.

Vereinigte Staaten von Südafrika

Zu den Vereinigten Staaten von Südafrika gehören die ehemaligen Kolonien Deutsch- Südwestafrika, Deutsch-Ostafrika, das 1925 von Portugal an das Reich verkaufte Mosambik sowie die 1945 an Deutschland abgetretenen ehemaligen britischen Kolonien Südafrika und Rhodesien sowie Kenia. Deutsch-Südwestafrika wurde 1884 durch Franz Adolf Eduard Lüderitz erworben. Deutsch-Ostafrika kam 1885 durch Carl Peters in deutschen Besitz. Das Reich erwarb ferner 1885 Deutsch-Witu (durch die Brüder Gustav und Clemens Denhardt) und Teile der Somaliküste. Im Großen Krieg wurden die afrikanischen Kolonien durch die gewaltige Übermacht der alliierten Gegner fast vollständig überrannt. Nur in Deutsch-Ostafrika leistete eine Truppe von 15 000 Soldaten, darunter 11 000 afrikanische Askaris, unter Führung von Oberstleutnant Paul von Lettow-Vorbeck bis zum Kriegsende heftigen Widerstand, der zum Teil auf englisches und portugiesisches Gebiet getragen wurde. Die 20er und 30er Jahre erlebten eine verstärkte Zuwanderung aus dem Reich. Ein breites Verkehrsnetz entstand, die medizinische Versorgung der Einheimischen wurden verbessert und ein Bildungssystem etabliert. Lebten 1914 lediglich 25 000 Deutsche in den beiden südlichen Kolonien, stieg diese Zahl bis 1940 auf rund 3 000 000 Menschen. Der im Kontext der Englisch-Japanischen Kriege 1942 erfolgte Burenaufstand wurde durch die deutsche Schutztruppe unterstützt und führte zur Angliederung der britischen Gebiete an die neue Großkolonie Deutsch-Südafrika. Das britische Apartheidsystem wurde abgeschafft und 1960 der Afrikanische National Kongress (ANK) als Partei zugelassen. Nachdem bis in die 70er Jahre hinein die Parlamentsmehrheit bei der Deutschen Partei (Jan Schmidt) in Koalition mit der Burenpartei (unter Frederick Willem de Klerk) lag und diese die Regierung stellte, gewann in den 80er Jahren der ANK immer mehr Stimmen. Bei den Wahlen von 1994 errang die Partei einen überwältigenden Wahlsieg und stellte mit Nelson Mandela den ersten schwarzen Präsidenten des Landes. Folgerichtig entließ der deutsche

Reichskanzler Johannes Fischer 1995 die Kolonie als Vereinigte Staaten von Südafrika in die Unabhängigkeit.

Die Vereinigten Staaten von Südafrika sind eine regionale Wirtschaftsmacht und ein ethnisch sehr gemischtes Land, in dem Menschen aller Hautfarben leben und das aufgrund dieser Vielfalt oft als Regenbogennation bezeichnet wird. Das Land hat mehrere amtliche Landessprachen: Deutsch, Afrikaans, Englisch und neun weitere afrikanische Sprachen und Dialekte. Rund 32 % aller Einwohner haben Deutsch, 29 % Afrikaans und 16 % Englisch als Muttersprache. Die restlichen Sprachen (23 %) werden vor allem von der schwarzen Bantu-Bevölkerung gesprochen. Das Land besitzt ein gut entwickeltes Finanz- und Rechtssystem und eine allgemein gut ausgebaute Infrastruktur (Kommunikations-, Energie- und Transportwesen). Die letzten Jahre wurden von einem hohen Wachstum geprägt. So wuchs im Zeitraum 2007-2012 die südafrikanische Wirtschaft um jährlich 5 %. Politisch sind die Vereinigten Staaten von Südafrika eng mit dem Deutschen Reich verbunden. Aufgrund des letzten Indisch-Chinesischen Krieges, in dem der Indische Ozean zum Kriegsschauplatz wurde, schlossen die Vereinigten Staaten von Südafrika und das Deutsche Reich ein militärisches Schutzbündnis, das eine enge Zusammenarbeit beider Marinen und gemeinsame Flottenmanöver vorsieht.

2. Die Kaiser des Deutschen Reiches

Wilhelm I. * 22. März 1797 Berlin; † 9. März 1888 Berlin. **Kaiser**
Verehelicht mit: **1871–1888**
Augusta Marie Luise Katharina von Sachsen-Weimar-Eisenach
* 30. September 1811 in Weimar; † 7. Januar 1890 in Berlin

Friedrich III. * 18. Oktober 1831 Potsdam; † 15. Juni 1888 Potsdam **Kaiser**
Verehelicht mit: **1888**
Victoria Adelaide Mary Louisa von Großbritannien und Irland
* 21. November 1840 im Buckingham Palace, London; † 5. August 1901 in Schloss Friedrichshof, Kronberg im Taunus

Wilhelm II. * 27. Januar 1859 in Berlin; † 4. Juni 1941 in Doorn **Kaiser**
Verehelicht mit: **1888-1918**
Prinzessin Auguste Viktoria Friederike Luise Feodora Jenny von Schleswig-Holstein-Sonderburg-Augustenburg
* 22. Oktober 1858 in Dolzig † 11. April 1921 im Haus Doorn

Wilhelm III. (Joachim Franz Humbert von Preußen) **Kaiser**
* 17. Dezember 1890 in Berlin; † 18. Juli 1920 in Potsdam **1918-1920**
Verehelicht mit:

Marie Auguste Antoinette Friederike Alexandra Hilda **Kaiserin**
Luise Prinzessin von Anhalt *10. Juni 1898 in Ballenstedt **1920-1980**
† 22. Mai 1983 in Essen

Sohn:
Karl Franz Joseph von Preußen
* 15. Dezember 1916 in Potsdam; † 23. Januar 1975 in Arica, Chile

Sohn:
Franz Wilhelm I. von Preußen **Kaiser**
* 3. September 1943 in Grünberg/ Schlesien **seit 1980**
Verehelicht mit:
Maria Wladimirowna Romanowa aus dem Haus Romanow-Holstein-Gottorp
* 23. Dezember 1953 in Madrid

Sohn:
Prinz Georg Michael. Kronprinz von Preußen und russischer Thronprätendent
* 13. März 1981 in Madrid † 1.August 2014 Tannenberg

3. Die Kanzler des Reiches nach dem Großen Krieg (Koalitionspartner)

Prinz Max von Baden (1867-1929)	1918	parteilos
Friedrich Ebert (1871-1925	1918 – 1925	Sozialdemokrat
Gustav Stresemann (1878 – 1929)	1925 – 1929	Deutsche Volkspartei
Hermann Müller (1876 – 1931)	1929 – 1931	Sozialdemokrat (+ DDP)
Joseph Wirth (1879 – 1956)	1931 – 1934	Zentrum
Franz von Papen (1879 – 1969)	1934 – 1936	Deutschnationaler
Hans Luther (1879 – 1962)	1936 – 1940	parteilos
Theodor Düsterberg (1875-1950)	1940 – 1944	Deutschnationaler
Wilhelm Pieck (1876-1960)	1944 – 1948	Sozialdemokrat
Konrad Adenauer (1876 – 1967)	1948 – 1963	Zentrum (+ DDP)
Ludwig von Erhard (1897-1977)	1963 – 1966	Zentrum (+ DDP)
Georg von Kiesinger (1904 – 1988)	1966 – 1969	Zentrum (+ DDP)
Walter Scheel (1919-2012)	1969 – 1972	DDP (+ DVP)
Wilhelm Brandt (1913 – 1992)	1972 – 1976	Sozialdemokrat (+ DDP)
Hans Schmied (1918- 2014)	1976 – 1982	Sozialdemokrat (+ DDP)
Helmut Kehl (1930- 2013)	1982 – 1993	Zentrum (+DNP)
Johannes Fischer (1948)	1993 – 2000	Grün (ab 2000 Öko + SPD)
Gernot Schrödel (*1944)	2000 – 2004	SPD + DDP + Öko
Oskar de Fontana (1943-2013)	2004 – 2006	Neue Linke (+ Öko)
Andrea von der Heyden (* 1960)	2006 – 2014	Zentrum (+ DDP)
Markus von Wolf (* 1965)	2014	Deutschnationaler

4. Namen wichtiger Personen und Handlungsträger

Ackerle, Franz-Josef von. 1958 – 2014. Vorsitzender der Deutschen-Helvetia Bank

Arnett, Patricia. 1974 – 2014. Reporterin der Daily Mirror

Blessing, Marion von. 1973 – 2014. Aufsichtsratsvorsitzende der Deutschen Kommerz

Blonto, Jörg. 1933 – 1977. Dresdner-Bank-Chef, RAF-Opfer

Brockdorff-Ahlefeldt, Thilo Graf von. * 1963. Kommandant der Potsdamer Garnison und Widerständler

Brown, Francis. * 1975. Commander (Fleet Air Arm)

Bruder Fjodor. * ?. Neuorthodoxer und Fundamentalist

Bulack, Winfried. 1930 – 1977. Generalreichsstaatsanwalt, RAF-Opfer

Callegan, William. 1980 – 2014. Agent des MI6

Cameron, David. 1966 – 2014. Britischer Kriegsminister

Carranza, Venustiano 1859 – 1920. Von 1914 bis 1920 Präsident von Mexiko.

Christopher, Jack. 1968– 2014. Britischer Finanzminister

Cullingham, Rose, * 1984. Captain der Royal Navy

Curwen, Sir Christopher. * 1970. Stellvertretender Direktor des MI5

Curzon Sir Francis. 1962 – 2014. Britischer Außenminister

Dohl, Stefen. * 1966. Unterhaltungskünstler im Reichsfernsehersender Nr. 3

Donnersberg, Florian von. 1973 – 2014. Regisseur und Oskarpreisträger: Deutsche Leben

Dönitz, Fritz. 1974 – 2014. Kapitän zur See, später Admiral und Reichsmarineminister

Essex, Robert Lord. 1964 – 2014. Britischer Diplomat

Eulenburg, Botho August-Heinrich Graf zu. 1968 – 2014. Leiter des kaiserlichen Büros

Evans, Sir Jonathan. * 1968. Leitender Direktor des MI5

Fallersleben, Kai Uwe von. * 1973. Admiral der Reichsmarine

Fontane, Hubert de la. 1964 – 2014. Reichsinnenminister, später Landwirtschaftsminister

Gehlen, Otto von. * 1963. Generaloberst, Chef des Reichsnachrichtendienstes

Georgi, Hans. 1992 – 2014. Student und Freund Rachel Rosenthals

Ghosh, Arabinda. 1872 – 1950. Indischer Politiker und Führer im indischen Aufstand

Goebbels, Dr. Joseph. 1897 – 1938. Sozialist und geistiger Brandstifter

Göring, Hermann Junior. 1954 – 2014. Luftmarschall a. D.

Gratz, Gunthram. 1927 – 2014. Nobelpreisträger und Danziger Literat

Grünberg, Andreas zu. 1939 – 2014. Nobelpreisträger Physik 2007

Grünink, Petra. 1965 – 2014. Vorsitzende Ökobündnis 2000, Familien- u. Umweltministerin.

Halder, Friedrich.* 1964. Generalmajor und Widerständler
Halder, Jörg. 1950 – 2014. DNP-Chef in Deutsch-Österreich, Außenminister
Halifax II, Edward Lord. 1972 – 2014. Britischer Premierminister
Hannover, Ernst August Prinz von. 1983 – 2014. Thronkandidat
Hansen, Harald zur.1936 – 2014. Nobelpreisträger Medizin 2008
Beneckendorff und von Hindenburg, Paul von. 1847 – 1934. Generalfeldmarschall
Hoepner, Erich. 1964 – 2014. Generaloberst, Kommandeur der 3l. Panzerdivision u. Widerständler
Hoffmann, Heinz von. 1965 – 2014. Armeegeneral
Hugel, Fritz. Weinbauer und Verwandter von Hans-Peter Schwarze
Huhne, Christopher. 1954 – 2014. Britischer Finanzminister
John, Otto. 1959 – 2014. Nachfolger von Otto von Gehlens als Chef des Reichsnachrichtendienstes
Kaléko, Mascha. 1907 – 1975. Erste deutsche Literaturnobelpreisträgerin
Kaltenbach, Theodor Freiherr von und zu. * 1971. Reichkriegsminister
Kaines, Roland. 1965 – 2014. Zentrumspolitiker und Reichswirtschaftsminister
Katz, Dieter zu. 1959 – 2014. Reichsarbeitgeberpräsident
Kissler, Gregor. * 1948. Vertreter des linken Flügels der Sozialdemokraten
Kujat, Herbert von. 1969 – 2014. Generaloberst der Luftwaffe
Lather, Karl-Heinz Graf. 1970 – 2014. Generaloberst
Lettow-Vorbeck, Klaus von. * 1974 Generalmajor, Befehlshaber der Einsatzgruppe Somalia
Heyden, Andrea von der. * 1958. Reichskanzlerin
Linze, Siegfried. 1926 – 2014. Heimatdichter Ostpreußens
Lübben, Achim von. * 1960. General. Leiter des geheimen Sicherheitsstabes
Manteuffel, Hans von. 1970 – 2014. Vizeadmiral der Chef des Marineauslandsdienstes
McGuire, Sir Alex. * 1972. Commodore des Flugzeugträger *Queen Elizabeth*
McWheels, Heather. 1977 – 2014. Britische Agentin (MI6). Späteres Mitglied der Sondergruppe Lübben.
Meixner, Paul Hermann von. 1891 – 1950. Im Großen Krieg k. u. k. U-Boot Kommandant, später Konteradmiral. Großonkel Alwina von Morus'
Meier, Walter. 1951 – 2014. Evangelischer Reichsbischof
Michael, Gunter. 1959 – 2014. Parteiführer der Sozialdemokratischen Partei, später Reichsarbeitsminister.
Michail. * ? Neuorthodoxer und Fundamentalist
Milena. * ? Neuorthodoxe und Fundamentalistin
Moore, Sir Michael. 1954 – 2014. Britischer Wirtschaftsminister
Morus, Alwina von. * 1989. Entfernte Base Robert von Warthenbergs. Späteres Mitglied der Sondergruppe Lübben.

Morus, Friedrich. * 1978. Vetter Robert von Warthenbergs, Besitzer einer Jagd in der Nähe von Deutsch-Jula (Ungarn).
Morus-Schwarzenberg, Cordula Gräfin von. *1964. Tante Alwina von Morus'.
Naumann, Ernst. 1954 – 2014. Parteiführer der Deutschdemokratischen Partei
Oldfield, Sir Harald. * 1972. Leiter des britischen Geheimdienstes MI6.
Osborne, Sir George Gideon Oliver. * 1971. Leiter des britischen Geheimdienstes MI7 (die Zentrale von MI5 und MI6)
Peters, Roswitha Dr. * 1982. Urenkelin des Afrikaforschers Carl Peters. Mitglied der Sondergruppe Lübben
Pjotr. * ? Neuorthodoxer und religiöser Fundamentalist.
Plocher, Christian. 1960 – 2014. Vizevorsitzende der DNP im Gau Helvetia, später Reichsminister für Seefahrt und Handel.
Reydt-Riefenstahl, Hanna. 1970 – 2014. Regisseurin und Enkelin von Hanna Riefenstahl.
Rüther, Gerhard von. 1932 – 2014. Reichsmeistermaler.
Rosenthal, Rachel. 1994 – 2014. Studentin und Freundin von Hans Georgi. Selbstmordattentäterin.
Schacht, Baldur von. 1964–2014. Polizeigeneral. Chef des Reichskriminalamtes, später Reichsinnenminister
Schalck, Thomas *1950. Unterhaltungskünstler
Schalck-Golowski, Alexander. * 1952. Vorstandschef der Hypo-Real-Bank
Schickelgruber-Hitler, Adolf .1889 – 1945. Naiver Maler und Brandstifter.
Schickewanz, Magda von. 1958 – 2014. Besitzerin der größten Kaufhauskette Adina
Schladerer. Hans-Joachim, 1925 – 1977. Reichsarbeitgeberpräsident, RAF-Opfer
Schlageter, Leo. 1950 – 2014. Reichssportbundführer.
Scholz, Hagen von. 1977–2014. Kapitän und Freund Robert von Warthenbergs. Mitglied der Sondergruppe Lübben
Schub, Amadeus von. 1942 – 2014. Reichsfinanzminister
Schwarze, Hans-Peter Professor Dr. 1954 – 2014. Koryphäe für Marinetechnik und Informatik. Mitglied der Sondergruppe Lübben
Seeckt, Joseph von. 1974 – 2014. Propagandaminister
Seebrunner, Franz-Josef . 1969 – 2014. Vorsitzender der Bayernpartei
Sinclair, Alexander 1974 – 2014. Stellvertretender Leiter des MI6.
Skorzeny, Otto. 1977 – 2014. Oberst und Leiter der GRSG 9.
Sonnenleitner, Theo Graf. 1948 – 2014. Reichsbauernführer
Steegmans, Christoph. * 1969. Pressereferent des Reichskanzleramtes
Thadden, Thoralf von. 1961 – 2014. Parteichef der Deutschnationalen Partei (DNP)
Thatcher Lady Linda. 1966 – 2014. Britische Innenministerin

Tresckow, Heinrich von. * 1966 Generalmajor und Widerständler
Thomas, Bernd. 1931 – 1989. Dramatiker
Türmer, Johanna. * 1972. Professorin Dr. Mitglied der Sondergruppe Lübben.
Uhrlau, Ernst von. 1970-2014. Chef des internen Reichsnachrichtendienstes
Vad. Ludwig 1969-2014. Oberst i.G., später Generalmajor. Leiter des Heeresamtes. Stellvertretender Parteichef der DNP.
Wieker Volker von. 1968 – 2014. Feldmarschall, Leiter des Generalstabs.
Warthenberg, Franz von. * 1975. Vetter Robert von Warthenbergs.
Warthenberg, Robert von Dr. * 1977. Oberst, Historiker, Ingenieur. Mitglied der Sondergruppe Lübben.
Winter, Frank. 1962-2014. Gewerkschaftsboss Gesamtmetall
Witzleben, Gerhard von. 1970 – 2014. Kommandeur des Wehrkreises III,
Wolf, Markus von. * 1965. General. Leiter des Militärischen Reichsnachrichtendienstes, später Reichskanzler
Zeche, Peter Baron von. 1953-2014. Vorstandsvorsitzender Mercedes-Volvo AG.
Zenker, Paul. Admiral 1967-2014. Urenkel des Führers des Schlachtkreuzers von der Tann.
Zielitsch, Roland. 1948-2014. Erzbischof und Vorsitzender der katholischen Bischofskonferenz .
Ziercke, Jürgen Baron von. 1953-2014. Chef der Reichssicherheit

5. Chronologie

1871	Gründung des zweiten deutschen Kaiserreiches
1914 – 1918	Großer Krieg
1918	Umwandlung des Reiches in eine parlamentarische Monarchie
1919	Der Frieden von Luxemburg verändert die europäische Karte
1920	Linksputsch a. d. Ruhr/Rechtsputsch in Berlin, beide scheitern
1920/21	1. Polnisch-Russischer Krieg
1922	erste Weltwirtschaftskrise aufgrund des Großen Kriegs
1922	Deutsch-Österreich und Böhmen–Mähren treten dem Reich bei
1929	Durchbruch der Zeppelintechnologie/Beginn des ersten Wirtschaftswunders im Reich
1935	Zweite Weltwirtschaftskrise trifft primär die USA
1938	Reichstagsbrand
1939 – 1945	Japanisch-Englische Kriege
1942 – 1944	Burenaufstand und Kolonialkrieg in Südafrika
1943	Togo und Kamerun werden unabhängig
1944	Großungarn (Ungarn und Rumänien) tritt dem Reich als konföderatives Mitglied bei
1945	Die Potsdamer Konferenz beendet die Japanisch-Englischen Kriege
1945	Unabhängigkeit Indiens
1946 – 1949	Algerienkrieg
1948	Gründung und Untergang des Staates Israel
1949	Verfassungsreform im Reich
1950	Unabhängigkeit der französischen Afrikakolonien
1953	Moskauer Aufstand der Demokraten (17.Juni) wird durch Rote Armee zerschlagen
1952	Deutsch-türkisches Militärabkommen
1953	Élysée-Vertrag, deutsch-französischer Beitrittsvertrag
1954	Durchbruch der Solartechnologie
1955	Beginn des zweiten Wirtschaftswunders
1955	Gründung der Europäischen Sternen-Abteilung ESA (Sitz in Berlin und Paris)
1956	Suezkrise und Neugründung Israels nach Intervention des Reiches und der Türkei (1. Nahostkrieg)
1957	Gründung der Deutsch-Europäischen Wirtschaftsunion (Deutsches Reich, Helvetia, Tirol und Lombardei
1961	Bau der amerikanisch-mexikanischen Mauer
1962	Kubakrise (Zuckerrohrkrise) zwischen USA und Venezuela
1962	1. Indisch-Chinesischer Krieg um Kaschmir

1967	2. Nahostkrieg, Eroberung des Sinai
1968	Aufnahme der Lombardei ins Deutsch-Europäische Reich
1969	Russisch-Ukrainisch-Polnischer Krieg
1969	Erster bemannter deutsch-französischer Mondflug vom Raketengelände Samoa
1970 – 1975	Amerikanisch-Chinesischer Krieg um Vietnam
1970	Neue Nordpolitik: Aufnahme Dänemarks und Hollands ins Deutsch-Europäische Reich
1972	Norwegen und Schweden bilden eine Konföderation
1973	Zerfall und Auflösung der Sowjetunion, Gebiete gehen an Polen, Finnland und die Ukraine. Die asiatischen Republiken werden unabhängig.
1975	Protektorat (Gau) Baltikum
1977	Deutscher Herbst
	1980
	Thronwechsel des Jahres 1980
1980 – 1988	1. Amerikanischer Ölkrieg in Persien
1982	Argentinien besiegt England im Falklandkrieg
1983	Protektorat Ukraine
1985/1986	2. Indisch-Chinesischer Krieg um Tibet
1986	Aufnahme Portugals und Spaniens in die Deutsch-Europäische Wirtschaftsunion
1990	Aufnahme des Protektorats Baltikum als Gau in das Reich
1990 – 1991	2. Amerikanischer Ölkrieg am Golf
1995	Entlassung der Kolonien Deutsch-Südwest, Deutsch-Ostafrika und Deutsch-Südafrika in die Unabhängigkeit: Gründung der Vereinigten Staaten von Südafrika
1996	Aufnahme Finnlands, Schwedens, Islands und Norwegens in die Deutsch-Europäische Wirtschaftsunion
1997	Hongkong fällt zurück an Nationalchina
1997 – 2007	Bürgerkrieg in der Ukraine und Weißrussland
2000 – 2002	3. Indisch-Chinesischer Krieg um Ceylon
2003	Bildung der Süd- und Mittelamerikanische Union
2003 – 2007	3. Amerikanischer Ölkrieg am Persischen Golf
2007	Ermordung des amerikanischen Präsidenten Bush beendet den 3. Ölkrieg
2008	Bildung der chinesisch-japanischen Konföderation
2008	Aufnahme der Ukraine als Reichsland in das Reich
2008 – 2010	Weltbankenkrise
2010	Nigerianischer Fußballkrieg
2011	Persische Krise

2011	Okkupation von Malta, Sizilien und Zypern durch afrikanische Migranten
2012	Indonesisch-Australischer Krieg um Neuguinea Verkauf des Bismarck-Archipels an Australien
2012	Frankfurter Schwarzer Freitag an der Börse
2012	Mittel- und Südamerikanischer Krieg zwischen den USA und Mexiko, Venezuela und Brasilien
2012	Wirtschafts-, Handels- und Kooperationsvertrag Russlands mit der Deutsch-Europäischen Wirtschaftsunion (Konvention von Taurogen)

6. Neue Sprache/Abkürzungen

- Anwender = Programmierer
- Beamer = Lichtwerfer
- Brainstorming = Gehirnstürmen
- CDs = Schalldateiträger SDTs
- DNP = Deutschnationale Partei
- Einloggen = öffnen, Zugang bekommen
- EKU (Erkennungsbild) = Logo
- Firewall = Waberlohe
- Gehirnstürmen = Brainstorming
- Google = Guckmal (Suchmaschine)
- GRSG 9 = Geheime Reichsschutzgruppe Abteilung 9
- Guckmal = Google (Internet-Suchmaschine)
- Handfon = Handy
- HipHop = Hüpf Hopf
- Hüpf Hopf = Hip Hop
- Internet = Netz
- IRND = Interner Reichsnachrichtendienstes
- KM (Kurzmitteilung) = SMS
- LipoVau (geleitete Lichtpunktvorführung) = PowerPoint Präsentation
- Lichtwerfer = Beamer
- Logo = EKU (Erkennungsbild)
- MAD = Marineauslandsdienst
- MP3 Player = Musikdreispieler
- MRD = Militärischer Reichsnachrichtendienst
- Musikdreispieler = MP3 Player
- Netz = Internet
- PowerPoint Präsentation = LipoVau (geleitete Lichtpunktvorführung)
- Programmierer = Anwender
- RAF = Reichsarmeefraktion, eine Gruppe militanter Studenten
- Rechenformat Siemens 2015 = Windows 2015
- RKA = Reichskriminalamt
- RND = Reichsnachrichtendienst
- Schalldateiträger SDTs = CDs
- SMS = KM (Kurzmitteilung)
- TU = Technische Untersuchung
- Waberlohe = Firewall
- Walküre = Trojaner- und Virenabwehrprogramm
- Walkürenritt = Virenprüfung
- Wer-ist-Wer = Who is Who

- wwn = weltweites Netz
- wwn. dr. = weltweites Netz Deutsches Reich

7. Material zu Tannenberg

Aus der Tannenbergbroschüre zum Festakt der Hundertjahresfeier 2014:

„Bei den Truppen waren in der Nacht vom 28./29. August auf weiten Strecken der Front die Kämpfe erst spät in der Nacht zum Erliegen gekommen. Auf beiden Seiten führten die Anstrengungen von drei Schlachttagen zur Ermattung der Soldaten. Ludendorff meldete der OHL, am Sieg sei nicht mehr zu zweifeln. Doch am Morgen lebte der Kampf bei Hohenstein wieder auf. Gegen 06:00 Uhr ging die 37. Infanteriedivision unter Generalleutnant von Staabs gegen Mörken und den Kämmerei-Wald zum Angriff vor. Die südlich von Hohenstein liegende Hälfte der Landwehr – die Division Goltz unter Generalmajor von Oetzen – und die 6. Reserve- Infanterie-Brigade der 3.Reservedivision unter Generalmajor Krause unterstützten diesen Angriff auf den Südflügel. Sie warfen den Feind südlich Mörken, wandten sich dann gegen die Straßenbrücke von Schlage-Mühle und brachten damit den russischen Abzug zum Stehen. Doch erst um 14:00 Uhr gelang es der 6. Reserve-Infanterie-Brigade, diese wichtige Brücke zu nehmen und dadurch den Weg für die Verfolgung frei zu machen. Nördlich, zwischen Mörken und Grieslienen, war die Nachhut des russischen XIII. Korps völlig eingeschlossen. Das I. Reservekorps war nach einer kurzen Nachtruhe bereits um 03:00 Uhr losmarschiert. Generalleutnant Otto von Below führte das ganze Korps längs der Hohensteiner Straße vor. Östlich vom Lansker See war eine schwache Abteilung aus 2 Bataillonen, 2 Landwehr- Schwadronen und eine Batterie auf das von den Russen gehaltene Wuttrienen angesetzt. Generalleutnant von Förster ging mit seiner 1. Reserve-Division von Stabigotten auf Grieslienen vor, dahinter und daneben Generalmajor Kruge mit der 36. Reserve-Division. Schon bei Erreichen des Ortes ergaben sich erste feindliche Einheiten. Südlich von Grieslienen wurden russische Infanterie und Artillerie, mit Front gegen Hohenstein, vollständig überrascht. Im Kreuzfeuer der deutschen Artillerie erlitt der gleichzeitig von Westen durch die 37. Infanterie-Division (XX. Korps) bedrängte Gegner überaus schwere Verluste. Bald zeigten die Russen weiße Flaggen, nahmen aber den Kampf trotzdem wieder auf und erschossen zwei deutsche Parlamentäre. Darauf begann die deutsche Artillerie ihr Feuer von neuem. Um 10:00 Uhr schließlich ergaben sich mehr als 8000 russische Soldaten. Darüber hinaus wurden sieben Geschütze und zahlreiche Fahrzeuge und sonstiges Gerät, die das russische XIII. Korps bei seinem Abzug in der Nacht zurückgelassen hatte, erbeutet. Bis zum Mittag gelang es, die Truppen der 37. Infanterie-Division (XX.AK)_neu zu sammeln und, zur Sicherung gegen die Armee Rennenkampf, im Norden aufzustellen. Das I. Reserve-Korps allerdings erhielt die Weisung zum Herausziehen von Truppen durch General Ludendorff erst um 17:00 Uhr. Es konnte jedoch zunächst nur eine Brigade

bereitgestellt werden. Die Masse des Korps befand sich in der fortgesetzten Verfolgung hinter der 6. Reserve-Infanterie-Brigade über Schlaga – Mühle. Am Abend des 30. August meldete Generalmajor Ludendorff der Obersten Heeresleitung insgesamt 30 – 40 000 Gefangene, von denen 25 000 bereits abtransportiert seien. Die Gesamtzahl der Gefangenen wuchs schließlich auf 92 000 an, dabei 13 Generale. Insgesamt wurden 350 Geschütze erbeutet. Die blutigen Verluste wird man auf etwa 50 000 Mann veranschlagen dürfen. Von den Korps der russischen Mitte waren das XIII. und XV. ganz, das XXIII. zur Hälfte vernichtet. Aber auch die Flügel, das russische I. und VI. Korps, hatten schwer gelitten. Der geschlagene russische Heerführer Samsonow irrte zu Fuß, ohne Karte und Kompass durch die Wälder, um sich schließlich völlig demoralisiert zur erschießen. Am 8. September entbrannte die nächste Schlacht gegen die Njeme-Armee des Generals Rennenkampf. Hindenburgs Flankenangriff rollte die Armee vom rechten Flügel her auf. Rennenkampf erkannte, dass ihm ein ähnliches Schicksal wie Samsonow droht und gab den Befehl zum Rückzug. Der Rückzug artete in Teilen in eine wilde Flucht aus. 40 000 Mann und 150 Geschütze fielen diesmal in deutsche Hände …“

8. Kartenmaterial

a. Karte zur Schlacht Tannenberg

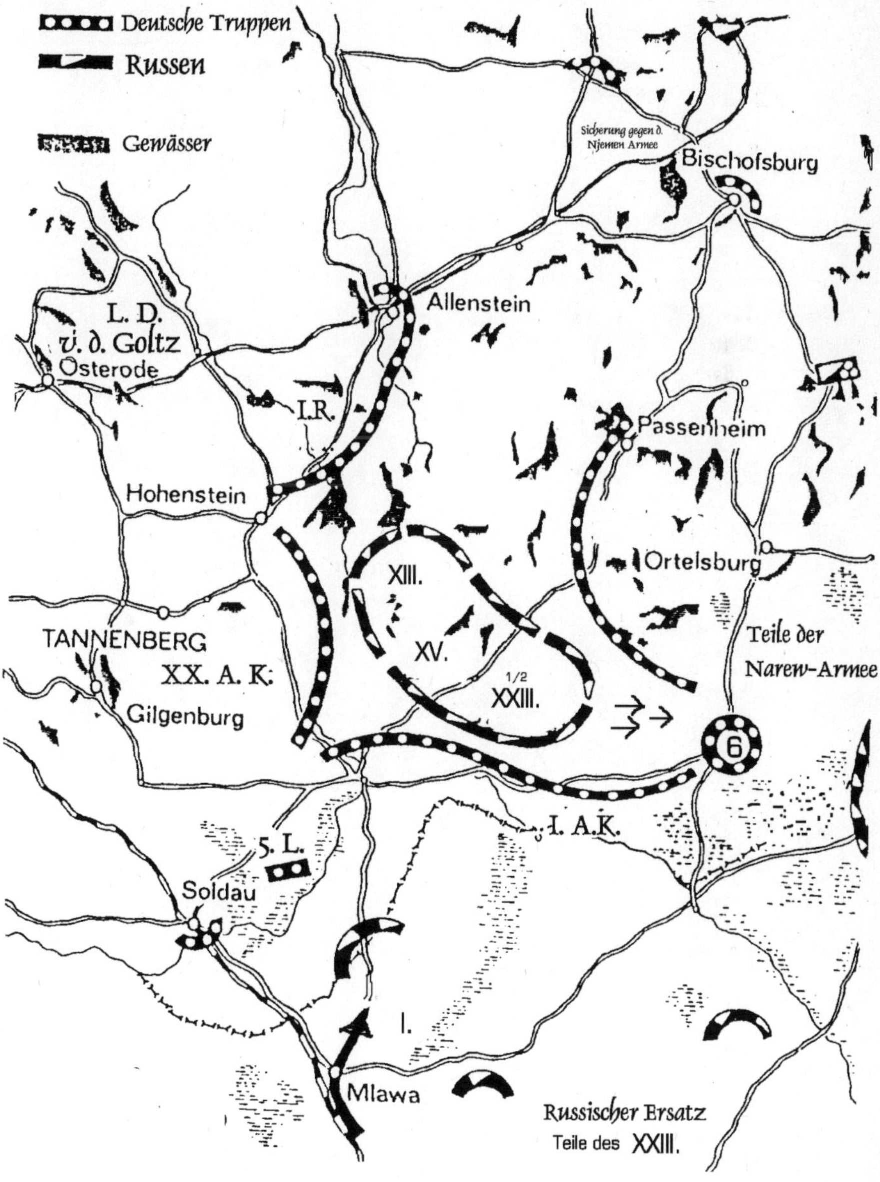

b. Deutsches Reich /Deutsch-Europäisches Reich 2014

c. Deutsch-Europäische Wirtschaftsunion (DEW)

Von Heiger Ostertag sind zum Kaiserreich und seinem Hintergrund folgende Beiträge erschienen:

- Bildung, Ausbildung und Erziehung. Eliteideal, Anspruch und Wirklichkeit im Offizierkorps im Kaiserreich 1871 – 1918. Peter Lang. Paris/New York 1990, 374 S.
- Ausgewählte Operationen und ihre militärhistorischen Grundlagen (Hg. et al.). E.S. Mittler, Herford und Bonn 1993, 484 S.
- Potsdam. Staat, Armee, Residenz (Mit.). Ullstein, Propyläen. Berlin, Frankfurt 1993, 637 S.
- Offiziere im Kaiserreich. IFDT 11/88
- Die Kaderschmiede der Armee. Kadettenleben im deutschen Kaiserreich. Damals 10/90, S.830-849
- Bibliotheksbestände und literarische Interessen – Indikatoren für das Bildungsniveau im Offizierkorps im Kaiserreich 1871 bis 1918? MGM 1/90, S.57-71
- Der soziale Alltag eines Offiziers im Kaiserreich 1913 – ein militärsoziologisches Zeitbild. ZfG 12/1990, S.1069-1080
- Das ganze Deutschland soll es sein! Reichseinigung 1871. IFDT 5/1991.
- Königgrätz. Entscheidung 1866. IFDT 7/1991
- In die Zange genommen – Die russisch-französische Militärunion 1892. IFDT 5/1992
- Militärgeschichte im Zeitalter des Deutschen Bundes und der Einigungskriege 1815 bis 1871. In: Grundzüge der deutschen Militärgeschichte Arbeits- und Quellenbuch. Bd. 1. Freiburg 1993, S. 129-192
- Kaiserreich 1871- 1918. IV. Erster Weltkrieg: Die Anfänge der Luftkriegführung. In: Grundzüge der deutschen Militärgeschichte Arbeits- und Quellenbuch. Bd. 1. Freiburg 1993, S. 260-263
- Die Große Schlacht in Frankreich. Militärgeschichtliche Beiträge 3/1993, S.37-43
- Die höchsten deutschen Tapferkeitsauszeichnungen...,Teil 1 DSJ 1993, S.289-300.Teil 2 DSJ 1994, S.279-285. Teil 3 DSJ 1995, S.345-351
- Der Deutsche Krieg von 1866. In: Hannovers Übergang vom Königreich zur preußischen Provinz ..., Hannover 1995, S.31-58
- Cecilienhof. Die Konferenz von Potsdam 1945 und ihre Ergebnisse aus heutiger Sicht. In: Potsdam, Staat, Armee, Residenz ... Frankfurt/Berlin 1993, S.501-522.

Belletristische Titel des Autors finden Sie im Katalogverzeichnis des SWB-Verlages.